DIE AUTORIN: Dorothy Leigh Sayers, geboren am 13. Juni 1893 als Tochter eines Pfarrers und Schuldirektors aus altem englischem Landadel, war eine der ersten Frauen, die an der Universität ihres Geburtsortes Oxford Examen machten. Sie wurde Lehrerin in Hull, wechselte dann aber für zehn Jahre zu einer Werbeagentur. 1926 heiratete sie den Hauptmann Oswald Atherton Fleming. Als Schriftstellerin begann sie mit religiösen Gedichten und Geschichten. Auch ihre späteren Kriminalromane schrieb sie in der christlichen Grundanschauung von Schuld und Sühne. Schon in ihrem 1923 erschienenen Erstling «Ein Toter zuwenig» führte sie die Figur ihres eleganten, finanziell unabhängigen und vor allem äußerst scharfsinnigen Amateurdetektivs Lord Peter Wimsey ein, der aus moralischen Motiven Verbrechen aufklärt. Ihre über zwanzig Detektivromane, die sich durch psychologische Grundierung, eine Fülle bestechender Charakterstudien und eine ethische Haltung auszeichnen, sind inzwischen in die Literaturgeschichte eingegangen. Dorothy L. Sayers gehört mit Agatha Christie und P. D. James zur Trias der großen englischen Kriminalautorinnen. 1950 erhielt sie in Anerkennung ihrer literarischen Verdienste um den Kriminalroman den Ehrendoktortitel der Universität Durham. Dorothy L. Sayers starb am 17. Dezember 1957 in Witham / Essex.

Dorothy L. Sayers

Der Mann mit den Kupferfingern

und andere Lord Peter-Geschichten
«Lord Peter Views the Body»

Deutsch von
Otto Bayer

Wunderlich Taschenbuch

Die Originalausgabe erschien 1928
unter dem Titel «Lord Peter Views the Body»
im Verlag Victor Gollancz Ltd., London

Neuausgabe März 2002

Veröffentlicht im Rowohlt Taschenbuch Verlag GmbH,
Reinbek bei Hamburg, November 1985
«Lord Peter Views the Body»

Umschlaggestaltung any.way, Barbara Hanke / Cordula Schmidt
(Foto: The Stock Market / Chuck Keeler Jr.)
Satz Garamond (Digiset)
SCS Schwarz Computersatz, Stuttgart
Gesamtherstellung Clausen & Bosse, Leck
Printed inGermany
ISBN 499 26368 8

Inhalt

1. Die abscheuliche Begebenheit von dem Mann mit den Kupferfingern 7

2. Die ergötzliche Episode von dem fraglichen Artikel 30

3. Das faszinierende Problem mit Onkel Meleagers Testament 43

4. Der phantastische Greuel mit der Katze im Sack 65

5. Die gewissenlose Affäre mit dem nützlichen Joker 81

6. Das unwürdige Melodram vom Zank um den Knochen 96

7. Die rachsüchtige Geschichte von den vernehmlichen Schritten 163

8. Eine trinkfeste Frage des guten Geschmacks 182

9. Das gelehrte Abenteuer mit dem Drachenhaupt 198

10. Das ungelöste Rätsel von dem Mann ohne Gesicht 223

11. Das Wettangeln nach dem gestohlenen Magen 256

12. Das gefährliche Abenteuer in Ali Babas Höhle 281

I

Die abscheuliche Begebenheit von dem Mann mit den Kupferfingern

Der Egotist-Club ist einer der freundlichsten Orte in ganz London. Dorthin kann man gehen, wenn man das Bedürfnis hat, jemandem seinen sonderbaren Traum von gestern nacht zu erzählen, oder kundzutun, was für einen guten Zahnarzt man entdeckt hat. Dort kann, wer will, auch Briefe schreiben, falls er die Gelassenheit einer Jane Austen hat, denn einen Raum, in dem Stille zu herrschen hat, gibt es nicht, und es gilt als Verstoß gegen die Clubregeln, sich beschäftigt oder gedankenvertieft zu geben, wenn ein anderes Mitglied einen anspricht. Von Golf und Angeln zu reden, ist allerdings verboten, und wenn der Ehrenwerte Freddy Arbuthnot bei der nächsten Vorstandssitzung mit seinem Antrag durchkommt (und die allgemeine Stimmung scheint dafür günstig zu sein), wird man künftig auch den Rundfunk nicht mehr erwähnen dürfen. Wie Lord Peter Wimsey schon sagte, als diese Frage neulich im Rauchsalon erörtert wurde, sind dies Dinge, über die man schließlich überall reden kann. Ansonsten ist dieser Club jedoch nicht ausgesprochen exklusiv. Niemand ist *per se* von der Mitgliedschaft ausgeschlossen, ausgenommen starke, schweigsame Männer. Kandidaten müssen allerdings gewisse Prüfungen bestehen, deren Natur hinreichend damit erklärt ist, daß ein angesehener Forscher einmal dabei zu Schaden kam, weil er zu einem 63er Portwein eine starke Zigarre annahm und auch rauchte. Hingegen wurde der gute Sir Roger Bunt (der Fisch-, Obst- und Gemüsemillionär, der in einem Preisausschreiben des *Sunday Shriek* 20000 Pfund gewonnen und damit sein riesengroßes Handelsimperium in den Midlands aufgebaut hatte) wärmstens empfohlen und einstimmig aufgenommen, nachdem er frank und frei erklärt hatte, ihm schmeckten nur Bier und Pfeife. Wie Lord Peter nicht zum erstenmal feststellte, hatte «gegen Ungeschliffenheit niemand etwas einzuwenden, aber bei Grausamkeit muß man eine Grenze ziehen».

An diesem Abend nun hatte Masterman (der kubistische Dichter) einen Gast mitgebracht, einen Mann namens Varden. Varden hatte sein Leben als Berufssportler begonnen, aber sein angegriffenes Herz hatte ihn gezwungen, diese glänzende Karriere aufzugeben und sein hübsches Gesicht mitsamt seiner bemerkenswert schönen Figur im Dienste der Filmleinwand zu Geld zu machen. Er war aus Los Angeles nach London gekommen, um die Werbetrommel für seinen großartigen neuen Film *Marathon* zu rühren, und entpuppte sich nun als ein recht angenehmer und unverdorbener Mensch – sehr zur großen Erleichterung des Clubs, denn Mastermans Gäste waren meist Glücksache.

Mit Varden befanden sich an diesem Abend acht Männer im Braunen Zimmer. Dieses Zimmer mit seinen getäfelten Wänden, gedämpften Lampen und schweren blauen Vorhängen war vielleicht der gemütlichste und angenehmste von dem runden halben Dutzend Rauchsalons, die der Club sein eigen nannte. Die Unterhaltung hatte ganz belanglos damit begonnen, daß Armstrong eine sonderbare kleine Begebenheit erzählte, deren Zeuge er um die Mittagszeit an der Station Temple geworden war, und Bayes hatte daraufhin gemeint, das sei ja noch gar nichts gegen die wirklich sehr merkwürdige Geschichte, die ihm persönlich eines Abends im dichten Nebel in der Euston Road passiert sei.

Masterman behauptete, in den einsameren Gegenden Londons lägen die Themen für einen Schriftsteller geradezu auf der Straße, und damit gab er seine eigene einzigartige Begegnung mit einer weinenden Frau und ihrem toten Affen zum besten, und dann spann Judson den Faden fort und erzählte, wie er einmal spätabends in einem einsamen Vorortviertel auf die Leiche einer Frau gestoßen sei, die mit einem Messer in der Seite auf der Straße gelegen habe, während in der Nähe ein Polizist gestanden und sich nicht gerührt habe. Er habe gefragt, ob er etwas tun könne, aber der Polizist habe nur geantwortet: «Ich würde mich da an Ihrer Stelle nicht einmischen, Sir; sie hat verdient, was sie gekriegt hat.» Judson sagte, der Vorfall sei ihm nicht mehr aus dem Kopf gegangen, und dann erzählte Pettifer einen merkwürdigen Fall aus seiner Arztpraxis, als ein ihm völlig unbekannter Mann ihn zu einem Haus in Bloomsbury geführt habe, wo eine Frau mit einer Strychninvergiftung gelegen und sich in Krämpfen gewunden habe. Dieser Mann habe ihm die ganze Nacht hindurch auf die intelligenteste Weise geholfen, und kaum sei die Patientin außer Lebensgefahr gewesen, da sei er geradewegs aus dem Haus marschiert und habe sich nie wieder blicken lassen; und das Komische sei gewesen, daß die Frau, als er (Pettifer) sie nach ihm fragte, höchst erstaunt geantwortet habe, sie habe den Mann ihr Lebtag nie gesehen und für Pettifers Assistenten gehalten.

«Das erinnert mich an etwas noch Komischeres, was mir einmal in New York passiert ist», sagte Varden, «und ich habe nie herausbekommen, ob dieser Mann nun ein Verrückter oder ein Witzbold war, oder ob ich wirklich mit knapper Not davongekommen bin.»

Das klang vielversprechend, und der Gast wurde bestürmt, seine Geschichte zu Gehör zu geben.

«Also, angefangen hatte das eigentlich schon vor Jahren», sagte der Schauspieler. «Sieben Jahre muß es wohl her sein – kurz bevor Amerika in den Krieg eintrat. Ich war damals fünfundzwanzig und arbeitete seit etwas über zwei Jahren beim Film. Es gab da einen Mann namens Eric P. Loder, der zu dieser Zeit in New York recht bekannt war und sicher ein sehr guter Bildhauer gewesen wäre, wenn er nicht mehr Geld gehabt hätte, als ihm guttat – so habe ich es wenigstens von Leuten gehört, die davon etwas verstehen. Er beschickte viele Galerien und veranstaltete selbst exklusive Einzelausstellungen, wohin dann die sogenannten Intellektuellen gingen – er hat viel in Bronze gearbeitet, glaube ich. Vielleicht haben Sie schon von ihm gehört, Masterman?»

«Ich habe noch nichts von ihm gesehen», sagte der Dichter, «aber ich erinnere mich an ein paar Fotos in *The Art of To-Morrow.* Raffiniert, nur ein bißchen überspannt. Hat er nicht viel von diesem chryselephantinen Zeug gemacht? Nur um zu zeigen, daß er sich das Material leisten kann, denke ich.»

«Ja, das klingt sehr nach ihm.»

«Natürlich – und dann hat er eine sehr schmissige und ebenso häßliche realistische Gruppe namens *Lucina* gemacht und besaß die Unverschämtheit, sie massiv in Gold gießen zu lassen und in seiner Diele aufzustellen.»

«Ach, dieses Ding! Doch – das fand ich einfach scheußlich, und ich konnte in der ganzen Idee auch absolut nichts Künstlerisches sehen. Realistisch würde man es wahrscheinlich nennen. Ich mag Bilder und auch Skulpturen, die man genießen kann, wenn man sie ansieht, denn wozu sind sie sonst da? Trotzdem hatte dieser Loder etwas sehr Anziehendes an sich.»

«Wie sind Sie ihm über den Weg gelaufen?»

«Ach so, ja. Nun, er hatte mich in diesem Filmchen gesehen, *Apollo kommt nach New York* – vielleicht erinnern Sie sich daran. Es war meine erste Hauptrolle. Handelt von einer Statue, die zum Leben erweckt wird – einer von diesen alten Göttern, Sie wissen ja –, und wie es ihm in einer modernen Stadt ergeht. Der gute alte Reubenssohn hat das Ding produziert. Also, das war ein Mann, der so etwas mit künstlerischer Vollendung durchziehen konnte. Es war überhaupt nichts Anstößiges in dem Film von Anfang bis Ende, alles ausgesprochen geschmackvoll, und dabei hatte ich doch im ersten Teil nichts weiter an als so eine Art Schärpe – nach der klassischen Statue, Sie verstehen.»

«Apollo von Belvedere?»

«Genau der. Also. Loder schrieb mir, er interessiere sich als Bildhauer für mich, weil ich eine gute Figur hätte und so weiter, und ob ich ihn nicht mal in New York besuchen könne, wenn ich frei sei. Ich habe mich also nach Loder erkundigt und fand, das wäre eine gute Werbung, und sowie mein Vertrag ausgelaufen war und ich ein bißchen Zeit zum Totschlagen hatte, habe ich mich nach Osten aufgemacht und ihn besucht. Er war sehr nett zu mir und lud mich ein, ein paar Wochen bei ihm zu bleiben, solange ich mich umschaute.

Er hatte ein großes, prächtiges Haus, etwa fünf Meilen außerhalb der Stadt, vollgestopft mit Bildern und Antiquitäten und so weiter. Er muß so zwischen fünfunddreißig und vierzig gewesen sein, schätze ich, so ein dunkler, geschmeidiger Typ mit sehr flinken, lebhaften Bewegungen. Er erzählte sehr gut; schien schon überall gewesen zu sein und alles gesehen zu haben und hatte offenbar von der Welt keine allzu gute Meinung. Man konnte stundenlang dasitzen und ihm zuhören; über jeden wußte er Anekdoten zu erzählen, vom Papst bis zu Phineas E. Groot vom Chikagoer Ring. Die einzigen Geschichten, die ich nicht gern von ihm hörte, waren die von der unanständigeren Sorte. Das soll nicht heißen, daß ich nicht auch mal an einer nicht ganz astreinen Geschichte meinen Spaß habe – halten Sie mich bitte nicht für einen Moralapostel, o nein –, aber er erzählte sie einem mit so einem Blick, als hätte er einen im Verdacht, persönlich etwas damit zu tun zu haben. Ich habe schon Frauen gekannt, die das taten, und ich habe Männer so etwas mit Frauen machen und die Frauen sich winden sehen, aber er war der einzige Mann, der *mir* je dieses Gefühl gegeben hat. Abgesehen davon war Loder jedoch der faszinierendste Mensch, den ich je kennengelernt habe. Und wie gesagt, sein Haus war auf jeden Fall schön, und er pflegte eine erstklassige Tafel.

Er liebte es, alles vom Besten zu haben. Da war zum Beispiel seine Mätresse, Maria Morano. Ich glaube nicht, daß ich je eine Frau gesehen habe, die an sie herankam, und wenn man beim Film ist, stellt man naturgemäß hohe Ansprüche an weibliche Schönheit. Sie war eine große Frau mit solch zögernden, schönen Bewegungen, sehr sanft und mit einem trägen, offenen Lächeln. Bei uns in den Staaten wächst so etwas nicht. Sie kam aus dem Süden – eine Kabarettänzerin, sagte er, und sie widersprach ihm nicht. Er war sehr stolz auf sie, und sie schien ihm auf ihre Art sehr ergeben zu sein. Er pflegte sie in seinem Atelier vorzuführen, nur mit einem Feigenblatt bekleidet oder so – stellte sie neben eine der Plastiken, die er immer wieder von ihr machte, und verglich sie Punkt für Punkt damit. Es gab an ihr buchstäblich nur einen halben Zoll, der aus der Sicht des Bildhauers nicht absolut vollkommen war – die zweite Zehe an ihrem linken Fuß war kürzer als die große Zehe. Natürlich korrigierte er das an den Statuen immer. Sie hörte sich das alles mit gutmütigem Lächeln an – wohl irgendwie geschmeichelt, obschon ich glaube, das arme Mädchen war es manchmal leid, immerzu so angeglotzt zu werden. Manchmal kam sie zu mir und vertraute mir an, ihr eigentlicher Traum sei es immer gewesen, einmal ein eigenes Restaurant zu führen, mit Kabarett und ganz vielen Köchen mit weißen Schürzen und allen möglichen blitzenden elektrischen Kochgeräten. ‹Und dann würde ich heiraten›, sagte sie, ‹und vier Söhne und eine Tochter haben.› Und dann zählte sie mir die Namen auf, die sie sich schon für ihre Familie ausgesucht hatte. Ich fand das ziemlich rührend. Nach einem solchen Gespräch kam Loder einmal dazu. Er hatte so ein Grinsen im Gesicht, daß ich behaupten möchte, er hatte gelauscht. Ich glaube nicht, daß er das besonders ernst genommen hat, was aber nur zeigt, daß er sie nie so ganz richtig verstanden hat. Ich glaube, er hätte sich gar nicht vorstellen können, daß irgendeine Frau das Leben, an das er sie gewöhnt hatte, aufzugeben bereit sein könnte, und wenn er in seiner Art auch ein wenig herrschsüchtig war, hat er ihr doch wenigstens nie eine Rivalin vorgesetzt. Trotz seines ganzen Geredes und seiner häßlichen Statuen hatte sie ihn fest in der Hand, und das wußte sie auch.

Ich blieb schließlich fast einen ganzen Monat da, und es war eine herrliche Zeit. Zweimal bekam Loder so einen Kunstrappel; da schloß er sich zum Arbeiten in sein Atelier ein und ließ mehrere Tage hintereinander niemanden zu sich. Solche Auftritte liebte er, und wenn es dann überstanden war, machten wir eine Party, zu der alle seine Freunde und Verehrer kamen, um das Kunstwerk zu betrachten. Er arbeitete am Standbild irgendeiner Nymphe oder Göttin, glaube ich, die er in Silber gießen wollte, und Maria pflegte ihm dafür Modell zu sitzen. Abgesehen von diesen Perioden zog er viel herum, und wir bekamen alles zu sehen, was es so zu sehen gab.

Ich muß zugeben, daß ich recht verstimmt war, als das zu Ende ging. Amerika erklärte den Krieg, und ich hatte mich schon vorher entschlossen, einzurücken, wenn es dazu käme. Mit meinem Herzen kam ich für die Front ja nicht in Frage, aber ich rechnete damit, schon irgendeine Aufgabe zu bekommen, wenn ich nur hartnäckig bliebe, also packte ich meine Sachen und machte mich auf den Weg.

Ich hätte nicht geglaubt, daß es Loder so aufrichtig nahegehen würde, von mir Abschied zu nehmen. Ein ums andere Mal sagte er, wir würden uns bald wiedersehen. Ich bekam dann aber doch eine Stelle bei der Sanitätstruppe und wurde nach Europa verlegt, und so dauerte es bis 1920, bis ich Loder wiedersah.

Er hatte mir zuvor schon geschrieben, aber ich hatte 1919 zwei große Filme zu drehen, und es ging nicht. Aber 1920 fand ich mich dann in New York wieder, wo ich für *Ein Hauch von Leidenschaft* Reklame machte, und da bekam ich ein Briefchen von Loder, in dem er mich zu sich einlud und mich bat, ihm Modell zu sitzen. Nun ja, das war eine Art Reklame, für die er auch noch selbst bezahlte, also nahm ich an. Ich hatte ein Engagement bei Mystofilm für *Jake aus dem Totenbusch* – diesen Zwergenfilm, wissen Sie, der an Ort und Stelle bei den australischen Buschmännern gedreht wurde. Ich schickte denen ein Telegramm, daß ich in der dritten Aprilwoche in Sydney zu ihnen stoßen würde, und zog mit Sack und Pack zu Loder.

Loder begrüßte mich überaus herzlich, aber ich fand, er war ziemlich gealtert, seit ich ihn das letzte Mal gesehen hatte. Ganz sicher aber war er alles in allem nervöser. Er war – wie soll ich es ausdrücken? – angespannter – in gewisser Weise auch echter. Seine Lieblingssarkasmen brachte er so, als ob er sie durch und durch ernst meinte, und das immer mehr in einem Ton, als meinte er einen damit persönlich. Ich hatte ja immer geglaubt, seine Zweifel an allem seien nur künstlerische Pose, aber ich bekam allmählich das Gefühl, daß ich ihm da unrecht getan hatte. Er war wirklich unglücklich, das sah ich ihm an, und bald fand ich auch den Grund heraus. Während wir in seinem Wagen zu ihm hinausfuhren, fragte ich ihn nach Maria.

‹Sie hat mich verlassen›, sagte er.

Nun, ich muß sagen, das überraschte mich wirklich. Offen gestanden, ich hatte der Frau nicht soviel Initiative zugetraut. ‹Nanu›, sagte ich, ‹hat sie am Ende wirklich dieses Restaurant aufgemacht, das sie sich so sehr wünschte?›

‹Ach, hat sie Ihnen etwas von einem Restaurant erzählt?› meinte Loder. ‹Ich glaube, Sie gehören zu den Männern, denen die Frauen sich anvertrauen. Nein, sie hat sich nur lächerlich gemacht. Sie ist fort.›

Ich wußte nicht recht, was ich darauf sagen sollte. Er war so offensichtlich in seiner Eitelkeit verletzt, ebenso wie in seinen

Gefühlen. Ich murmelte die üblichen Floskeln und sagte, das sei wohl ein großer Verlust für seine Arbeit wie auch sonst. Das bejahte er.

Ich fragte ihn, wann das passiert sei, und ob er denn die Nymphe noch habe fertigstellen können, an der er vor meinem Weggang gearbeitet habe. O ja, sagte er, die habe er noch fertig gemacht, auch noch etwas anderes, ziemlich Originelles, das mir sicher gefallen werde.

Nun, wir kamen also bei ihm zu Hause an und aßen zu Abend, und er erzählte mir, er werde demnächst nach Europa reisen, genauer gesagt, ein paar Tage nach meiner eigenen Abreise. Die Nymphe stand im Eßzimmer in einer eigens in die Wand eingelassenen Nische. Sie war wirklich schön, nicht so protzig wie die meisten Sachen von ihm, und die Ähnlichkeit mit Maria war sehr groß. Loder setzte mich ihr gegenüber, so daß ich sie beim Abendessen sehen konnte, und ich muß wirklich sagen, ich konnte kaum den Blick davon wenden. Er schien sehr stolz darauf zu sein und sagte mir wieder und wieder, wie sehr es ihn freue, daß sie mir gefalle. Mir fiel auf, daß er sich angewöhnt hatte, sich ständig zu wiederholen.

Nach dem Essen gingen wir in den Rauchsalon. Diesen hatte er inzwischen anders einrichten lassen, und das erste, was einem ins Auge fiel, war ein großes Sofa vor dem Kamin. Es war einen knappen Meter hoch und war konstruiert ähnlich wie eine altrömische Liege, mit Kissen und hohem Rückenteil, alles aus Eiche mit eingelegtem Silber gefertigt; aber das, worauf man eigentlich sitzt, wenn Sie mir folgen können, bestand aus einer großen, liegenden nackten Frau aus Silber, lebensgroß, mit zurückgeworfenem Kopf, die Arme entlang den Sofaseiten ausgebreitet. Ein paar große lose Kissen machten es möglich, das Ding wirklich als Sitzgelegenheit zu benutzen, obschon ich sagen muß, daß es nicht gerade bequem war, wenn man anständig darauf sitzen wollte. Als Bühnenrequisit, das Ausschweifung symbolisieren sollte, wäre das Ding großartig gewesen, aber wenn man sah, wie Loder sich an seinem Kamin darauf herumflegelte, konnte man schon einen Schrecken bekommen. Er schien aber mit großer Liebe daran zu hängen.

‹Ich sagte Ihnen ja, daß es etwas Originelles sei›, meinte er.

Daraufhin schaute ich mir das Ding etwas näher an und sah, daß die Figur tatsächlich Maria darstellte, obschon das Gesicht nur ziemlich grob skizziert war, wenn Sie verstehen, was ich meine. Ich nehme an, er hielt bei einem Möbelstück einen kühneren Schwung für passender.

Aber mir kam, als ich dieses Sofa sah, doch der Gedanke, daß Loder wohl ein bißchen degeneriert sei. Und in den folgenden vierzehn Tagen wurde mir in seiner Gesellschaft immer unbehaglicher. Diese Art von ihm, einen persönlich anzusprechen, trat von Tag zu Tag deutlicher hervor, und manchmal, wenn ich ihm Modell stand, saß er da und sagte einem die niederträchtigsten Sachen, wobei er einen auf die übelste Weise fixierte, nur um zu sehen, wie man es aufnahm. Auf mein Wort, obwohl er mich über die Maßen verwöhnte, bekam ich langsam das Gefühl, daß mir unter den Buschmännern wohler sein würde.

So, und nun komme ich zu dem komischen Vorfall.»

Alle setzten sich auf und spitzten die Ohren.

«Es war an dem Abend, bevor ich New York verlassen sollte», sagte Varden. «Ich saß –»

An dieser Stelle öffnete jemand die Tür zum Braunen Zimmer und wurde von Bayes mit einer warnenden Geste begrüßt. Der Eindringling ließ sich unauffällig in einen großen Sessel sinken und mixte sich behutsam, um den Erzähler nur ja nicht zu stören, einen Whisky.

«Ich saß im Rauchsalon», fuhr Varden fort, «und wartete auf Loder. Ich hatte das Haus ganz für mich allein, denn Loder hatte den Dienstboten frei gegeben, damit sie in irgendeinen Film oder Vortrag gehen konnten, und er selbst mußte seine Vorbereitungen für die Europareise treffen und war mit seinem Agenten verabredet. Ich mußte irgendwie eingedöst sein, denn es dämmerte schon, als ich plötzlich hochschreckte und einen jungen Mann unmittelbar vor mir sah.

Er sah überhaupt nicht aus wie ein Einbrecher und schon gar nicht wie ein Gespenst. Fast möchte ich sagen, er sah ungewöhnlich gewöhnlich aus. Er trug einen grauen englischen Anzug, einen rehbraunen Mantel über dem Arm, einen Filzhut und einen Stock in der Hand. Er hatte glattes, helles Haar und so eins von diesen ziemlich einfältigen Gesichtern mit langer Nase und einem Monokel. Ich konnte ihn nur groß ansehen, denn ich wußte, daß die Haustür verschlossen war, aber bevor ich mich noch von meinem Schrecken erholt hatte, sprach er schon. Er hatte eine eigenartige, unaufdringliche, etwas heisere Stimme und einen starken englischen Akzent. Zu meiner Überraschung fragte er:

‹Sind Sie Mr. Varden?›

‹Sie sind mir voraus›, antwortete ich.

Er sagte: ‹Entschuldigen Sie, daß ich hier so hereinplatze. Ich weiß, das sieht sehr nach schlechten Manieren aus, aber Sie täten gut daran, so schnell wie möglich aus diesem Haus zu verschwinden.›

‹Zum Teufel, was meinen Sie damit?› fragte ich.

‹Ich meine das in keiner Weise unverschämt›, antwortete er, ‹aber Sie müssen wissen, daß Loder Ihnen nie verziehen hat, und nun fürchte ich, daß er Sie zu einem Hutständer oder einer Stehlampe oder sonstwas verarbeiten will.›

Mein Gott! Ich kann Ihnen sagen, mir war ganz komisch. Er sprach mit so ruhiger Stimme, und seine Manieren waren tadellos, aber was er da von sich gab, hatte weder Hand noch Fuß. Mir schoß durch den Kopf, daß Verrückte doch angeblich ganz besonders kräftig sein sollen, und ich bewegte mich unauffällig auf die Klingel zu – bis mir siedendheiß einfiel, daß ich ja allein im Haus war.

‹Wie kommen Sie hier herein?› fragte ich mit dem Mut der Verzweiflung.

‹Mit einem Dietrich, wie ich leider gestehen muß›, sagte er so gelassen, als entschuldigte er sich nur dafür, daß er keine Visitenkarte bei sich habe. ‹Ich konnte mich nicht darauf verlassen, daß Loder nicht inzwischen wiedergekommen ist. Aber ich finde wirklich, Sie sollten hier so schnell wie möglich verschwinden.›

‹Hören Sie mal›, sagte ich, ‹wer sind Sie eigentlich, und worauf wollen Sie in drei Teufels Namen hinaus? Was soll das heißen, daß Loder mir nie verziehen hat? *Was* verziehen?›

‹Nun›, sagte er, ‹die Sache – Sie müssen schon entschuldigen, wenn ich mich hier scheinbar in Ihre Privatangelegenheiten mische –, also, die Sache mit Maria Morano.›

‹Zum Kuckuck, *was* für eine Sache?› rief ich. ‹Was wissen Sie überhaupt von ihr? Sie ist hier weggegangen, während ich im Krieg war. Was hat das mit mir zu tun?›

‹Oh!› sagte der merkwürdige junge Mann. ‹Ich bitte vielmals um Verzeihung. Vielleicht habe ich mich da zu sehr auf Loders Urteil verlassen. Wie dumm von mir. Aber die Möglichkeit, daß er im Irrtum sein könnte, ist mir gar nicht in den Sinn gekommen. Er bildet sich ein, Sie seien Maria Moranos Liebhaber gewesen, als Sie das letzte Mal hier waren.›

‹Marias Liebhaber?› rief ich. ‹Lächerlich! Sie ist mit ihrem Freund abgehauen, wer das auch sein mag. Loder muß doch wissen, daß sie nicht mit mir fortgegangen ist.›

‹Maria hat das Haus überhaupt nie verlassen›, sagte der junge Mann, ‹und wenn Sie nicht auf der Stelle verschwinden, garantiere ich nicht dafür, daß *Sie* es je verlassen werden.›

‹Um Gottes willen!› rief ich, außer mir. ‹Was soll das heißen?›

Der Mann drehte sich um und warf die blauen Kissen vom Fuß des silbernen Sofas.

‹Haben Sie sich schon einmal die Zehen von diesem Ding da angesehen?› fragte er.

‹Nicht so genau›, antwortete ich immer verwunderter. ‹Warum sollte ich?›

‹Können Sie sich erinnern, daß Loder je eine Plastik von ihr mit dieser kurzen Zehe am linken Fuß gemacht hat?› fuhr er fort.

Also, daraufhin *habe* ich sie mir angesehen, und es war so, wie er gesagt hatte – am linken Fuß war die zweite Zehe kurz.

‹Stimmt›, sagte ich, ‹aber warum eigentlich nicht?›

‹Eben, warum nicht?› meinte der junge Mann. ‹Möchten Sie vielleicht einmal sehen, warum von allen Plastiken, die Loder von Maria gemacht hat, diese hier die einzige mit den Füßen des lebenden Originals ist?›

Er nahm den Schürhaken in die Hand.

‹Passen Sie mal auf›, sagte er.

Mit viel mehr Kraft, als ich ihm zugetraut hätte, ließ er das Ende des Schürhakens auf das silberne Sofa krachen. Er traf einen der Arme der Statue genau am Ellbogengelenk und hinterließ ein gezacktes Loch im Silber. Dann packte er den Arm und riß ihn los. Er war innen hohl, und so wahr ich lebe, sage ich Ihnen, daß ein langer, trockener Armknochen darin steckte.»

Varden legte eine Atempause ein und trank einen kräftigen Schluck Whisky.

«Und?» riefen mehrere atemlose Stimmen.

«Nun», fuhr Varden fort, «ich schäme mich nicht, zuzugeben, daß ich aus dem Haus gerannt bin wie das Karnickel aus dem Kohlfeld, wenn es den Mann mit der Flinte kommen hört. Direkt vor dem Haus stand ein Wagen, und der Fahrer öffnete die Tür. Ich taumelte hinein, und da überkam es mich, daß dies eine Falle sein könnte, also sprang ich wieder hinaus und rannte, bis ich an der Straßenbahn war. Aber anderntags fand ich mein Gepäck am Bahnhof vor, ordnungsgemäß nach Vancouver aufgegeben.

Als ich wieder zu mir kam, fragte ich mich dann doch, was Loder wohl von meinem plötzlichen Verschwinden halten würde, doch in dieses Schreckenshaus zurückzukehren hätte ich sowenig über mich gebracht, wie Gift zu nehmen. Ich fuhr am anderen Morgen nach Vancouver ab, und von da an bis zum heutigen Tage habe ich keinen der beiden Männer je wiedergesehen. Ich habe bis heute nicht den blassesten Schimmer, wer dieser blonde junge Mann war oder was aus ihm geworden ist, aber auf Umwegen erfuhr ich, daß Loder tot sei – es muß wohl irgendwie ein Unfall gewesen sein.»

Es trat eine Pause ein, bis Armstrong sagte:

«Das war eine verteufelt gute Geschichte, Mr. Varden.» Armstrong glaubte auf vielen Gebieten mitreden zu können und war der eigentliche Hauptgrund für Mr. Arbuthnots Antrag, das Thema Radio auf den Index zu setzen. «Aber wollen Sie damit vielleicht sagen, daß sich in dieser Silberplastik ein komplettes Skelett befand? Meinen Sie, Loder hat es in die Gußform gelegt, als sie gegossen wurde? Das wäre aber arg schwierig und gefährlich gewesen – die kleinste Panne hätte ihn der Gnade und Barmherzigkeit seiner Arbeiter ausgeliefert. Und die Statue müßte erheblich überlebensgroß gewesen sein, um ein vollständiges Skelett aufnehmen zu können.»

«Mr. Varden hat Sie unabsichtlich in die Irre geführt, Armstrong», sagte plötzlich eine ruhige, heisere Stimme aus dem Schatten hinter Vardens Sessel. «Die Statue war nicht aus Silber, sondern über einer direkt auf den Körper aufgebrachten Kupferschicht mit Silber galvanisiert. Die Dame war sozusagen versilbert. Ich nehme an, daß ihre Weichteile, nachdem der Vorgang beendet war, mit Pepsin oder einem ähnlichen Präparat aufgelöst wurden, aber mit Sicherheit kann ich das nicht sagen.»

«Hallo, Wimsey», sagte Armstrong. «Waren Sie das, der da eben reingekommen ist? Und woher diese selbstsichere Behauptung?»

Die Wirkung, die Wimseys Stimme auf Varden hatte, war ungeheuer. Er war aufgesprungen und hatte die Lampe gedreht, so daß ihr Schein auf Wimseys Gesicht fiel.

«Guten Abend, Mr. Varden», sagte Lord Peter. «Es freut mich sehr, Sie wiederzusehen und mich für mein unhöfliches Betragen anläßlich unserer letzten Begegnung entschuldigen zu können.»

Varden nahm die dargebotene Hand, aber er war sprachlos.

«Wollen Sie sagen, Sie alter Geheimniskrämer, daß *Sie* Vardens großer Unbekannter waren?» verlangte Bayes zu wissen. «Ach ja», fügte er boshaft hinzu, «nach der lebensechten Beschreibung hätten wir es uns ja denken können.»

«Also, wenn Sie schon einmal hier sind», meinte Smith-Hartington vom *Morning Yell*, «sollten Sie jetzt auch den Rest der Geschichte zum besten geben.»

«War es nur ein Scherz?» fragte Judson.

«Natürlich nicht», mischte Pettifer sich ein, noch ehe Lord Peter Zeit zum Antworten gefunden hatte. «Wieso sollte es ein Scherz sein? Wimsey hat schon so viele komische Sachen erlebt, daß er es gar nicht nötig hat, seine Zeit zu vertun und extra noch welche zu erfinden.»

«Stimmt allerdings auch wieder», sagte Bayes. «Das kommt davon, wenn man eine detektivische Ader hat und immer seine Nase in Dinge steckt, die man besser in Ruhe ließe.»

«Schön und gut, Bayes», antwortete Seine Lordschaft, «aber wenn ich Mr. Varden an diesem Abend nicht Bescheid gesagt hätte, wo wäre er dann jetzt?»

«Eben, wo? Genau das wollen wir ja alle wissen», sagte Smith-Hartington. «Los, Wimsey. Keine Ausreden. Wir müssen die Geschichte zu Ende hören.»

«Und zwar die ganze Geschichte», fügte Pettifer hinzu.

«Und nichts als die Geschichte», sagte Armstrong, indem er mit einer geschickten Bewegung Whiskyflasche und Zigarren unter Lord Peters Nase wegschnappte. «Heraus damit, mein Alter. Keinen Zug sollt Ihr rauchen, keinen Trunk sollt Ihr trinken, bis daß Jungfer Ellen befreit sei.»

«Scheusal!» beschwerte sich Seine Lordschaft. «Um die Wahrheit zu sagen», fuhr er dann in verändertem Tonfall fort, «möchte ich diese Geschichte eigentlich nicht zu sehr rundgehen lassen. Sie könnte mich in eine sehr unangenehme Lage bringen – Totschlag wahrscheinlich, vielleicht sogar Mord.»

«Mein Gott!» sagte Bayes.

«Das geht schon klar», sagte Armstrong. «Von uns wird keiner reden. Wir können es uns nämlich nicht leisten, Sie als Clubmitglied zu verlieren. Smith-Hartington wird eben seine Schlagzeilengier einmal bezähmen müssen.»

Nachdem von allen Seiten Diskretion gelobt worden war, lehnte Lord Peter sich also zurück und begann seine Erzählung.

«Der sonderbare Fall Eric P. Loder belegt wieder einmal, auf welch seltsame Weise irgendeine Macht jenseits unseres unbedeutenden menschlichen Willens die Geschicke der Menschen lenkt. Nennen wir sie Vorsehung – nennen wir sie Schicksal –»

«Wir nennen das gar nicht», sagte Bayes. «Den Teil können Sie sich sparen.»

Lord Peter stöhnte und begann von vorn.

«Also, das erste, was mich auf Loder neugierig machte, war eine beiläufige Bemerkung eines Mannes im New Yorker Auswanderungsamt, wo ich gerade dieser dummen Geschichte mit Mrs. Bilt nachging. Der Mann sagte nämlich: ‹Was in aller Welt will Eric Loder denn in Australien? Ich dachte immer, Europa wäre mehr sein Fall.›

‹Australien?› fragte ich. ‹Sie müssen sich irren, mein Bester. Er hat mir erst neulich gesagt, daß er in drei Wochen nach Italien will.›

‹Italien, nichts da!› sagte er. ‹Erst heute hat er hier das ganze Haus verrückt gemacht und wollte wissen, wie man nach Sydney kommt und was es da für Formalitäten zu erledigen gibt und so weiter.›

‹Oh›, sagte ich, ‹dann nimmt er wohl die Pazifikroute und will unterwegs in Sydney Station machen.› Aber es wunderte mich, warum er davon nichts erwähnt hatte, als er am Tag zuvor mit mir sprach. Er hatte eindeutig gesagt, er wolle nach Europa fahren und Paris sehen, bevor er nach Rom weiterreise.

Ich wurde derart neugierig, daß ich zwei Tage später hinfuhr und Loder besuchte.

Er schien sich richtig zu freuen, mich zu sehen, und sprudelte förmlich über von seiner bevorstehenden Reise. Ich fragte ihn noch einmal nach seiner Reiseroute, und er antwortete unmißverständlich, er fahre über Paris.

So weit, so gut, und es ging mich ja im Grunde auch nichts an, also wechselten wir das Thema. Er erzählte mir, daß Mr. Varden ihn noch besuchen und eine Weile bei ihm bleiben werde, bevor er fahre, und daß er ihn gerne überreden wolle, ihm Modell zu sitzen, bevor er abreise. Er sagte, er habe noch nie einen so vollkommen gebauten Mann gesehen. ‹Ich wollte ihn schon einmal dafür haben›, sagte er, ‹aber da brach der Krieg aus, und er ging zur Armee, noch ehe ich anfangen konnte.›

Die ganze Zeit lümmelte er sich dabei auf diesem gräßlichen Sofa herum, und als ich mich einmal zufällig zu ihm umdrehte, sah ich ein derart häßliches Glitzern in seinen Augen, daß ich einen richtigen Schrecken bekam. Er streichelte der Figur über den Hals und grinste sie an.

‹Hoffentlich nicht wieder so eine Plattierung›, sagte ich.

‹Nun›, antwortete er, ‹ich hatte schon daran gedacht, gewissermaßen ein Pendant zu dem hier zu machen – *Der schlafende Athlet* oder in der Art.›

‹Sie sollten die Figur doch lieber gießen›, sagte ich. ‹Warum haben Sie das Zeug so dick aufgetragen? Das zerstört doch die ganzen Feinheiten.›

Das ärgerte ihn. Er hörte es nie gern, wenn man dieses Kunstwerk kritisierte.

‹Das war ein Experiment›, sagte er. ‹Das nächste soll ein richtiges Meisterwerk werden. Sie werden ja sehen.›

Etwa an diesem Punkt der Unterhaltung kam der Butler und fragte, ob er ein Bett für mich herrichten solle, weil es so eine scheußliche Nacht sei. Wir hatten nicht so sehr aufs Wetter geachtet, obwohl es schon etwas bedrohlich ausgesehen hatte, als ich in New York aufgebrochen war. Aber als wir jetzt nach draußen sahen, goß es aus Eimern. Das wäre ja sonst nicht so schlimm gewesen, aber ich war nur in einem offenen kleinen Rennwagen gekommen und hatte keinen Mantel bei mir, und die Vorstellung, fünf Meilen weit durch diesen strömenden Regen zu fahren, war alles andere als verlockend. Loder drängte mich, dazubleiben, und ich war einverstanden.

Ich fühlte mich ziemlich kaputt und ging sogleich zu Bett. Loder sagte, er wolle vorher noch ein wenig in seinem Atelier arbeiten, und ich sah ihn über den Flur fortgehen.

Sie gestatten mir nicht, von Vorsehung zu sprechen, also will ich nur sagen, daß es ein erstaunlicher Zufall war, daß ich gegen zwei Uhr morgens aufwachte und mich in einer Wasserpfütze wiederfand. Der Diener hatte mir eine Wärmflasche ins Bett gelegt, weil es lange nicht mehr benutzt worden war, und an dem gemeinen Ding hatte sich der Verschluß gelöst. Zehn Minuten lang lag ich in meinem nassen Elend da, bevor ich genug Willenskraft zusammenraffen konnte, um der Sache auf den Grund zu gehen. Dann sah ich allerdings, daß es hoffnungslos war – Laken, Decken, Matratze, alles durchgeweicht. Ich sah den Sessel und hatte plötzlich eine großartige Idee. Mir fiel nämlich ein, daß im Atelier ein herrlicher großer Diwan mit einer schönen Felldecke und einem dicken Stapel Kissen stand. Warum nicht dort den Rest der Nacht verbringen? Ich nahm die kleine elektrische Taschenlampe, die ich immer bei mir habe, und machte mich auf den Weg dorthin.

Das Atelier war leer, darum nahm ich an, daß Loder sich auch schon in die Falle begeben hatte. Aber der Diwan stand da, halb verdeckt von einer spanischen Wand, und ich kroch unter die Decke und schickte mich an, wieder einzuschlafen.

Ich war gerade wieder schön schläfrig geworden, da hörte ich Schritte, aber nicht vom Flur, sondern anscheinend von der anderen Seite des Zimmers her. Ich war überrascht, denn ich wußte nicht, daß es in dieser Richtung noch einen Ausgang gab. Ich blieb still auf dem Diwan liegen, und bald darauf sah ich einen Lichtstreifen aus dem Schrank fallen, in dem Loder sein Werkzeug und anderes aufbewahrte. Der Streifen wurde breiter, und Loder kam heraus, in der Hand eine Taschenlampe. Er schloß die Schranktür ganz leise hinter sich und kam durchs Atelier.

Vor der Staffelei blieb er stehen und schlug die Decke zurück. Ich konnte ihn durch eine Ritze in der spanischen Wand beobachten. Er stand ein paar Minuten vor der Staffelei und betrachtete eine Skizze darauf, und dann ließ er das häßlichste gurgelnde Lachen ertönen, das ich jemals zu hören das Vergnügen hatte. Wenn ich je ernsthaft mit dem Gedanken gespielt hatte, ihm meine unbefugte Gegenwart anzuzeigen, so ließ ich ihn spätestens jetzt fallen. Bald darauf deckte er die Staffelei wieder zu und ging durch die Tür hinaus, durch die ich hereingekommen war.

Ich wartete, bis ich sicher sein konnte, daß er wirklich fort war, dann stand ich auf – unerhört still und leise, darf ich sagen. Auf Zehenspitzen schlich ich zur Staffelei, um zu sehen, was für ein faszinierendes Kunstwerk sich darauf befand. Ich sah auf den ersten Blick, daß es ein Entwurf für die Skulptur *Der schlafende Athlet* war, und während ich ihn mir ansah, beschlich mich so etwas wie eine entsetzliche Gewißheit. Es war eine Idee, die in der Magengegend begann und sich langsam bis in die Haarwurzeln fortpflanzte.

Meine Familie behauptet immer, ich sei zu neugierig. Ich kann nur sagen, daß keine zehn wilden Pferde mich davon hätten abhalten können, diesen Schrank unter die Lupe zu nehmen. Mit dem Gefühl, daß irgend etwas ganz Abscheuliches mir daraus entgegenspringen könnte – ich war inzwischen ein bißchen überdreht, und es war ein unerfreulicher nächtlicher Zeitpunkt –, legte ich heldenhaft die Hand auf den Türgriff.

Zu meinem Erstaunen war die Tür nicht einmal zugeschlossen. Sie ging anstandslos auf und enthüllte nur einen Satz vollkommen unschuldiger, ordentlicher Regale, zwischen denen Loder sich unmöglich aufgehalten haben konnte.

Inzwischen war natürlich mein Blut in Wallung, also begann ich nach dem Schnappschloß zu suchen, von dem ich wußte, daß es irgendwo sein mußte, und ich fand es auch ohne Schwierigkeit. Die Schrankrückwand schwang lautlos nach innen auf, und ich befand mich oberhalb einer schmalen Treppe.

Ich hatte soviel Verstand, mich zu vergewissern, daß die Tür sich auch von innen öffnen ließ, bevor ich weiterging, sowie mich mit einem kräftigen Stößel zu bewaffnen, den ich auf einem der Regale fand, um für alle Eventualitäten gerüstet zu sein.

Dann schloß ich die Tür und schwebte leichtfüßig wie ein Elfchen diese hübsche Treppe hinunter.

Unten war wieder eine Tür, aber ich brauchte nicht lange, um ihr Geheimnis zu ergründen. Mit einem Gefühl höchster Erregung stieß ich sie kühn auf, den Stößel zur Tat bereit.

Der Raum schien aber leer zu sein. Der Strahl meiner Taschenlampe schimmerte auf etwas Flüssigem, und dann fand ich den Wandschalter.

Ich sah einen großen quadratischen, als Werkstatt eingerichteten Raum. An der rechten Wand befand sich ein breites Schaltbrett, darunter eine Werkbank. Von der Mitte der Decke hing eine große Lampe herunter, die ihr Licht auf eine Glaswanne warf, über zwei Meter lang und etwa einen Meter breit. Ich knipste diese Lampe an und schaute in die Wanne. Sie war mit einer dunkelbraunen Flüssigkeit gefüllt, die ich sofort als die übliche Zusammensetzung von Zyanid und Kupfersulfat erkannte, wie man sie zum Verkupfern nimmt.

Die Haken an den Drähten darüber waren leer, aber in einer Ecke des Raumes stand eine halb geöffnete Packkiste, und als ich den Deckel anhob, sah ich darunter Reihen um Reihen von Kupferanoden – genug davon, um eine lebensgroße Figur mit einer über einen halben Zentimeter dicken Kupferschicht zu überziehen. Es stand auch noch eine kleinere Kiste da, die noch zugenagelt war, aber aus ihrem Gewicht und Aussehen schloß ich, daß sie das Silber für die restliche Prozedur enthielt. Ich suchte aber noch etwas, und bald hatte ich es gefunden – eine beachtliche Menge von präpariertem Graphit und ein großes Gefäß mit Firnis.

Natürlich gab es keinen eigentlichen Beweis dafür, daß da irgend etwas nicht mit rechten Dingen zugehen sollte. Es gab überhaupt keinen Grund, warum Loder nicht einen Gipsabguß machen und diesen plattieren sollte, wenn ihm nach so etwas der Sinn stand. Aber dann fand ich etwas, was nicht auf legale Weise hierher gekommen sein *konnte.*

Auf der Werkbank lag ein ovales Kupferplättchen von etwa vier Zentimetern Länge – das Ergebnis von Loders Nachtarbeit, dachte ich mir. Es war eine Elektrotype des amerikanischen Konsularsiegels, des Stempels, den sie einem auf das Paßfoto drücken, damit man es nicht einfach abnehmen und durch ein Konterfei seines Freundes Jiggs ersetzen kann, der gern außer Landes gehen möchte, weil er bei Scotland Yard so beliebt ist.

Ich setzte mich auf Loders Arbeitsschemel und ging diesen hübschen kleinen Plan in allen Details durch. Ich sah, daß er an drei Angelpunkten hing. Als erstes mußte ich herausfinden, ob Varden die Absicht hatte, in Kürze nach Australien abzudampfen, denn wenn nicht, warf das alle meine schönen Theorien über den Haufen. Und zweitens würde es der Sache sehr förderlich sein, wenn er gleich Loder dunkle Haare hätte, die er, wie Sie sehen, hat – dunkel genug zumindest, um der Beschreibung im Paß Genüge zu tun. Ich hatte ihn nur in diesem Apollo-Film gesehen, und da hatte er eine blonde Perücke aufgehabt. Aber ich wußte, wenn ich lange genug dablieb, würde ich ihn bald zu sehen bekommen, weil er ja eine Zeitlang bei Loder sein würde. Und drittens mußte ich natürlich herausfinden, ob Loder irgendeinen Grund haben könnte, Varden übelzuwollen.

Nun, ich fand, daß ich schon so lange da unten war, wie es gerade noch gesund für mich sein konnte. Loder konnte jeden Augenblick wiederkommen, und ich vergaß nicht, daß eine Wanne voller Kupfersulfat und Zyankali ein bestens geeignetes Mittel sein konnte, sich einen allzu neugierigen Gast vom Hals zu schaffen. Und ich kann nicht behaupten, daß ich allzu große Lust gehabt hätte, für ein Stück von Loders Hausrat Modell zu stehen. Ich habe noch nie Dinge leiden können, die nicht sind, was sie darstellen – Bände von Dickens zum Beispiel, die sich als Keksdosen entpuppen, und ähnlichen Krimskrams; und wenn ich auch kein allzu großes Interesse für mein eigenes Begräbnis aufbringe, hätte ich es doch gern geschmackvoll. Ich ging so weit, alle Fingerabdrücke fortzuwischen, die ich hinterlassen haben mochte, dann ging ich ins Atelier zurück und brachte den Diwan wieder in Ordnung. Ich hatte das Gefühl, Loder würde nicht allzu begeistert davon sein, daß ich da unten gewesen war.

Es gab aber noch etwas anderes, was meine Neugier erregte. Ich schlich auf Zehenspitzen über den Flur zurück in den Rauchsalon. Das Silbersofa glomm im Schein der Taschenlampe. Ich hatte das Gefühl, es noch fünfzigmal weniger leiden zu können als vorher. Aber ich nahm mich zusammen und sah mir die Füße ganz genau an. Von Maria Moranos zweiter Zehe hatte ich natürlich schon gehört.

Den Rest der Nacht verbrachte ich dann doch im Sessel.

Wegen der Sache mit Mrs. Bilt und diesem und jenem und den Erkundigungen, die ich einziehen mußte, kam ich dann erst ziemlich spät dazu, mich in Loders Spielchen einzumischen. Ich bekam heraus, daß Varden ein paar Monate vor dem Verschwinden der schönen Maria bei Loder zu Gast gewesen war. Ich fürchte, daß ich da ein bißchen voreilig war, Mr. Varden. Ich dachte, da *sei* vielleicht wirklich etwas gewesen.»

«Sie brauchen sich nicht zu entschuldigen», sagte Varden lachend. «Filmschauspieler sind doch für ihre Unmoral berüchtigt.»

«Reiben Sie es mir nur kräftig rein», versetzte Wimsey ein wenig gekränkt. «Ich entschuldige mich. Jedenfalls kam es, was Loder betraf, auf dasselbe heraus. Dann gab es noch eine Kleinigkeit, über die ich mir völlige Gewißheit verschaffen mußte. Das Galvanisieren – erst recht bei einer so kniffligen Arbeit, wie sie mir vorschwebte – ist nichts, was sich in einer Nacht bewerkstelligen läßt; andererseits erschien es unbedingt notwendig, daß man Mr. Varden bis zum Tag seiner geplanten Abreise lebend in New York sah. Ebenso klar war, daß Loder es darauf anlegen mußte, beweisen zu können, daß ein Mr. Varden New York planmäßig verlassen hatte und wirklich in Sydney angekommen war. Folglich mußte ein falscher Mr. Varden mit Vardens Papieren und Vardens Paß, in den ein neues Foto einmontiert und getreulich mit dem Konsularsiegel versehen war, hier abreisen und in Sydney sang- und klanglos verschwinden, um sich in Mr. Eric Loder zurückzuverwandeln und mit einem vollkommen echten eigenen Paß weiterzureisen. Nun, und in diesem Falle mußte selbstverständlich auch ein Telegramm an Mystofilm aufgegeben werden, des Inhalts, daß man Mr. Varden mit einem späteren Schiff als angekündigt zu erwarten habe. Diesen Teil der Ermittlungen überließ ich meinem Diener Bunter, der da ungemein tüchtig ist. Dieser treue Geselle beschattete Loder drei Wochen lang auf Schritt und Tritt, und zu guter Letzt wurde das Telegramm in einem Postamt am Broadway, wo man (wiederum dank einer glücklichen Fügung der Vorsehung) extrem harte

Bleistifte zur Verfügung stellt, genau einen Tag vor Mr. Vardens vorgesehener Abreise dann auch wirklich aufgegeben.»

«Heilige Neune!» rief Varden. «Ich erinnere mich jetzt, daß man mir etwas von einem Telegramm gesagt hat, als ich da unten ankam, aber ich habe es nie mit Loder in Zusammenhang gebracht. Ich dachte, das sei nur ein dummes Versehen bei der Western Electric gewesen.»

«Eben. Sowie ich das in der Hand hatte, bin ich jedenfalls sofort zu Loder gebraust, in der einen Tasche einen Dietrich und in der anderen eine Pistole. Der gute Bunter kam mit und hatte den Befehl, die Polizei anzurufen, wenn ich nicht um eine bestimmte Zeit wieder draußen sei. Sie sehen also, daß alles ziemlich gut organisiert war. Bunter war der Chauffeur, der draußen auf Sie wartete, Mr. Varden, aber Sie wurden plötzlich mißtrauisch – und ich kann es Ihnen ganz und gar nicht verdenken –, und so konnten wir Ihnen nur noch Ihr Gepäck zum Bahnhof nachschicken.

Auf dem Weg zu Loder begegneten wir Loders Personal, das in einem Wagen nach New York unterwegs war, und das bewies uns, daß wir erstens auf der richtigen Fährte waren und ich zweitens ziemlich leichtes Spiel haben würde.

Mein Gespräch mit Mr. Varden kennen Sie schon. Ich glaube nicht, daß ich es besser wiedergeben könnte als er. Nachdem ich ihn und seine Siebensachen wohlbehalten aus dem Haus wußte, begab ich mich ins Atelier. Es war leer, und so öffnete ich die Geheimtür und sah, wie erwartet, am unteren Ende der Treppe einen Lichtstreifen unter der Tür zur Werkstatt.»

«Dann war Loder also die ganze Zeit da?»

«Natürlich war er da. Ich nahm meine kleine Bleispritze fest in die Hand und öffnete ganz leise die Tür. Loder stand zwischen der Wanne und dem Schaltbrett, schwer beschäftigt – so beschäftigt, daß er mich nicht eintreten hörte. Seine Hände waren schwarz von Graphit, von dem ein Häufchen auf einem Bogen Papier auf dem Boden lag, und er hantierte mit einem langen, spiraligen Kupferdraht herum, der an den Transformator angeschlossen war. Die große Packkiste war offen, und alle Haken waren behängt.

‹Loder!› sagte ich.

Mit einem Gesicht, das nicht mehr menschlich zu nennen war, drehte er sich zu mir um. ‹Wimsey!› schrie er. ‹Zum Teufel, was haben Sie hier zu suchen?›

‹Ich bin nur gekommen›, sagte ich, ‹um Ihnen zu sagen, daß ich weiß, wie der Apfel in den Kloß kommt.› Damit zeigte ich ihm die Pistole.

Mit einem schrillen Aufschrei machte er einen Satz nach dem Schaltbrett und knipste das Licht aus, so daß ich ihn nicht mehr sehen und auf ihn zielen konnte. Ich hörte ihn in meine Richtung springen – dann ein Krachen und ein Platschen – ein Schrei, wie ich ihn noch nie gehört habe – nicht in fünf Jahren Krieg – und wie ich ihn auch nie wieder hören möchte.

Ich tastete mich zum Schaltbrett vor. Natürlich schaltete ich alles andere ein, bevor ich den Lichtschalter fand, aber schließlich ging doch auch das Licht an – gleißendes weißes Flutlicht über der Wanne.

Da lag er und zuckte noch ein wenig. Zyankali ist, wie Sie ja wissen, ungefähr das Schnellste und Schmerzhafteste, was es so gibt. Bevor ich noch einen Finger rühren und etwas tun konnte, wußte ich, daß er tot war – vergiftet und ertrunken. Der Kupferdraht, der ihn zu Fall gebracht hatte, war mit ihm in die Wanne gefallen. Ohne zu überlegen faßte ich ihn an und bekam einen Schlag, der mich fast umgehauen hätte. Da wurde mir klar, daß ich auf der Suche nach dem Lichtschalter den Strom eingeschaltet haben mußte. Ich sah wieder in die Wanne. Im Fallen hatten seine sterbenden Hände den Draht umklammert. Die Windungen lagen fest um seine Finger, und der Strom lagerte methodisch einen Kupferfilm an seinen graphitgeschwärzten Händen ab.

Ich hatte gerade noch soviel Verstand, mir klarzumachen, daß Loder tot war und die Geschichte böse für mich ausgehen könnte, wenn sie herauskam, denn immerhin war ich hingegangen und hatte ihn mit einer Pistole bedroht.

Ich suchte eine Weile herum, bis ich etwas Lötdraht und einen Lötkolben fand. Dann ging ich nach oben und rief Bunter herein, der seine zehn Meilen in Rekordzeit zurückgelegt hatte. Wir gingen in den Rauchsalon und löteten den Arm dieser vermaledeiten Figur, so gut wir konnten, wieder an, dann trugen wir alles in die Werkstatt zurück. Wir verwischten alle Fingerabdrücke und entfernten alle Spuren unserer Anwesenheit. Das Licht und alle Schalter am Schaltbrett ließen wir so, wie sie waren, und fuhren schließlich auf weiten Umwegen nach New York zurück. Das einzige, was wir mitgenommen hatten, war das nachgemachte Konsularsiegel, und das warfen wir in den Fluß.

Loder wurde andern Morgens vom Butler gefunden. Wir lasen in der Zeitung, daß er bei einem Experiment mit Galvanisierarbeiten in seine Wanne gefallen sei. Die grausige Meldung wurde mit dem Zusatz kommentiert, daß die Hände des Toten mit einer dicken Kupferschicht überzogen gewesen seien. Da diese nicht ohne pietätlose Gewaltanwendung zu entfernen gewesen sei, werde man ihn so begraben.

Das war's. Also, Armstrong, kann ich jetzt bitte meinen Whisky wiederhaben?»

«Was ist denn aus dem silbernen Sofa geworden?» erkundigte Smith-Hartington sich nach einer kleinen Weile.

«Das habe ich auf einer Auktion von Loders Hinterlassenschaft ersteigert», antwortete Wimsey, «und dann habe ich mich mit einem lieben alten katholischen Priester in Verbindung gesetzt, den ich kannte, und habe ihm die ganze Geschichte unter dem Siegel der Verschwiegenheit erzählt. Der alte Knabe war sehr verständig und mitfühlend; und so haben dann Bunter und ich das Ding in einer Mondnacht ins Auto geladen und zu seiner Kirche ein paar Meilen außerhalb der Stadt gebracht, wo wir ihm in einer Ecke des Friedhofs ein christliches Begräbnis gegeben haben. Es erschien uns als das Beste, was wir tun konnten.»

2

Die ergötzliche Episode von dem fraglichen Artikel

Lord Peter Wimseys unprofessionelle Karriere als Detektiv war gesteuert (obgleich das Wort in diesem Zusammenhang nicht recht angebracht erscheint) von einer beharrlichen und geradezu würdelosen Neugier. Seine Angewohnheit, dumme Fragen zu stellen – beim unreifen Jüngling nur natürlich, wenngleich auch irritierend –, war ihm erhalten geblieben, auch nachdem sein untadeliger Diener Bunter schon lange in seine Dienste getreten war, um ihm die Stoppeln vom Kinn zu rasieren und stets für einen ausreichenden Vorrat an Napoleon-Cognac und Villar-y-Villar-Zigarren zu sorgen. Im Alter von zweiunddreißig Jahren wurde er von seiner Schwester Mary einmal als Elefantenjunges bezeichnet. So brachte seine alberne Frage (in Anwesenheit seines Bruders, des Herzogs von Denver, der vor Scham puterrot anlief) nach dem wirklichen Inhalt des «Wollsacks» den damaligen Lordkanzler (und Inhaber dieses symbolträchtigen Sitzes im Oberhaus) dazu, den fraglichen Artikel spielerisch zu untersuchen und in seinen verborgensten Tiefen das berühmte Diamantcollier der Marquise von Writtle zu entdecken, das ihr am Tage der Parlamentseröffnung abhanden gekommen und von einer der Putzfrauen dort sicher versteckt worden war. Und indem er höchstpersönlich dem Chefingenieur von LONDON II mit der Frage in den Ohren lag, was denn Oszillation bedeute und wozu sie gut sei, gelang es Seiner Lordschaft ganz zufällig, den großen Ploffsky-Ring anarchistischer Verschwörer zu entlarven, die sich untereinander mit einem ausgeklügelten System von Heultönen zu verständigen pflegten, mit denen sie (zum großen Verdruß der Hörer britischer und kontinentaleuropäischer Stationen) die Londoner Welle überlagerten, um so ihre Nachrichten über einen Radius von fünf- bis sechshundert Meilen verbreiten zu lassen. Leute mit mehr Muße als Anstand brüskierte er einmal damit, daß er es sich plötzlich in den Kopf setzte, auf dem Weg über die Treppe zur Untergrundbahn hinabzusteigen, obwohl das einzig Aufregende, was er dort jemals fand, die blutbefleckten Schuhe des Mörders vom Sloane Square waren; als andererseits einmal die Kanalisation in Glegg's Folly herausgerissen wurde, machte er durch ständiges Herumlungern, womit er die Installateure von der Arbeit abhielt, zufällig die Entdeckung, die den verabscheuungswürdigen Giftmörder William Girdlestone Chitty an den Galgen brachte.

Demzufolge kam es für den braven Bunter keineswegs überraschend, als er eines schönen Aprilmorgens von einer plötzlichen Abänderung ihrer Reisepläne in Kenntnis gesetzt wurde.

Sie waren rechtzeitig zur Gare St. Lazare gekommen, um ihr Gepäck aufzugeben. Nach einer dreimonatigen Italienreise, die ausschließlich dem Vergnügen diente, hatten sie zwei rundum erfreuliche Wochen in Paris verbracht, und nun gedachten sie auf dem Heimweg nach England noch dem Duc de Sainte-Croix in Rouen einen Besuch abzustatten. Lord Peter ging eine Weile in der Salle des Pas Perdus auf und ab, kaufte sich die eine oder andere Illustrierte und besah sich die Leute. Sein beifälliger Blick ruhte kurz auf einem schlanken Geschöpf mit Herrenschnitt und dem Gesicht eines echten Pariser *gamin*, bevor er einräumen mußte, daß ihre Fesseln ein wenig zu stämmig waren. Er war einer älteren Dame behilflich, die dem Verkäufer am Kiosk klarzumachen versuchte, daß sie einen Stadtplan von Paris und keine *carte postale* haben wolle, nahm an einem der kleinen grünen Tische am anderen Ende einen schnellen Cognac zu sich und fand schließlich, er solle doch lieber einmal hingehen und sich darum kümmern, wie Bunter zurechtkam.

In der letzten halben Stunde hatten Bunter und sein Gepäckträger sich bis an die zweite Stelle in der riesenlangen Schlange vorgearbeitet – denn es war wieder einmal eine der Waagen außer Betrieb. Vor ihnen stand ein aufgeregtes kleines Grüppchen – die junge Dame, die Lord Peter schon in der Salle des Pas Perdus bemerkt hatte, ein etwa dreißigjähriger Mann mit bläßlichem Gesicht, ihr Gepäckträger und der Bahnbeamte, der eifrig durch sein kleines *guichet* spähte.

«Mais je te répète que je ne les ai pas», sagte der bläßliche Mann hitzig. «Voyons, voyons. C'est bien toi qui les a pris, n'est-ce pas? Eh bien, alors, comment veux-tu que je les aie, moi?»

«Mais non, mais non, je te les ai bien donnés là-haut, avant d'aller chercher les journaux.»

«Je t'assure que non. Enfin, c'est évident! J'ai cherché partout, que diable! Tu ne m'a rien donné, du tout, du tout.»

«Mais puisque je t'ai dit d'aller faire enrégistrer les bagages! Ne faut-il pas que je t'aie bien remis les billets? Me prends-tu pour un imbécile? Va! On n'est pas dépourvu de sens! Mais regarde l'heur! Le train part à 11 h. 20 m. Cherche un peu, au moins.»

«Mais puisque j'ai cherché partout – le gilet, rien! Le jacquet, rien, rien! Le pardessus – rien! rien! rien! C'est toi –»

An dieser Stelle griff der Gepäckträger, genötigt durch die wilden Wutschreie und das Stampfen der Anstehenden und die wiederholten Beleidigungen, die Lord Peters Gepäckträger gegen ihn ausstieß, in die Diskussion ein.

«P't-être qu' m'sieur a bouté les billets dans son pantalon», mutmaßte er.

«Triple idiot!» fauchte der Reisende. «Je vous le demande – est-ce qu'on a jamais entendu parler de mettre des billets dans son pantalon? Jamais –»

Der französische Gepäckträger ist ein Republikaner und obendrein schändlich unterbezahlt. Die unendliche Geduld seines englischen Kollegen ist ihm nicht gegeben.

«Ah!» sagte er, wobei er zwei schwere Koffer fallen ließ und sich nach moralischer Unterstützung umsah. «Vous dites? En voilà du joli! Allons, mon p'tit, ce n'est pas parce-qu'on porte un faux-col qu'on a le droit d'insulter les gens.»

Aus der Diskussion hätte sich ein ausgewachsener Streit entwickeln können, hätte der junge Mann nicht plötzlich die Fahrkarten gefunden – wie es der Zufall wollte, befanden sie sich eben doch in seiner Hosentasche –, woraufhin er zur unverhohlenen Genugtuung der Wartenden den Vorgang der Gepäckaufgabe fortsetzen konnte.

«Bunter», sagte Seine Lordschaft, der mit dem Rücken zu der Gruppe stand und sich eine Zigarette anzündete, «ich gehe die Fahrkarten umtauschen. Wir fahren direkt nach London. Haben Sie Ihren Knipskasten bei sich?»

«Ja, Mylord.»

«Den, womit Sie aus der Jackentasche knipsen können, ohne daß es jemand merkt?»

«Ja, Mylord.»

«Machen Sie mir ein Foto von den beiden.»

«Ja, Mylord.»

«Um das Gepäck kümmere ich mich. Schicken Sie dem Herzog ein Telegramm, ich sei unerwartet nach Hause gerufen worden.»

«Sehr wohl, Mylord.»

Lord Peter kam auf die Angelegenheit erst wieder zu sprechen, als Bunter in ihrer Kabine an Bord der *Normannia* seine Hose in den Bügel spannte. Er hatte sich nur noch vergewissert, daß der Mann und die Frau, die seine Aufmerksamkeit erregt hatten, als Passagiere zweiter Klasse auf dem Schiff waren, ansonsten war er ihnen sorgsam aus dem Weg gegangen.

«Haben Sie das Foto?»

«Ich hoffe es, Mylord. Wie Eure Lordschaft wissen, ist das Anvisieren aus der Jackentasche heraus nicht immer sehr zielsicher. Ich habe drei Versuche gemacht und hoffe, daß wenigstens einer davon sich als nicht ganz erfolglos erweisen wird.»

«Wie bald können Sie die Dinger entwickeln?»

«Sofort, wenn Eure Lordschaft es wünschen. Ich habe alle Materialien in meinem Koffer.»

«Wie lustig!» rief Lord Peter, indem er sich eilfertig in einen malvenfarbenen Seidenpyjama warf. «Darf ich dabei die Flaschen halten und so weiter?»

Mr. Bunter goß 7 Zentiliter Wasser in ein 20-Zentiliter-Meßglas und reichte seinem Herrn einen Glasstab und ein kleines Päckchen.

«Wenn Eure Lordschaft die Güte hätten, den Inhalt des weißen Päckchens langsam in das Wasser zu rühren», sagte er, indem er die Tür verriegelte, «und, nachdem er sich aufgelöst hat, den Inhalt des blauen Päckchens dazuzugeben.»

«Wie Brausepulver», sagte Seine Lordschaft fröhlich. «Schäumt das auch?»

«Nicht sehr, Mylord», antwortete der Experte, während er etwas Fixiersalz ins Waschbecken schüttete.

«Schade», meinte Lord Peter. «Wissen Sie was, Bunter? Das Zeug braucht ewig lange, um sich aufzulösen.»

«Jawohl, Mylord», erwiderte Bunter gemessen. «Ich finde diesen Teil des Vorgangs auch immer ausnehmend langweilig, Mylord.»

Lord Peter rührte verbissen mit dem Glasstab.

«Warte nur», sagte er gehässig, «bis wir nach Waterloo kommen.»

Drei Tage später saß Lord Peter Wimsey in seinem büchergespickten Wohnzimmer am Piccadilly 110a. Die langstieligen Narzissen auf dem Tisch lächelten in der Frühlingssonne und nickten im Wind, der durch das offene Fenster hereinfuhr. Die Tür ging auf, und Seine Lordschaft blickte von der schönen Ausgabe der *Contes de La Fontaine* auf, deren wunderhübsche Fragonard-Stiche er gerade mittels einer Lupe untersuchte.

«Morgen, Bunter. Was gibt's?»

«Ich habe festgestellt, Mylord, daß die fragliche junge Person in den Dienst der älteren Herzogin von Medway getreten ist. Ihr Name ist Célestine Berger.»

«Sie drücken sich nicht mit der gewohnten Präzision aus, Bunter. Wer von der Bühne kommt, heißt niemals Célestine. Sie hätten sagen sollen: ‹Unter dem Namen Célestine Berger.› Und der Mann?»

«Er hat unter dieser Adresse in der Guilford Street in Bloomsbury Wohnung genommen, Mylord.»

«Ausgezeichnet, mein lieber Bunter. Jetzt geben Sie mir den *Who's Who.* War es sehr anstrengend?»

«Nicht übermäßig, Mylord.»

«Demnächst gebe ich Ihnen doch noch mal etwas zu tun, was Ihnen gegen den Strich geht», sagte Seine Lordschaft, «und dann werden Sie mich verlassen und ich mir die Kehle durchschneiden. Danke. Sie dürfen jetzt nach draußen spielen gehen. Ich esse im Club zu Mittag.»

Das Buch, das Bunter seinem Brotgeber reichte, trug auf dem Umschlag tatsächlich die Aufschrift *Who's Who*, aber man konnte es in keiner öffentlichen Bibliothek und keinem Buchladen finden. Es war ein dickes, teils in Mr. Bunters kleiner, druckbuchstabenähnlicher Schrift, teils in Lord Peters säuberlicher und ganz und gar unleserlicher Handschrift eng beschriebenes Manuskript und enthielt die Biographien der unwahrscheinlichsten Leute sowie die unwahrscheinlichsten Angaben über die bekanntesten Leute. Lord Peter schlug einen sehr langen Eintrag unter dem Namen «Herzoginwitwe von Medway» auf. Er schien mit dem, was er las, hochzufrieden, denn nach einer Weile lächelte er, klappte das Manuskript zu und ging zum Telefon.

«Ja – hier Herzogin von Medway. Was gibt es?»

Die tiefe, rauhe alte Stimme gefiel Lord Peter. Im Geiste sah er das gebieterische Gesicht und die aufrechte Gestalt der einstmals berühmtesten Schönheit im London der sechziger Jahre vor sich.

«Herzogin – hier ist Peter Wimsey.»

«Ach, und wie geht es Ihnen, junger Mann? Von Ihrem Europabummel zurück?»

«Soeben heimgekehrt – und nun kann ich es kaum erwarten, der faszinierendsten Dame Englands meine Verehrung zu Füßen zu legen.»

«Der Himmel steh mir bei, mein Kind, was wollen Sie von mir?» fragte die Herzogin. «Junge Burschen wie Sie schmeicheln einer alten Frau nicht umsonst.»

«Ich möchte Ihnen meine Sünden beichten, Herzogin.»

«Sie hätten in der großen alten Zeit leben sollen», sagte die Stimme beifällig. «Bei dem jungen Gemüse von heute sind Ihre Talente verschwendet.»

«Darum möchte ich ja mit Ihnen reden, Herzogin.»

«Nun, mein Lieber, wenn Sie Sünden begangen haben, die anzuhören es sich lohnt, freue ich mich auf Ihren Besuch.»

«Sie sind ebenso ungemein gütig wie charmant. Ich komme heute nachmittag.»

«Ich werde für Sie und sonst für niemanden dasein. Bitte sehr.»

«Verehrteste, ich küsse Ihre Hände», sagte Lord Peter und hörte noch ein tiefes, leises Lachen, bevor die Herzogin auflegte.

«Sie können sagen, was Sie wollen, Herzogin», sagte Lord Peter von seinem Ehrfurchtsplatz auf dem Kaminhocker aus, «aber Sie sind die jüngste Großmutter Londons, wobei ich meine eigene Mutter nicht ausnehme.»

«Die liebe Honoria ist doch noch das reinste Kind», sagte die Herzogin. «Ich habe zwanzig Jahre mehr Lebenserfahrung und bin in das Alter gekommen, in dem man sich damit brüstet. Und ich habe die feste Absicht, auch noch Urgroßmutter zu werden, bevor ich sterbe. Sylvia heiratet in vierzehn Tagen, und zwar diesen dummen Sohn von Lord Attenbury.»

«Abcock?»

«Ja. Er hält die schlechtesten Jagdpferde, die ich je gesehen habe, und weiß Champagnerwein nicht von Sauterne zu unterscheiden. Aber Sylvia ist ja ebenfalls dumm, das arme Kind, da werden sie wohl zauberhaft miteinander auskommen. Zu meiner Zeit brauchte man entweder Grips oder Schönheit, um es zu etwas zu bringen, am besten beides. Heutzutage scheint es zu genügen, wenn man überhaupt keine Persönlichkeit hat. Aber mit dem Vetorecht des Oberhauses ist der Gesellschaft auch der Verstand abhanden gekommen. Sie nehme ich da aus, Peter. Sie haben Talente. Es ist ein Jammer, daß Sie sie nicht in der Politik zur Geltung bringen.»

«Aber Verehrteste, Gott behüte!»

«Vielleicht haben Sie nach Lage der Dinge sogar recht. Zu meiner Zeit, da gab es noch Giganten. Der gute Disraeli! Ich erinnere mich noch so genau, wie wir ihn alle zu kapern versucht haben, nachdem seine Frau gestorben war – Medway war das Jahr zuvor gestorben –, aber er war ja so von dieser dummen Bradford eingewickelt, die noch nie eine Zeile aus seinen Büchern gelesen hatte und sowieso nichts davon verstanden hätte. Jetzt kandidiert Abcock für Midhurst und heiratet Sylvia!»

«Sie haben mich gar nicht zur Hochzeit eingeladen, liebe Herzogin. Ich bin ja so verletzt», seufzte Seine Lordschaft.

«Du meine Güte, Junge – *ich* habe doch die Einladungen nicht verschickt, aber ich nehme an, Ihr Bruder und seine nervtötende Frau werden dabeisein. Sie müssen natürlich auch kommen, wenn Sie möchten. Ich hatte ja keine Ahnung, daß Sie eine Schwäche für Hochzeiten haben.»

«Nein?» meinte Peter. «Ich habe eine Schwäche für *diese* Hochzeit. Ich möchte Lady Sylvia so gern in weißer Seide mit Familienschmuck sehen und mich wehmütig an die Zeit erinnern, als mein Foxterrier einmal die Füllung aus ihrer Puppe gerissen hat.»

«Nun gut, mein Lieber, das sollen Sie. Kommen Sie früh und stärken Sie mir den Rücken. Was den Schmuck angeht – wenn es nicht Familientradition wäre, würde Sylvia die Diamanten gar nicht tragen. Sie besitzt die Unverschämtheit, an ihnen herumzumäkeln.»

«Ich dachte, sie gehörten zu den schönsten, die es überhaupt gibt.»

«Das stimmt auch. Aber sie sagt, die Fassungen seien häßlich und altmodisch, und überhaupt möge sie keine Diamanten, und sie paßten nicht zu ihrem Kleid. So ein Unsinn. Wer hat denn je von einem Mädchen gehört, das keine Diamanten mag? Sie will irgendwie romantisch und verklärt in Perlen gehen. Ich weiß nichts mit ihr anzufangen.»

«Ich verspreche, die Diamanten zu bewundern», sagte Lord Peter, «und werde von meinem Vorrecht der Kinderfreundschaft Gebrauch machen und ihr sagen, daß sie eine dumme Gans ist und so weiter. Ich würde sie mir ja so gern mal ansehen. Wann kommen sie aus dem Kühlraum?»

«Mr. Whitehall holt sie am Vorabend der Hochzeit von der Bank», sagte die Herzogin, «und dann kommen sie in den Safe in meinem Zimmer. Kommen Sie um zwölf Uhr, und Sie dürfen sie privat besichtigen.»

«Das wäre wunderbar. Sie geben aber gut acht, daß sie nicht im Laufe der Nacht verschwinden, ja?»

«Ach Gott, das Haus wird von Polizei nur so wimmeln. Das ist so lästig. Aber ich fürchte, da kann man nichts machen.»

«Oh, ich halte es für eine gute Sache», sagte Peter. «Ich habe irgendwie eine ungesunde Schwäche für Polizisten.»

Am Morgen des Hochzeitstages verwandelte sich Lord Peter unter Bunters Händen in ein wahres Wunder an Eleganz. Sein primelgelbes Haar, schon ein exquisites Kunstwerk für sich, unter dem glänzenden Zylinder zu verstecken, kam einem Einsperren der Sonne selbst in einen Schrein von polierter Pechkohle gleich; seine Gamaschen, Hose und blitzenden Schuhe bildeten eine monochromatische Farbsymphonie. Nur durch flehentliches Bitten konnte er seinem Tyrannen die Erlaubnis abringen, wenigstens zwei kleine Fotos und einen ausländischen Brief in die Brusttasche stecken zu dürfen. Mr. Bunter, ebenso makellos ausstaffiert, stieg nach ihm ins Taxi. Pünktlich zur Mittagsstunde wurden sie unter der gestreiften Markise abgesetzt, die den Eingang zum Haus der Herzogin von Medway im Park Lane zierte. Bunter verschwand prompt in Richtung Hintereingang, während Seine Lordschaft die Treppe hinaufging und zur Herzoginwitwe vorgelassen zu werden begehrte.

Das Gros der Gäste war noch nicht da, aber das Haus wimmelte von aufgeregten Menschen, die mit Blumen und Gesangbüchern dahin und dorthin huschten, während das Geklapper von Geschirr und Bestecken aus dem Speisesaal die Vorbereitungen zu einem üppigen Hochzeitsfrühstück verriet. Lord Peter wurde in den Morgensalon geführt, während der Diener ihn anmelden ging, und hier traf er einen sehr guten Freund und treuen Kollegen, Kriminalinspektor Parker, der in Zivil dastand und über einer kostbaren Sammlung weißer Elefanten Wache hielt. Lord Peter begrüßte ihn mit einem herzlichen Händedruck.

«Alles soweit in Ordnung?»

«Bestens.»

«Hast du meine Nachricht bekommen?»

«Klare Sache. Drei meiner Leute beschatten deinen Freund in der Guilford Street. Dem Mädchen begegnet man hier auf Schritt und Tritt. Bürstet der alten Dame die Perücke auf und so weiter. Ein bißchen kokett, die Kleine, wie?»

«Du überraschst mich», sagte Lord Peter. «Nein –» als sein Freund sarkastisch grinste –, «du überraschst mich wirklich. Meinst du das ernst? Das würde nämlich alle meine Kalkulationen über den Haufen werfen.»

«Nein, nein. Nur frecher Blick und flinke Zunge, sonst nichts.»

«Keine Klagen über die Arbeit?»

«Ich habe keine gehört. Was hat dich eigentlich auf diese Spur gebracht?»

«Ein blanker Zufall. Natürlich kann ich mich gründlich irren.»

«Hast du Informationen aus Paris?»

«Ich wollte, du würdest nicht immer diese Redewendung gebrauchen», sagte Lord Peter zänkisch. «Klingt so nach Yard – so yardisch. Eines Tages verrätst du dich noch mal damit.»

«Entschuldige», sagte Parker. «Meine zweite Natur, vermutlich.»

«Vor diesen Dingen muß man sich hüten», entgegnete Seine Lordschaft mit einem Ernst, der ein wenig fehl am Platz wirkte. «Man kann noch so gut auf alles achten, nur nicht auf die Streiche, die einem die zweite Natur spielt.» Er ging zum Fenster hinüber, von dem aus man den Lieferanteneingang sah. «Hallo!» sagte er. «Da ist ja unser Vogel.»

Parker trat zu ihm und sah den adretten Herrenschnitt der Französin von der Gare St. Lazare, gekrönt mit einem adretten schwarzen Band mit Schleife. Ein Mann mit einem Korb voller weißer Narzissen hatte geläutet und schien nun seine Ware anbringen zu wollen. Parker öffnete behutsam das Fenster, und sie hörten Célestine mit deutlichem französischem Akzent sagen: «Nein, 'eute nichts, viele Dank.» Der Mann aber ließ sich, wie es dieser Leute Art ist, in seinem monotonen Geleier nicht unterbrechen und versuchte ihr einen Strauß von den weißen Blumen in den Arm zu drücken, doch sie stieß sie mit einem ärgerlichen Ausruf wieder in den Korb, wich mit hochgeworfenem Kopf zurück und knallte die Tür zu. Der Mann trat brummelnd ab, und während er von dannen zog, löste sich ein magerer, ungesund aussehender Müßiggänger mit karierter Kappe von einem Laternenpfahl auf der gegenüberliegenden Straßenseite und schlenderte ihm nach, wobei er einen Blick zum Fenster hinaufwarf. Mr. Parker sah Lord Peter an, nickte und gab mit der Hand ein verstecktes Zeichen. Sofort nahm der Mann mit der karierten Mütze seine Zigarette aus dem Mund, drückte sie aus, steckte sich die Kippe hinters Ohr und ging fort, ohne noch einen Blick zurückzuwerfen.

«Sehr interessant», sagte Lord Peter, kaum daß beide außer Sicht waren. «Horch!»

Über ihnen hörte man aufgeregte Schritte, einen Schrei, dann allgemeinen Tumult. Die beiden Männer sprangen zur Tür, gerade als die Braut, gefolgt von ihrer Brautjungfernschar, in wilder Verzweiflung die Treppe heruntergerannt kam und unter hysterischem Kreischen verkündete: «Die Diamanten! Gestohlen! Sie sind fort!»

Augenblicklich war das ganze Haus in Aufruhr. Dienstboten und Lieferanten drängten in die Halle. Der Brautvater kam in einer prächtigen weißen Weste, doch ohne Jackett, aus seinem Zimmer gestürmt; die Herzogin von Medway stürzte sich auf Parker und verlangte, daß etwas geschehe, während der Butler, der die Schande bis an sein Lebensende nicht überwand, aus dem Anrichteraum gerannt kam, einen Korkenzieher in der einen Hand und in der andern eine unbezahlbare Flasche uralten Portweins, die er schüttelte wie ein Stadtausschreier seine Glocke. Den einzigen würdigen Auftritt bot die Herzoginwitwe von Medway, die wie ein Schiff unter vollen Segeln herunterkam, Célestine mit sich schleppend und sie ermahnend, nicht albern zu sein.

«Sei still, Mädchen», sagte die Herzoginwitwe. «Man glaubt sonst noch, du solltest ermordet werden.»

«Erlauben Sie, Euer Gnaden», sagte Mr. Bunter, der plötzlich in seiner gewohnt unbeirrbaren Art von irgendwoher aus dem Nichts auftauchte und die aufgeregte Célestine fest am Arm packte. «Beruhigen Sie sich, junge Frau.»

«Aber was sollen wir denn jetzt *tun*?» rief die Brautmutter. «Wie konnte das geschehen?»

Genau in diesem Augenblick trat Kriminalinspektor Parker auf die Bühne. Es war der beeindruckendste und dramatischste Augenblick in seiner ganzen Laufbahn. Seine fabelhafte Gelassenheit beschämte die wehklagende Aristokratie, die ihn umstand.

«Euer Gnaden», sagte er, «es besteht kein Grund zur Besorgnis. Unsere Maßnahmen wurden schon ergriffen. Wir haben die Diebe und die Juwelen, dank Lord Peter Wimsey, von dem wir eine Infor –»

«Charles!» sagte Lord Peter mit drohender Stimme.

«– eine Warnung über den geplanten Diebstahlversuch erhalten haben. Einer unserer Leute bringt soeben den männlichen Teil des Verbrecherpaars zum Vordereingang, nachdem wir ihn mit Euer Gnaden Diamanten in seinem Besitz ertappt haben.» (Alle drehten sich um, und wirklich sah man in diesem Augenblick den Müßiggänger mit der karierten Mütze und einen uniformierten Konstabler eintreten, zwischen sich den Blumenverkäufer.) «Seine Komplizin, die das Schloß zu Euer Gnaden Safe geknackt hat, ist – hier! O nein, das lassen Sie schön bleiben», fügte er hinzu, als Célestine inmitten eines unflätigen Wortschwalls, den zu verstehen glücklicherweise niemand genug Französisch konnte, einen Revolver aus dem Ausschnitt ihres züchtigen schwarzen Kleides zu reißen versuchte. «Célestine Berger», fuhr er fort, indem er die Waffe einsteckte, «ich verhafte Sie im Namen des Gesetzes und belehre Sie, daß alles, was Sie aussagen, festgehalten wird und gegen Sie verwendet werden kann.»

«Der Himmel steh uns bei», sagte Lord Peter. «Das Dach würde vom Gerichtsgebäude fliegen. Und du hast den falschen Namen, Charles. Meine Damen und Herren, erlauben Sie mir, Ihnen Jacques Lerouge vorzustellen, bekannt als Sans-culotte, den jüngsten und raffiniertesten Dieb, Safeknacker und Frauenimitator, der je eine Akte im Palais de Justice zierte.»

Die Anwesenden hielten die Luft an. Jacques Lerouge ließ einen leisen Fluch vernehmen und schnitt Lord Peter eine boshafte Grimasse.

«C'est parfait», sagte er. «Toutes mes félicitations, Mylord, das nennt man gute Arbeit, wie? Und jetzt erkenne ich auch ihn», fügte er hinzu, indem er Bunter angrinste, «diesen ach so geduldigen Engländer, der in der *gare St. Lazare* hinter uns in der Schlange stand. Aber sagen Sie mir bitte, woran Sie mich erkannt haben, damit ich es besser machen kann, *nächstes* Mal.»

«Wie ich vorhin schon dir gegenüber erwähnte, Charles», sagte Lord Peter, «ist es das unkluge Zurückfallen in Sprachgewohnheiten, das einen verrät. In Frankreich zum Beispiel wird jeder Junge dazu erzogen, männliche Adjektive zu verwenden, wenn er von sich selbst spricht. Er sagt: Que je suis beau! Ein kleines Mädchen hingegen bekommt eingebleut, daß es weiblich ist; es muß sagen: Que je suis belle! Das muß einem Frauenimitator das Leben ganz schön schwer machen. Und wenn ich dann am Bahnhof stehe und eine aufgeregte junge Frau zu ihrem Begleiter sagen höre: ‹Me prends-tu pour un imbécile?› – dann erregt der männliche unbestimmte Artikel meine Neugier. So war das», schloß er kurz und bündig. «Danach brauchte ich nur noch Bunter ein Foto machen zu lassen und mich mit unsern Freunden bei der Sûreté und bei Scotland Yard in Verbindung zu setzen.»

Jacques Lerouge verbeugte sich wieder. «Ich beglückwünsche Sie noch einmal, Mylord. Er ist der einzige Engländer, dem ich je begegnet bin, der unsere schöne Sprache zu würdigen versteht. Ich werde dem fraglichen Artikel künftig große Aufmerksamkeit schenken.»

Die Herzoginwitwe von Medway näherte sich Lord Peter mit furchtbarem Blick.

«Peter», sagte sie, «wollen Sie damit sagen, Sie *wußten* das und haben es zugelassen, daß ich die letzten drei Wochen von einem *jungen Mann* an- und ausgekleidet und zu Bett gebracht wurde?»

Seine Lordschaft hatte den Anstand, zu erröten.

«Herzogin», sagte er zerknirscht, «bei meiner Ehre, bis heute morgen wußte ich es nicht absolut sicher. Und die Polizei wollte diese Leute doch unbedingt auf frischer Tat ertappen. Womit kann ich meine Reue beweisen? Soll ich das privilegierte Scheusal in Stücke reißen?»

Der grimmige alte Mund entspannte sich ein wenig.

«Immerhin», sagte die Herzoginwitwe in dem vergnüglichen Bewußtsein, ihre Schwiegertochter zu schockieren, «gibt es sehr wenige Frauen meines Alters, die sich dessen rühmen können. Es scheint doch, wir sterben, wie wir gelebt haben, mein Lieber.»

Denn die Herzoginwitwe von Medway hatte zu ihrer Zeit wahrlich einen Ruf gehabt.

3

Das faszinierende Problem mit Onkel Meleagers Testament

«Sie machen so ein bekümmertes Gesicht, Bunter», sagte Seine Lordschaft freundlich zu seinem Diener. «Kann ich Ihnen irgendwie helfen?»

Des Getreuen Miene hellte sich auf, während er die graue Hose seines Herrn aus dem Spannbügel nahm.

«Vielleicht können Eure Lordschaft so freundlich sein und mir ein Wort mit sieben Buchstaben und einem P in der Mitte nennen, das etwas mit Zwei zu tun hat.»

«Doppelt», sagte Lord Peter wie aus der Pistole geschossen.

«Danke, Mylord, das hatte ich auch schon gedacht, aber es paßt leider nicht.»

«Dann eben nicht», sagte Lord Peter. «Wie steht's mit meinem Bad?»

«Es müßte gleich fertig sein, Mylord.»

Lord Peter Wimsey schwang seine seidenbekleideten Beine über die Bettkante und dehnte sich wohlig. Es war ein schöner Juni in diesem Jahr. Durch die offene Tür sah er die Dampfwölkchen, die sich einladend durch einen gelben Sonnenstrahl kräuselten. Jeder seiner Schritte in Richtung Bad war ein bewußter Akt des Genießens. Mit seinem etwas belegten, hellen Tenor schmetterte er ein paar Töne von *«Maman, dîtes-moi»*, dann kam ihm plötzlich ein Gedanke, und er kehrte noch einmal um.

«Bunter!»

«Mylord?»

«Keinen Speck heute morgen. Der Geruch paßt heute nicht.»

«Ich hatte an Rühreier gedacht, Mylord.»

«Ausgezeichnet. Buttergelb. Das richtige Beaconsfield-Gefühl», sagte Seine Lordschaft beifällig.

Sein Gesang erstarb in einem verzückten Schmachtlaut, als er in das nach Verbenaöl duftende Wasser stieg. Sein Blick glitt abwesend über die hellblau und weiß gekachelten Badezimmerwände.

Mr. Bunter hatte sich in die Küche verzogen, um den Kaffee aufzusetzen, als die Glocke ertönte. Überrascht eilte er zurück ins Schlafzimmer. Es war leer. Mit zunehmender Verwunderung stellte er fest, daß es die Badezimmerglocke gewesen sein mußte. Das Wort «Herzanfall» schoß ihm durch den Kopf, aber gleich trat an seine Stelle der noch beklemmendere Gedanke: «Keine Seife.» Fast angstvoll öffnete er die Tür.

«Eure Lordschaft haben geläutet?» fragte er den Kopf, der als einziges von Lord Peter noch zu sehen war.

«Ja», sagte Seine Lordschaft unvermittelt. «Gespann.»

«Wie meinen, Mylord?»

«Gespann. Wort mit sieben Buchstaben, das mit Zwei zu tun hat. Ein P in der Mitte. Zwei Pferde. Ein Gespann.»

Auf Bunters Gesicht machte sich Seligkeit breit.

«Zweifellos richtig», sagte er, indem er einen kleinen Zettel aus der Tasche zog und das Wort mit Bleistift eintrug. «Ich bin Eurer Lordschaft zutiefst verbunden. In diesem Fall muß der gute Koch mit sechs Buchstaben, der auf R endet, Hunger heißen.»

Lord Peter entließ ihn mit einer Handbewegung.

Als Lord Peter ins Schlafzimmer zurückkam, staunte er nicht schlecht, seine Schwester Mary dort in seinem höchsteigenen Sessel sitzen und seine Rühreier verzehren zu sehen. Er begrüßte sie mit freundschaftlicher Bissigkeit und erkundigte sich, was sie zu so gottloser Stunde zu ihm führe.

«Ich reite mit Freddy Arbuthnot aus», antwortete Ihre Ladyschaft, «was du ja schon an meinen Beinkleidern sehen könntest, wenn du wirklich der große Sherlock Holmes wärst, für den du dich ausgibst.»

«Auf Reiten war ich schon gekommen», erwiderte ihr Bruder, «aber ich muß zugeben, daß Freddys Name für meine Vorfrühstücksaugen nicht mit Großbuchstaben auf den Knien deiner Reithose stand. Aber warum der Besuch?»

«Einfach weil du am Weg wohnst», sagte Lady Mary, «und ich sonst schon den ganzen Tag beschäftigt bin, und weil ich möchte, daß du heute abend mit mir in den Sowjet-Club essen gehst.»

«Großer Gott, Mary, wozu denn das? Du weißt, wie ich dieses Lokal hasse. Miserable Küche, unrasierte Männer, und die Gespräche bringen mich auf die Palme. Und als ich das letzte Mal dort war, hat mir außerdem dein Freund Goyles eine Kugel in die Schulter verpaßt. Ich dachte übrigens, du hättest den Sowjet-Club aufgegeben.»

«Es geht auch nicht um mich, sondern um Hannah Marryat.»

«Was, dieses verbiesterte junge Mädchen mit dem schlechten Haarschnitt und den Schnürschuhen?»

«Sie konnte sich eben noch nie einen guten Friseur leisten. Und das ist genau der Punkt, an dem ich deine Hilfe brauche.»

«Mein liebes Kind, ich kann ihr doch nicht die Haare schneiden. Vielleicht Bunter. Er kann ja fast alles.»

«Unsinn! Nein, aber sie hat – das heißt, sie hatte – einen Onkel, so einen reichen, knickrigen, der nie einem andern mal einen Penny abgab. Also, dieser Onkel ist jetzt tot, und sie können sein Testament nicht finden.»

«Vielleicht hat er keins gemacht.»

«O doch, er hat. Er hat es ihr sogar geschrieben. Aber der gemeine Kerl hat es versteckt, und jetzt können sie es nicht finden.»

«Ist das Testament zu ihren Gunsten?»

«Ja.»

«Wer ist der nächste Verwandte?»

«Sie und ihre Mutter sind die einzigen, die von der Familie noch übrig sind.»

«Na, dann braucht sie sich ja nur zu gedulden, und irgendwann kriegt sie das Geld.»

«Nein – denn dieser schreckliche Alte hat zwei Testamente gemacht, und wenn sie das letzte nicht finden, wird das erste für gültig erklärt. Das hat er ihr genau auseinandergesetzt.»

«Aha, verstehe. Übrigens, ich dachte, sie wäre Sozialistin.»

«Und wie. Man kann sie da wirklich nur bewundern. Sie hat großartige Arbeit geleistet.»

«O ja, ich kann es mir vorstellen. Aber dann verstehe ich nicht, warum sie so scharf auf Onkelchens Taler ist.»

Mary mußte leise lachen.

«Haha, aber das ist es ja, womit Onkel Meleager –»

«Onkel *was*?»

«Meleager. So hieß er. Meleager Finch.»

«Oh!»

«Ja – und das hat er eben so raffiniert eingefädelt. Wenn sie das neue Testament nicht findet, tritt das alte in Kraft, und dann geht jeder Penny an die Primelliga.»

Lord Peter stieß einen kleinen Freudenschrei aus.

«Bravo, Onkel Meleager! Weißt du, Polly, ich bin doch nun allenfalls ein Konservativer. Jedenfalls gewiß kein Roter. Warum soll ausgerechnet ich helfen, der Primelliga das schöne Geld wegzuschnappen, damit die Dritte Internationale es kriegt? Onkel Meleager ist ein feiner Kerl. Er gefällt mir allmählich.»

«Oh – aber Peter, ich glaube wirklich nicht, daß sie das Geld dahin geben würde. Wenigstens im Moment nicht. Die beiden sind so schrecklich arm, und Hannahs Mutter braucht irgendeine furchtbar schwierige Operation oder so was Ähnliches und müßte im Ausland leben, darum ist es doch so wichtig, daß sie das Geld bekommen. Und vielleicht wäre Hannah ja auch gar nicht so rot, wenn sie je einen Penny besessen hätte. Außerdem könntest du ja für deine Hilfe die Bedingung stellen, daß sie zu Bresil geht und sich mal ordentlich frisieren läßt.»

«Du bist eine alte Zynikerin», sagte Seine Lordschaft. «Aber es würde mir schon Spaß machen, mir einmal Onkel Meleager vorzuknöpfen. War er wenigstens so entgegenkommend, ein paar Hinweise zu geben, wo das Testament zu finden sein könnte?»

«Er hat einen ganz komischen Brief geschrieben, aus dem wir vorn und hinten nicht schlau werden. Komm doch heute abend mit in den Club, dann zeigen wir ihn dir.»

«Abgemacht. Ist sieben Uhr recht? Und hinterher könnten wir ins Varieté gehen. Würde es dir etwas ausmachen, hier jetzt zu verschwinden? Ich möchte mich nämlich anziehen.»

Der Sowjet-Club trifft sich zum Dinieren in einem niedrigen Kellergewölbe, in dem man vor lauter Krach sein eigenes Wort nicht mehr versteht. Heiße Diskussionen um ethische und soziologische Fragen sowie die neuesten Verse aus den modernen

Dichterschulen vermengen sich hier mit dem Rauch unzähliger Zigaretten und schaffen eine Luft zum Zersägen, durch die eine Anzahl flächiger, geometrischer Wandgemälde verschwommen auf die Zecher herabblicken. Für Ellbogen und andere Körperteile bleibt schmerzlich wenig Platz. Lord Peter – die Füße unter den Stuhl gezogen, um den verirrten Tritten der derben Schnürschuhe seines Gegenübers zu entgehen – empfand akut die unbekömmliche Körperhaltung und ein überhitztes Gefühl um den Kopf herum. Er hatte es schwer, aus Hannah Marryat irgendwelche Antworten herauszubekommen. Unter ihren dichten, schlecht geschnittenen Haarfransen sah sie ihn mit ihren dunklen, brütenden Augen düster an. Zugleich aber glaubte er dahinter eine große Vitalität zu spüren. Er stellte sich plötzlich vor, welch unvermutete Lebensfreude sie hervorkehren könnte, wenn es nur erst gelänge, sie aus dieser Abwehrhaltung und der vermeintlichen Verpflichtung zum Ernstsein herauszulocken. Sein Interesse war erwacht, aber er fühlte sich beengt. Zu seiner großen Erleichterung schlug Mary vor, sie sollten ihren Kaffee oben trinken.

Sie fanden eine stille Ecke mit bequemen Sesseln.

«Also», sagte Mary aufmunternd.

«Sie müssen natürlich wissen», erklärte Miss Marryat mit Trauermiene, «daß ich nie etwas wegen des Geldes unternehmen würde, wenn Onkel Meleagers anderes Testament nicht so himmelschreiend ungerecht und meine Mutter nicht so krank wäre. Aber wenn es um 250.000 Pfund geht und man wirklich etwas Gutes damit anfangen könnte –»

«Natürlich», sagte Lord Peter, «es geht nicht ums Geld, sondern, wie die schöne alte Binsenweisheit lautet, ums Prinzip. Recht so. Jetzt schlage ich vor, wir werfen einmal einen Blick auf Onkel Meleagers Brief.»

Miss Marryat kramte in einer sehr großen Handtasche und reichte ihm das Papier herüber.

Es war Onkel Meleagers Brief, datiert zwölf Monate zuvor in Siena:

«Liebe Hannah – wenn ich einmal sterbe – was ich nach eigenem Gutdünken zu tun beabsichtige und nicht nach den Wünschen meiner Familie –, wirst Du endlich einmal meinen Geldwert feststellen. Er ist natürlich erheblich geringer, als Du gehofft hast, und kann, wie ich Dir versichere, bei weitem nicht meinen wahren Wert in den Augen des Kenners wiedergeben. Ich habe gestern mein Testament gemacht und mein ganzes Vermögen mit allem, was dazugehört, der Primelliga vermacht – einer Körperschaft, die nicht minder einfältig ist als andere in unserm lächerlichen Staate auch, jedoch den Vorzug hat, Dir ganz besonders gegen den Strich zu gehen. Dieses Testament wird man im Safe meiner Bibliothek finden.

Indessen habe ich keineswegs vergessen, daß Deine Mutter meine Schwester ist und Du und sie meine einzigen lebenden Anverwandten seid. Aus diesem Grunde werde ich mir das Vergnügen machen, heute ein zweites Testament aufzusetzen, welches das andere außer Kraft setzt und das ganze Geld Dir zuspricht. Ich war schon immer der Überzeugung, daß Frauen zur Frivolität geboren sind. Eine Frau, die vorgibt, seriös zu sein, vergeudet ihre Zeit und läßt ihr Äußeres verkommen. Ich finde, Du hast Deine Zeit in wirklich erschreckendem Ausmaß vergeudet, und darum werde ich dieses Testament in einer Weise verstecken, daß Du es ganz gewiß nicht findest, außer durch eine länger anhaltende Anwandlung von Frivolität.

In der Hoffnung, daß Du es fertigbringen wirst, frivol genug zu sein, um mich doch noch zu beerben, grüßt Dich

Dein Dir zugetaner
Onkel Meleager»

«Könnten wir diesen Brief nicht als Beweis für die Absichten des Erblassers anführen und das andere Testament anfechten?» fragte Mary besorgt.

«Ich fürchte, nein», sagte Lord Peter. «Seht mal, es gibt ja keinen Beweis dafür, daß dieses zweite Testament wirklich je geschrieben wurde. Obwohl wir vermutlich die Zeugen ausfindig machen könnten.»

«Das haben wir schon versucht», sagte Miss Marryat, «aber sehen Sie, Onkel Meleager reiste damals gerade im Ausland herum, und wahrscheinlich hat er sich irgendwelche obskuren Leute in irgendeinem obskuren italienischen Nest geholt, um das Testament bezeugen zu lassen. Wir haben schon eine Annonce aufgegeben, aber keine Antwort darauf bekommen.»

«Hm. Onkel Meleager scheint nichts dem Zufall überlassen zu haben. Überhaupt sind Testamente eine Sache für sich, genau wie Notare und Scheidungsanwälte. Das Nächstliegende ist, nach dem zweiten Testament zu suchen. Tauchen die Hinweise, von denen er spricht, irgendwo in seinen Papieren auf?»

«Wir haben alles durchgesehen. Und natürlich haben wir das Haus vom Dach bis zum Keller nach dem Testament durchsuchen lassen. Aber es war vollkommen nutzlos.»

«Sie haben natürlich nichts vernichtet, oder? Wer waren die Vollstrecker des Testaments zugunsten der Primelliga?»

«Meine Mutter und Mr. Sands, Onkel Meleagers Anwalt. In dem Testament wurde meiner Mutter für ihre Mühen eine silberne Teekanne vermacht.»

«Onkel Meleager gefällt mir immer besser. Immerhin ist er sportlich an die Sache herangegangen. Der Fall macht mir langsam Spaß. Wo wohnte Onkel Meleager eigentlich?»

«In einem alten Haus unten in Dorking. Ein ziemlich komisches Gemäuer. Irgend jemand hatte die Idee, dort so eine Art römische Villa zu bauen, mit der Veranda hinten, Säulen und einem Bassin in der Vorhalle und Statuen. Jetzt ist es ganz nett dort, aber im Winter ist es entsetzlich kalt mit den Steinböden und Steintreppen und einem Oberlicht über der Halle! Mutter meinte, Sie wären vielleicht so freundlich, mit hinzufahren und es sich anzusehen.»

«Ich kann es kaum erwarten. Können wir gleich morgen losfahren? Ich verspreche Ihnen, wir werden frivol genug sein, um selbst Onkel Meleager zu gefallen, wenn nur Sie auch Ihren Teil dazu tun, Miss Marryat. Sollen wir, Mary?»

«Natürlich! Und – hör mal, sollten wir jetzt nicht lieber aufbrechen, wenn wir noch ins Pallambra wollen?»

«Ich gehe nie ins Varieté», sagte Miss Marryat ungnädig.

«Oh, aber heute abend *müssen* Sie mitkommen», versuchte Seine Lordschaft sie zu überreden. «Das ist so frivol. Denken Sie nur, wie das Onkel Meleager gefallen würde!»

So sah denn der nächste Tag die ganze Gesellschaft, nicht ohne den unentbehrlichen Mr. Bunter, in Onkel Meleagers Haus versammelt. Solange die Testamentsfrage nicht geklärt war, hatte Mr. Finchs Testamentsvollstreckerin und nächste Angehörige allen denkbaren Grund, in diesem Haus zu wohnen und somit alle Möglichkeiten für die «Schatzsuche» zu bieten, wie Lord Peter das Unternehmen nannte. Nachdem sie Mrs. Marryat vorgestellt worden waren, die als Invalide in ihrem Zimmer blieb, ließen Lady Mary und ihr Bruder sich von Miss Marryat das übrige Haus zeigen und erklären, mit welcher Gewissenhaftigkeit die bisherige Suche durchgeführt worden war. Jedes Blatt Papier war geprüft, jedes Buch in der Bibliothek Seite für Seite durchgeblättert, alle Wände nach Verstecken abgeklopft, alle Dielen herausgerissen worden, doch ohne Ergebnis.

«Wissen Sie was?» meinte Seine Lordschaft. «Ich bin sicher, daß Sie die Sache von der falschen Seite angegangen sind. Mein Gedanke ist, daß Onkel Meleager ein Mann war, der zu seinem Wort stand. Wenn er ‹frivol› sagte, dann meinte er auch richtig frivol. Irgend etwas furchtbar Albernes. Ich frage mich nur, was das sein könnte.»

Er fragte sich das immer noch, als er zum Umziehen nach oben ging. Bunter steckte soeben Manschettenknöpfe in sein Hemd. Lord Peter sah ihn nachdenklich an, dann fragte er:

«Ist noch jemand von Mr. Finchs altem Personal hier?»

«Ja, Mylord. Die Köchin und die Haushälterin. Und die beiden sagen, er sei ein wunderbarer alter Herr gewesen. Dreiundachtzig Jahre, aber noch so auf dem laufenden, wie man es sich nur wünschen kann. Er hatte sein Radio im Schlafzimmer und genoß jeden Abend seines Lebens die Savoy-Orchester. Er verfolgte die Politik und wußte über die neuesten großen Strafprozesse immer bestens Bescheid. Wenn eine junge Dame ihn besuchen kam, sah er ihr Haar gern geschnitten und ihre Kleidung nach der neuesten Mode. Sie sagen, er habe sich auf Kreuzworträtsel gestürzt, als sie aufkamen, und sie nicht nur erstaunlich flink gelöst, Mylord, sondern auch selbst welche erfunden. Einmal hat er dafür im *Daily Yell* einen Preis von zehn Pfund gewonnen, und darüber soll er sich riesig gefreut haben, Mylord, obwohl er doch so reich war.»

«Wahrhaftig?»

«Ja, Mylord. Davor war er, wie sie sagen, ein großer Liebhaber von Akrostichen, aber als dann die Kreuzworträtsel aufkamen, warf er seine Akrostichen weg und sagte, das neue Spiel gefalle ihm besser. Er scheint, wenn ich das sagen darf, für so einen alten Herrn noch sehr beweglich gewesen zu sein.»

«So so, beim Zeus!» sagte Seine Lordschaft geistesabwesend, und dann mit plötzlichem Feuer:

«Bunter, ich würde am liebsten Ihr Gehalt verdoppeln, aber das würden Sie wahrscheinlich als Beleidigung auffassen.»

Die Unterhaltung trug ihre Früchte beim Abendessen.

«Was ist eigentlich aus Onkel Meleagers Kreuzworträtseln geworden?» erkundigte sich Seine Lordschaft.

«Kreuzworträtsel?» meinte Hannah Marryat, die dichten Brauen zusammengezogen. «Ach, diese Dinger! Der arme Alte war ganz verrückt danach. Er ließ sich jede Zeitung schicken und versuchte noch im letzten Stadium seiner Krankheit die Kästchen auszufüllen. Das war noch schlimmer als mit seinen Akrostichen und Puzzlespielen. Ich fürchte, der Ärmste muß völlig senil gewesen sein. Natürlich haben wir sie durchgesehen, aber sie gaben nichts her. Wir haben sie auf den Speicher gebracht.»

«Der Speicher gehört mir», sagte Lord Peter.

«Und mir», sagte Mary. «Ich glaube nicht, daß Onkel Meleager im mindesten senil war.»

Es war ein warmer Abend, und sie hatten in dem kleinen Viridarium hinter dem Haus mit seinen hohen Vasen, hängenden Blumenkörben und kleinen Marmorstatuen gegessen.

«Gibt es hier überhaupt einen Speicher?» fragte Peter. «Es kommt mir so – so widersprüchlich vor, ein Speicher in diesem Haus.»

«Es ist auch nur ein scheußliches enges kleines Loch über dem Hauseingang», sagte Miss Marryat, indem sie aufstand und voranging. «Vorsicht, fallen Sie nicht ins Bassin. Es ist so unpraktisch, so ein Ding an dieser Stelle, vor allem abends. Ich sage immer, die Leute sollen das Licht anlassen.»

Lord Peter warf einen Blick in das kleine Impluvium mit seinem Boden aus roten, weißen und schwarzen Kacheln.

«Kein sehr klassisches Motiv», bemerkte er.

«Nein. Onkel Meleager hat sich immer darüber beschwert und wollte es abändern lassen. Früher war einmal ein richtiges Mosaik darin, aber das wurde beschädigt, und der Mann, dem das Haus vor Onkel Meleager gehörte, hat es von irgendeinem hiesigen Trottel ausbessern lassen. Gleichzeitig wurden im Eßzimmer drei Erkerfenster eingebaut, die es natürlich viel heller machen, aber schrecklich aussehen. Diese Kachelung hier ist aber in Ordnung. Die hat Onkel Meleager selbst einbauen lassen.»

Sie zeigte auf einen Mosaikhund an der Schwelle mit dem Spruch «cave canem», und Lord Peter erkannte ihn als die Kopie eines pompejanischen Originals.

Eine schmale Treppe führte sie zum «Speicher», wo die Wimseys sich voll Begeisterung auf einen dicken Stapel verstaubter alter Zeitungen und Manuskripte stürzten. Die letzteren sahen erfolgversprechender aus, also nahmen sie sich diese zuerst vor. Es war eine Sammlung von Kreuzworträtseln in handschriftlicher Form – wahrscheinlich Onkel Meleagers eigene geistige Produkte. Das Feld, die Liste der Definitionen und die Lösung waren jedesmal säuberlich zusammengeheftet. Einige (zweifellos frühe Versuche) waren kinderleicht, aber andere waren schwierig und arbeiteten mit Andeutungen und Wortspielen; manche hatten die gewöhnliche Zeitungsform, andere wieder waren gereimt. Sie nahmen sich die Lösungen eingehend vor und suchten in den Definitionen nach Akrostichen oder versteckten Wörtern, aber lange vergeblich.

«Das hier ist ein komisches», sagte Mary, «da scheint überhaupt nichts zu passen. Oh, das sind zwei, die zusammengeheftet sind! Nein, doch nicht – aber ja – sie sind nur falsch zusammengeheftet. Peter, hast du irgendwo das Diagramm gesehen, das zu diesen Stichworten paßt?»

«Welches soll das sein?»

«Nun, es ist ziemlich komisch numeriert, mit römischen und arabischen Ziffern, und es fängt mit etwas an, was überhaupt keine Nummer hat:

Die Wahrheit, armes Kind, war niemandes Tochter;
warf ab ihre Kleider und sprang ins Wortmeer.»

«So ein frivoler alter Kerl!» sagte Miss Marryat.

«Fri... he, gebt mal her!» rief Lord Peter. «Seht euch das an. Aber hören Sie mal, Miss Marryat, das hätten Sie wirklich nicht übersehen dürfen.»

«Ich dachte, das gehört nur zu dem anderen Diagramm.»

«Das nicht. Es ist anders. Ich glaube, das ist es, was wir suchen. Hört mal zu:

Deine Hoffnung, reich zu sein,
geht hier in den Himmel ein.

Das ist auf Sie gemünzt, Miss Marryat. Mary, such überall. Wir müssen das Diagramm hierzu finden.»

Doch obwohl sie wirklich alles umkrempelten, fanden sie nirgends ein Diagramm mit römischen und arabischen Zahlen.

«Hölle und Schwefel!» schimpfte Peter. «Es muß so angelegt sein, daß es zu einem von diesen anderen paßt. Hört mal zu! Ich weiß, was er gemacht hat. Er hat einfach ein Diagramm mit fünfzehn Feldern waagerecht und senkrecht genommen und es in der einen Richtung mit römischen und in der anderen mit arabischen Zahlen numeriert. Ich wette, es paßt zu dem, mit dem es zusammengeheftet war.»

Aber das Diagramm, mit dem es zusammengeheftet war, hatte nur dreizehn Felder.

«Hol's der Kuckuck», sagte Seine Lordschaft, «wir werden alles nach unten tragen und durcharbeiten müssen, bis wir das gefunden haben, zu dem es paßt.»

Er nahm sich einen großen Packen Zeitungen und ging als erster hinaus. Die andern folgten, jeweils auch mit einem Armvoll. Die Suche hatte einige Zeit gedauert, und das Atrium lag schon im Halbdunkel.

«Wohin soll ich die Sachen bringen?» rief Peter über die Schulter zurück.

«He!» rief Mary, und: «Passen Sie auf, wohin Sie treten!» rief ihre Freundin.

Beide Warnungen kamen zu spät. Ein Platschen und Spritzen verriet, daß Lord Peter wie Hans-guck-in-die-Luft mit Zeitungen und allem über den Rand des Impluviums getreten war.

«Du Esel!» rief Mary.

Seine Lordschaft kam prustend herausgeklettert, und Hannah Marryat brach unvermittelt in das erste Lachen aus, das Peter je von ihr gehört hatte.

> *«Die Wahrheit, so heißt es, war niemandes Tochter;*
> *warf ab ihre Kleider und sprang ins Wortmeer»,*

deklamierte sie.

«Ich konnte mir ja wohl nicht gut in Ihrer Gegenwart die Kleider ausziehen, oder?» knurrte Lord Peter. «Wir müssen die Zeitungen herausfischen. Ich fürchte, sie sind ein wenig feucht geworden.»

Miss Marryat knipste das Licht an, und sie begannen das Bassin leerzufischen.

«Die Wahrheit, armes Kind –» begann Lord Peter, und plötzlich stieß er einen kleinen Schrei aus und fing an, auf dem marmornen Beckenrand zu tanzen.

«Eins, zwei, drei, vier, fünf, sechs –»

«Total verrückt geworden», sagte Mary. «Wie soll ich das nur Mutter beibringen?»

«Dreizehn, vierzehn, *fünfzehn*!» rief Seine Lordschaft und setzte sich, naß wie er war und ganz erschöpft von der eigenen Aufregung, plötzlich hin.

«Geht's dir langsam besser?» fragte seine Schwester bissig.

«Mir geht's gut. Ausgezeichnet. Allerbestens. Ich *liebe* Onkel Meleager. Fünfzehn Quadrate in beiden Richtungen. Seht es euch mal an. *Seht's* euch an. Die Wahrheit ist im Wasser. Hat er das nicht gesagt? O Freudentag! Juhu, juchhe! Ich frohlocke. Mary, was ist aus den Definitionen geworden?»

«Die sind in deiner Tasche, ganz naß», sagte Mary.

Lord Peter riß sie eilends heraus.

«Alles klar, sie sind noch nicht zerlaufen», sagte er. «O liebster Onkel Meleager. Können Sie das Impluvium ablassen, Miss Marryat, und uns etwas Holzkohle besorgen? Inzwischen ziehe ich mir trockene Sachen an, und dann gehen wir gleich an die Arbeit. Sehen Sie es denn nicht? Da *ist* unser fehlendes Diagramm – auf dem Boden des Bassins!»

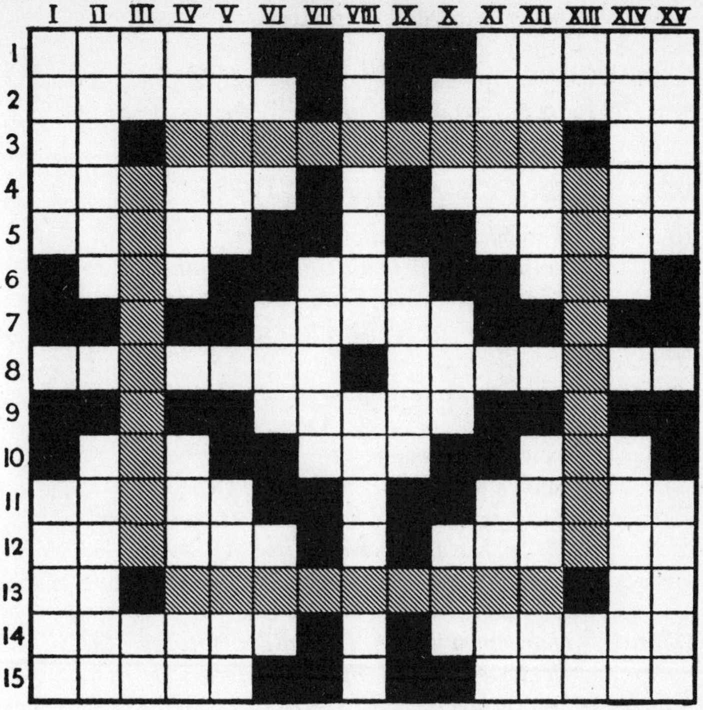

Es nahm jedoch einige Zeit in Anspruch, das Bassin zu leeren, und erst am andern Morgen ließ die Gesellschaft, mit Holzkohlestücken bewaffnet, sich auf dem Boden des Impluviums nieder, um auf den Marmorkacheln Onkel Meleagers Kreuzworträtsel zu lösen. Ihr erstes Problem war, ob sie die roten Kacheln als Leerstellen ansehen oder ausfüllen mußten, doch nachdem ein paar Wörter gelöst waren, nahm der Aufbau des Rätsels Gestalt an. Die Schatzsucher erhitzten sich immer mehr und wurden immer schwärzer von der Kohle, während der aufmerksame Mr. Bunter zwischen Atrium und Bibliothek hin und her rannte und die Nachschlagewerke auf dem Beckenrand sich immer höher türmten.

Und dies war Onkel Meleagers Kreuzworträtsel:

Die Wahrheit, armes Kind, war niemandes Tochter;
warf ab ihre Kleider und sprang ins Wortmeer.

WAAGERECHT:

I.1 *Narr oder Weise, allein sie wohne,*
zwischen Macht und Recht auf himmlischem Throne.
XI.1 *Wie süß war seinen Ohren Goldes Klang!*
Die Gier nach Schätzen war sein Untergang.

«Das bezieht sich wohl auf uns», meinte Lord Peter.

I.2 *Essig und Öl, von beidem ein Schuß,*
machen den Krauskopf erst zum Genuß.
X.2 *Nichts in sich selbst, braucht's nur wenig daran,*
um das Nichts zu werden, drob der Prediger sann.
I.3 *Mögen staubig auch meine Gesellen sein,*
wir sind ein königlicher Verein.
IV.3 *Hab deinen Willen, doch laß dran nicht rücken:*
Der neue kann den alten nicht flicken.
XIV.3 *Der Dichter ist des Reimes froh,*
doch tät ein Schrei es ebenso.
I.4 *Von allen Schnitten ist dieser der schlimmste,*
sofern nicht mathematisch deine Künste.
X.4 *Klein und verborgen, für niemand zu sehen,*
laß ich im Dunkeln das Brot aufgehen.
I.5 *Bedarf für dieses (hier nur abgekürzt)*
entstand durch einen Turm, der eingestürzt.
XI.5 *Mehr als Augen sehen, mehr als Ohren hören,*
sagen Blumen mit ihm, um zu betören.
II.6 *Rückwärts seht ihren Weg sie gehen,*
den Weg der Klugheit, wie Weise es sehen.
VII.6 *Vor langem wuchs sie an Flusses Rand,*
wo bald man nur noch Binsen fand.
XII.6 *An dieser ‹Drei› wird erkannt*
der Bürger aus südlichem Land.

VI.7 *Ein Schlag in diesem Worte liegt;*
Mit Fünf davor ist der Römer besiegt.
I.8 *Dank seinen Werken erkennt man das meiste,*
klar im Glase, dunkel im Geiste.
IX.8 *Mit kleinen Schritten geht es hinan;*
ein Hammerschlag zeigt das Ende an.
VI.9 *Mit tollen Sprüngen bewundert man hier*
ein afrikanisches Steppentier.
II.10 *Zwar ist nicht hoch der Ton,*
doch kommt das Wort davon.
VII.10 *Oft hört man davon viel,*
wenn nichts steht auf dem Spiel.
XII.10 *Über Land und Meer auf tödlichen Schwingen,*
kann Pein sie dem Starken, Tod dem Schwachen bringen.
I.11 *Auch in der größten Ausführlichkeit*
sind sie zu kurz meist für Höflichkeit.
XI.11 *Cäsar, die Sterbenden grüßen dich hier,*
zu kämpfen mit Waffen und wildem Getier.
I.12 *Wie oft genügt das eine Wort allein,*
wo «Leih dein Ohr mir» viele schrein.
X.12 *Gewundene Umlaufbahn*
deutet die Lösung an.
I.13 *Für Irland er geworben hat,*
sowohl mit Feder, Wort und Tat.

«Das ist ja ausnahmsweise mal leicht», sagte Miss Marryat.

IV.13 *Zwölfe stehen hier zur Wahl,*
doch sieben kennen nur die Zahl.
XIV.13 *Den Stand der Sterne man nach meinen Brüdern nennt;*
mich selbst man unter Lateinern kennt.
I.14 *Mit freiem Blick, um Beute zu bringen,*
lasset den Falken ins Blau sich schwingen.
X.14 *An Borgias Tafel, ihr Leut',*
nehmt dies zur Sicherheit!
I.15 *Freundschaft, etwas übertrieben,*
hätte ihn fast aufgerieben.

XI.15 *Bei vielen ist sie geschmeidig und glatt,*
bei mancher das Schönste, was sie hat.

SENKRECHT:

1.I *Wenn wir durch russische Steppe gehen,*
können wir viele davon sehen.

«Bunter», sagte Lord Peter, «bringen Sie mir einen Whisky mit Soda.»

11.I *Willst ohne meinen Kopf mich tun,*
so lasse deine Hände ruhn;
doch stell den Kopf mir nur voran,
dein Jubel kommt so besser an.
1.II *Geschoben zwischen Rand und Rand*
steht etwas, wo vorher nichts stand.
10.II *«Nach etwas, das auf meinen Zustand paßt?»*
Wie's euch gefällt, das Wort sei hier zu Gast.
1.III *Der Welt gib das ihre, wenn alles gewesen,*
dann braucht die Welt das von dir nicht zu lesen.

«Das ist ein Trost», sagte Lady Mary. «Es zeigt, daß wir auf dem richtigen Weg sind.»

4.III *Sing «Nunc dimittis» und «Magnificat» –*
doch geh zurück zu einem früh'ren Blatt.
14.III *In dieser Kurzform, wie schon vorgekommen,*
auf hohe Herrscher wird Bezug genommen.
1.IV *Voll Feuer, Schwung und Eleganz:*
der spanischen Zigeuner Tanz.
10.IV *Bring Haut mir, Nadel oder Stock;*
die Nadel macht's langsam, schneller der Pflock.
1.V *Ein grausam Geschäft, so ging der Ruf,*
als Fürst Phalaris sie für Menschen schuf.
11.V *Dieser König (von dem man wenig nur weiß),*
gestürzt ward er auf des Himmels Geheiß.

2.VI *«Vom ὀν και μη ὀν Abschied nehmen?» Nein,*
der wackre Römer läßt, was ist, auch weiter sein.

7.VI *Mit dieser schönen Endung*
schließt manche Geisteswendung.

12.VI *An Norwegens Küste bin ich gemischt*
mit ebbenden Wassers brüllender Gischt.

6.VII *Ich stehe, eine Leiter zum Ruhm,*
zwischen den Sternen und dem Mailänder Dom.

1.VIII *Die Farbe begehren beide nicht wenig:*
der kleine Ysop und der große König.

«Das klärt die Frage nach den Quadraten», sagte Mary.

«Ich glaube, es bedeutet noch mehr», versetzte ihr Bruder.

9.VIII *Den Weg zum Hades nicht gehen wollte*
an Jünglings Statt der vernünftige Alte.

6.IX *Sie ließen fallen vor langer Zeit*
womit den Boden wir düngen heut.

2.X *Dem kleinsten Wort der große Redner Größe gibt;*
im alten Rom war diese Alternative beliebt.

7.X *Die ganze Plage lohnt sich kaum,*
der Mühe Lohn ist doch nur Schaum.

12.X *Ein IAS füge in verstecktem Buche ein*
Daselbst erkennst du Anglerlatein.

1.XI *«Löwen», sagte der Gallier von diesen Tieren,*
«sind's nicht.» Gütige Seelen – sie lassen dein Herzblut gefrieren.

11.XI *Ein Attribut für dürre Bengel,*
erst grün, dann gelb auf hohem Stengel.

1.XII *Ganz, ohne Löcher, bin ich fürwahr;*
was ich bedeute, ist doch klar.

10.XII *Läuft rundherum, berührt den Boden nimmer,*
wenn nicht in dem, vielleicht im nächsten Zimmer.

1.XIII *Ihr Götter, denkt der Göttin kurzen Namens auch,*
die anzurufen ist des Jägers Brauch.

4.XIII *Der Priester singt mit hoher Stimme vor,*
die Menge antwortet darauf im Chor.

14.XIII *Wenn ihr's erraten, freut euch offen;*
ihr habt eine goldene Wahl getroffen.

1.XIV *Nicht kommt Gelehrsamkeit in Krieges Not zuleide,*
ich ward geboren schon im Eisenkleide.

10.XIV *Im Abenddämmer seht den Bauersmann*
die Ochsen schirren von des Pflugs Gespann.

1.XV *Ein Wunder war für ihn vonnöten;*
jetzt, Rater, laß ihn für dich beten.

11.XV *Die Römer wußten, daß es frommt,*
wenn man auf schwier'gem Pfad zu ihnen kommt.

Das Bemerkenswerteste an dieser Suche – das fand zumindest Lord Peter – war ihre Wirkung auf Miss Marryat. Anfangs kauerte sie wie ein Häufchen Elend am Beckenrand, ein Bild verletzter Würde, nur daß sie sich eben doch geniert hätte, sich von denen zu distanzieren, die da so fleißig und fröhlich zu ihrem Wohle arbeiteten.

«Ich glaube, das muß das und das sein», pflegte Mary zwischendurch hoffnungsvoll zu sagen, worauf ihr Bruder begeistert antwortete: «Auf Anhieb getroffen, altes Haus. Bravo! Diesmal haben wir's, Miss Marryat –» worauf er es ihr dann erklärte.

Und Hannah Marryat erwiderte darauf nur verächtlich:

«Genau das sind so die kindischen Scherze meines Onkels Meleager.»

Nach und nach aber wurde auch sie von der Faszination der sich füllenden Kästchen angesteckt, und als das erste Wort erschien, an dem die Schatzsucher erkannten, daß sie auf der richtigen Fährte waren, legte sie sich auf den Bauch und sah Lord Peter über die Schulter zu, wie er unter ihr herumkrabbelte, mit Holzkohle Buchstaben malte, sie mit dem Taschentuch wieder wegwischte und sich dann damit über die heiße Stirn fuhr, bis er dem Mohr von Venedig an Schwärze nicht mehr nachstand. Einmal äußerte sie halb abfällig, halb schüchtern eine Vermutung; zweimal äußerte sie eine Vermutung; das dritte Mal hatte sie eine Eingebung. Eine Minute später war sie schon mitten im Gewühl, kroch hochrot vor Aufregung auf den Kacheln herum, wischte wichtige Buchstaben mit den Knien aus, schneller als Peter sie schreiben konnte, und blätterte mit glühenden Augen unter wirrem schwarzem Haar in Rogets Thesaurus.

Hastige Imbisse aus kaltem Braten und Tee hielten die Lebensgeister der erschöpften Mannschaft lebendig, und als die Sonne sich dem Horizont entgegenneigte, fügte Lord Peter mit einem Triumphschrei den letzten Buchstaben in das Diagramm ein.

Sie stiegen aus dem Bassin und betrachteten ihr Werk.

«Es können nicht alle Wörter Hinweise enthalten», sagte Mary. «Ich vermute, es sind nur diese vier.»

«Zweifellos. Das ist völlig klar. Wir brauchen nur noch an der Stelle nachzuschlagen. Wo gibt's hier eine Bibel?»

Miss Marryat fischte sie aus einem Stapel von Nachschlagewerken heraus. «Aber», sagte sie, «so heißt doch gar keines der Bibelbücher. Diese Sachen kommen immer im Abendgottesdienst vor.»

«Was Sie nicht alles wissen», sagte Lord Peter. «Ich bin nämlich religiös erzogen, jawohl. Vulgata ist das, jawohl. Da haben Sie natürlich völlig recht, aber wir müssen, wie Onkel Meleager sagt, ‹zurück zu einem früh'ren Blatt.› Bitte, da steht's. Also.»

«Aber es ist kein Kapitel angegeben.»

«Stimmt, es ist – ich meine, ist nicht.»

«Und überhaupt sind die Kapitel alle viel zu kurz.»

«Teufel auch! Oh, Moment. Wir könnten ja die Verse einfach mal von vorn durchzählen – eins, zwei, drei –»

«Siebzehn im ersten Kapitel, achtzehn, neunzehn – das hier muß es sein.»

Zwei blonde Köpfe und ein dunkler beugten sich aufgeregt über den Kleindruck, während Bunter sich bescheiden im Hintergrund hielt.

«O meine Taube in den Felsklüften, im Versteck der Felswand…»

«Ach du lieber Gott!» sagte Mary enttäuscht, «das klingt ziemlich hoffnungslos. Bist du auch sicher, daß du richtig gezählt hast? Das kann doch *alles* heißen.»

Lord Peter kratzte sich am Kopf.

«Das ist ein ziemlich böser Schlag. Ich kann Onkel Meleager gar nicht mehr so gut leiden. Alter Gauner!»

«Nachdem wir uns die ganze Arbeit gemacht haben!» stöhnte Mary.

«Es *muß* stimmen», rief Miss Marryat. «Vielleicht steckt eine Art Anagramm darin. Wir dürfen jetzt nicht aufgeben!»

«Bravo!» sagte Lord Peter. «Das ist die richtige Einstellung. Ich fürchte nur, wir müssen uns in eine neue Frivolitätsorgie stürzen, Miss Marryat.»

«Also, bisher hat's großen Spaß gemacht», gestand Hannah Marryat.

«Wenn Sie mir verzeihen wollen –» begann Bunter mit untertäniger Stimme.

«Sie hatte ich ganz vergessen, Bunter», sagte Seine Lordschaft. «Natürlich können Sie uns wieder berichtigen – wie immer. Wo haben wir den Fehler gemacht?»

«Ich wollte nur bemerken, Mylord, daß die Worte, die Sie zitierten, nicht ganz mit meiner Erinnerung an die fragliche Passage übereinstimmen. In der Bibel meiner Mutter hieß es, glaube ich, ein wenig anders, Mylord.»

Lord Peter klappte die Bibel zu und sah auf dem Buchrücken nach.

«Vollkommen klar», sagte er, «Sie haben natürlich wieder einmal recht. Das hier ist eine revidierte Ausgabe. Ihre Schuld, Miss Marryat. *Sie* müssen natürlich eine revidierte Ausgabe haben. Aber können wir uns das bei Onkel Meleager vorstellen? Nein. Bringen Sie mir Onkel Meleagers Bibel.»

«Kommen Sie mit in die Bibliothek!» rief Miss Marryat, indem sie ihn bei der Hand packte und schon losrannte. «Haben Sie doch nicht so die Ruhe weg!»

In der Bibliothek lag mitten auf dem Tisch eine ehrwürdige Bibel – ehrwürdig durch Alter und kunstvollen Ledereinband. Lord Peter fuhr liebkosend mit der Hand darüber, denn ein edles altes Buch war wie ein Lied für seine Seele. Von seiner Schönheit beeindruckt blätterten sie in den vergilbten Seiten:

«In den Felsklüften, in den Steinrissen...»

«Miss Marryat», sagte Seine Lordschaft, «wenn Ihr Onkel das Testament hier nicht irgendwo in einer Mauerritze versteckt hat, dann – also, ich kann nur sagen, dann hat er uns einen üblen Streich gespielt», schloß er etwas lahm.

«Hoffentlich müssen wir dafür das Haus nicht abreißen.»

«O nein, das glaube ich nicht. Wenn Ihr Onkel hier irgendwelche drastischen Umbauten vorgenommen hätte, wäre das wohl jemandem aufgefallen. Moment! Fragen wir doch mal die Haushälterin.»

Mrs. Meakers wurde gerufen und erinnerte sich genau, daß Mr. Finch sie vor ungefähr neun Monaten auf «so was wie einen kleinen Riß» an der Unterseite der Haupttreppe aufmerksam gemacht und einen Handwerker bestellt hatte, um das auszubessern. Gewiß könne sie ihnen die Stelle ganz genau zeigen. Die Gipsfüllung könne man noch deutlich sehen.

«Hurra!» rief Lord Peter. «Bunter – einen Meißel oder dergleichen. Onkel Meleager, Onkel Meleager, jetzt haben wir dich! Miss Marryat, ich finde, es sollte Ihre Hand sein, die den Streich führt. Es ist schließlich Ihre Treppe – das heißt, wenn wir das Testament finden; wenn hier also jemand was kaputtmacht, dann bitte Sie.»

Atemlos standen sie drumherum und schauten zu, wie die Gipskrümel herausfielen und ein breiter Spalt im Mauerwerk sichtbar wurde. Hannah Marryat ließ Hammer und Meißel fallen und griff in die Ritze.

«Da ist was», keuchte sie. «Hebt mich mal hoch, ich komme nicht dran. O ja, da ist was! Das ist es! Das ist *es*!» Sie zog die Hand heraus, in der sich ein länglicher versiegelter Umschlag befand. Er trug die Aufschrift:

«Meleager Finchs E N D G Ü L T I G Letzter Wille»

Miss Marryat fiel mit einem Freudenjauchzer Lord Peter um den Hals.

Mary führte einen Freudentanz auf. «Das muß ich aller Welt sagen!»

«Kommt mit und sagt's meiner Mutter!» rief Miss Marryat.

Bunter griff ein.

«Eure Lordschaft mögen verzeihen», sagte er bestimmt, «aber Eurer Lordschaft Gesicht ist ganz schwarz von Holzkohle.»

«Schwarz, aber gar lieblich», sagte Lord Peter. «Aber ich beuge mich Ihrer Zurechtweisung. Ach, was waren wir doch alle klug! Wie herrlich das alles ist! Wie reich Sie sein werden! Wie spät es ist und wie hungrig ich bin! Ja, Bunter, ich wasche mir das Gesicht. Kann ich noch irgend etwas für irgend jemanden tun, solange ich in der Stimmung dazu bin?»

«Wenn Eure Lordschaft so gütig wären», sagte Bunter, indem er einen Zettel aus der Tasche zog, «wäre ich Eurer Lordschaft sehr dankbar für einen südafrikanischen Vierbeiner mit sechs Buchstaben, der mit Q anfängt.»

Anm.: Die Lösung des Kreuzworträtsels findet sich am Ende des Buches.

4

Der phantastische Greuel mit der Katze im Sack

Die große Straße nach Norden wand sich als ein flaches, stahlgraues Band durch die Landschaft. Auf ihr flitzten, mit Sonne und Wind im Rücken, zwei schwarze Pünktchen dahin. Der Bauernknecht mit seinem Heuwagen sah in ihnen nur wieder «zwei von diesen vermaledeiten Motorradfahrern», die da kurz hintereinander an ihm vorbeidonnerten. Ein Stückchen weiter mußte ein Familienvater, der seinen Zweisitzer behutsam durch die Gegend lenkte, wehmütig lächeln ob des scharfen Knatterns der Norton mit ihren obengesteuerten Ventilen, gefolgt vom katzenhaft hohen Kreischen eines zornigen Scott Flying-Squirrel. In seinen Junggesellentagen hatte auch er an dieser immerwährenden Fehde teilgehabt. Mit einem bedauernden Seufzer sah er den beiden Rennmaschinen nach, wie sie, rasch kleiner werdend, in Richtung Norden entschwanden.

An der ekligen und unerwarteten S-Kurve über die Brücke oberhalb von Hatfield drehte der Norton-Fahrer sich hochgemut nach seinem Verfolger um und winkte trotzig zurück. In dieser Sekunde tauchte vor ihm auf der Brücke ein riesiges Ungetüm in Gestalt eines vollbesetzten Omnibusses auf. Im letzten Moment umkurvte er schlingernd das Hindernis, und die Scott konnte mit einem tollkühnen Zickzackmanöver, bei dem der linke und rechte Fußraster abwechselnd den Asphalt streiften, ein paar triumphale Meter aufholen. Die Norton machte mit Vollgas einen Satz nach vorn. Eine Gruppe Kinder rannte, von Panik erfaßt, plötzlich kopflos über die Straße. Die Scott schlängelte sich wild schleudernd zwischen ihnen hindurch. Dann war die Straße wieder frei, und die Jagd begann von vorn.

Es ist nicht bekannt, warum Automobilisten, die so gern das Glück der freien Straße besingen, an jedem Wochenende soviel Benzin verfahren, um sich mühsam nach Southend, Brighton und Margate zu quälen, einer im Auspuffgestank des andern, eine Hand an der Hupe, einen Fuß auf dem Bremspedal, mit fast aus den Höhlen quellenden Augen ängstlich nach Polizisten spähend und jederzeit mit unübersichtlichen Kurven, Kuppen und selbstmörderischen Kreuzungen rechnend. In stummer Verbissenheit fahren sie dahin und hassen einander. Sie kommen mit zerfetzten Nerven an und kämpfen um Parkplätze. Dann fahren sie zurück, geblendet von den Scheinwerfern der Neuankömmlinge, die sie noch mehr hassen als ihresgleichen. Und gleichzeitig windet sich die große Straße nach Norden als ein flaches, stahlgraues Band dahin – einer Rennbahn gleich, ohne Hindernisse, Hecken, Straßeneinmündungen und Verkehr. Gewiß, sie führt nirgendwohin im besonderen; aber schließlich ist doch ein Wirtshaus so ziemlich wie das andere.

Die Straße jagte unter ihnen zurück, Meile um Meile. Die scharfe Rechtskurve bei Baldock und die unübersichtlichen Ekken in Biggleswade mit ihrem Schilderwald zwangen zu einer vorübergehenden Tempoverminderung, aber sie brachten den Verfolger nicht näher. Mit Vollgas, brüllender Hupe und donnerndem Auspuff ging es durch Tempsford, dann kreischend wie ein Orkan am Posten des Royal Automobile Club vorbei, wo die Straße von Bedford einmündet. Der Norton-Fahrer warf erneut einen Blick nach hinten; der Scott-Ritter drückte von neuem wütend auf die Hupe. Flach wie ein Schachbrett drehten sich die von Gräben durchzogenen Felder um den Horizont.

Der Konstabler von Eaton Socon war durchaus kein eingefleischter Motorfeind. Er war sogar eben erst von seinem Fahrrad gestiegen, um dem Mann von der Automobile Association, der an der Kreuzung Dienst tat, guten Tag zu sagen. Aber er war gerecht und gottesfürchtig. Der Anblick zweier Irrer, die da mit siebzig Meilen pro Stunde in seinen Bezirk gerast kamen, war mehr, als man von ihm zu dulden erwarten konnte – zumal gerade in diesem Augenblick der örtliche Friedensrichter in einem Einspänner vorbeifuhr. Also trat er mitten auf die Straße und breitete gebieterisch die Arme aus. Der Norton-Fahrer hielt Umschau, sah die Straße jenseits des Hindernisses von dem Einspänner und einer Zugmaschine blockiert und schickte sich in das Unvermeidliche. Er warf den Gashebel zurück, trat auf die quietschenden Bremsen und kam rutschend zum Stehen. Die Scott hatte genug Vorwarnzeit gehabt und näherte sich sittsam und leise wie ein schnurrendes Kätzchen.

«Also», sagte der Konstabler in tadelndem Ton, «wissen Sie wirklich nichts Besseres als hier mit hundert Sachen in den Ort einzufahren? Sie sind doch hier nicht auf der Rennbahn, wie? So was hab ich also mein Lebtag noch nicht gesehen. Ihre Namen und Papiere, wenn's gefällig ist. Sie können bezeugen, Mr. Nadgett, daß die beiden über achtzig gefahren sind.»

Der A. A.-Mann warf rasch einen Blick auf die beiden Lenkstangen, um sich zu vergewissern, daß die schwarzen Schafe nicht von seiner Herde waren, und sagte im Ton unparteiischer Genauigkeit: «Etwa sechsundsechzigeinhalb Meilen, würde ich sagen, wenn ich vor Gericht danach gefragt würde.»

«Hör mal, du Komiker», wandte der Scott-Fahrer sich entrüstet an den Norton-Fahrer, «kannst du mir in drei Teufels Namen mal sagen, warum du nicht angehalten hast, wie du mich hast hupen hören? Dreißig Meilen bin ich dir mit deiner blöden Tasche nachgefahren. Kannst du dich nicht selber um dein verdammtes Gepäck kümmern?»

Er zeigte auf eine kleine, kompakte Reisetasche, die mit Schnur an seinem Gepäckträger festgebunden war.

«Das da?» versetzte der Norton-Fahrer verächtlich. «Die gehört mir nicht. Hab sie noch nie im Leben gesehen.»

Dieses unverfrorene Leugnen verschlug dem Scott-Fahrer zunächst einmal die Sprache.

«Das ist ja wohl –» stieß er hervor. «Du Vollidiot, ich hab sie doch bei dir runterfallen sehen, kurz hinter Hatfield. Ich hab gerufen und gehupt wie verrückt. Aber anscheinend macht dein obengesteuertes Ding da so einen Krach, daß du nichts anderes mehr hörst. Ich mache mir extra die Mühe, deinen Krempel aufzuheben und dir damit nachzufahren, und dir fällt nichts Gescheiteres ein, als loszurasen wie ein Irrer und mich in eine Polizeifalle zu locken. Das ist der Dank, das hat man davon, wenn man Verrückten auf der Straße einen Gefallen tun will.»

«Das tut alles nichts zur Sache», sagte der Polizist. «Bitte Ihren Führerschein, Sir.»

«Hier», sagte der Scott-Fahrer wütend, indem er seine Brieftasche herausriß. «Mein Name ist Walters, und das war das letzte Mal, daß ich versucht habe, jemandem einen Gefallen zu tun, darauf können Sie Gift nehmen.»

«Walters», wiederholte der Konstabler, während er die Angaben gewissenhaft in sein Notizbuch eintrug, «und Simpkins. Sie werden zu gegebener Zeit Ihre Vorladungen bekommen. Dürfte ungefähr in einer Woche sein, Montag oder so, könnte ich mir denken.»

«Wieder zwei Pfund zum Teufel», knurrte Simpkins, mit dem Gaszug spielend. «Aber da kann man wohl nichts machen.»

«Zwei Pfund?» schnaubte der Konstabler. «Sie haben Vorstellungen! Rücksichtslose Raserei und Gefährdung der Allgemeinheit war das hier. Sie können von Glück reden, wenn Sie jeder mit fünf Pfund davonkommen.»

«Ach, zum Teufel!» erwiderte der andere, wobei er wütend auf den Kickstarter trat. Brüllend erwachte der Motor, aber Mr. Walters schwenkte geschickt seine Maschine der Norton in den Weg.

«Von wegen!» sagte er gehässig. «Du nimmst gefälligst deine schmierige Tasche mit, verstanden? Ich hab nämlich *gesehen*, wie sie dir runtergefallen ist.»

«Bitte keine Kraftausdrücke», begann der Konstabler, als ihm plötzlich auffiel, wie der A. A.-Mann die Tasche ganz merkwürdig anschaute und ihm Zeichen machte.

«Hoppla», sagte er. «Was ist denn mit dieser – sagten Sie ‹schmierige Tasche›? Sie, diese Tasche möchte ich mir gern mal ansehen, Sir, wenn Sie nichts dagegen haben.»

«Mich geht sie ja nichts an», sagte Mr. Walters, indem er ihm die Tasche reichte. «Ich hab sie runterfallen sehen und –» Die Worte blieben ihm in der Kehle stecken, und sein Blick richtete sich starr auf eine Ecke der Tasche, wo etwas Feuchtes, Schreckliches, dunkel heraussickerte.

«Ist Ihnen die Ecke da aufgefallen, als Sie die Tasche aufhoben?» fragte der Konstabler. Er tupfte vorsichtig auf die Ecke und besah sich seinen Finger.

«Ich weiß nicht – nein – nicht besonders», stammelte Walters. «Mir ist überhaupt nichts aufgefallen. Ich – ich denke, daß sie aufgeplatzt ist, als sie auf die Straße fiel.»

Der Konstabler zog stumm die geplatzte Naht auseinander, dann drehte er sich hastig um und scheuchte ein paar junge Frauen fort, die neugierig stehengeblieben waren. Der A. A.-Mann sah jetzt näher hin und zuckte unter einem Anfall von Übelkeit zurück.

«O Gott!» stöhnte er. «Es ist lockig – von einer Frau.»

«Ich habe nichts damit zu tun!» kreischte Simpkins. «Ich schwöre beim Himmel, das Ding gehört mir nicht. Dieser Kerl will mir das nur anhängen.»

«Ich?» keuchte Walters. «Ich? Jetzt hör mal, du Dreckskerl, du Mörder, ich sag dir, ich hab's von deinem Gepäckträger runterfallen sehen. Kein Wunder, daß du abgehauen bist, wie du mich hast kommen sehen. Verhaften Sie ihn, Konstabler. Sperren Sie ihn ein –»

«Hallo, Konstabler!» sagte eine Stimme hinter ihnen. «Was gibt's hier so Aufregendes? Sie haben nicht zufällig einen Motorradfahrer mit einer kleinen Reisetasche auf dem Gepäckträger vorbeifahren sehen, wie?»

Ein großer offener Wagen mit unglaublich langer Motorhaube war lautlos wie ein Schatten herangefahren. Die ganze aufgeregte Gesellschaft drehte sich nach dem Fahrer um.

«Ist sie das vielleicht, Sir?»

Der Autofahrer nahm seine Schutzbrille ab, und darunter kamen eine lange, schmale Nase und ein Paar ziemlich zynisch dreinblickender grauer Augen zum Vorschein.

«Sieht fast so –» begann er, da fiel sein Blick auf den grausigen Inhalt, der aus einer Ecke herausschaute. «Um Gottes willen», entfuhr es ihm. «Was ist denn das?»

«Das möchten wir auch gern wissen, Sir», sagte der Konstabler grimmig.

«Hm», machte der Autofahrer, «ich scheine mir einen ungemein günstigen Moment ausgesucht zu haben, um mich nach meiner Tasche zu erkundigen. Wie taktlos. Jetzt zu sagen, daß es nicht meine ist, wäre leicht, allerdings nicht sehr überzeugend. Sie gehört mir natürlich wirklich nicht, und ich darf sagen, wenn sie mir gehörte, hätte ich es sicher nicht eilig gehabt, ihr nachzufahren.»

Der Konstabler kratzte sich am Kopf.

«Diese beiden Herren –» begann er.

Beide Motorradfahrer begannen gleichzeitig, temperamentvoll ihre Zuständigkeit zu bestreiten. Inzwischen hatte sich ein kleiner Menschenauflauf gebildet, den der A. A.-Mann hilfsbereit zu zerstreuen versuchte.

«Sie müssen alle mit mir aufs Revier kommen», erklärte der geplagte Konstabler. «Wir können hier nicht herumstehen und den Verkehr aufhalten. Und bitte keine Tricks. Sie beide werden Ihre Motorräder schieben, und ich fahre bei Ihnen im Wagen mit, Sir.»

«Und wenn ich nun Gas gebe und Sie entführe?» entgegnete der Autofahrer grinsend. «Was machen Sie dann? He, Sie», wandte er sich an den A. A.-Mann, «werden Sie mit so einem Ding fertig?»

«Darauf können Sie sich verlassen», antwortete der Straßenwachtmann, wobei sein Blick verliebt über den langen, geschwungenen Auspuff und das schnittige Profil des Wagens glitt.

«Schön. Dann steigen Sie ein. Sie, Konstabler, können mit den andern zu Fuß laufen und ein Auge auf sie haben. Wie ich doch an alle Kleinigkeiten denke, nicht? Übrigens, die Fußbremse spricht ein bißchen hart an. Treten Sie nicht zu fest darauf, sonst erleben Sie Ihr blaues Wunder.»

Inmitten riesigen Aufsehens, wie es in den ruhigen Annalen von Eaton Socon bis dahin unbekannt war, wurde das Schloß der Reisetasche auf dem Revier aufgebrochen und ihr grausiger Inhalt pietätvoll auf einen Tisch gelegt. Außer einer Menge Mull, in die er gewickelt gewesen war, fand sich nichts, was irgendwie zur Lösung des Rätsels hätte beitragen können.

«So», sagte der Polizeichef, «und was wissen die Herren nun über diese Geschichte?»

«Überhaupt nichts», antwortete Simpkins mit einer schrecklichen Grimasse, «nur daß der Kerl da versucht hat, mir das Ding anzuhängen.»

«Ich hab's kurz hinter Hatfield bei diesem Mann vom Gepäckträger fallen sehen», wiederholte Mr. Walters unbeirrt, «und dann bin ich ihm dreißig Meilen weit nachgefahren und hab versucht, ihn anzuhalten. Mehr weiß ich darüber nicht, und ich wollte bei Gott, ich hätte das scheußliche Ding nie angefaßt.»

«Auch ich weiß persönlich nichts darüber», erklärte der Autofahrer, «aber ich glaube, ich habe eine Ahnung, was es ist.»

«Was soll das heißen?» fragte der Polizeichef in scharfem Ton.

«Ich könnte mir vorstellen, daß es der Kopf der Leiche vom Finsbury Park ist – aber wohlgemerkt, das ist nur eine Vermutung.»

«Genau dasselbe habe ich gerade auch gedacht», stimmte der Polizeichef ihm mit einem Blick auf die Tageszeitung auf seinem Tisch zu, deren Schlagzeilen über die gespenstischen Details dieses gräßlichen Verbrechens Auskunft gaben, «und wenn das so ist, muß man Ihnen, Konstabler, zu einem sehr wichtigen Fang gratulieren.»

«Danke, Sir», sagte der geschmeichelte Konstabler und salutierte.

«Und nun muß ich Ihrer aller Aussagen aufnehmen», sagte der Polizeichef. «Halt, nein; zuerst werde ich noch den Konstabler hören. Also, Briggs?»

Nachdem der Konstabler, der A.A.-Mann und die beiden Motorradfahrer ihre Erklärungen abgegeben hatten, wandte der Polizeichef sich dem Autobesitzer zu.

«Und was können *Sie* nun dazu sagen?» fragte er. «Aber zuerst Ihren Namen und Ihre Adresse.»

Der andere zückte eine Visitenkarte, die der Polizeichef abschrieb und ihrem Besitzer respektvoll zurückreichte.

«Eine Tasche von mir, in der sich kostbarer Schmuck befand, wurde gestern in Piccadilly aus meinem Wagen gestohlen», begann der Autofahrer. «Sie sieht dieser hier sehr ähnlich, hat aber ein Zahlenschloß. Ich habe über Scotland Yard Erkundigungen einziehen lassen und heute die Meldung erhalten, daß gestern eine Tasche sehr ähnlichen Aussehens am Bahnhof Paddington bei der Gepäckaufbewahrung aufgegeben wurde. Ich eilte sofort hin und erfuhr von dem Beamten, daß die Tasche kurz vor Eintreffen der polizeilichen Warnung von einem Mann in Motorradkleidung abgeholt worden sei. Ein Gepäckträger sagte, er habe den Mann aus dem Bahnhof gehen sehen, und ein Eckensteher hatte ihn auf einem Motorrad davonfahren sehen. Das war etwa eine Stunde zuvor gewesen. Die Sache erschien ziemlich hoffnungslos, denn natürlich hatte sich niemand auch nur die Marke des Motorrads gemerkt, geschweige denn die Nummer. Zum Glück war da aber noch ein aufgewecktes kleines Mädchen. Dies aufgeweckte kleine Mädchen hatte sich vor dem Bahnhof herumgetrieben und gehört, wie ein Motorradfahrer sich bei einem Taxifahrer nach dem schnellsten Weg nach Finchley erkundigte. Ich überließ es der Polizei, den Taxifahrer ausfindig zu machen, und fuhr selbst los, und in Finchley traf ich einen intelligenten jungen Pfadfinder. Er hatte einen Motorradfahrer mit einer Tasche auf dem Gepäckträger gesehen und ihm zugewinkt und gerufen, daß der Riemen locker sei. Der Motorradfahrer sei abgestiegen, habe den Riemen festgezogen und sei geradewegs die Straße nach Chipping Barnet hinaufgefahren. Der Junge war zu weit weg gewesen, um die Motorradmarke zu erkennen – mit Sicherheit wußte er nur, daß es keine Douglas war, denn so eine habe sein Bruder. In Barnet hörte ich eine merkwürdige kleine Geschichte von einem Mann in Motorradkleidung, der bleich wie ein Gespenst in ein Wirtshaus getaumelt sei, zwei doppelte Cognac getrunken habe, wieder hinausgegangen und wie die wilde Jagd davongefahren sei. Nummer? – Natürlich wieder nicht. Das Mädchen an der Bar hat mir die Geschichte erzählt. *Sie* hat die Nummer doch nicht gesehen. Daraufhin konnte ich nur noch losrasen wie ein Verrückter. Hinter Hatfield wurde mir dann etwas von einem Straßenrennen erzählt. Und nun sind wir hier.»

«Mir scheint, Mylord», sagte der Polizeichef, «daß an diesem Rennen nicht nur eine Seite beteiligt war.»

«Ich geb's ja zu», antwortete der andere, «obschon ich als mildernden Umstand anführen möchte, daß ich Frauen und Kinder geschont und nur auf freier Straße das Gaspedal durchgetreten habe. Im Augenblick aber geht es –»

«Nun, Mylord», sagte der Polizeichef, «ich habe Ihre Aussage gehört, und wenn sie stimmt, läßt sie sich ja durch Nachfragen in Paddington und Finchley und so weiter bestätigen. Nun zu diesen beiden Herren –»

«Es ist doch wohl klar», unterbrach ihn Mr. Walters, «daß die Tasche diesem Mann da vom Gepäckträger gefallen ist, und als er mich hinter sich herkommen sah, dachte er, das wäre eine gute Gelegenheit, mir das verdammte Ding an den Hals zu hängen. Klarer kann doch gar nichts mehr sein.»

«Das ist gelogen», versetzte Mr. Simpkins. «Der Kerl da ist irgendwie an die Tasche herangekommen – ich will nicht wissen, wie, aber ich kann es mir denken –, und da hatte er die schlaue Idee, mir die Sache anzuhängen. Man kann ja leicht *behaupten*, einem andern wäre was vom Gepäckträger gefallen. Wo ist der Beweis? Wo ist der Riemen? Wenn das wahr wäre, was er sagt, müßte der Riemen ja noch an meinem Motorrad sein. Die Tasche war aber auf *seinem* Motorrad – festgebunden, ganz fest.»

«Ja, mit einer Schnur», entgegnete der andere. «Wenn ich jemanden umgebracht und mich mit dem Kopf aus dem Staub gemacht hätte, meinen Sie, ich wäre so dämlich, ihn mit einem Stück Bindfaden für zwei Penny festzubinden? Der Riemen hat sich gelöst und ist irgendwo auf die Straße gefallen; so war das mit dem Riemen.»

«Nun passen Sie mal auf», sagte der Mann, der mit «Mylord» angesprochen worden war, «ich habe da eine Idee, falls sie was taugt. Angenommen, Herr Polizeichef, Sie trommeln so viele von Ihren Leuten zusammen, wie Sie es für nötig halten, um drei zum äußersten entschlossene Verbrecher zu bewachen, und wir fahren alle zusammen nach Hatfield. Ich kann mit knapper Not zwei Mann in meinem Wagen unterbringen, und sicher haben Sie ein Polizeiauto. *Wenn* dieses Ding von einem Gepäckträger gefallen ist, könnte ja noch jemand außer Mr. Walters das gesehen haben.»

«Hat aber keiner», erklärte Mr. Simpkins.

«War keine Menschenseele weit und breit», sagte Mr. Walters, «aber woher weißt *du*, daß keiner da war, he? Ich denke, du hast von allem überhaupt keine Ahnung.»

«Ich meine, weil das Ding nicht runtergefallen *ist*, kann es auch keiner runterfallen gesehen haben», fauchte der andere.

«Nun, Mylord», sagte der Polizeichef, «ich neige dazu, Ihren Vorschlag anzunehmen, denn das gibt uns zugleich die Möglichkeit, auch Ihre Aussage zu überprüfen. Wohlgemerkt, ich sage nicht, daß ich daran zweifle, nachdem ich weiß, wer Sie sind. Ich habe einiges über Ihre Detektivarbeit gelesen, Mylord, und das war schon sehr raffiniert, muß ich sagen. Trotzdem wäre es ein Pflichtversäumnis meinerseits, keine Bestätigung dafür einzuholen, wenn es mir möglich ist.»

«Bravo! Vollkommen richtig», sagte Seine Lordschaft. «Die schnellen Truppen an die Front! Wir können es leicht in – das heißt, bei Einhaltung der gesetzlich erlaubten Geschwindigkeit können wir es in nicht viel mehr als anderthalb Stunden schaffen.»

Etwa eine dreiviertel Stunde später fuhren der Rennwagen und das Polizeiauto einträchtig nach Hatfield ein. Von da an übernahm der Viersitzer, in dem Walters und Simpkins einander böse anfunkelten, die Führung, und kurz darauf gab Walters ein Zeichen, und die beiden Wagen hielten an.

«Ungefähr hier war es, wenn ich mich richtig erinnere; hier ist sie runtergefallen», sagte er. «Natürlich sieht man jetzt keine Spur mehr davon.»

«Sind Sie sicher, daß dabei nicht auch ein Riemen runtergefallen ist?» fragte der Polizeichef. «Denn irgend etwas muß sie ja vorher festgehalten haben.»

«Natürlich ist kein Riemen runtergefallen», sagtc Simpkins, bleich vor Wut. «Sie haben kein Recht, ihm mit solchen Fragen die Antwort in den Mund zu legen!»

«Moment», sagte Walters bedächtig. «Nein, von einem Riemen war nichts zu sehen. Aber ich erinnere mich dunkel, etwa vier- bis fünfhundert Meter weiter oben etwas auf der Straße gesehen zu haben.»

«Das ist gelogen!» schrie Simpkins. «Das saugt er sich aus den Fingern!»

«Etwa da, wo wir vor ein paar Minuten an dem Mann mit dem Beiwagen vorbeigekommen sind?» fragte Seine Lordschaft. «Ich habe ja gleich gesagt, wir hätten anhalten und ihn fragen sollen, ob wir ihm helfen können, Herr Polizeichef. Sie wissen ja, Höflichkeit im Straßenverkehr und so weiter.»

«Er hätte uns doch nichts sagen können», erwiderte der Polizeichef. «Wahrscheinlich hatte er gerade erst angehalten.»

«Da bin ich nicht so sicher», widersprach der andere. «Ist Ihnen nicht aufgefallen, was er tat? O Gott, o Gott, wo waren Ihre Augen? Hallo – da kommt er ja!»

Er sprang auf die Straße hinaus und winkte dem Beiwagenfahrer zu, der es beim Anblick von vier Polizisten ratsam fand, anzuhalten.

«Entschuldigen Sie», sagte Seine Lordschaft. «Wir wollten Sie eigentlich nur rasch fragen, ob bei Ihnen alles klar ist und so weiter und so fort. Sie verstehen. Wollte vorhin schon anhalten, aber der Gashebel klemmte; kriegte das dämliche Ding nicht zurück. Kleinen Ärger gehabt, wie?»

«Oh, danke, alles bestens in Ordnung; ich wäre Ihnen höchstens dankbar, wenn Sie ein paar Liter Benzin für mich übrig hätten. Der Tank hat sich gelöst. Furchtbar ärgerlich. Hat mir ziemlich zu schaffen gemacht. Zum Glück hat mir die Vorsehung einen abgerissenen Riemen auf die Straße gelegt, damit konnte ich ihn festbinden. Aber er ist ein bißchen aufgeplatzt, da wo der Bolzen abgerissen ist. Kann von Glück sagen, daß es keine Explosion gab. Aber Motorradfahrer haben ihren eigenen Schutzengel.»

«Einen Riemen, so?» meinte der Polizeichef. «Da muß ich Sie leider bitten, mir den mal zu zeigen.»

«Wie?» fragte der andere. «Und gerade hab ich das Ding damit festgebunden! Was zum –? Schon gut, Schatz, schon gut –» dies zu seiner Beifahrerin. «Ist es was Ernstes, Herr Polizeirat?»

«Leider ja, Sir. Tut mir leid, Sie belästigen zu müssen.»

«He!» rief einer der Polizisten, indem er nach allen Regeln der Kunst Mr. Simpkins abfing, der gerade einen Satz über das Wagenheck machen wollte. «Hat keinen Zweck, mein Junge. Das wird Ihnen schlecht bekommen.»

«Kein Zweifel möglich», sagte der Polizeichef triumphierend, indem er den Riemen an sich riß, den ihm der Beiwagenfahrer reichte. «Da steht sogar sein Name drauf. ‹J. SIMPKINS›, groß mit Tinte draufgemalt. Wahrhaftig, Sir, ich bin Ihnen sehr verbunden. Sie haben uns geholfen, einen großen Fang zu machen.»

«Nein! Wer *ist* das denn?» rief die Frau im Beiwagen. «Wie furchtbar aufregend! Geht es um Mord?»

«Lesen Sie morgen die Zeitung, Miss», sagte der Polizeichef, «dann können Sie was erfahren. He, Briggs, legen Sie ihm lieber Handschellen an.»

«Und was ist mit meinem Tank?» erkundigte der Mann sich kläglich. «Du kannst das ja meinetwegen aufregend finden, Babs, aber jetzt mußt du aussteigen und mir schieben helfen.»

«Aber nicht doch», sagte Seine Lordschaft. «Hier ist ein Riemen. Ein *viel* schönerer Riemen. Ein richtig erstklassiger Riemen. Und Benzin. *Und* ein schönes Fläschchen. Alles, was ein junger Mann bei sich haben sollte. Und wenn Sie mal nach London kommen, vergessen Sie nicht, mich zu besuchen. Lord Peter Wimsey, Piccadilly 110a. Wird mich jederzeit freuen. Zum Wohl.»

«Prost», sagte der andere, indem er sich, merklich besänftigt, die Lippen abwischte. «Hat mich sehr gefreut, mich nützlich machen zu können. Halten Sie's mir zugute, Herr Polizeirat, wenn Sie mich das nächste Mal bei einer Geschwindigkeitsüberschreitung erwischen.»

«Was für ein Glück, daß wir den gesehen haben», stellte der Polizeichef selbstzufrieden fest, als sie weiter nach Hatfield hineinfuhren. «Regelrechte Vorsehung, könnte man sagen.»

«Ich will Ihnen reinen Wein einschenken», sagte Simpkins, als er völlig am Boden zerstört, mit gefesselten Händen, wieder auf der Polizeiwache saß. «Ich schwöre bei Gott, ich weiß überhaupt nichts davon – von dem Mord, meine ich. Ich kenne einen Mann, der in Birmingham ein Juweliergeschäft hat. Sehr gut kenne ich ihn nicht einmal. Eigentlich hab ich ihn überhaupt erst letzte Ostern in Southend kennengelernt, und wir haben uns ein bißchen angefreundet. Owen heißt er – Thomas Owen. Er hat mir gestern geschrieben, daß er versehentlich eine Reisetasche bei der Gepäckaufbewahrung von Paddington gelassen hat und ob ich sie für ihn abholen kann – den Aufbewahrungsschein hatte er beigelegt – und ob ich sie ihm bringen könnte, wenn ich das nächste Mal nach da oben käme. Ich arbeite im Transportgewerbe – Sie haben ja meine Karte – und fahre immerzu im Land auf und ab. Zufällig mußte ich gerade heute mit dieser Norton in die Richtung, da hab ich also gegen Mittag die Tasche geholt und bin damit losgefahren. Das Datum auf dem Aufbewahrungsschein ist mir nicht aufgefallen. Ich weiß nur, daß ich nichts dafür bezahlen mußte, demnach kann sie nicht lange dort gewesen sein. Na ja, dann ging alles genauso, wie Sie sagen, bis Finchley, da hat mir dann der Junge zugerufen, daß der Riemen locker ist, und ich hab ihn festgezogen. Und da hab ich gemerkt, daß die Tasche an einer Ecke aufgeplatzt und ganz feucht war und – und da – da hab ich gesehen, was Sie auch gesehen haben. Es hat mir richtig den Magen umgedreht, und dann hab ich den Kopf verloren. Ich hatte nur noch einen Gedanken, und zwar das Ding so schnell wie möglich loszuwerden. Ich wußte, daß es auf der Straße nach Norden viele einsame Strecken gibt, also hab ich den Riemen angeschnitten, fast durch – das war, als ich in Barnet einen trinken gegangen bin –, und dann, als ich dachte, es ist niemand in Sichtweite, hab ich nur nach hinten gegriffen und einen kurzen Ruck gemacht, und weg war die Tasche – mit Riemen und allem; ich hatte ihn nämlich nicht durch die Ösen gezogen. Und wie sie runterfiel, war das für mich, als wenn mir ein großer Stein vom Herzen geplumpst wäre. Wahrscheinlich ist Walters gerade in dem Moment in Sicht gekommen. Ich mußte ein paar Meilen weiter etwas langsamer fahren, weil da gerade Schafe auf eine Wiese getrieben wurden, und da hörte ich ihn hinter mir hupen und – o mein Gott!»

Er vergrub stöhnend den Kopf in die Hände.

«Aha», sagte der Polizeichef von Eaton Socon. «Das ist also Ihre Aussage. Und nun zu diesem Thomas Owen –»

«Ach was», rief Lord Peter Wimsey, «lassen Sie diesen Thomas Owen aus dem Spiel. Das ist nicht der Mann, den Sie suchen. Sie nehmen doch nicht an, daß einer, der einen Mord begangen hat, sich von jemand anderm den Kopf nach Birmingham nachbringen läßt! Der sollte wahrscheinlich schön in der Gepäckaufbewahrung von Paddington bleiben, bis der schlaue Sünder über alle Berge oder der Kopf nicht mehr zu erkennen war oder beides. Dort dürften wir dann übrigens meine Familiensteinchen finden, die Ihr einnehmender Freund Owen mir aus dem Wagen geklaut hat. So, Mr. Simpkins, und jetzt nehmen Sie sich mal zusammen und erzählen uns, wer neben Ihnen an der Gepäckaufbewahrung stand, als Sie die Tasche abholten. Versuchen Sie sich genau zu erinnern, denn diese hübsche kleine

Insel ist kein Platz mehr für ihn, und während wir hier herumstehen und reden, besteigt er das nächste Schiff.»

«Ich erinnere mich nicht», ächzte Simpkins. «Mir ist keiner aufgefallen. Mir dreht sich alles im Kopf.»

«Macht nichts. Gehen wir zurück. Denken Sie ruhig nach. Stellen Sie sich vor, wie Sie von Ihrer Maschine gestiegen sind und sie irgendwo angelehnt haben –»

«Nein, ich hab sie auf den Ständer gestellt.»

«Gut! Weiter so. Jetzt überlegen Sie – Sie nehmen den Aufbewahrungsschein aus der Tasche und gehen hin – versuchen, sich dem Schalterbeamten bemerkbar zu machen.»

«Das ging zuerst gar nicht. Da war so eine alte Frau, die wollte einen Kanarienvogel aufgeben, und ein sehr aufgeregter Mann mit Golfschlägern, der es furchtbar eilig hatte. Er war richtig ungezogen zu so einem stillen kleinen Mann mit – Himmel, ja! Mit einer Reisetasche genau wie dieser da. Ja, so war's. Der kleine Mann hatte sie schon eine ganze Weile auf dem Schaltertisch stehen, und der große stieß ihn einfach beiseite. Ich weiß nicht so genau, was dann passiert ist, denn gerade da wurde mir meine Tasche gegeben. Der große Mann schob sein Gepäck genau vor uns beide hin, und ich mußte darübergreifen – und ich vermute – ja, ich muß dann wohl die falsche Tasche genommen haben. Du lieber Gott! Wollen Sie damit etwa sagen, daß dieser schüchterne kleine Mann, der so unscheinbar aussah, ein Mörder war?»

«So sehen viele aus», warf der Polizeichef von Hatfield ein. «Aber wie *sah* er nun aus – los, sagen Sie schon!»

«Ungefähr einsfünfundsechzig groß, hatte einen Filzhut auf und trug einen staubgrauen Mantel. Sehr gewöhnlich, mit ziemlich schwachen, vorstehenden Augen, glaube ich, aber ich bin mir nicht sicher, ob ich ihn wiedererkennen würde. Ach ja, Moment! An etwas erinnere ich mich noch. Er hatte so eine komische Narbe, halbmondförmig, unter dem linken Auge.»

«Damit ist der Fall klar», sagte Lord Peter. «Ich hab's mir ja schon gedacht. Haben Sie das – äh – Gesicht erkannt, Herr Polizeichef, als wir es herausnahmen? Nein? Aber ich. Es war Dahlia Dallmeyer, die Schauspielerin, die angeblich vorige Woche nach Amerika abgereist ist. Und der kleine Kerl mit der halbmondförmigen Narbe ist ihr Mann, Philip Storey. Unerquickliche Geschichte und so. Sie hat ihn ruiniert und wie Dreck behandelt und betrogen, aber wie es aussieht, hatte er das letzte Wort. Und jetzt nehme ich an, daß bei ihm die Gerichte das letzte Wort sprechen werden. Setzen Sie mal das Telefon in Betrieb, Herr Polizeichef, und sagen Sie den Leuten in Paddington, sie sollen mir meine Tasche zurückerstatten, bevor Mr. Thomas Owen darauf kommt, daß es da ein kleines Versehen gegeben hat.»

«Na ja, jedenfalls war's ein Klasserennen», sagte Mr. Walters, indem er dem beschämten Mr. Simpkins großmütig die Hand entgegenstreckte. «Das ist die Strafe wert. Ich muß Ihnen dieser Tage mal Revanche geben.»

Am nächsten Morgen in der Frühe ging ein kleiner unscheinbarer Mann an Bord des Transatlantikdampfers *Volucria.* Am oberen Ende der Gangway stießen zwei Männer mit ihm zusammen. Der jüngere der beiden, der eine kleine Reisetasche trug, drehte sich um und wollte sich entschuldigen, als ein Leuchten des Erkennens über sein Gesicht ging.

«Nanu, wenn das nicht Mr. Storey ist!» rief er laut. «Wohin soll's denn gehen? Ich habe Sie ja seit Ewigkeiten nicht mehr gesehen.»

«Ich bedaure», sagte Philip Storey, «aber leider hatte ich noch nicht das Vergnügen –»

«Sparen Sie sich das doch», entgegnete der andere lachend. «Mit dieser Narbe da würde ich Sie überall erkennen. Wollen Sie in die Staaten?»

«Hm, ja», sagte der andere, als er sah, daß die überschwengliche Art seines Bekannten Aufsehen erregte. «Ich muß um Entschuldigung bitten. Lord Peter Wimsey, nicht wahr? Ja. Ich will zu meiner Frau, die schon vorausgefahren ist.»

«Und wie geht's ihr», fragte Wimsey, indem er ihn in Richtung Bar drängte und sich an einen Tisch setzte. «Sie ist vorige Woche schon gefahren, nicht? Ich hab's in der Zeitung gelesen.»

«Ja, sie hat mir ein Telegramm geschickt, ich soll doch nachkommen. Wir – wollen Urlaub machen – an den Großen Seen. Sehr angenehmes Klima dort im Sommer.»

«Telegrafiert hat sie Ihnen? Und nun sind wir hier auf demselben Schiff. Merkwürdige Zufälle gibt es. Ich selbst habe erst in letzter Minute den Befehl bekommen, in See zu stechen. Verbrecherjagd – mein Steckenpferd, Sie wissen ja.»

«Ach, wirklich?» Mr. Storey leckte sich über die Lippen.

«Ja. Und das hier ist Kriminalinspektor Parker von Scotland Yard – ein guter Freund von mir. Ja, ja. Sehr unerfreuliche Geschichte. Ärgerlich. Eine Tasche, die friedlich in der Gepäckaufbewahrung von Paddington hätte ruhen sollen, taucht plötzlich in Eaton Socon auf. Hat doch da nichts zu suchen, oder?»

Er knallte die Tasche so heftig auf den Tisch, daß das Schloß aufsprang.

Storey fuhr mit einem Aufschrei hoch und warf die Arme über die Öffnung der Tasche, als wollte er ihren Inhalt zudecken.

«Wie kommen Sie daran?» schrie er. «Eaton Socon? Das – da war ich noch nie –»

«Es ist meine», sagte Wimsey ruhig, während der unglückselige Mensch begriff, daß er sich verraten hatte, und mutlos auf seinen Stuhl zurücksank. «Ein wenig Schmuck von meiner Mutter. Was hatten Sie denn darin vermutet?»

Kriminalinspektor Parker berührte den Ertappten leicht an der Schulter.

«Darauf brauchen Sie nicht zu antworten», sagte er. «Ich verhafte Sie, Philip Storey, wegen Mordes an Ihrer Frau. Alles, was Sie von jetzt an sagen, kann gegen Sie verwendet werden.»

5

Die gewissenlose Affäre mit dem nützlichen Joker

Die *Zambesi* sollte dem Vernehmen nach um sechs Uhr morgens anlegen. Mit Verzweiflung im Herzen buchte Mrs. Ruyslaender ein Zimmer im Hotel Magnifical. Nur noch neun Stunden, bis sie ihren Gatten begrüßen würde. Und dann begann diese gräßliche Wartezeit – Tage, vielleicht Wochen, vielleicht sogar Monate – bis zur unvermeidlichen Entdeckung.

Der Empfangschef drehte ihr das Anmeldebuch hin. Mechanisch schrieb sie sich ein, und dabei fiel ihr Blick auf die davorstehende Eintragung:

«Lord Peter Wimsey und Diener – London – Suite 24.»

Für die Dauer einer Sekunde schien Mrs. Ruyslaenders Herz stillzustehen. Konnte es denn möglich sein, daß Gott ihr selbst jetzt noch ein Schlupfloch gelassen hatte? Sie erwartete nicht viel von IHM. Ihr ganzes Leben hatte IHN als einen unnachsichtigen Gläubiger ausgewiesen. Es wäre Phantasterei, auch nur die allerkleinste Hoffnung auf die Unterschrift eines Mannes zu setzen, den sie ihr Lebtag noch nie gesehen hatte.

Und doch wollte ihr der Name nicht mehr aus dem Kopf, als sie in ihrem Zimmer zu Abend aß. Wenig später entließ sie ihr Dienstmädchen, dann saß sie noch lange vor dem Spiegel und betrachtete ihr verhärmtes Gesicht. Zweimal stand sie auf und ging zur Tür – beide Male kehrte sie wieder um und schalt sich eine Närrin. Beim drittenmal drehte sie entschlossen den Knauf und eilte den Korridor entlang, ohne sich erst Zeit zum Nachdenken zu lassen.

Ein großer goldener Pfeil an der Ecke zeigte ihr den Weg zu Suite 24. Es war schon elf Uhr, und weit und breit war niemand zu sehen. Mrs. Ruyslaender klopfte einmal kurz und energisch an Lord Peter Wimseys Tür, dann trat sie einen Schritt zurück und wartete, während sich in ihr jenes Gefühl verzweifelter Erleichterung breitmachte, das man hat, nachdem man einen gefährlichen Brief auf den Boden des Briefkastens hat plumpsen hören. Was auch kommen mochte, es gab jetzt kein Zurück mehr.

Der Diener war einer von der unerschütterlichen Sorte. Er gab sich weder einladend noch abweisend, sondern stand nur respektvoll auf der Schwelle.

«Lord Peter Wimsey?» flüsterte Mrs. Ruyslaender.

«Ja, Madam.»

«Könnte ich ihn einen Augenblick sprechen?»

«Seine Lordschaft hat sich soeben zurückgezogen, Madam. Wenn Sie kurz eintreten möchten, werde ich nachfragen.»

Mrs. Ruyslaender folgte ihm in einen jener feudalen Salons, die das Magnifical für den wohlhabenden Pilger bereithält.

«Möchten Sie bitte Platz nehmen, Madam?»

Der Diener ging lautlos zur Schlafzimmertür, trat ein und machte sie hinter sich zu. Das Schloß schnappte jedoch nicht richtig ein, und Mrs. Ruyslaender konnte die Unterredung mit anhören.

«Verzeihung, Mylord, eine Dame ist da. Da sie nichts von einer Verabredung erwähnt hat, hielt ich es für besser, Eure Lordschaft zuerst in Kenntnis zu setzen.»

«Ausgezeichnete Diskretion», antwortete eine Stimme. Sie hatte einen lässigen, sarkastischen Tonfall, der Mrs. Ruyslaender eine schamhafte Röte in die Wangen trieb. «Ich treffe nie Verabredungen. Kenne ich die Dame?»

«Nein, Mylord. Aber – ähäm – ich kenne sie vom Sehen, Mylord. Es ist Mrs. Ruyslaender.»

«Oh, die Frau des Diamantenhändlers. Na ja, versuchen Sie taktvoll herauszubekommen, worum es geht, und wenn es nichts Dringendes ist, sagen Sie ihr, sie soll morgen wiederkommen.»

Die nächste Bemerkung des Dieners war nicht zu hören, doch die Antwort darauf lautete:

«Nicht unanständig werden, Bunter!»

Der Diener kam zurück.

«Seine Lordschaft bittet mich, Sie zu fragen, Madam, in welcher Weise er Ihnen zu Diensten sein kann.»

«Sagen Sie ihm bitte, daß ich im Zusammenhang mit den Attenbury-Diamanten von ihm gehört habe und nun sehr gern einen Rat von ihm hätte.»

«Gewiß, Madam. Darf ich, da Seine Lordschaft sehr müde ist, anmerken, daß er Ihnen sicher besser helfen kann, wenn er erst ausgeschlafen hat?»

«Wenn morgen noch Zeit wäre, hätte ich nicht im Traum daran gedacht, ihn heute abend zu stören. Ich weiß, welche Ungelegenheiten ich ihm bereite –»

«Entschuldigen Sie mich einen Augenblick, Madam.»

Diesmal ging die Tür richtig zu. Nach kurzer Pause kam Bunter zurück, um zu melden: «Seine Lordschaft wird gleich bei Ihnen sein, Madam.» Damit stellte er eine Karaffe Wein und ein Kästchen mit schwarzen russischen Zigaretten vor sie hin.

Mrs. Ruyslaender zündete sich eine Zigarette an, aber kaum hatte sie ihr Aroma gekostet, da hörte sie einen leisen Schritt hinter sich. Sie sah sich um und erblickte einen jungen Mann in einem prächtigen malvenfarbenen Morgenmantel, unter dessen Saum die Hosenbeine eines primelgelben Seidenpyjamas züchtig hervorlugten.

«Sie müssen es sehr eigenartig von mir finden, daß ich mich Ihnen um diese Zeit noch aufdränge», sagte sie mit nervösem Lachen.

Peter legte den Kopf schief.

«Darauf weiß ich jetzt nicht die richtige Antwort», sagte er. «Wenn ich sage: ‹Keineswegs›, klingt es liederlich. Sage ich aber: ‹Ja, und wie›, ist es ungezogen. Ich schlage vor, wir übergehen das, ja? Und dann sagen Sie mir, was ich für Sie tun kann.»

Mrs. Ruyslaender zögerte. Lord Peter war anders, als sie ihn sich vorgestellt hatte. Sie sah das glänzende, strohfarbene, über einer etwas fliehenden Stirn glatt zurückgekämmte Haar, die unschöne, dünne gebogene Nase und das etwas einfältige Lächeln, und ihr sank der Mut.

«Ich – fürchte, es ist albern von mir, zu glauben, daß Sie mir helfen können», begann sie.

«Ach ja, mein unseliges Äußeres, wie immer», stöhnte Lord

Peter, der damit einen so erschreckenden Scharfblick verriet, daß sie sich nun erst doppelt unbehaglich fühlte. «Meinen Sie, es würde mehr Vertrauen erwecken, wenn ich mir die Haare schwarz färben und mir einen Kinnbart wachsen ließe? Sie können sich gar nicht vorstellen, wie mißlich es ist, immer so auszusehen, als ob man Algy hieße.»

«Ich wollte damit nur sagen», beeilte sich Mrs. Ruyslaender, «daß ich nicht weiß, ob mir überhaupt jemand helfen kann. Aber ich habe Ihren Namen unten im Meldebuch gelesen, und da dachte ich, es könnte vielleicht eine kleine Chance bestehen.»

Lord Peter füllte die Gläser und setzte sich.

«Nur zu», sagte er munter. «Es klingt schon interessant.»

Mrs. Ruyslaender faßte sich ein Herz.

«Mein Mann», erklärte sie, «ist Henry Ruyslaender, der Diamantenhändler. Wir sind vor zehn Jahren aus Kimberley gekommen und haben uns in England niedergelassen. Er ist jedes Jahr ein paar Monate geschäftlich in Afrika, und ich erwarte ihn morgen früh mit der *Zambesi* zurück. Und nun ist mein Kummer folgender: Voriges Jahr hat er mir ein prächtiges Diamantkollier mit hundertfünfzehn Steinen geschenkt –»

«Das Licht Afrikas – ich weiß», sagte Wimsey.

Sie sah ihn leicht erstaunt an, bejahte aber. «Das Kollier wurde mir gestohlen, und ich kann nicht hoffen, den Verlust vor ihm zu verheimlichen. Eine Imitation würde ihn keine Sekunde täuschen.»

Sie stockte, und Lord Peter half behutsam nach:

«Ich nehme an, daß Sie zu mir gekommen sind, weil es kein Fall für die Polizei werden soll. Wollen Sie mir ganz offen sagen, warum?»

«Die Polizei würde nichts nützen. Ich weiß, wer es hat.»

«So?»

«Es gibt da einen Mann, den wir beide oberflächlich kennen – einen gewissen Paul Melville.»

Lord Peters Augen verengten sich. «Hm, ja, ich glaube ihn schon einmal in einem der Clubs gesehen zu haben. Reserveheer, hat sich dann aber ins Berufsheer übernehmen lassen. Dunkelhaarig, Angebertyp – ein bißchen wie eine Ampelopsis, wie?»

«Ampelopsis?»

«Eine Zierpflanze – Doldenrebe –, die sich an anderen hochrankt. Sie kennen das ja – erstes Jahr: zarte kleine Triebe – zweites Jahr: wunderbare Pracht – drittes Jahr: überwuchert alles. Nun sagen Sie schon, daß ich ungezogen bin.»

Mrs. Ruyslaender kicherte. «Jetzt wo Sie es sagen, ja – er ist *genau* wie eine Ampelopsis. Es erleichtert schon ganz schön, ihn so zu sehen … Nun, er ist jedenfalls ein entfernter Verwandter meines Mannes. Eines Abends kam er zu Besuch, als ich allein war. Wir unterhielten uns über Juwelen, und ich holte meinen Schmuckkasten und zeigte ihm das Licht Afrikas. Er versteht eine Menge davon. Zwei- oder dreimal bin ich aus dem Zimmer gegangen, habe aber nicht daran gedacht, die Schatulle abzuschließen. Nachdem er gegangen war, wollte ich dann alles wieder wegräumen, und als ich den Schmuckkasten öffnete, in dem sich die Diamanten befanden – da waren sie fort!»

«Hm – ganz schön unverfroren. Nun passen Sie mal auf, Mrs. Ruyslaender – Sie stimmen mir zu, daß er eine Ampelopsis ist, aber Sie wollen die Polizei nicht rufen. Nun sagen Sie einmal ehrlich – und verzeihen Sie mir, aber Sie wollen ja einen Rat von mir hören – ist er es eigentlich wert, daß Sie sich seinetwegen Gedanken machen?»

«Das ist es ja nicht», antwortete die Frau in gedämpftem Ton. «O nein! Aber er hat noch etwas anderes mitgenommen. Er hat – ein Porträt mitgenommen – eine kleine, in Diamanten gefaßte Miniatur.»

«Oh!»

«Ja. Sie befand sich in einem Geheimfach des Schmuckkästchens. Ich habe keine Ahnung, woher er wußte, daß es dort war, aber die Schatulle war ein altes Stück aus der Familie meines Mannes, und ich nehme an, daß er über das Geheimfach Bescheid wußte und – nun ja, daß er es für lohnenswert hielt, einmal darin nachzusehen. Jedenfalls verschwand am selben Abend wie die Diamanten auch das Porträt, und er weiß, daß ich es nicht wagen würde, mir das Kollier zurückholen zu wollen, weil dann beides zusammen gefunden würde.»

«War das denn mehr als nur ein Porträt? Ein Porträt an sich läßt sich ja noch halbwegs plausibel erklären. Sagen wir, es wurde Ihnen zur Aufbewahrung anvertraut?»

«Die Namen standen darauf und – und eine Inschrift, die mit nichts, mit *gar* nichts wegzuerklären ist. Ein – Zitat aus Petronius.»

«Ach du lieber Gott!» entfuhr es Lord Peter. «O ja, das ist ein ziemlich munterer Autor.»

«Ich habe sehr jung geheiratet», erklärte Mrs. Ruyslaender, «und mein Mann und ich kamen nie besonders gut miteinander aus. Und in einem Jahr, als er gerade wieder in Afrika war, ist das dann alles passiert. Wir waren wunderbar glücklich – und ungeniert. Dann ging es zu Ende. Ich war verbittert. Ich wünschte, ich wäre es nicht gewesen. Aber sehen Sie, er hatte mich verlassen, und ich konnte es ihm nicht verzeihen. Tag und Nacht habe ich um Rache gebetet. Aber jetzt – ich will nicht, daß sie durch mich geschieht.»

«Einen Augenblick», sagte Wimsey. «Sie meinen also, wenn die Diamanten gefunden werden und das Porträt auch, dann kommt diese Geschichte unweigerlich ans Licht?»

«Mein Mann würde sich scheiden lassen. Er würde mir nie verzeihen – und ihm auch nicht. Das heißt nicht, daß es mir etwas ausmachen würde, selbst den Preis zu zahlen, aber –»

Sie krampfte die Hände zusammen.

«Wieder und wieder habe ich ihn verflucht, ihn und diese raffinierte Frau, die ihn sich gekapert hat. Sie hat ihre Karten ja so gut ausgespielt! Diese Geschichte würde nun beide ruinieren.»

«Aber wenn *Sie* das Instrument der Rache wären», sagte Wimsey freundlich, «würden Sie sich dafür verachten. Und es wäre Ihnen schrecklich, weil er Sie dafür verachten würde. Eine Frau wie Sie könnte sich nicht so tief erniedrigen, um ihre Rache zu bekommen. Das verstehe ich. Wenn Gott einen Blitz niederfahren ließe – wie furchtbar und befriedigend zugleich! Wenn es mit Ihrem Zutun einen großen Krach gäbe – wie widerlich wäre das.»

«Sie scheinen ja zu verstehen», sagte Mrs. Ruyslaender. «Wie ungewöhnlich.»

«Oh, ich verstehe vollkommen. Trotzdem will ich Ihnen sagen», fuhr Wimsey mit einem verlegenen kleinen Zucken um die Mundwinkel fort, «daß es für eine Frau einfach töricht ist, in solchen Dingen ein Ehrgefühl zu haben. Es bereitet ihr nur unerträglichen Schmerz, und ohnehin erwartet es niemand von ihr. Aber nun wollen wir uns da nicht hineinsteigern. Sie wollen sich Ihre Rache jedenfalls nicht von einer Ampelopsis aufzwingen lassen. Warum auch? Widerlicher Kerl. Wir packen ihn mit Wurzeln, Zweigen und Trieben. Machen Sie sich keine Sorgen. Mal überlegen. Ich habe hier nur einen Tag zu tun. Dann muß ich Melville kennenlernen – sagen wir eine Woche. Dann muß ich an die Sächelchen herankommen – sagen wir noch einmal eine Woche, vorausgesetzt, er hat sie noch nicht verkauft, was aber nicht sehr wahrscheinlich ist. Können Sie Ihren Gatten noch etwa zwei Wochen hinhalten, was meinen Sie?»

«O ja. Ich werde sagen, sie seien im Landhaus oder würden gerade gereinigt oder irgendwas. Aber glauben Sie wirklich, Sie könnten –?»

«Ich werde mir jedenfalls Mühe geben, Mrs. Ruyslaender. Sitzt der Bursche so in der Klemme, daß er Diamanten stehlen muß?»

«Ich glaube, er hat kürzlich Schulden beim Pferderennen gemacht. Und vielleicht beim Poker.»

«Oho! Ist er Pokerspieler? Das gibt mir einen ausgezeichneten Vorwand, ihn kennenzulernen. Also, Kopf hoch – wir kriegen die Sachen, und wenn wir sie kaufen müssen. Das werden wir aber nicht tun, wenn sich's vermeiden läßt. Bunter!»

«Mylord?» Der Diener erschien aus dem hinteren Zimmer.

«Sehen Sie mal nach, ob die Luft rein ist, und geben Sie Signal, ja?»

Mr. Bunter begab sich auftragsgemäß auf den Flur hinaus, und nachdem er einen alten Herrn wohlbehalten im Bad verschwinden und eine junge Dame im rosa Kimono, die den Kopf aus einer der benachbarten Türen gesteckt hatte, diesen bei seinem Anblick schleunigst wieder hatte zurückziehen sehen, putzte er sich mit einem schmetternden Trompetenton die Nase.

«Gute Nacht», sagte Mrs. Ruyslaender, «und vielen Dank.» Damit schlüpfte sie ungesehen wieder in ihr Zimmer zurück.

«Was hat Sie nur bewogen, mein Bester», fragte Oberst Marchbanks, «sich mit diesem ausgesprochen widerlichen Melville abzugeben?»

«Karo», sagte Lord Peter. «Finden Sie ihn wirklich so schlimm?»

«Ein furchtbarer Kerl», sagte der Ehrenwerte Freddy Arbuthnot. «Herz. Wozu mußtest du ihm hier auch noch ein Zimmer besorgen? Dieser Club war immer ein hochanständiger Treff.»

«Zwei Treff?» fragte Sir Impey Biggs, der sich gerade einen Whisky bestellt und nur das letzte Wort mitbekommen hatte.

«Nein, nein, ein Herz.»

«Entschuldigung. Na, Partner, wie steht's mit Pik? Ausgezeichnete Farbe.»

«Passe», sagte der Oberst. «Ich weiß nicht, was heutzutage aus der Armee geworden ist.»

«Sans Atout», sagte Wimsey. «Schon recht, Kinderchen, verlaßt euch auf Onkel Peter. Komm schon, Freddy, wie viele Herz willst du denn bieten?»

«Gar keine mehr, nachdem mich der Oberst so im Stich gelassen hat», sagte der Ehrenwerte Freddy.

«Angsthase. So, alle zufrieden? Dann los! Ihre Karten auf den Tisch, Partner. Oh, sehr hübsch. Dann machen wir diesmal einen Schlemm. Freut mich eigentlich, Ihre Meinung zu hören, Oberst, denn ich möchte, daß gerade Sie und Biggy heute abend noch hierbleiben und mit Melville und mir ein Spielchen machen.»

«Und was wird aus mir?» erkundigte sich der Ehrenwerte Freddy.

«Du hast eine Verabredung und gehst früh nach Hause, alter Freund. Ich habe Kamerad Melville eigens eingeladen, damit er den gefürchteten Oberst Marchbanks und unsern größten Strafjuristen kennenlernt. Aus welchem Blatt soll ich das eigentlich spielen? Ach so, ja. Nun los schon, Oberst – irgendwann müssen Sie ja mal mit diesem König herausrücken, warum also nicht gleich?»

«Ein Komplott», sagte Mr. Arbuthnot mit übertrieben geheimnisvoller Miene. «Nur zu, Leute, nehmt keine Rücksicht auf mich.»

«Ich nehme sicher an, daß Sie einen besonderen Grund haben, diesen Kerl zu hofieren», meinte Sir Impey.

«Der Rest gehört dann wohl mir. Hm, ja, den habe ich. Sie

und der Oberst täten mir wirklich einen großen Gefallen, wenn Sie Melville heute abend mitmischen ließen.»

«Wenn Sie es wünschen», knurrte der Oberst. «Aber hoffentlich versucht der junge Naseweis kein Kapital aus der Bekanntschaft zu schlagen.»

«Dafür werde ich schon sorgen», sagte Seine Lordschaft. «Deine Karten, Freddy. Wer hatte das Herz-As? Ach so, ich selbst. Wir spielen aus ... Hallo! Guten Abend, Melville.»

Die Ampelopsis war ein auf seine Art recht gutaussehender Mann – groß und braungebrannt, mit blitzenden weißen Zähnen. Er begrüßte Wimsey und Arbuthnot herzlich, den Oberst ein wenig zu vertraulich, und zeigte sich hocherfreut, Sir Impey Biggs kennenzulernen.

«Sie kommen gerade recht, um Freddys Blatt zu übernehmen», sagte Wimsey. «Er muß nämlich fort. Aber ich warne Sie, er kriegt immer furchtbar schlechte Karten.»

«Na ja», meinte Freddy und erhob sich gehorsam. «Ich spiele dann wohl besser Mücke und schwirre ab. Gute Nacht allerseits.»

Melville nahm seinen Platz ein, und das Spiel ging noch zwei Stunden mit wechselndem Glück weiter, bis Oberst Marchbanks, der unter den redseligen Spieltheorien seines Partners sehr zu leiden hatte, sichtlich die Lust verlor.

Wimsey gähnte.

«Wird's ein bißchen langweilig, Oberst? Ich wollte, die erfänden mal was, um dieses Spiel kurzweiliger zu gestalten.»

«Ach, Bridge ist sowieso nur was für Kinder», meinte Melville. «Wollen wir nicht mal eine kleine Runde pokern, Oberst? Das macht Sie garantiert wieder munter. Was halten Sie davon, Biggs?»

Sir Impey, daran gewöhnt, einem Zeugen ins Herz zu sehen, warf Wimsey einen nachdenklichen Blick zu, dann antwortete er:

«Einverstanden, wenn die andern es auch sind.»

«Prima Idee», sagte Lord Peter. «Kommen Sie, Oberst, seien Sie kein Spielverderber. Die Chips liegen da in der Schublade, glaube ich. Beim Pokern verliere ich zwar immer, aber was tut's, solange es Spaß macht? Besorgen wir uns ein frisches Blatt.»

«Wird der Einsatz begrenzt?»

«Was meinen *Sie*, Oberst?»

Der Oberst schlug zwanzig Shilling vor. Melville erhöhte mit einer Grimasse auf ein Zehntel des Gesamteinsatzes. Die Erhöhung wurde akzeptiert. Die Karten wurden gemischt, und der Oberst gab aus.

Entgegen seiner Vorhersage gewann Wimsey am Anfang ganz beträchtlich und wurde darüber so albern und redselig, daß sogar der erfahrene Melville sich zu fragen begann, ob diese unbeschreibliche Einfältigkeit der Mantel der Dummheit oder die Maske des abgebrühten Pokerspielers war. Bald sah er sich jedoch beruhigt. Das Glück wechselte auf seine Seite, und er gewann mit der linken Hand stetig kleinere Summen von Sir Impey und Oberst Marchbanks, die vorsichtig spielten und keine großen Risiken eingingen – und beträchtliche Summen von Wimsey, der leichtsinnig und ein wenig angetrunken wirkte und lachhaft hohe Beträge auf die unmöglichsten Karten setzte.

«Ich habe noch nie so einen Glückspilz gesehen wie Sie, Melville», sagte Sir Impey, als der junge Mann gerade wieder den Gewinn von einem hübschen Straigthflush einstrich.

«Heute ich, morgen Sie», meinte Melville, indem er die Karten Biggs zuschob, der mit Geben an der Reihe war.

Oberst Marchbanks verlangte eine neue Karte. Wimsey lachte dümmlich und ließ sich gleich fünf neue geben; Biggs verlangte drei, und Melville nahm, nachdem er eine Weile überlegt hatte, eine.

Diesmal sah es so aus, als ob jeder etwas Brauchbares in der Hand hätte, obwohl man sich bei Wimsey nicht darauf verlassen konnte, denn er ging schon mit einem Zweierpasch bis an die Höchstgrenze, um, wie er sagte, «den Pott am Kochen zu halten». Er wurde jetzt regelrecht störrisch und warf, trotz Melvilles zur Schau getragener Zuversicht, mit hochrotem Kopf seine Chips in den Pott.

Der Oberst stieg aus, und kurz darauf folgte Biggs seinem Beispiel. Melville ging mit, bis der Pott nahezu hundert Pfund enthielt, dann wurde Wimsey plötzlich unruhig und verlangte die Karten zu sehen.

«Vier Könige», sagte Melville.

«Hol Sie der Kuckuck», sagte Wimsey, indem er vier Damen hinlegte. «Der Kerl ist heute abend nicht zu bremsen, wie? Hier, Melville, nehmen Sie die verflixten Karten und geben Sie andern Leuten auch mal eine Chance, ja?»

Mit diesen Worten mischte er die Karten und gab sie weiter. Melville teilte aus, bediente seine drei Mitspieler und wollte sich gerade selbst drei neue Karten geben, als Wimsey mit einem plötzlichen Ausruf seine Hand über den Tisch schießen ließ.

«Hallo, Melville!» sagte er mit eisiger Stimme, die mit seiner sonstigen Sprechweise nichts mehr gemein hatte. «Was soll das bitte heißen?»

Er hob Melvilles linken Arm über dem Tisch hoch und schüttelte ihn einmal kräftig. Aus dem Ärmel flatterte etwas auf den Tisch und glitt von dort weiter auf den Fußboden. Oberst Marchbanks hob es auf und legte mit unheilkündendem Schweigen einen Joker auf den Tisch.

«Großer Gott!» sagte Sir Impey.

«Sie grüner Schurke!» stieß der Oberst hervor, als er seiner Stimme wieder mächtig war.

«Zum Teufel, was soll das heißen?» keuchte Melville mit kreidebleichem Gesicht. «Was fällt Ihnen ein! Das ist eine Finte – eine Falle –» Eine furchtbare Wut packte ihn. «Sie unterstehen sich zu behaupten, daß ich ein Betrüger sei? Sie Lügner! Sie gemeiner Falschspieler! Sie haben mir die Karte dahin gesteckt. Ich sage Ihnen, meine Herren», rief er, indem er sich verzweifelt in der Runde umsah, «er muß sie mir dahin gesteckt haben.»

«Na, na», sagte Oberst Marchbanks, «es hat keinen Sinn, sich hier so aufzuführen, Melville. Überhaupt keinen Sinn. Macht alles nur noch schlimmer. Wir haben es nämlich alle gesehen. Mein Gott, ich weiß nicht, was aus der Armee geworden ist.»

«Heißt das, Sie glauben ihm?» schrie Melville mit schriller Stimme. «Um Himmels willen, Wimsey, soll das ein Witz sein oder was? Biggs – Sie haben doch einen Kopf auf den Schultern – glauben Sie etwa diesem halbbetrunkenen Irren und diesem Tattergreis, der längst ins Grab gehört?»

«Diese Ausdrucksweise bringt Ihnen nichts ein, Melville», sagte Sir Impey. «Ich fürchte, wir haben es alle deutlich genug gesehen.»

«Ich hatte nämlich schon die ganze Zeit so einen Verdacht», sagte Wimsey. «Darum habe ich Sie beide gebeten, heute abend noch hierzubleiben. Wir wollen kein großes öffentliches Aufsehen machen, aber –»

«Meine Herren», sagte Melville jetzt sachlicher, «ich schwöre Ihnen, daß ich an dieser gräßlichen Geschichte vollkommen unschuldig bin. Können Sie mir das nicht glauben?»

«Ich kann immer noch glauben, was ich mit eigenen Augen sehe, Sir», entgegnete der Oberst aufgebracht.

«Im Interesse des Clubs», sagte Wimsey, «konnte das so nicht weitergehen, aber ebenfalls im Interesse des Clubs finde ich, wir sollten die Sache lieber in aller Stille aus der Welt schaffen. Angesichts dessen, was Sir Impey und der Oberst bezeugen können, Melville, glaube ich nicht, daß Ihnen irgend jemand Ihre Gegendarstellung abnehmen wird.»

Melville sah von dem alten Offizier zu dem großen Strafjuristen.

«Ich weiß nicht, was für ein Spiel Sie treiben», sagte er mürrisch zu Wimsey, «aber ich sehe, daß die Falle, die Sie mir da gestellt haben, zugeschnappt ist.»

«Ich glaube, meine Herren», sagte Wimsey, «daß ich die Angelegenheit ohne großes Aufsehen zu aller Zufriedenheit aus der Welt schaffen kann, wenn ich mit Melville kurz in seinem Zimmer unter vier Augen sprechen darf.»

«Er muß seinen Abschied einreichen», grollte der Oberst.

«Ich werde mit ihm in diesem Sinne reden», sagte Wimsey. «Können wir für ein paar Minuten in Ihr Zimmer gehen, Melville?»

Mit düsterer Stirn ging der junge Soldat voran. Sowie er mit Wimsey allein war, fuhr er ihn wütend an.

«Was haben Sie im Sinn? Was wollen Sie mit dieser ungeheuerlichen Anschuldigung erreichen? Ich werde Sie wegen Verleumdung verklagen!»

«Tun Sie das nur», antwortete Wimsey kühl, «wenn Sie meinen, daß irgend jemand Ihnen glauben wird.»

Er zündete sich eine Zigarette an und musterte gelassen den erzürnten jungen Mann.

«Sagen Sie mir jedenfalls, was das zu bedeuten hat!»

«Das hat ganz einfach zu bedeuten», entgegnete Wimsey, «daß Sie, ein Offizier und Mitglied dieses Clubs, beim Kartenspiel um Geld auf frischer Tat beim Betrügen ertappt worden sind, und Sir Impey Biggs, Oberst Marchbanks und ich können das bezeugen. Nun schlage ich Ihnen, Hauptmann Melville, als die beste Lösung vor, daß Sie mir Mrs. Ruyslaenders Kollier und das Porträt anvertrauen und sich unauffällig aus dieser Hallen strahlendem Glanz entfernen – und kein Hahn kräht mehr danach.»

Melville sprang auf.

«Mein Gott!» rief er. «Jetzt verstehe ich. Das ist Erpressung!»

«Sie dürfen es sicherlich Erpressung nennen, und Diebstahl dazu», meinte Lord Peter achselzuckend. «Aber wozu diese häßlichen Wörter? Sie sehen doch, daß ich fünf Asse in der Hand habe. Also legen Sie besser Ihre Karten weg.»

«Und wenn ich sage, daß ich von den Diamanten noch nie gehört habe?»

«Dazu ist es wohl jetzt ein bißchen spät, wie?» versetzte Wimsey liebenswürdig. «Aber in diesem Falle müßten wir, so schrecklich leid es mir täte, die Sache von heute abend doch noch an die große Glocke hängen.»

«Zum Henker mit Ihnen», knurrte Melville, «Sie feixender Satan.»

Er entblößte seine sämtlichen weißen Zähne und duckte sich wie zum Sprung. Wimsey wartete gelassen, die Hände in den Taschen.

Der Angriff blieb aus. Mit einer wütenden Gebärde zog Melville seine Schlüssel heraus und schloß sein Toilettenköfferchen auf.

«Da, nehmen Sie», grollte er, indem er ein kleines Päckchen auf den Tisch warf. «Sie haben mich in der Hand. Nehmen Sie und scheren Sie sich damit zum Teufel.»

«Letzten Endes ja – warum nicht gleich?» murmelte Seine Lordschaft. «Heißen Dank. Bin nämlich ein friedliebender Mensch – kann Unannehmlichkeiten und dergleichen nicht leiden.» Er betrachtete eingehend seine Beute und ließ die Steine fachmännisch durch die Finger gleiten. Beim Anblick des Porträts spitzte er die Lippen. «O ja», flüsterte er, «das *hätte* Krach gegeben.» Er wickelte alles wieder ein und steckte das Päckchen in die Tasche.

«Also, dann gute Nacht, Melville – und vielen Dank für das schöne Spielchen.»

«Hören Sie mal, Biggs», sagte Wimsey, als er ins Kartenzimmer zurückkam, «Sie haben doch viel Erfahrung. Was für Maßnahmen halten Sie im Umgang mit einem Erpresser für gerechtfertigt?»

«Ha!» machte der Kronanwalt. «Da haben Sie den Finger genau auf den wunden Punkt dieser Gesellschaft gelegt, wo die Gesetze machtlos sind. Als Mensch kann ich nur sagen, es gibt nichts, was so ein Unhold nicht verdient. Dieses Verbrechen ist grausamer und in seinen Folgen unendlich schlimmer noch als Mord. Als Jurist sage ich, daß ich es bisher immer konsequent abgelehnt habe, einen Erpresser zu verteidigen oder gegen irgendeinen armen Teufel, der seinen Peiniger aus dem Weg geräumt hat, die Anklage zu vertreten.»

«Hm», antwortete Wimsey. «Und was sagen Sie, Oberst?»

«Ein solcher Mensch ist Ungeziefer», erklärte der kleine Krieger mannhaft. «Erschießen ist zu gut für ihn. Ich habe mal einen Mann gekannt – war sogar ein guter persönlicher Freund von mir – zu Tode gehetzt – hat sich eine Kugel in den Kopf gejagt. Rede nicht gern darüber.»

«Ich möchte Ihnen etwas zeigen», sagte Wimsey.

Er sammelte die Spielkarten ein, die noch auf dem Tisch lagen, und legte sie zusammen.

«Nehmen Sie mal, Oberst, und legen Sie den Packen verdeckt auf den Tisch. Recht so. Jetzt heben Sie als erstes bei der zwanzigsten Karte ab – Sie werden sehen, daß die Karo-Sieben zuunterst liegt. Stimmt's? Jetzt rufe ich sie alle nacheinander auf: Herz-Zehn, Pik-As, Treff-Drei, Treff-Fünf, Karo-König, -Neun, -Bube, Herz-Zwei. Stimmt's? Ich könnte sie Ihnen alle der Reihe nach nennen, bis auf das Herz-As, denn das ist hier.»

Er beugte sich vor und fischte die Karte geschickt aus Sir Impeys Brusttasche.

«Das habe ich von einem Mann gelernt, der bei Ypern mit mir im Unterstand lag», sagte er. «Sie beide brauchen über die Geschichte von heute abend niemandem etwas zu erzählen. Es gibt Verbrechen, an die das Gesetz nicht herankommt.»

6

Das unwürdige Melodram vom Zank um den Knochen

«Ich finde, Sie haben schreckliches Wetter mitgebracht, Lord Peter», bemerkte Mrs. Frobisher-Pym in scherzhaft tadelndem Ton. «Wenn es so weiterregnet, sieht es für die Beerdigung böse aus.»

Lord Peter Wimsey warf einen Blick aus dem Fenster des Frühstückszimmers auf den durchweichten grünen Rasen und die Büsche mit den Lorbeerblättern, die steif und glänzend wie Regenmäntel der unbarmherzig niederströmenden Flut trotzten.

«Gräßlich, wie man bei Begräbnissen immer so ungeschützt herumsteht», pflichtete er ihr bei.

«Eben. Das finde ich ja auch so schlimm für die alten Leute. In so einem Dörfchen wie hier ist das doch so ziemlich die einzige Freude, die sie im Winter haben. Es gibt ihnen Gesprächsstoff für Wochen.»

«Ist das eigentlich ein besonderes Begräbnis?»

«Mein lieber Wimsey», sagte sein Gastgeber, «man sieht, daß Sie in Ihrem kleinen London überhaupt nicht im Bilde sind. So ein Begräbnis hat es in Little Doddering überhaupt noch nie gegeben. Es ist ein Ereignis.»

«Wahrhaftig?»

«Du meine Güte, ja doch! Vielleicht erinnern Sie sich noch an den alten Burdock.»

«Burdock? Mal überlegen. Ist er nicht gewissermaßen der hiesige Gutsherr?»

«War», verbesserte ihn Mr. Frobisher-Pym. «Jetzt ist er tot – vor ungefähr drei Wochen in New York gestorben, und nun wird er zur Beisetzung hierher überführt. Die Burdocks leben seit Hunderten von Jahren im großen Gutshaus, und alle wurden auf dem hiesigen Friedhof beigesetzt, bis auf den einen natürlich, der im Krieg gefallen ist. Burdocks Sekretär hat die Nachricht von seinem Tod herübergekabelt und angekündigt, daß die Leiche hergeschickt wird, sobald sie mit dem Einbalsamieren fertig sind. Das Schiff trifft heute morgen in Southampton ein, glaube ich. Jedenfalls kommt der Tote heute abend mit dem Zug um halb sechs aus London an.»

«Gehst du zum Bahnhof, Tom?»

«Nein, meine Liebe. Das wird wohl auch nicht erwartet. Natürlich wird das ganze Dorf auf den Beinen sein. Joliffs Leute haben ihren großen Auftritt; sie haben sich vom jungen Mortimer extra für die Gelegenheit zwei Pferde ausgeliehen. Hoffentlich schlagen die nur nicht über die Stränge und schmeißen den Leichenwagen um. Mortimers Gäule sind im allgemeinen etwas temperamentvoll.»

«Aber wir müssen doch den Burdocks gewissermaßen die Ehre erweisen, Tom.»

«Wir gehen morgen zur Beerdigung, das genügt. Das sind wir wohl der Familie schuldig, aber was den Alten selbst angeht, wäre Ehre gewiß das Letzte, was ihm jemand erweisen wollen würde.»

«Tom, er ist tot!»

«Das wurde auch Zeit. Nein, Agatha, man braucht jetzt nicht so zu tun, als ob der alte Burdock etwa kein gehässiger, übellauniger, niederträchtiger alter Lump gewesen wäre, auf den die Welt gut und gern verzichten kann. Nach dem letzten Skandal, den er angezettelt hat, konnte er sich hier nicht mehr halten und mußte nach Amerika gehen, und trotzdem wäre er wahrscheinlich hinter Gittern gelandet, wenn er nicht das Geld gehabt hätte, um die Leute auszubezahlen. Darum ärgere ich mich ja auch so sehr über Hancock. Ich habe nichts dagegen, daß er sich Priester nennt, obwohl es dem guten alten Weeks genügte, als Geistlicher bezeichnet zu werden – dabei war er immerhin Chorherr –, und mich stören auch seine Gewänder nicht. Er kann sich einen Union Jack um den Leib wickeln, wenn er will – das macht doch *mir* nichts aus. Aber wenn er den alten Burdock im Südschiff aufbahren will, mit Kerzen drumherum, und Hubbard von der ‹Roten

Kuh› und der junge Duggins sollen die halbe Nacht für ihn beten, da ist für mich die Grenze. Die Leute mögen das nämlich nicht – zumindest die ältere Generation; für die jungen Leute mag es ja noch angehen; die brauchen ihren Spaß; aber etlichen von den Bauern hier wird das ein Ärgernis sein. Immerhin kannten sie Burdock ein bißchen zu gut. Simpson – das ist hier der Ortsvorsteher – kam gestern abend ziemlich bestürzt zu mir, um mit mir darüber zu reden. Einen vernünftigeren Menschen als Simpson kenne ich nicht. Ich habe ihm versprochen, mit Hancock zu reden, und das habe ich heute morgen auch getan, aber ebensogut hätte ich gegen die Kirchentür anreden können.»

«Mr. Hancock ist einer von diesen jungen Männern, die alles besser zu wissen glauben», sagte seine Frau. «Ein verständiger Mensch hätte auf dich gehört, Tom. Du bist Friedensrichter und wohnst schon dein Leben lang hier, da sollte man doch annehmen, daß du dich in dieser Gemeinde um einiges besser auskennst als er.»

«Er hat sich auf den lächerlichen Standpunkt gestellt», fuhr Mr. Frobisher-Pym fort, «daß man um so mehr für einen Menschen beten müsse, je sündiger er gelebt habe, worauf ich sagte: ‹Ich glaube, soviel können Sie und ich zusammen gar nicht beten, um Burdock da rauszuholen, wo er jetzt ist.› Ha-ha! Darauf meinte er: ‹Da bin ich ganz Ihrer Meinung, Mr. Frobisher-Pym; darum habe ich auch eine achtköpfige Nachtwache arrangiert, die für ihn die ganze Nacht betet.› Ich muß zugeben, darauf wußte ich keine Antwort mehr.»

«*Acht* Leute?» entfuhr es Mrs. Frobisher-Pym.

«Nicht alle gleichzeitig, wenn ich ihn richtig verstanden habe, sondern in Schichten zu je zwei. ‹Also›, sagte ich, ‹Sie sollten aber meines Erachtens bedenken, daß Sie damit den Nonkonformisten Wasser auf ihre Mühlen gießen.› Das stritt er natürlich auch gar nicht ab.»

Wimsey bediente sich von der Marmelade. Die Nonkonformisten suchten offenbar immerzu Wasser für ihre Mühlen. Was sie darin mahlen wollten, wurde nie erklärt, oder was sie mit dem Mahlgut anfangen sollten. Doch da er selbst im Weihrauch der Hochkirche aufgewachsen war, kannte er die Eigentümlichkeiten dieses Glaubensstreits und antwortete nur:

«Extreme Ansichten sind in so einem Dörfchen immer vom Übel. Den schlichten Dorfvätern, dem Dorfschmied, dessen Töchterlein im Kirchenchor den hundertsten Psalm singt und so weiter, geht das gegen den Strich. Hat denn die Familie Burdock da nicht mitzureden? Es sind doch ein paar Söhne da, oder?»

«Jetzt nur noch die zwei. Aldine ist ja im Krieg gefallen, und Martin ist irgendwo im Ausland. Er ist nach diesem Krach mit seinem Vater fortgegangen, und ich glaube, seitdem war er nie mehr in England.»

«Worum ging der Krach?»

«Ach, das war eine schändliche Geschichte. Martin hatte ein Mädchen in Ungelegenheiten gebracht – eine Filmschauspielerin oder Sekretärin oder irgend etwas in der Art – und wollte sie unbedingt heiraten.»

«Oh!»

«Ja, das war so ungehörig von ihm», nahm die Dame des Hauses jetzt den Faden auf, «denn er war doch mit der Delaprime-Tochter so gut wie verlobt – ich meine die mit der Brille. Es hat einen fürchterlichen Skandal gegeben. So ein paar entsetzlich vulgäre Leute kamen hierher und drängten sich ins Haus, um den alten Mr. Burdock zu sprechen. Und ich muß ihm zugute halten, daß er ihnen da die Stirn geboten hat – er war ja nicht der Mann, der sich ins Bockshorn jagen ließ. Er hat ihnen gesagt, das Mädchen sei ganz allein selbst schuld, und sie könnten Martin ja verklagen, wenn sie Lust hätten – *er* lasse sich jedenfalls nicht seines Sohnes wegen erpressen. Der Butler hat natürlich an der Tür gelauscht und es dann im ganzen Dorf herumerzählt. Und dann kam Martin Burdock nach Hause und hat mit seinem Vater einen Krach angefangen, der meilenweit zu hören war. Er sagte, das Ganze sei erlogen, und er wolle das Mädchen sowieso heiraten. Ich verstehe nicht, wie man in so eine Erpresserfamilie einheiraten kann.»

«Aber meine Liebe», sagte Mr. Frobisher-Pym freundlich, «ich glaube, da bist du weder ganz gerecht gegen Martin noch gegen die Eltern seiner Frau. Wie mir Martin erzählt hat, waren es hochanständige Leute, wenn auch natürlich unter seinem Stand, und sie waren auch nur gekommen, um sich ganz freundschaftlich nach Martins ‹Absichten› zu erkundigen. Das würdest du doch selbst tun, wenn es eine Tochter von uns wäre. Der alte Burdock hat das natürlich als Erpressung ausgelegt. Er war so einer, der meinte, man könne alles mit Geld bezahlen; und er hielt es für das absolute Recht seines Sohnes, ein Mädchen zu verführen, das für seinen Lebensunterhalt arbeiten muß. Ich will nicht sagen, daß Martin völlig im Recht war –»

«Ich fürchte, Martin ist ein Apfel, der nicht weit vom Stamm gefallen ist», versetzte die Dame. «Er hat das Mädchen jedenfalls geheiratet, und warum hätte er das tun sollen, wenn er nicht mußte?»

«Nun, du weißt aber, daß sie nie Kinder hatten», sagte Mr. Frobisher-Pym.

«Das mag sein. Ich zweifle ja auch nicht einen Augenblick daran, daß das Mädchen mit seinen Eltern unter einer Decke steckte. Und du weißt, daß die Familie Martin Burdock seither immer in Paris gelebt hat.»

«Stimmt», räumte ihr Gatte ein. «Das Ganze war jedenfalls eine rundherum unerfreuliche Geschichte. Es hat auch einige Schwierigkeiten gegeben, Martins Adresse herauszufinden, aber sicher wird er jetzt in Kürze hier eintreffen. Wie ich höre, produziert er gerade irgendeinen Film, da kann er vielleicht nicht rechtzeitig fort, um zum Begräbnis hier zu sein.»

«Wenn er ein normales Gefühl im Leib hätte, würde er sich nicht durch einen Film davon abhalten lassen», verfügte Mrs. Frobisher-Pym kategorisch.

«Meine Liebe, es gibt noch so etwas wie Verträge, bei deren Nichterfüllung hohe Strafen zu bezahlen sind. Und ich glaube nicht, daß Martin es sich leisten kann, eine hohe Summe zu verlieren. Es ist nicht anzunehmen, daß sein Vater ihm etwas hinterlassen hat.»

«Dann ist Martin also der jüngere Sohn?» fragte Wimsey höflich interessiert, obwohl er dieser abgedroschenen Dorfoperette wenig abgewinnen konnte.

«Nein, er ist der älteste. Das Haus ist natürlich unveräußerlicher Familienbesitz, und die Ländereien gewissermaßen auch. Aber es steckt kein Geld in dem Land. Der alte Burdock hat sein Vermögen während des großen Booms mit Kautschukaktien gemacht, und dieses Geld wird der bekommen, dem er es vermacht hat – und wer weiß, wer das ist, denn ein Testament hat man bisher nicht gefunden. Wahrscheinlich hat er alles Haviland zugesprochen.»

«Dem jüngeren Sohn?»

«Ja. Er spielt irgendeine Rolle in der Wirtschaft – Direktor einer Firma –, hat etwas mit Seidenstrümpfen zu tun, glaube ich. Niemand weiß so recht etwas über ihn. Er ist sofort gekommen, als er vom Tod seines Vaters hörte, und wohnt jetzt bei den Hancocks. Das Gutshaus ist ja zugeschlossen, seit der alte Burdock vor vier Jahren nach Amerika ging. Ich denke, Haviland findet es nicht der Mühe wert, es wieder aufzumachen, bevor sie wissen, was Martin damit vorhat. Deshalb wird der Tote ja auch in der Kirche aufgebahrt.»

«Das macht gewiß auch weniger Umstände», meinte Wimsey.

«O ja, das schon – aber wissen Sie, ich finde, Haviland sollte da doch etwas mehr Gemeinsinn an den Tag legen. Wenn man bedenkt, welche Stellung die Burdocks hier immer eingenommen haben, könnten die Leute mit Recht einen anständigen Empfang nach dem Begräbnis erwarten. Das gehört sich so. Aber diese Geschäftsleute haben weniger mit der Tradition im Sinn als wir hier draußen. Und da Haviland nun bei den Hancocks zu Gast ist, kann er natürlich nicht gut etwas gegen die Kerzen und Gebete und dergleichen sagen.»

«Das vielleicht nicht», sagte Mrs. Frobisher-Pym, «aber es wäre schon passender gewesen, wenn Haviland zu uns gekommen wäre, statt zu den Hancocks zu gehen, die er nicht einmal kennt.»

«Meine Liebe, du vergißt diesen unerfreulichen Disput, den ich einmal mit Haviland hatte, weil er auf meinen Ländereien gejagt hat. Nach dem Briefwechsel zwischen uns bei seinem letzten Besuch hier konnte ich ihm schlecht meine Gastfreundschaft anbieten. Sein Vater hat sich in dieser Angelegenheit durchaus so verhalten, wie es sich gehört, das will ich ihm zugestehen, aber Haviland war mir gegenüber ausgesprochen unhöflich, und ich kann die Worte, die da gefallen sind, nicht gut übersehen. Aber wir dürfen Sie nicht mit unserem Dorfklatsch langweilen, Lord Peter. Was hielten Sie übrigens von einem kleinen Rundgang nach dem Frühstück? Ein Jammer, daß es so regnet – und den

Garten bekommen Sie um diese Jahreszeit auch nicht von seiner besten Seite zu sehen –, aber ich habe einen Wurf Cockerspaniels, auf den Sie vielleicht mal einen Blick werfen möchten.»

Lord Peter äußerte großes Interesse an den Spaniels, und ein paar Minuten später stapfte er den aufgeweichten Kiesweg hinunter, der zu den Zwingern führte.

«Es geht doch nichts über ein gesundes Landleben», meinte Mr. Frobisher-Pym. «Ich finde London im Winter immer so bedrückend. Man weiß nichts mit sich anzufangen. Mal für einen oder zwei Tage hinfahren und ab und zu ein Theaterbesuch, das geht ja noch, aber wie ihr das tagaus, tagein aushaltet, das geht über meine Begriffe. Ich muß mal mit Plunkett über diesen Bogengang reden», fügte er hinzu. «Er gerät völlig außer Fasson.»

Mit diesen Worten brach er eine herunterhängende Efeuranke ab. Die Pflanze schüttelte sich rachsüchtig und ließ Wimsey einen kleinen Regenschauer in den Nacken tropfen.

Die Spanielmutter bewohnte mit ihrer Familie einen gemütlichen, luftigen Verschlag in den Stallungen. Ein jüngerer Mann in Reithosen und Gamaschen kam den Besuchern zur Begrüßung entgegen und holte die kleinen Hundebündel zur Begutachtung hervor. Wimsey setzte sich auf einen umgedrehten Eimer und nahm sie der Reihe nach in Augenschein. Die Hündin war nach vorsichtigem Beschnuppern seiner Stiefel und einem kurzen Knurren wohl doch zu der Ansicht gekommen, daß er vertrauenswürdig war, und sabberte ihm freundlich die Knie voll.

«Lassen Sie mich mal sehen», sagte Mr. Frobisher-Pym. «Wie alt sind sie jetzt?»

«Dreizehn Tage, Sir.»

«Hat sie genug Milch?»

«Ja, Sir. Sie kriegt von diesem Malzfutter. Scheint ihr gut zu bekommen, Sir.»

«Ah, ja. Plunkett war da etwas skeptisch, aber ich habe schon viel Gutes davon gehört. Plunkett hat für Experimente nichts übrig, und im allgemeinen bin ich da ganz seiner Meinung. Wo ist Plunkett denn übrigens?»

«Er fühlt sich heute morgen nicht besonders, Sir.»

«Das tut mir aber leid, Merridew. Wieder sein Rheuma?»

«Nein, Sir. Soweit ich Mrs. Plunkett verstanden habe, hat er einen kleinen Schock erlitten.»

«Einen Schock? Was für einen Schock? Es ist doch hoffentlich nichts mit Alf oder Elsie passiert?»

«Nein, Sir. Es ist nur – wie ich gehört habe, hat er etwas gesehen, Sir.»

«Was soll das heißen – etwas gesehen?»

«Nun, Sir – so etwas wie eine Warnung, wie er sagt.»

«Eine Warnung? Du lieber Himmel, Merridew, so was darf er sich aber nicht in den Kopf setzen. Ich muß mich über Plunkett sehr wundern; ich hatte ihn immer für einen vernünftigen Menschen gehalten. Was sagt er denn, was für eine Warnung das gewesen sein soll?»

«Das weiß ich nicht, Sir.»

«Er hat doch sicher gesagt, was er da gesehen haben will.»

Merridews Miene wurde ein wenig störrisch.

«Ich kann es wirklich nicht sagen, Sir.»

«So geht das nicht. Ich muß mal mit Plunkett reden. Ist er in seinem Cottage?»

«Ja, Sir.»

«Da gehen wir gleich mal hin. Sie haben doch keine Einwände, Wimsey? Ich kann nicht zulassen, daß Plunkett sich da in eine Krankheit hineinsteigert. Wenn er einen Schock erlitten hat, sollte er lieber zum Arzt. Also, machen Sie weiter, Merridew, und sehen Sie zu, daß sie es schön warm und gemütlich hat. Durch diese Steinböden kommt es gern feucht herauf. Ich spiele mit dem Gedanken, das alles hier betonieren zu lassen, aber das kostet natürlich Geld. Ich kann mir überhaupt nicht vorstellen», sagte er, während er seinen Gast am Gewächshaus vorbei auf das gepflegte Cottage zuführte, das inmitten seines eigenen Kräutergärtchens stand, «was da wohl passiert sein könnte, daß es Plunkett so umwirft. Hoffentlich nichts Ernstes. Er kommt natürlich in die Jahre, aber trotzdem sollte er etwas Besseres wissen, als an Warnungen zu glauben. Sie machen sich keine Vorstellung davon, was für haarsträubende Ideen diese Leute manchmal haben. Übrigens vermute ich, daß er in Wahrheit im Müden Wandersmann war, und irgend jemand hatte seine Wäsche draußen hängen, die er auf dem Heimweg gesehen hat.»

«Keine Wäsche», korrigierte Wimsey ihn. Seine angeborene Kombinationsgabe ließ ihn die Unlogik dieser Überlegung gleich erkennen, wenngleich er sich verärgert sagte, daß dies ja nun wirklich nicht wichtig sei. «Es hat gestern abend in Strömen geregnet, und außerdem ist heute Donnerstag. Aber Dienstag und Mittwoch war es schön, also wird alle Wäsche schon an diesen Tagen getrocknet worden sein. Wäsche war es demnach nicht.»

«Hm, na ja – dann eben etwas anderes – ein Pfosten, oder der weiße Esel der alten Mrs. Gidden. Plunkett schaut gelegentlich ein bißchen zu tief ins Glas, das muß ich leider sagen, aber er hält die Zwinger gut in Schuß, und da sieht man eben über manches hinweg. Die Leute in dieser Gegend sind sehr abergläubisch, und wenn sie einem erst vertrauen, können sie einem die aberwitzigsten Sachen erzählen. Sie würden staunen, wie weit vom Schuß wir hier in puncto Zivilisation sind. Sehen Sie, nicht hier, aber in Abbotts Bolton, gerade fünfzehn Meilen entfernt, darf man zum Beispiel keinen Hasen schießen, wenn einem sein Leben lieb ist. Hexen und so, wenn Sie verstehen.»

«Es würde mich nicht wundern. In manchen Gegenden Deutschlands erzählen einem die Leute noch was von Werwölfen.»

«Das glaube ich. So, da sind wir.» Mr. Frobisher-Pym klopfte mit seinem Spazierstock energisch an die Tür des Cottage und trat gleich darauf unaufgefordert ein.

«Sind Sie da, Mrs. Plunkett? Dürfen wir reinkommen? Aha, guten Morgen. Wir stören hoffentlich nicht, aber Merridew sagt, daß es Plunkett nicht besonders geht. Das ist Lord Peter Wimsey – ein alter Freund von mir; das heißt, *ich* bin ein alter Freund von *ihm*. Ha-ha!»

«Guten Morgen, Sir; guten Morgen, Mylord. Plunkett wird sich über Ihren Besuch sicher freuen. Treten Sie näher. Plunkett, Mr. Pym ist da und will dich besuchen.»

Der ältere Mann, der vor dem Feuer kauerte, wandte ihnen ein todtrauriges Gesicht zu und tippte sich, halb im Aufstehen, kurz an die Stirn.

«Na, Plunkett, was haben wir denn für Kummer?» erkundigte Mr. Frobisher-Pym sich in dem herzlich-herablassenden Ton, der dem Landadel am Krankenbett eines Abhängigen eigen ist. «Hab's sehr bedauert, Sie nicht draußen zu sehen. Wieder mal das alte Leiden, was?»

«Nein, Sir, nein. Danke, Sir. So fehlt mir eigentlich gar nichts. Aber ich hab eine Warnung bekommen und bin nicht mehr lange von dieser Welt.»

«Nicht mehr lange von dieser Welt –? Unsinn, Plunkett! So dürfen Sie nicht reden. Ihnen hat nur etwas schwer im Magen gelegen, weiter wird's nichts sein. Da fühlt man sich schon komisch, das weiß ich selbst. Ich kann Ihnen sagen, wenn ich eine von meinen Gallenkoliken habe, wird's mir immer ganz anders. Versuchen Sie's mal mit einem Löffel Rizinus oder so einer guten alten Quecksilberpille und einem Abführmittel. Etwas Besseres gibt es nicht. Und dann sagen Sie kein Wort mehr von Warnungen und von Sterben.»

«Für *meine* Krankheit gibt es keine Medizin, Sir. Wer gesehen hat, was ich gesehen habe, Sir, der ist noch nie davongekommen. Aber wenn Sie und der andere Herr schon einmal hier sind, Sir, könnten Sie mir vielleicht einen Gefallen tun.»

«Natürlich, Plunkett, was Sie wollen. Worum geht's denn?»

«Nur um mein Testament, Sir. Das hat ja sonst immer der alte Pfarrer aufgesetzt, aber der neue junge Herr mit seinen Kerzen und dem ganzen Zeug, der gefällt mir nicht. Da habe ich nicht das Gefühl, daß er es auch richtig gut und legal machen kann, Sir, und ich will doch nicht, daß es Streit gibt, wenn ich mal nicht mehr bin. Und wo mir nun nicht mehr viel Zeit bleibt, wär's mir schon lieb, Sir, wenn Sie für mich mit Feder und Tinte schreiben könnten, daß ich meine ganze kleine Habe meiner Sarah hinterlassen will, und nach ihr soll es gerecht zwischen Alf und Elsie aufgeteilt werden.»

«Natürlich mache ich das für Sie, Plunkett, jederzeit. Aber es ist blanker Unsinn, jetzt schon von Testamenten zu reden. Mein Gott, mich würd's nicht wundern, wenn wir noch alle vor Ihnen unter die Erde kämen.»

«O nein, Sir. Ich war immer ein kerngesunder Mensch, Sir, das will ich nicht leugnen. Aber ich bin gerufen worden, Sir, und nun muß ich gehen. Irgendwann sind wir ja alle mal dran, das weiß ich. Aber schrecklich ist es doch, wenn man die Todeskutsche sieht und weiß, daß sie nach einem geschickt worden ist und daß die Toten darin sind, die keine Ruhe in ihrem Grab finden.»

«Nun machen Sie aber einen Punkt, Plunkett! Sie wollen mir doch nicht erzählen, daß Sie an diesen alten Unsinn von der Totenkutsche glauben. Ich hatte Sie für einen gebildeten Menschen gehalten. Was würde denn Alf dazu sagen, wenn er Sie solche Albernheiten von sich geben hörte?»

«Ach, Sir, die jungen Leute wissen auch nicht immer alles, und es gibt mehr Dinge in Gottes Welt, als man in Büchern nachlesen kann.»

«Na ja», meinte Mr. Frobisher-Pym, der diesem Stichwort nicht widerstehen konnte, «wir wissen, daß es mehr Dinge gibt im Himmel und auf Erden, als Eure Schulweisheit sich träumt, Horatio. Ganz recht. Aber das gilt heutzutage nicht mehr», fuhr er inkonsequenterweise fort. «Es gibt keine Geister mehr im zwanzigsten Jahrhundert. Denken Sie nur mal in aller Ruhe über die Geschichte nach, dann wird Ihnen schon aufgehen, daß Sie sich geirrt haben. Wahrscheinlich gibt es dafür eine ganz simple Erklärung. Mein Gott, ich erinnere mich noch, wie meine Frau einmal nachts aufgewacht ist und eine Heidenangst hatte, weil sie meinte, jemand hätte sich an unserer Schlafzimmertür erhängt. So was Dummes, denn ich lag doch wohlbehalten neben ihr im Bett – geschnarcht soll ich haben, sagt *sie*, ha-ha! –, und wenn es jemanden gelüstet hätte, sich aufzuhängen, wäre er dafür nicht ausgerechnet zu unserer Schlafzimmertür gekommen. Na ja, aber sie war ganz außer sich und hat sich an mich geklammert, und als ich hinging, um nachzusehen, was sie da so erschreckt hatte, was meinen Sie, was es war? Meine Hose, die ich an den Trägern da aufgehängt hatte, mit den Socken noch in den Hosenbeinen! Ich hab was zu hören bekommen, weil ich meine Sachen nicht ordentlich weggehängt hatte!»

Mr. Frobisher-Pym lachte, und Mrs. Plunkett sagte pflichtschuldigst: «Da siehst du's.» Doch ihr Mann schüttelte nur den Kopf.

«Das mag ja sein, Sir, aber ich hab die Todeskutsche gestern nacht mit eigenen Augen gesehen. Die Kirchenuhr hatte gerade Mitternacht geschlagen, da sehe ich sie den Weg an der alten Klostermauer vorbei heraufkommen.»

«Und wieso lagen Sie um Mitternacht noch nicht im Bett?»

«Nun ja, Sir, ich war noch bei meiner Schwester, weil sie ihren Sohn jetzt da hat, der Urlaub von seinem Schiff hat.»

«Und dann haben Sie sicher auf sein Wohl getrunken, nicht wahr, Plunkett?» Mr. Frobisher-Pym wackelte drohend mit dem Zeigefinger.

«Nein, Sir, ich streite ja nicht ab, daß ich ein Gläschen Bier oder auch zwei getrunken habe, aber nicht so viel, daß ich blau gewesen wäre. Meine Frau kann Ihnen bestätigen, daß ich stocknüchtern war, als ich nach Hause kam.»

«Stimmt, Sir. Plunkett hatte gestern abend nicht zuviel getrunken, das kann ich beschwören.»

«Na schön. Und was haben Sie dann gesehen, Plunkett?»

«Die Todeskutsche hab ich gesehen, Sir, wie ich gesagt habe. Den Weg ist sie heraufgekommen, ganz gespenstisch weiß, Sir, und kein Geräusch hat sie gemacht, Sir, leise wie der Tod – und der war's ja auch, Sir.»

«Da ist wohl irgendein Fuhrwerk auf dem Weg nach Lymptree oder Herriotting hier durchgefahren.»

«Nein, Sir – es war kein Fuhrwerk. Ich hab die Pferde gezählt – vier weiße Pferde, und kein Huf und kein Zaumzeug zu hören. Und das waren keine –»

«Vier Pferde! Hören Sie mal, Plunkett, da müssen Sie aber wirklich doppelt gesehen haben. Hier in der ganzen Umgebung fährt keiner mit vier Pferden herum, höchstens Mr. Mortimer aus Abbotts Bolton, und der läßt seine Gäule nicht um Mitternacht durch die Gegend kutschieren.»

«Es waren aber vier Pferde, Sir. Ich hab sie ganz deutlich gesehen. Und es war auch nicht Mr. Mortimer, denn der fährt einen Kremser, aber das war ein großer, schwerer Kutschwagen, ohne Lichter daran, aber trotzdem leuchtete er ganz wie von selbst, hell wie der Mond.»

«So ein Unsinn, Mann! Den Mond konnte man letzte Nacht gar nicht sehen. Es war stockfinster.»

«Ich weiß, Sir, aber die Kutsche, die hat trotzdem geleuchtet wie der Mond.»

«Und ohne Lampen? Ich frage mich ja, was die Polizei dazu sagen würde.»

«Diese Kutsche könnte ein sterblicher Polizist nicht anhalten, Sir», sagte Plunkett verächtlich, «und kein sterblicher Mensch kann ihren Anblick ertragen. Und ich sage Ihnen, Sir, das war noch nicht das Schlimmste. Die Pferde –»

«Fuhr sie eigentlich langsam?»

«Nein, Sir, im Galopp, aber die Hufe berührten nicht mal den Boden. Kein Ton zu hören, und ich sehe die schwarze Straße, und die weißen Hufe zwei Handbreit darüber. Und die Pferde hatten keine Köpfe.»

«Keine Köpfe?»

«Nein, Sir.»

Mr. Frobisher-Pym lachte.

«Jetzt hören Sie aber auf, Plunkett, Sie erwarten doch nicht, daß wir Ihnen das abnehmen. Keine Köpfe? Wie sollte denn selbst ein Gespenst mit Pferden ohne Köpfe fahren? Wo waren denn die Zügel festgemacht, he?»

«Sie dürfen gern lachen, Sir, aber wir wissen, daß bei Gott alles möglich ist. Vier weiße Pferde waren es. Ich hab sie deutlich gesehen, aber sie hatten keine Köpfe und nicht mal Hälse. Die Zügel hab ich auch gesehen, Sir, glänzend wie Silber, aber die liefen nur bis zu den Ringen am Kummet und nicht weiter. Und wenn ich auf der Stelle tot umfallen müßte, Sir, das hab ich mit eigenen Augen gesehen.»

«Hatte dieses wunderliche Vehikel auch einen Kutscher?»

«O ja, Sir, ein Kutscher war auch darauf.»

«Und ebenfalls ohne Kopf, nehme ich an?»

«Ja, Sir, auch ohne Kopf. Jedenfalls hab ich über seinem Mantel, der so einen altmodischen Umhang an der Schulter hatte, nichts mehr gesehen.»

«Nun, Plunkett, ich muß sagen, Sie schildern das sehr ausführlich. Wie weit weg war diese – äh – Erscheinung, als Sie sie sahen?»

«Ich kam gerade am Kriegerdenkmal vorbei, Sir, da sah ich sie den Weg heraufkommen. Kann nicht mehr als zwanzig bis dreißig Meter weit weg von mir gewesen sein. Im Galopp sind sie vorbeigefahren und dann nach links um die Kirchhofmauer herum.»

«Hm, ja, das klingt schon merkwürdig, aber es war eine dunkle Nacht, und auf die Entfernung werden Ihre Augen Ihnen einen Streich gespielt haben. Also, wenn Sie meinen Rat hören wollen, denken Sie einfach nicht mehr daran.»

«Ha, Sir! Sie haben gut reden, aber jeder weiß, daß ein Mensch, der die Todeskutsche der Burdocks sieht, noch in derselben Woche sterben muß. Es hat gar keinen Sinn, sich dagegen aufzulehnen, Sir; es ist einfach so. Und wenn Sie so freundlich wären, mir den Gefallen mit dem Testament zu tun, Sir, würde ich froher sterben, weil ich dann wüßte, daß Sarah und die Kinder mein bißchen Geld auch wirklich bekommen.»

Mr. Frobisher-Pym tat ihm den Gefallen, obwohl es ihm sehr gegen den Strich ging, weshalb er beim Schreiben abwechselnd schalt und dem Mann gut zuredete. Wimsey setzte dann noch seinen Namen als zweiter Zeuge darunter und versuchte seinerseits Trost zu spenden.

«Ich würde mich an Ihrer Stelle nicht über diese Kutsche aufregen», sagte er. «Verlassen Sie sich darauf, wenn es die Kutsche der Burdocks war, dann ist sie nur gekommen, um die Seele des alten Gutsherrn zu holen. Sie konnte ja für ihn nicht gut nach New York fahren, nicht? Sie bereitet sich nur auf das morgige Begräbnis vor.»

«Das kann schon stimmen», räumte Plunkett ein. «Sie ist ja schon oft hier in der Gegend gesehen worden, wenn einer von den Burdocks geholt wurde. Aber es bringt furchtbares Unglück, wenn man sie sieht.»

Der Gedanke an das Begräbnis schien ihn jedoch ein wenig aufzumuntern. Die Besucher forderten ihn noch einmal auf, nicht mehr daran zu denken, und verabschiedeten sich.

«Ist das nicht prächtig», meinte Mr. Frobisher-Pym, «was die Einbildungskraft aus diesen Leuten macht? Und störrisch sind sie. Mit denen könnten Sie diskutieren, bis Sie schwarz werden.»

«Ja, ja. Wissen Sie was, wir gehen mal zur Kirche und sehen uns die Stelle an. Mich würde interessieren, wieviel er von dort, wo er stand, wirklich sehen konnte.»

Die Pfarrkirche von Little Doddering steht, wie so viele ländliche Kirchen, in einiger Entfernung von den Häusern. Die Hauptstraße von Herriotting, Abbotts Bolton und Frimpton führt am Westtor des Friedhofs vorbei, eines großen Gottesak-

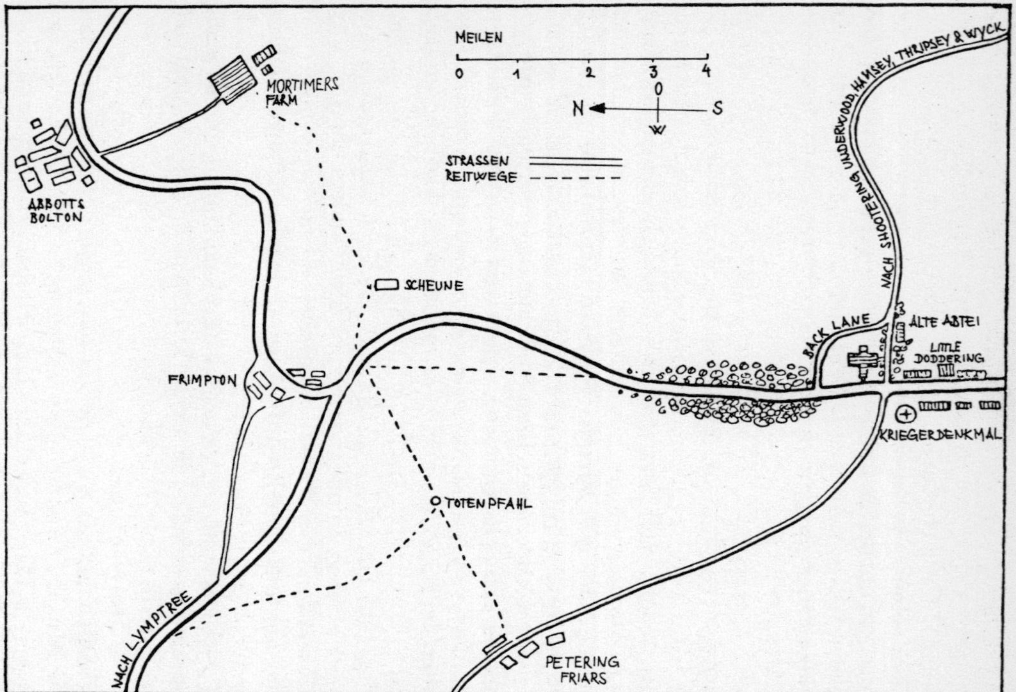
MEILEN
0
1
2
3
4
N
S
O
W
STRASSEN
REITWEGE
MORTIMERS FARM
ABBOTTS BOLTON
SCHEUNE
FRIMPTON
TOTENPFAHL
NACH LYMPTREE
PETERING FRIARS
BACK LANE
ALTE ABTEI
LITTLE DODDERING
KRIEGERDENKMAL
NACH SHOOTERING UNDERWOOD, HAMSEY, THRIPSEY & WYCK

kers voller alter Grabsteine. An der Südseite trennt ein schmaler, düsterer, von alten Ulmen überdachter Weg die Kirche von den noch viel älteren Ruinen des Klosters Doddering. Neben der Hauptstraße, ein Stückchen hinter der Stelle, wo der alte Klosterweg einmündet, steht das Kriegerdenkmal, und von da führt die Straße dann geradewegs nach Little Doddering hinein. Um die beiden übrigen Seiten des Kirchhofs herum führt ein anderer Weg, von den Dorfbewohnern einfach Back Lane – Hinterer Weg – genannt. Dieser zweigt ungefähr hundert Meter nördlich der Kirche von der Straße nach Herriotting ab, mündet am anderen Ende in den Klosterweg und führt von da auf verschlungenen Pfaden nach Shootering Underwood, Hamsey, Thripsey und Wyck.

«Egal, was Plunkett da gesehen zu haben glaubt», sagte Mr. Frobisher-Pym, «es muß jedenfalls von Shootering gekommen sein. Der Back Lane führt nur an ein paar Feldern und Cottages vorbei, und man kann wohl davon ausgehen, daß jemand, der aus Richtung Frimpton gekommen wäre, die Hauptstraße genommen hätte. Dieser Weg ist bei dem vielen Regen in einem sehr schlechten Zustand, und ich fürchte, mein lieber Wimsey, daß nicht einmal Sie mit Ihren detektivischen Fähigkeiten imstande wären, auf dieser modernen Asphaltstraße Radspuren zu finden.»

«Kaum», meinte Wimsey, «besonders im Falle einer Geisterkutsche, die über der Erde dahinfährt, ohne sie zu berühren. Aber Ihre Überlegungen klingen vollkommen vernünftig, Sir.»

«Wahrscheinlich sind da ein paar verspätete Fuhren zum Markt gefahren», fuhr Mr. Frobisher-Pym fort, «und alles übrige ist Aberglaube und, wie ich fürchte, das heimische Bier. Plunkett kann auf diese Entfernung gar nicht alle diese Einzelheiten wie Kutscher und Kummet und so weiter gesehen haben. Und wenn das Ding keinen Laut von sich gegeben hat, wie will er es dann überhaupt bemerkt haben, wo er doch schon an der Einmündung vorbei war und in die andere Richtung ging? Verlassen Sie sich darauf, er hat die Räder gehört und sich den Rest eingebildet.»

«Sehr wahrscheinlich», sagte Wimsey.

«Ich meine», sagte sein Gastgeber, «wenn diese Fuhre wirklich ohne Beleuchtung herumgefahren ist, sollte man sich natürlich darum kümmern. Das ist sehr gefährlich bei den vielen Autos, die heutzutage herumfahren, und ich habe da schon öfter einmal deutlich werden müssen. Erst vor kurzem habe ich genau deswegen einen Mann zu einer Geldstrafe verurteilt. Möchten Sie mal gern die Kirche sehen, wenn wir schon hier sind?»

Lord Peter, der wußte, daß es in ländlichen Gemeinden immer als schicklich gilt, sich die Kirche anzusehen, legte eifriges Interesse an den Tag.

«Sie steht heutzutage immer offen», sagte der Friedensrichter, indem er ihn zum Westportal führte. «Der Pfarrer ist nämlich der Ansicht, daß Kirchen immer für ein stilles Gebet offen zu sein haben. Natürlich, er kommt ja aus der Stadt. Hier sind die Leute immer draußen auf dem Feld, und man kann nicht von ihnen erwarten, daß sie in Arbeitskleidung und lehmigen Stiefeln in die Kirche kommen. Das würden sie für unschicklich halten, und sie haben ja auch anderes zu tun. Außerdem, habe ich zu ihm gesagt, stellen Sie sich doch mal vor, welche Möglichkeiten Sie da für ungehöriges Betragen geben. Aber er ist ein junger Mann und wird noch vieles aus Erfahrung lernen müssen.»

Er stieß die Tür auf. Ein eigenartiger, stickiger Geruch nach kaltem Weihrauch, Feuchtigkeit und Ofenheizung schlug ihnen beim Eintreten entgegen – gewissermaßen ein konzentrierter Extrakt englischer Hochkirche. Die beiden Altäre, blumengeschmückt und vergoldet, nahmen sich zwischen den dunklen Schatten und der bedrückenden Architektur des kleinen normannischen Bauwerks wie zwei grelle Flecke aus und zeugten von derselben Widersprüchlichkeit: Das Warme und Menschliche wirkte hier exotisch und fremd, das Kalte und Abweisende hingegen dem Ort und den Menschen angemessen.

«Hier im Südschiff die Jungfrauenkapelle, wie Hancock sie nennt, ist natürlich neu», sagte Mr. Frobisher-Pym. «Es hat einige Opposition dagegen gegeben, aber der Bischof übt Nachsicht gegenüber der Hochkirchenpartei – zu große Nachsicht, wie manche finden. Aber was spielt es letzten Endes schon für eine Rolle? Ich für meinen Teil kann bei zwei Kommuniontischen genausogut beten wie bei einem. Und Hancock versteht sich sehr gut auf den Umgang mit den jungen Burschen und Mädchen, das muß ich ihm lassen. Die Jugend im Motorradzeitalter noch für die Religion zu interessieren, ist immerhin einiges. Diese Gerüstböcke in der Kapelle sind wohl für Burdocks Sarg gedacht. Ah, und da ist der Herr Pfarrer!»

Ein magerer Mann im Priesterrock war aus einer Tür neben dem Hochaltar getreten und kam auf sie zu, in der Hand einen großen eichenen Kerzenständer. Er begrüßte sie mit einem etwas zu routinierten Willkommenslächeln. Wimsey schätzte ihn sofort als ernsten, unruhigen und nicht allzu intelligenten Menschen ein.

«Die Kerzenständer sind gerade erst gekommen», bemerkte er nach den üblichen Vorstellungsfloskeln. «Ich hatte schon Angst, sie würden nicht mehr rechtzeitig eintreffen. Aber nun ist ja alles gut.»

Er stellte den Kerzenständer neben das Gerüst und ging sogleich daran, den messingnen Dorn mit einer langen Kerze aus ungebleichtem Wachs zu schmücken, die er einem Päckchen auf der nächststehenden Kirchenbank entnahm.

Mr. Frobisher-Pym sagte nichts. Wimsey fühlte sich seinerseits verpflichtet, Interesse zu zeigen, und tat dies.

«Es ist wirklich sehr schön», sagte Mr. Hancock, dergestalt ermutigt, «zu sehen, wie die Menschen wieder ein echtes Interesse für die Kirche zu entwickeln beginnen. Ich hatte wirklich fast gar keine Schwierigkeiten, Gebetswachen für die kommende Nacht zu finden. Wir haben insgesamt acht, die sich immer zu zweit abwechseln, und zwar ab heute abend um zehn – bis dahin bin ich selbst an der Reihe – bis morgen früh um sechs, wenn ich komme, um die Messe zu lesen. Die Männer sind bis zwei Uhr dran, dann werden meine Frau und Tochter sie ablösen, und von vier bis sechs übernehmen dann freundlicherweise Mr. Hubbard und der junge Rawlinson.»

«Welcher Rawlinson ist das?» erkundigte sich Mr. Frobisher-Pym.

«Der Sekretär von Mr. Graham aus Herriotting. Es stimmt zwar, daß er kein Mitglied dieser Gemeinde ist, aber er ist hier geboren und will sich freundlicherweise an der Totenwache beteiligen. Er kommt mit seinem Motorrad her. Schließlich nimmt Mr. Graham seit vielen Jahren die Interessen der Familie Burdock wahr, und da wollen sie zweifellos auf irgendeine Weise ihren Respekt zeigen.»

«Na, dann will ich nur hoffen, daß er am Morgen wach genug sein wird, um seine Arbeit zu tun, nachdem er die ganze Nacht herumgezogen ist», meinte Mr. Frobisher-Pym schroff. «Mr. Hubbard, nun ja, der muß selbst wissen, was er tut, aber mir erscheint das schon als eine merkwürdige Beschäftigung für einen Wirt. Aber wenn es ihm Freude macht und Ihnen auch, kann man nichts dagegen sagen.»

«Eine wunderschöne alte Kirche haben Sie hier, Mr. Hancock», sagte Wimsey rasch, um der sich anbahnenden Kontroverse zu begegnen.

«O ja, sehr schön», sagte der Pfarrer. «Haben Sie die Apsis gesehen? Man findet es selten, daß eine Dorfkirche eine so vollkommene romanische Apsis hat. Vielleicht möchten Sie einmal mitkommen und sie sich ansehen?» Vor einer Nische hing eine brennende Lampe von der Decke, und der Pfarrer beugte im Vorbeigehen das Knie. «Sie sehen, man hat uns Reservation eingeräumt. Der Bischof –» Er plauderte munter weiter, während sie den Altarraum hinaufgingen, und unterbrach sich nur hin und wieder, um Wimsey auf die schönen Miserikordien («Das war natürlich die ursprüngliche Klosterkirche.») und ein herrlich gemeißeltes Taufbecken («Man findet sie selten so gut erhalten.») aufmerksam zu machen. Wimsey half ihm noch, die restlichen Kerzenständer aus der Sakristei zu holen, und als diese an ihren Plätzen standen, ging er zu Mr. Frobisher-Pym zurück, der an der Tür stand.

«Haben Sie nicht gesagt, daß Sie heute abend bei den Lumsdens zum Essen eingeladen sind?» fragte der Friedensrichter, als sie nach dem Mittagessen noch zusammensaßen und rauchten. «Wie kommen Sie hin? Möchten Sie den Wagen haben?»

«Mir wäre eines Ihrer Pferde lieber», antwortete Wimsey. «Ich habe in der Stadt so wenig Gelegenheit zum Reiten.»

«Aber gewiß, mein lieber Junge, gewiß. Ich fürchte nur, es wird ein ziemlich nasser Ritt. Nehmen Sie Polly Flinders; ihr tut ein bißchen Bewegung gut. Ist Ihnen das auch wirklich lieber? Haben Sie Ihre Reitsachen bei sich?»

«Ja – ich habe eine alte Hose mitgebracht, und mit diesem Regenmantel werde ich schon nicht zu Schaden kommen. Abendanzug wird nicht von mir erwartet. Wie weit ist es übrigens von hier bis Frimpton?»

«Neun Meilen über die Hauptstraße, und leider alles asphaltiert, aber auf beiden Seiten ist ein schöner breiter Grasstreifen. Und Sie können eine Meile abkürzen, wenn Sie über die Allmende reiten. Wann möchten Sie denn aufbrechen?»

«Hm, so gegen sieben, denke ich. Und, Sir – wird Ihre Gattin es wohl sehr ungezogen von mir finden, wenn ich ziemlich spät zurückkomme? Der gute Lumsden und ich waren zusammen im Krieg, und wenn wir erst von den alten Zeiten anfangen, kann sich das bis in den Morgen hineinziehen. Sie sollen nicht denken, daß ich Ihr Haus mit einem Hotel verwechsle, aber –»

«Natürlich nicht, natürlich nicht! Das ist vollkommen in Ordnung. Meine Frau wird sich nicht im mindesten daran stören. Wir möchten doch, daß Sie Ihren Besuch bei uns genießen und alles tun, was Ihnen Spaß macht. Ich gebe Ihnen den Hausschlüssel und werde dafür sorgen, daß die Kette nicht vorgelegt wird. Vielleicht würde es Ihnen nichts ausmachen, das selbst zu tun, wenn Sie zurückkommen?»

«Selbstverständlich nicht. Und das Pferd?»

«Ich sage Merridew, er soll Sie erwarten. Er schläft über dem Stall. Ich wünschte nur, das Wetter würde sich bessern. Aber leider fällt das Barometer weiter. Mein Gott, ja! Schlechte Aussichten für morgen. Übrigens werden Sie an der Kirche wahrscheinlich dem Leichenzug begegnen. Er müßte etwa um diese Zeit da sein, wenn der Sarg pünktlich eintrifft.»

Der Sarg war anscheinend pünktlich eingetroffen, denn als Lord Peter sich im leichten Galopp dem Westportal der Kirche näherte, sah er dort einen pompös geschmückten Leichenwagen vorgefahren und eine kleine Menschenmenge darum versammelt. Die Kutschen für die Trauergäste standen daneben, und der Kutscher der zweiten schien gewisse Schwierigkeiten mit seinen Pferden zu haben, woraus Wimsey richtig schloß, daß es sich um das von Mr. Mortimer geliehene Gespann handelte. Er zügelte Polly Flinders, so gut es ging, und blieb in respektvollem Abstand am Rande der Versammlung stehen, um zuzusehen, wie der Sarg vom Leichenwagen gehoben und zum Portal getragen wurde, wo Mr. Hancock ihn im vollen Ornat, begleitet von einem Rauchfaßträger und zwei Fackelträgern, in Empfang nahm. Die Wirkung wurde ein wenig durch den Regen beeinträchtigt, der die Fackeln ausgelöscht hatte, doch die Dorfbevölkerung schien das Schauspiel in vollen Zügen zu genießen. Mitfühlende Kommentare galten einem schwergewichtigen Mann in sehr korrektem schwarzen Anzug und Zylinder, in dessen Begleitung sich ein Frau in Pelz und überaus schicker Trauertracht befand. Es war Haviland Burdock vom Seidenstrumpf, der jüngere Sohn des Verstorbenen. Nach dem Sarg wurden unzählige weiße Kränze heruntergereicht und jedesmal mit beifälliger Bewunderung kommentiert. Der Kirchenchor stimmte etwas holprig ein Lied an, und die Prozession zog in die Kirche ein. Polly Flinders schüttelte energisch den Kopf, und Wimsey, der das als Signal zum Aufbruch verstand, setzte seinen Hut wieder auf und machte sich gemächlich auf den Weg nach Frimpton.

Er folgte der Hauptstraße, die sich etwa vier Meilen weit durch eine schöne bewaldete Landschaft wand, bis sie auf die Allmende von Frimpton stieß, um die sie einen weiten Bogen schlug, um endlich ins Dorf einzumünden. Wimsey zögerte kurz, weil es schon dunkel wurde und der Weg ihm ebenso fremd war wie sein Reittier. Es schien aber ein gut markierter Reitweg über die Allmende zu führen, und so entschloß er sich dann doch, diesen zu nehmen. Polly Flinders schien den Weg ganz gut zu kennen, denn sie fiel ohne Zögern in einen leichten Galopp. Nach etwa anderthalb Meilen kamen sie ohne Zwischenfälle wieder auf die Hauptstraße. Eine Wegegabel stiftete hier kurz Verwirrung, aber Taschenlampe und Wegweiser lösten das Problem; weitere zehn Minuten brachten den Reisenden ans Ziel.

Major Lumsden war ein großer, fröhlicher Mann – nicht minder fröhlich durch den Verlust eines Beins im Krieg. Er hatte eine große, fröhliche Frau, ein großes, fröhliches Haus und eine große, fröhliche Familie. Wimsey fand sich bald vor einem Feuer wieder, das so groß und fröhlich war wie alles übrige in diesem Haus, und plauderte über einem Whisky-Soda mit seinen Gastgebern. Er schilderte mit ungehöriger Lust das Burdock-Begräbnis und erzählte dann die Geschichte mit der Geisterkutsche. Major Lumsden lachte. «Das ist schon eine komische Gegend hier», meinte er. «Und der Polizist ist nicht besser als alle andern. Weißt du noch, Liebes, wie ich mal raus mußte, um auf Pogsons Hof ein Gespenst zur Strecke zu bringen?»

«O ja!» rief seine Frau begeistert. «Die Mädchen hatten ihren großen Auftritt. Trivett – das ist der hiesige Polizist – kam atemlos hierher und fiel in der Küche in Ohnmacht, und dann saßen sie alle heulend und wehklagend um ihn herum und stärkten ihn mit unserm besten Cognac, während Dan hinging, um der Sache auf den Grund zu gehen.»

«Und, hast du das Gespenst zur Strecke gebracht?»

«Nicht direkt das Gespenst, aber wir haben im leeren Haus ein Paar Stiefel und eine halbe Fleischpastete gefunden und konnten somit alles getrost auf einen Landstreicher schieben. Immerhin muß ich sagen, daß hier wirklich merkwürdige Dinge vor sich gehen. Zum Beispiel voriges Jahr diese Feuer auf der Allmende. Dafür gab's nie eine Erklärung.»

«Zigeuner, Dan.»

«Möglich. Aber keiner hat sie je gesehen. Und die Feuer gingen in den unmöglichsten Situationen an, manchmal im strömenden Regen; und bevor man ihnen auch nur nahekommen konnte, waren sie wieder aus, und nur ein nasser schwarzer Fleck war übrig. Und da ist noch eine Stelle auf der Allmende, die den Tieren nicht geheuer ist – in der Nähe des sogenannten Totenpfahls. Meine Hunde trauen sich nicht in seine Nähe. Komische Viecher. Ich habe dort noch nie etwas gesehen, aber selbst am hellichten Tag scheinen sie etwas gegen diese Stelle zu haben. Die Allmende hat keinen guten Ruf. War früher mal ein beliebter Ort für Straßenräuber.»

«Hat die Burdock-Kutsche etwas mit Straßenräubern zu tun?»

«Nein. Die stammt von einem liederlichen, längst verblichenen Burdock, soviel ich weiß. Gehörte zum Höllfeuerclub oder so. Die übliche Geschichte. Die Leute hier glauben natürlich alle daran. Hat auch etwas Gutes. Da bleiben die Dienstboten abends im Haus. Na ja, aber jetzt werden wir uns mal was zu essen genehmigen, ja?»

«Erinnerst du dich noch an diese elende alte Mühle», fragte Major Lumsden, «und die drei Ulmen neben dem Schweinekoben?»

«Großer Gott, ja! Ich weiß noch, daß du sie uns freundlicherweise aus der Landschaft geschossen hast. Sie machten uns nun mal verdammt zu auffällig.»

«Sie haben uns aber sehr gefehlt, als sie weg waren.»

«Gott sei Dank hast du sie nicht *ver*fehlt, als sie noch da waren. Aber ich sage dir mal, *was* du verfehlt hast.»

«Was denn?»

«Die alte Muttersau.»

«Himmel, ja! Weißt du noch, wie der alte Piper sie eingefangen hat?»

«Das kann man wohl sagen. Da fällt mir etwas ein. Du kanntest doch Bunthorne ...»

«Ich sage gute Nacht», erklärte Mrs. Lumsden, «und lasse euch damit allein.»

«Erinnerst du dich noch», fragte Lord Peter Wimsey, «an diesen peinlichen Moment, als Popham durchdrehte?»

«Nein. Da hatte man mich gerade mit einem Gefangenentrupp nach hinten geschickt. Aber ich hab davon gehört. Ich hab nur nie mehr erfahren, was aus ihm geworden ist.»

«Ich habe ihn nach Hause schicken lassen. Er ist jetzt verheiratet und wohnt irgendwo in Lincolnshire.»

«Ach was? Na ja, er konnte wohl nichts dafür. War doch noch ein halbes Kind. Was ist aus Philpotts geworden?»

«Ach Gott, Philpotts ...»

«Gib mal dein Glas her, Alter.»

«Ach was, Junge. Die Nacht ist noch jung ...»

«Wirklich? Aber sag mal, warum bleibst du nicht einfach heute nacht hier? Meine Frau würde sich freuen. Ich habe dich im Handumdrehen untergebracht.»

«Nein, vielen herzlichen Dank. Ich muß mich auf den Heimweg machen. Habe schließlich versprochen, zurückzukommen und die Kette vorzulegen.»

«Natürlich, wie du meinst, aber es regnet immer noch. Keine schöne Nacht, um auf einem offenen Pferd heimzureiten.»

«Das nächste Mal nehme ich eins mit Dach. Wir sterben schon nicht. Regen soll gut für den Teint sein – läßt die Rosen wachsen. Du brauchst deinen Diener nicht zu wecken. Ich kann den Gaul selbst satteln.»

«Mein lieber Mann, das macht doch gar keine Mühe.»

«Nein, wirklich nicht, Alter.»

«Na schön, dann komme ich aber mit und fasse mit an.»

Eine Regenbö wehte zur Haustür herein, als sie sich in die Nacht begaben. Es war schon ein Uhr morgens vorbei und stockfinster. Major Lumsden wollte Wimsey noch einmal zum Bleiben überreden.

«Nein, danke. Wirklich. Es könnte die alte Dame kränken. Und so schlimm ist es gar nicht – naß, aber nicht kalt. Auf, Polly, rück mal ein Stückchen rüber, mein Mädchen.»

Er legte den Sattel auf und zurrte ihn fest, während Lumsden die Laterne hielt. Das Pferd, gesättigt und ausgeruht, kam tänzelnd aus seiner Box, den Kopf nach vorn gereckt und mit geblähten Nüstern in den Regen schnuppernd.

«Also, adieu, mein Alter. Besuch uns mal wieder. War prima.»

«Und wie! Himmel noch mal, ja. Beste Empfehlungen an Madame. Ist das Tor offen?»

«Ja.»

«Na, dann mach's gut.»

«Du auch.»

Polly Flinders, die Witterung des heimischen Stalls in der Nase, schickte sich an, mit den neun Meilen Weg kurzen Prozeß zu machen. Sowie sie zum Tor hinaus waren, schien die Nacht auch heller, obwohl der Regen noch immer herunterströmte. Irgendwo hinter den jagenden Wolken war ein Mond versteckt, der hin und wieder einen blassen Fleck an den Himmel malte und einen noch blasseren Schimmer auf die Straße warf. Wimsey, den Kopf voller Erinnerungen und den Magen voller Whisky, summte im Reiten vor sich hin.

Als er an die Gabelung kam, zögerte er kurz. Sollte er die Abkürzung über die Allmende nehmen oder sich an die Straße halten? Nach kurzem Überlegen entschied er sich, die Allmende aus dem Spiel zu lassen – nicht wegen ihres finsteren Rufs, sondern wegen der Fahrrinnen und Karnickellöcher. Er ruckte am Zügel, rief seinem Reittier ein Wort der Aufmunterung zu und folgte weiter der Straße. Die Allmende lag jetzt rechts von ihm; links lagen Felder, gesäumt von hohen Hecken, die einen gewissen Schutz vor dem peitschenden Regen boten.

Er hatte die Steigung und die Stelle, wo der Reitweg wieder auf die Straße trifft, hinter sich, als ein kurzes Zucken und dann ein Stolpern seine Aufmerksamkeit unangenehm auf Polly Flinders lenkte.

«Mach keine Sachen, Polly», sagte er tadelnd.

Polly schüttelte den Kopf, setzte sich in Bewegung und versuchte ihren gemächlichen Schritt wieder aufzunehmen. «Hoppla!» sagte Wimsey besorgt. Er brachte das Pferd zum Stehen.

«Lahmt auf der linken Vorderhand», sagte er im Absteigen. «Wenn du dir was gestaucht hast, mein Mädchen, und das vier Meilen von zu Hause, wird Vati sich aber freuen.» Zum erstenmal fiel ihm auf, wie sonderbar einsam diese Straße war. Er war noch nicht einem einzigen Auto begegnet. Ebensogut hätten sie sich in der afrikanischen Wildnis befinden können.

Er ließ seine Hand forschend am linken Vorderbein hinuntergleiten. Das Pferd stand ganz still, ohne zu zucken oder zu schnauben. Wimsey war ratlos.

«Wenn wir noch in der guten alten Zeit lebten», sagte er, «würde ich denken, du hast sicher einen Stein mitgenommen. Aber was –»

Er hob den Huf des Pferdes hoch und untersuchte ihn mit Fingern und Taschenlampe. Seine Diagnose war richtig gewesen. Ein Stahlbolzen, wahrscheinlich von einem vorbeifahrenden Wagen gefallen, hatte sich fest zwischen Hufeisen und Strahl eingeklemmt. Knurrend tastete er nach seinem Taschenmesser. Es war zum Glück noch eines von der guten alten Sorte, die außer Klingen und Korkenziehern auch über eine raffinierte Vorrichtung zum Entfernen von Fremdkörpern aus Pferdehufen verfügte.

Die Stute stupste ihn zärtlich an, als er sich ans Werk machte. Es war keine leichte Arbeit, denn er mußte sich die Taschenlampe unter den Arm klemmen, um die eine Hand für das Werkzeug und die andere für den Huf frei zu haben. Er fluchte leise ob dieser Schinderei vor sich hin, doch als er einmal den Kopf hob, um die Straße hinunterzusehen, glaubte er plötzlich den Schimmer einer Bewegung wahrzunehmen. Seine Sicht war allerdings behindert, denn an dieser Stelle erhoben sich hohe Bäume beiderseits der Straße, die hier von der Grenze der Allmende an ziemlich steil abfiel. Es war kein Auto; dafür war das Licht zu schwach. Vielleicht ein Fuhrwerk mit abgedunkelter Laterne. Doch es schien sich schnell zu bewegen. Er wunderte sich kurz, dann beugte er sich wieder über seine Arbeit.

Der Bolzen widersetzte sich seinen Bemühungen, und das Pferd, an einer empfindlichen Stelle berührt, zuckte zurück und versuchte den Fuß auf den Boden zu stellen. Er beruhigte es mit besänftigenden Worten und tätschelte ihm den Hals. Dabei entglitt ihm die Taschenlampe. Er fluchte ungehalten, stellte den Huf auf den Boden und hob die Lampe vom Grasbankett auf, wohin sie gerollt war. Als er sich wieder aufrichtete, blickte er noch einmal die Straße hinunter, und da sah er es.

Unter dem tropfenden Dunkel der Bäume kam sie dahergeglitten, schimmernd in blassem, mondweißem Licht. Kein Hufegetrappel war zu hören, kein Räderrumpeln, kein Klirren von Zaumzeug und Geschirr. Er sah die weißen, glatten, glänzenden Schultern mit den Kummeten, matt leuchtenden Ringen gleich, die nichts umschlossen. Er sah die glänzenden Zügel, deren abgeschnittene Enden frei durch die Ringe vor- und rückwärts glitten. Die Hufe, die nie den Boden berührten, liefen schnell – auf vier mal vier lautlosen Füßen glitten die schimmernden Leiber heran wie Rauchschwaden. Der Kutscher beugte sich vor und schwang die Peitsche. Er hatte kein Gesicht, keinen Kopf, doch seine ganze Haltung verriet allergrößte Eile. Im strömenden Regen war die Kutsche kaum zu sehen, doch Wimsey sah verschwommen die wirbelnden Räder sowie still und steif im Fenster etwas Mattes, Weißes. Das Gespann flog im wilden Galopp vorüber – kopfloser Kutscher und kopflose Pferde und lautlose Kutsche. Ihre Vorbeifahrt erzeugte einen feinen Lufthauch und ein Geräusch, das weniger ein Ton als eine bloße Schwingung war – gefolgt von einem heulenden Windstoß aus Süden und einem heftigen Regenschauer.

«Großer Gott!» stöhnte Wimsey. Und dann: «Wieviel Whisky haben wir denn eigentlich getrunken?»

Er drehte sich um und schaute mit angestrengtem Blick die Straße zurück. Dann fiel ihm plötzlich das Pferd wieder ein, und ohne sich noch länger mit der Taschenlampe abzumühen, hob er den Fuß hoch und arbeitete nach Gefühl weiter. Der Bolzen machte keine weiteren Umstände und fiel fast augenblicklich in seine Hand. Polly Flinders seufzte dankbar und schnaubte ihm ins Ohr.

Wimsey führte sie ein paar Schritte vorwärts. Sie setzte den Huf sicher und kräftig auf. Der unverzüglich entfernte Bolzen hatte keine wunde Stelle hinterlassen. Wimsey saß auf und gab der Stute die Zügel frei – aber plötzlich zog er ihren Kopf herum.

«Das will ich doch mal sehen», sagte er entschlossen. «Auf, mein Mädchen! *Wir* lassen uns nicht von kopflosen Pferden unterkriegen. Ohne Kopf herumzurennen gehört sich einfach nicht. Hopp, mein Pferdchen. Jetzt geht's über die Allmende. An der Wegegabel kriegen wir sie.»

Ohne die allermindeste Rücksicht auf seinen Gastgeber oder dessen Eigentum lenkte er das Pferd auf den Reitweg und trieb es zum Galopp an.

Zuerst glaubte er ein blasses, weißes Flattern zu sehen, das sich vor ihm auf der Straße dahinbewegte. Aber bald entfernten Straße und Reitweg sich voneinander, und er verlor es aus den Augen. Er wußte jedoch, daß es keine Nebenstraße gab. Falls seinem Reittier kein Unglück zustieß, mußte er die Kutsche abfangen können, bevor sie die Straßengabel erreichte. Polly Flinders jagte mit der aus Vertrautheit geborenen Gelassenheit über den unebenen Weg dahin. Nach weniger als zehn Minuten klapperten ihre Hufe wieder auf dem Asphalt. Er zügelte sie, drehte sie in Richtung Little Doddering und spähte die Straße entlang. Noch sah er nichts. Entweder war er der Kutsche weit voraus, oder sie war mit unvorstellbarer Geschwindigkeit hier schon vorbei, oder –

Er wartete. Nichts. Der starke Regen hatte sich gelegt, und der Mond kämpfte sich wieder durch die Wolken. Die Straße lag völlig verlassen da. Er sah über die Schulter zurück. Ein kleiner Lichtstrahl bewegte sich dicht über dem Boden, schwenkte herum, blinkte grün und rot und wieder weiß und kam auf ihn zu. Bald erkannte er, daß es ein Polizist war, der ein Fahrrad schob.

«Eine schlimme Nacht, Sir», sagte der Polizist höflich, aber mit einem fragenden Unterton in der Stimme.

«Widerlich», sagte Wimsey.

«Mußte zu allem Überfluß vorhin noch einen Platten flicken», ergänzte der Polizist.

Wimsey drückte Mitgefühl aus. «Sind Sie schon lange hier?» fügte er hinzu.

«Knapp zwanzig Minuten.»

«Haben Sie etwas aus Richtung Little Doddering hier vorbeikommen sehen?»

«Hier ist nichts vorbeigekommen, solange ich hier war. Meinen Sie etwas Bestimmtes, Sir?»

«Ich meine, ich hätte –» Wimsey stockte. Er hatte eigentlich keine große Lust, sich zum Narren zu machen. «Eine Kutsche mit vier Pferden», sagte er zögernd. «Sie ist vor einer knappen Viertelstunde auf dieser Straße an mir vorbeigefahren – drüben auf der anderen Seite der Allmende. Ich – bin zurückgekommen, um sie mir anzusehen. Sie kam mir ungewöhnlich vor –» Er merkte, daß seine Geschichte nicht sehr überzeugend klang.

Der Polizist antwortete schnell und in ziemlich scharfem Ton: «Hier ist nichts vorbeigekommen.»

«Wissen Sie das sicher?»

«Ja, Sir; und wenn ich Ihnen einen Rat geben darf, würden Sie jetzt besser nach Hause reiten. Ist ein einsames Stück Straße hier.»

«Ja, finden Sie auch?» meinte Wimsey. «Schön, dann gute Nacht, Sergeant.»

Er wandte den Kopf der Stute wieder in Richtung Little Doddering und ritt sehr still davon. Er sah nichts, hörte nichts und begegnete nichts und niemandem. Die Nacht war jetzt heller, und auf dem Rückweg fand er noch einmal bestätigt, daß es hier keinerlei Nebenstraßen gab. Was immer er gesehen hatte, es war irgendwo entlang der Allmende einfach verschwunden; es war weder der Hauptstraße noch irgendeiner anderen gefolgt.

Wimsey kam am andern Morgen ziemlich spät zum Frühstück herunter und traf seine Gastgeber in einiger Erregung an.

«Es ist etwas Unfaßliches passiert», sagte Mrs. Frobisher-Pym.

«Ungeheuerlich!» ergänzte ihr Gatte. «Ich habe Hancock ja gewarnt. Er kann nicht sagen, ich hätte ihn nicht gewarnt. Aber so sehr man seine Umtriebe mißbilligen mag, für solch schändliches Betragen gibt es keine Entschuldigung. Wenn ich diese Halunken erst mal in die Finger kriege, egal wer sie sind –»

«Was gibt's denn?» fragte Wimsey, indem er sich von den gebratenen Nieren auf der Anrichte bediente.

«Ein Skandal größten Ausmaßes», erklärte Mrs. Frobisher-Pym. «Der Pfarrer ist sofort zu Tom gekommen – ich hoffe übrigens, wir haben Sie nicht gestört mit all dem Trubel. Jedenfalls, als Mr. Hancock heute morgen zur Kirche kam, um die Frühmesse zu lesen –»

«Nein, nein, meine Liebe, das berichtest du falsch. Laß es *mich* erzählen. Als Joe Grinch – das ist der Kirchendiener, der als erster da sein muß, um die Glocke zu läuten –, als er ankam, stand das Südportal weit offen, und niemand war in der Kapelle, obwohl sie doch beim Sarg hätten sein müssen. Er hat sich natürlich sehr gewundert, aber angenommen, daß Hubbard und der junge Rawlinson es wohl leid gewesen und nach Hause gegangen waren. Er ist also weiter zur Sakristei gegangen, um seine Gewänder und so weiter zurechtzulegen, und zu seinem großen Erstaunen hörte er da von drinnen Frauenstimmen rufen. Er war so verdutzt, daß er gar nicht mehr wußte, wo er war, aber er ist dann doch hingegangen und hat die Tür aufgeschlossen –»

«Mit seinem eigenen Schlüssel?» fragte Wimsey dazwischen.

«Der Schlüssel steckte. In der Regel hängt er an einem Nagel unter einem Vorhang bei der Orgel, aber heute steckte er im Schloß – wo er nicht hingehört. Und in der Sakristei fand er Mrs. Hancock und ihre Tochter, halbtot vor Angst und Empörung.»

«Heilige Neune!»

«Das kann man wohl sagen. Und sie hatten eine haarsträubende Geschichte zu erzählen. Sie hatten um zwei Uhr die anderen beiden Beter abgelöst und sich vor dem Sarg hingekniet, ganz wie geplant, um die entsprechenden Gebete zu verrichten – was das auch immer für welche sind. Sie waren, soweit sie das noch sagen können, etwa zehn Minuten dort, als sie am Hochaltar ein Geräusch hörten, als ob dort jemand herumschliche. Miss Hancock ist ein sehr beherztes Mädchen. Sie stand auf und ging im Dunkeln das Kirchenschiff hinauf, gefolgt von Mrs. Hancock, die, wie sie sagt, nicht gern allein gelassen werden wollte. Als sie am Altargitter waren, rief Miss Hancock laut: ‹Wer ist da?› In dem Moment hörten sie ein Rascheln, und dann klang es so, als ob etwas umgeworfen würde. Miss Hancock schnappte sich mutig einen Stab des Kirchendieners, der an einem der Chorstühle steckte, und rannte vorwärts, weil sie dachte, da wolle jemand das Kirchengerät vom Altar stehlen. Zum Beispiel ist darunter ein sehr schönes Kreuz aus dem fünfzehnten Jahrhundert –»

«Das Kreuz ist doch jetzt unwichtig, Tom. Es wurde ja nicht gestohlen.»

«Das nicht, aber Miss Hancock glaubte es. Jedenfalls, als sie an die Altarstufen kam, immer noch dicht gefolgt von Mrs. Hancock, die sie inständig bat, vorsichtig zu sein, da muß jemand aus einem der Chorstühle herausgesprungen sein, der sie bei den Armen packte und in die Sakristei ‹abführte›, wie sie es nennt. Und bevor sie auch nur zum Schreien Luft holen konnte, wurde Mrs. Hancock neben ihr in die Sakristei gestoßen und die Tür zugeschlossen.»

«Beim Zeus! Sie erleben ja aufregende Zeiten in diesem Dorf.»

«Nun ja», sagte Mr. Frobisher-Pym. «Natürlich lebten die beiden in Todesängsten, denn sie konnten ja nicht wissen, ob diese Verbrecher nicht wiederkommen und sie ermorden würden, und zumindest mußten sie ja annehmen, die Kirche würde ausgeplündert. Aber die Sakristeifenster sind sehr schmal und zudem vergittert, so daß sie nichts anderes tun konnten als warten. Sie versuchten zu horchen, aber viel hörten sie nicht. Sie konnten nur hoffen, daß ihre Ablösung für vier Uhr etwas früher eintreffen und die Diebe auf frischer Tat ertappen würde. Aber sie warteten und warteten, und es schlug vier Uhr und fünf Uhr, und niemand kam.»

«Was ist denn aus Rawlinson und diesem Dingsda geworden?»

«Das konnten sie zunächst nicht feststellen, und Grinch auch nicht. Aber sie haben sich sehr genau in der Kirche umgesehen, und anscheinend war nichts gestohlen und auch nichts zerstört worden. Gerade in dem Moment kam dann der Pfarrer dazu, und sie erzählten ihm alles. Er war natürlich über die Maßen schockiert, und sein erster Gedanke war – nachdem er gesehen hatte, daß alles Kirchengerät noch da war und auch der Opferstock nicht aufgebrochen war –, daß irgendwelche Kensititen die Hostien aus dem Was-weiß-ich gestohlen haben könnten.»

«Aus dem Tabernakel», half Wimsey nach.

«Ja, so heißt er wohl. Das war seine größte Sorge, und er hat ihn aufgeschlossen und nachgesehen, aber die Hostien waren noch alle da, und da es nur den einen Schlüssel dazu gibt und er ihn immer an seiner Uhrkette hängen hat, konnte es wohl auch nicht sein, daß jemand die geweihten Hostien gegen ungeweihte vertauscht oder irgendeinen Streich in der Art gespielt haben könnte. Daraufhin schickte er also Mrs. und Miss Hancock nach Hause und sah sich auch einmal außerhalb der Kirche um, und das erste, was er da sah, war das Motorrad vom jungen Rawlinson, das beim Südportal in den Büschen lag.»

«Oho!»

«Sein nächster Gedanke war also, nach Rawlinson und Hubbard zu suchen. Aber da brauchte er nicht einmal weit zu suchen. Er war erst bis zum Heizungskeller an der Nordseite gekommen, als er dort einen furchtbaren Krach hörte. Drinnen brüllten Leute herum und hämmerten gegen die Tür. Er rief also Grinch, und wie sie durch das kleine Fenster sahen, bitte sehr, da waren es Hubbard und der junge Rawlinson, die da herumtobten und gotteslästerlich fluchten. Offenbar waren sie genau auf die gleiche Weise überfallen worden, aber schon bevor sie in die Kirche kamen. Rawlinson hatte, soweit ich verstanden habe, den Abend bei Hubbard verbracht, und sie hatten ein paar Stunden unten in der Bar geschlafen, um das Haus nicht zu früh zu wecken – sagen sie zumindest, aber wenn die Wahrheit an den Tag käme, möchte ich behaupten, daß sie gezecht haben; und wenn das Hancocks Vorstellung von einer geziemenden Vorbereitung auf Kirchenbesuch und Beten ist, kann ich nur sagen, meine ist das nicht. Jedenfalls sind sie dann kurz vor vier aufgebrochen, Hubbard auf dem Gepäckträger von Rawlinsons Motorrad. Sie mußten am Südportal absteigen, weil es zugedrückt war, und während Rawlinson sein Motorrad den Weg hinaufschob, sprangen zwischen den Bäumen plötzlich zwei oder drei Mann hervor – so genau konnten sie das nicht sehen. Es gab ein Handgemenge, aber wegen des Motorrads und infolge ihrer Überraschung konnten sie sich nicht gut wehren, und die Männer hatten ihnen Decken über die Köpfe geworfen oder irgend so etwas. Im einzelnen weiß ich das nicht so genau. Jedenfalls wurden sie in den Heizungskeller verfrachtet und dort zurückgelassen. Meines Wissens sind sie da vielleicht noch immer, falls der Schlüssel nicht inzwischen gefunden wurde. Es müßte eigentlich noch ein Zweitschlüssel da sein, aber was aus dem geworden ist, weiß ich nicht. Sie haben heute morgen danach geschickt, aber ich habe ihn schon lange nirgends mehr gesehen.»

«Dann steckte er diesmal also nicht im Schloß?»

«Nein, sie mußten nach dem Schlosser schicken. Ich gehe jetzt mal hin, um zu sehen, was inzwischen unternommen wurde. Möchten Sie mitkommen, wenn Sie fertig sind?»

Wimsey bejahte. Wenn es irgendwo ein Problem gab, war er immer Feuer und Flamme.

«Sie sind ziemlich spät wiedergekommen», meinte Mr. Frobisher-Pym leutselig, als sie aus dem Haus traten. «Haben wohl die alten Zeiten hochleben lassen, wie?»

«Allerdings», sagte Wimsey.

«Hoffentlich hat die alte Mähre Sie so getragen, wie sich's gehört. Ein einsames Stück Straße, was? Aber Sie sind wohl niemand Schlimmerem als sich selbst begegnet, wie man so sagt?»

«Nur einem Polizisten», log Wimsey. Er war wegen der Geisterkutsche noch nicht ganz mit sich im reinen. Zweifellos würde Plunkett sehr erleichtert sein, wenn er erführe, daß er nicht der einzige war, der eine «Warnung» erhalten hatte. Aber – war es denn wirklich die Geisterkutsche gewesen oder nur eine Täuschung, hervorgerufen durch den Whisky und die Erinnerung? Im kalten Licht des Tages war Wimsey sich da nicht mehr so sicher.

Als der Friedensrichter und sein Gast bei der Kirche ankamen, hatte sich dort schon ein kleiner Menschenauflauf gebildet, in dem besonders der Pfarrer auffiel, der in Priesterrock und Birett wild herumgestikulierte, sowie der Polizist, der seinen Uniformrock schief zusammengeknöpft hatte und in seiner würdevollen Haltung stark beeinträchtigt wurde durch die Dorfjugend, die sich um seine Beine drängte. Er hatte soeben die Aussagen der beiden aus dem Heizungskeller befreiten Männer aufgenommen. Der jüngere von diesen beiden, ein gesund und frech aussehender Bursche von etwa fünfundzwanzig Jahren, war gerade dabei, sein Motorrad zu starten. Er grüßte Mr. Frobisher-Pym freundlich. «Schätze, wir haben uns ganz schön blamiert, Sir. Aber Sie entschuldigen mich, ja? Muß zurück nach Herriotting. Mr. Graham wird sich nicht gerade freuen, wenn ich zu spät zur Arbeit komme. Ich denke, da haben sich ein paar so Schlauberger einen Spaß auf unsere Kosten erlaubt.» Er grinste, während er den Gashebel herumwarf und in einer ganz und gar unnötigen Qualmwolke, die Mr. Frobisher-Pym niesen machte, davonknatterte. Sein Leidensgefährte, ein großer, dicker Mann, im Aussehen ganz der vergnügte Schankwirt, der er war, grinste den Friedensrichter verlegen an.

«Also, Hubbard», sagte letzterer, «hoffentlich hat Ihr Abenteuer Ihnen Spaß gemacht. Ich muß schon sagen, daß es mich ein bißchen wundert, wenn ein großer, starker Mann wie Sie sich so einfach in den Kohlenkeller sperren läßt wie ein ungezogener Bengel.»

«Ja, Sir, ich war ja selbst ganz verdattert», erwiderte der Wirt durchaus gutmütig. «Als mir die Decke da über den Kopf kam, war ich der verdattertste Mensch in der ganzen Grafschaft. Ich kann mich allerdings erinnern, daß ich denen ein paar ganz schöne Tritte vors Schienbein verpaßt habe», fügte er mit erinnerungsseligem Lachen an.

«Wie viele waren es denn?» fragte Wimsey.

«Drei oder vier, würde ich sagen, Sir. Aber schließlich hab ich sie nicht gesehen und nur reden hören. Zwei haben jedenfalls mich gepackt, da bin ich ganz sicher, und der junge Rawlinson meint, daß es bei ihm nur einer war, aber der war dafür bärenstark.»

«Wir müssen jeden Stein umdrehen, um herauszubekommen, wer diese Leute waren», sagte der Pfarrer erregt. «Ah, Mr. Frobisher-Pym, kommen Sie doch mal und sehen Sie sich an, was die in der Kirche getrieben haben. Es ist genau, wie ich es mir vorgestellt habe – ein antikatholischer Protest. Wir müssen schon froh und dankbar sein, daß sie nicht noch mehr angestellt haben als das.»

Er führte sie hinein. Jemand hatte ein paar Hängelampen in dem düsteren kleinen Altarraum angezündet. In ihrem Licht sah Wimsey, daß der Adler, der das Chorpult bildete, eine gewaltige rot-weiß-blaue Schleife um den Hals hängen hatte, an der ein großes Plakat baumelte – offensichtlich aus der Redaktion der Lokalzeitung geklaut –: «VATIKAN BANNT UNZÜCHTIGE KLEIDUNG». Auf jedem der Chorstühle saß ein Teddybär in liebenswürdiger Stumpfheit, alle scheinbar in die Chorbücher vertieft, die sie verkehrtherum hielten, während vor jedem auf der Bankleiste eine Ausgabe der *Sporting Times* lag. Auf der Kanzel hatte eine Schelmenhand einen vielsagenden Eselskopf aufgestellt, elegant mit einem Nachthemd dekoriert und mit einem wunderschönen, aus Goldpapier ausgeschnittenen Heiligenschein gekrönt.

«Ist das nicht schändlich?» fragte der Pfarrer.

«Nun ja, Hancock», antwortete Mr. Frobisher-Pym, «ich muß sagen, für meinen Geschmack haben Sie das selbst herausgefordert – obschon ich natürlich völlig Ihrer Meinung bin, daß man so etwas keinesfalls dulden darf und die Übeltäter entdeckt und streng bestraft werden müssen. Aber Sie müssen verstehen, daß diese Leute viele Ihrer Praktiken bestenfalls für papistischen Unfug halten, und wenn das auch keine Entschuldigung ist –»

Die tadelnde Stimme bellte weiter und weiter.

«. . . was ich wirklich nur als Sakrileg empfinden kann, diese Sache mit dem alten Burdock – dessen Leben . . .»

Der Polizist hatte inzwischen die schaulustigen Dorfbewohner aus dem Weg gestoßen und stand nun neben Lord Peter am Zugang zum Altarraum.

«Waren Sie das heute früh da draußen auf der Straße, Sir? Aha! Ich hab mir doch gedacht, daß mir Ihre Stimme bekannt vorkommt. Sind Sie gut nach Hause gekommen, Sir? Ist Ihnen nichts begegnet?»

In seinem Ton lag eine Spur mehr als nur höfliches Interesse. Wimsey drehte sich rasch um.

«Nein, mir ist nichts – mehr begegnet. Wer fährt eigentlich hier in der Gegend nachts in einer Kutsche mit vier weißen Pferden herum, Sergeant?»

«Ich bin noch nicht Sergeant, Sir – mit meiner Beförderung hat es noch eine Weile Zeit. Also, Sir, mit diesen weißen Pferden, das kann ich nicht so recht sagen. Mr. Mortimer drüben in Abotts Bolton hat ein paar schöne Grauschimmel, und er ist der größte Pferdezüchter weit und breit – aber, nun ja, Sir, ich glaube nicht, daß er bei solchem Regen herumfahren würde, nicht wahr, Sir?»

«Vernünftig würde man das jedenfalls nicht nennen.»

«Eben, Sir. Und –» Der Konstabler beugte sich dicht an Wimsey heran und flüsterte ihm ins Ohr –, «und außerdem hat Mr. Mortimer einen Kopf auf den Schultern – *und seine Pferde übrigens auch.*»

«Nun denn», meinte Wimsey, ein wenig erschrocken ob dieser zutreffenden Bemerkung, «haben Sie denn je ein Pferd *ohne* gesehen?»

«Nein, Sir», antwortete der Polizist mit Nachdruck, «ich hab noch nie ein *lebendes* Pferd ohne gesehen. Aber das bringt ja nichts, wie man so schön sagt. Nun zu der Geschichte hier in der Kirche, das ist doch nur ein Lausbubenstreich, sonst gar nichts. Wissen Sie, Sir, die wollten nichts Böses; nur ihren Unfug treiben. Der Pfarrer mag ja reden, Sir, aber das waren keine Kensititen oder so was, das sieht man doch mit einem Blick. Reiner Schabernack und sonst gar nichts.»

«Zu dem Schluß war ich auch schon gekommen», sagte Wimsey interessiert, «aber ich würde ganz gern wissen, wie Sie darauf kommen.»

«Meine Güte, Sir, fühlt das denn nicht ein Blinder mit dem Stock? Wenn das Kensititen gewesen wären, hätten sie es dann nicht auf die Kreuze und Bilder und Lampen und – das da – abgesehen gehabt?» Damit streckte er einen schwieligen Finger in Richtung Tabernakel aus. «Nein, Sir, die Burschen, die das gemacht haben, die haben die sogenannten heiligen Bildnisse nicht angerührt – und den Kommuniontisch haben sie auch in Ruhe gelassen. Darum sag ich, das war hier kein Religionskrieg, sondern nur sozusagen ein Streich. Und Mr. Burdocks Leiche haben sie auch mit Respekt behandelt, wie Sie sehen, Sir. Das zeigt doch, daß sie eigentlich gar nichts Schlimmes wollten, oder?»

«Ganz Ihrer Meinung», sagte Wimsey. «Überhaupt haben sie geradezu peinlich darauf geachtet, nichts anzurühren, was Kirchgängern wirklich heilig ist. Sagen Sie, wie lange sind Sie schon auf diesem Posten, Konstabler?»

«Im Februar sind's drei Jahre, Sir.»

«Haben Sie schon mal daran gedacht, nach London zu gehen und sich bei der Kriminalpolizei zu versuchen?»

«Hm, ja, Sir, das hab ich – aber die warten ja nicht nur darauf, daß einer sozusagen daherkommt.»

Wimsey nahm eine Visitenkarte aus der Brieftasche.

«Wenn Sie es je ernsthaft erwägen», sagte er, «geben Sie diese Karte Chefinspektor Parker und plaudern Sie ein bißchen mit ihm. Sagen Sie ihm, daß ich finde, Sie können hier nicht genug zeigen, was in Ihnen steckt. Er ist nämlich ein sehr guter Freund von mir und wird Ihnen eine gute Chance geben, das weiß ich.»

«Ich habe schon von Ihnen gehört, Mylord», sagte der Konstabler geschmeichelt, «und das ist wirklich sehr freundlich von Eurer Lordschaft. So, aber jetzt gehe ich am besten mal weiter. Überlassen Sie das nur mir, Mr. Frobisher-Pym, Sir; der Sache werden wir schon bald auf den Grund kommen.»

«Das will ich hoffen», antwortete der Friedensrichter. «Und derweil will ich auch annehmen, Mr. Hancock, daß Sie einsehen, wie unangebracht es ist, nachts die Kirchentüren offen zu lassen. So, kommen Sie, Wimsey; jetzt wollen wir die Leute mal die Kirche wieder fürs Begräbnis in Ordnung bringen lassen. Was haben Sie denn da gefunden?»

«Nichts», sagte Wimsey, der in der Jungfrauenkapelle interessiert zu Boden geschaut hatte. «Ich hatte schon gefürchtet, Sie hätten hier den Holzwurm drin, aber wie ich sehe, ist es nur Sägemehl.» Er wischte sich, während er sprach, den Finger ab und folgte Mr. Frobisher-Pym aus dem Gotteshaus.

Wer sich in einem Dorf aufhält, von dem wird erwartet, daß er an den Interessen und Vergnügungen der Gemeinde Anteil nimmt. Demgemäß wohnte Lord Peter pflichtschuldigst der Beisetzung des Gutsherrn Burdock bei und sah mit eigenen Augen, wie der Sarg wohlbehalten der Erde übergeben wurde – bei Regen, gewiß, aber dennoch unter Anteilnahme einer großen und ehrerbietigen Trauergemeinde. Nach der Zeremonie wurde er Mr. und Mrs. Haviland Burdock förmlich vorgestellt und sah seinen schon früher gewonnenen Eindruck bestätigt, daß die Dame gut, um nicht zu sagen zu gut gekleidet war – wie man es wohl von einer Dame erwarten konnte, deren Garderobe sich auf dem Fundament von Seidenstrümpfen aufbaute. Sie war eine gutaussehende Frau von einer auffallenden, großspurigen Art, und die Hand, die Wimseys Hand umfaßte, war geradezu schmerzhaft mit Diamanten gespickt. Haviland schien zu Freundlichkeit aufgelegt zu sein – und schließlich haben Seidenstrumpfhersteller ja auch keinen Grund, gegenüber reichen Männern blauen Blutes zu etwas anderem aufgelegt zu sein. Er schien Wimseys Ruf als Antiquitätenliebhaber und Büchersammler zu kennen und lud ihn herzlich ein, mitzukommen und sich das alte Gutshaus anzusehen.

«Mein Bruder Martin ist noch im Ausland», sagte er, «aber er würde Sie sicherlich gern hereinbitten und Ihnen das Anwesen zeigen. Wie ich höre, stehen in der Bibliothek einige schöne alte Bücher. Wir bleiben noch bis Montag – wenn Mrs. Hancock so gütig ist, so lange unsere Gastgeberin zu sein. Wie wär's, wenn Sie morgen nachmittag kämen?»

Wimsey sagte, es werde ihm eine Freude sein.

Mrs. Hancock mischte sich ein und fragte, ob Lord Peter nicht zuvor noch zum Tee ins Pfarrhaus kommen wolle.

Wimsey sagte, das sei sehr freundlich von ihr.

«Dann ist das abgemacht», sagte Mrs. Burdock. «Sie und Mr. Pym kommen zum Tee, und dann sehen wir uns zusammen das Haus an. Ich habe es ja selbst noch kaum gesehen.»

«Es lohnt sich anzusehen», sagte Mr. Frobisher-Pym. «Schönes altes Haus, aber es zu erhalten kostet einiges Geld. Ist noch nichts von dem Testament aufgetaucht, Mr. Burdock?»

«Bisher überhaupt nichts», antwortete Haviland. «Das ist schon merkwürdig, denn Mr. Graham – das ist sein Anwalt, Lord Peter – hat mit Sicherheit eins aufgesetzt, und zwar kurz nach dem unglücklichen Zerwürfnis des armen Martin mit unserm Vater. Er erinnert sich noch genau daran.»

«Weiß er denn nicht mehr, was darin steht?»

«Er wird es wohl wissen, aber er hält es für einen Verstoß gegen die guten Sitten, darüber zu sprechen. Er ist noch einer vom alten Schrot und Korn. Der arme Martin hat ihn immer einen alten Gauner genannt – aber er war mit Martin ja auch nicht so recht einverstanden, und da war Martin natürlich nicht ganz unvoreingenommen. Und außerdem ist das ja alles, wie Mr. Graham richtig sagt, Jahre her, und es wäre ohne weiteres denkbar, daß der alte Herr das Testament später vernichtet oder in Amerika sogar ein neues aufgesetzt hat.»

«Der ‹arme Martin› scheint ja hier nicht eben beliebt gewesen zu sein», meinte Wimsey zu Mr. Frobisher-Pym, als sie sich von den Burdocks verabschiedet hatten und auf dem Heimweg waren.

«N-nein», sagte der Friedensrichter. «Jedenfalls nicht bei Graham. Ich persönlich mochte den Jungen eigentlich recht gern, obwohl er ein kleiner Bruder Leichtsinn war. Ich nehme an, daß er mit der Zeit etwas reifer geworden ist – und mit der Ehe. Schon komisch, daß sie das Testament nicht finden. Aber wenn es zur Zeit des Krachs abgefaßt wurde, ist es bestimmt zu Havilands Gunsten.»

«Ich glaube jedenfalls, daß Haviland das glaubt», sagte Wimsey. «Seine ganze Art strömte so etwas wie sittsame Befriedigung aus. Wahrscheinlich hat der diskrete Graham ziemlich klar zum Ausdruck gebracht, daß der Vorteil nicht auf seiten des unaussprechlichen Martin liegt.»

Der darauffolgende Morgen war schön, und Wimsey, der in Little Doddering war, um Ruhe und frische Luft zu genießen, bat noch einmal um Polly Flinders. Sein Gastgeber tat ihm den Gefallen gern und bedauerte nur, daß er ihn nicht begleiten könne, da er an einer Sitzung des Stiftungsrats für das Armenhaus teilnehmen müsse.

«Aber Sie könnten sich auf der Allmende einmal so richtig austoben», schlug er vor. «Sie reiten nach Petering Friars, biegen ab über die Allmende, bis Sie zum Totenpfahl kommen, und kehren über die Straße nach Frimpton zurück. Das gibt einen schönen Rundritt – ungefähr neunzehn Meilen. Dann sind Sie, wenn Sie es gemächlich angehen, zum Mittagessen gut wieder zurück.»

Wimsey ging auf den Plan ein – um so bereitwilliger, als er mit seinem eigenen stillen Vorhaben voll und ganz übereinstimmte. Er hatte einen bestimmten Grund, warum er die Straße nach Frimpton auch einmal bei Tageslicht sehen wollte.

«Aber seien Sie vorsichtig am Totenpfahl», meinte Mrs. Frobisher-Pym besorgt. «Die Pferde scheuen häufig davor. Ich weiß auch nicht, warum. Die Leute sagen natürlich –»

«Alles Unsinn», erklärte ihr Gatte. «Die Dorfbewohner haben etwas gegen diese Stelle, und das macht die Pferde nervös. Es ist schon erstaunlich, wie sich die Gefühle des Reiters auf sein Reittier übertragen. *Ich* hatte am Totenpfahl noch nie Schwierigkeiten.»

Es war ein ruhiger und selbst im November hübscher Weg nach Petering Friars. Wimsey fühlte sich so richtig wohl, während er in der Wintersonne über die gewundenen Feldwege von Essex dahinzuckelte. Ein scharfer Galopp über die Allmende ließ seine Stimmung himmelhoch fliegen. Den Totenpfahl und seinen unheimlichen Ruf hatte er schon ganz vergessen, als ein heftiges Erschrecken und Scheuen, das ihn beinahe aus dem Sattel warf, ihn gewaltsam in die Wirklichkeit zurückrief. Mit einiger Mühe brachte er Polly Flinders wieder unter Kontrolle und zum Stehen.

Er hatte, einem beiderseits von Farn und Ginster gesäumten Reitweg folgend, den höchsten Punkt der Gemeindewiese erreicht. Ein Stückchen weiter vorn schien ein anderer Reitweg einzumünden, und genau dort, wo die beiden Wege zusammentrafen, stand etwas, was er zunächst für einen verfallenen Wegweiser hielt. Der Pfosten war allerdings für einen Wegweiser etwas zu kurz und dick und hatte auch keine Schilder. Dafür schien er aber auf der ihm zugewandten Seite eine Inschrift zu tragen.

Er beruhigte die Stute und drängte sie sanft auf den Pfosten zu. Sie machte ein paar zögernde Schritte, dann versuchte sie schnaubend und zitternd zur Seite auszubrechen.

«Komisch!» sagte Wimsey. «Wenn das mein Gemütszustand ist, der sich dem Reittier mitteilt, sollte ich besser mal zum Arzt. Meine Nerven müssen ja in Fetzen hängen. Komm, mein Mädchen! Was ist denn mit dir los?»

Polly Flinders rührte sich mit allen Zeichen des Bedauerns,

aber auch der Entschiedenheit, nicht vom Fleck. Er versuchte ihr behutsam die Fersen zu geben, doch sie wich mit zurückgelegten Ohren nur weiter zur Seite aus, und er sah das Weiße eines protestierenden Auges. Er glitt vom Sattel, faßte ins Zaumzeug und versuchte sie weiterzuführen. Nach einigem guten Zureden folgte das Pferd ihm auch mit weit ausgestrecktem Hals und vorsichtigen Schritten, als ginge es auf Eiern. Nach einem Dutzend solcher tastenden Schritte blieb es, an allen Gliedern zitternd, von neuem stehen. Er legte ihm die Hand an den Hals und fand ihn schweißnaß.

«Zum Teufel aber auch!» sagte Wimsey. «Hör mal zu, ich will gefälligst lesen, was da auf dem Pfosten steht. Wenn du schon nicht mitkommst, wirst du wenigstens stehenbleiben?»

Er ließ den Zügel fallen. Die Stute stand mit hängendem Kopf da. Er ließ sie stehen und ging weiter, allerdings von Zeit zu Zeit einen Blick nach hinten werfend, ob sie auch keine Anstalten machte, die Flucht zu ergreifen. Polly stand jedoch ganz still da und trat nur unruhig von einem Fuß auf den andern.

Wimsey erreichte den Pfosten. Es war ein gedrungener Pfeiler aus frisch geweißtem altem Eichenholz. Auch die Inschrift darauf war erst kürzlich mit schwarzer Farbe erneuert worden. Sie lautete:

AN DIESER STELLE WURDE
GEORGE WINTER
BEI DER VERTEIDIGUNG
DES EIGENTUMS SEINES HERRN
MEUCHLINGS ERMORDET VOM
SCHWARZEN RALPH
AUS HERRIOTTING
DER DAROB
AM 9. NOVEMBER 1674
AM ORT SEINES VERBRECHENS
IN KETTEN GEHÄNGT WURDE
FÜRCHTET DIE GERECHTIGKEIT

«Wie hübsch», sagte Wimsey. «Das muß zweifellos der Totenpfahl sein. Polly Flinders scheint die allgemeine Abneigung der Einheimischen gegen diesen Ort zu teilen. Nun, Polly, wenn das deine Gefühle sind, will ich ihnen keine Gewalt antun. Aber darf ich bitte fragen, wie es kommt, daß du bei einem bloßen Pfosten so empfindlich bist, während eine Todeskutsche mit vier kopflosen Pferden dich völlig kalt läßt?»

Die Stute nahm die Schulter seines Jacketts behutsam zwischen die Lippen und knabberte daran herum.

«Ganz recht», sagte Wimsey. «Verstehe vollkommen. Du würdest schon, wenn du könntest, aber du kannst wirklich nicht. Aber diese Pferde, Polly – hatten sie etwa keinen Schwefelgeruch aus den allertiefsten Abgründen bei sich? Kann es sein, daß sie wirklich nichts anderes ausdünsteten als ehrlichen, vertrauten Stallgeruch?»

Er saß auf, wandte Pollys Kopf nach rechts und lenkte sie in einem weiten Bogen um den Totenpfahl herum, bevor er sie wieder auf den Reitweg brachte.

«Die übernatürliche Erklärung ist damit, glaube ich, ausgeschieden. Nicht *a priori*, das wäre unredlich, aber unter Berufung auf Pollys Sinne. Bleiben als weitere Möglichkeiten Whisky oder Hokuspokus. Nähere Untersuchung scheint angezeigt.»

Er sann weiter so vor sich hin, während die Stute ruhig ihres Weges ging.

«Angenommen, ich wollte aus irgendwelchen Gründen die Leute in der Gegend durch die Erscheinung einer Kutsche mit Pferden ohne Kopf erschrecken, dann würde ich mir eine dunkle, regnerische Nacht aussuchen. Gut! So eine Nacht war es. Und wenn ich nun schwarze Pferde nähme und ihre Leiber weiß anmalte – arme Viecher, wie wäre ihnen zumute! Nein. Wie machen sie diesen Trick bei Maskelyne und Devant, wo sie Leute enthaupten? Weiße Pferde natürlich – und schwarze Kapuzen über die Köpfe. Richtig! Und Leuchtfarbe aufs Geschirr sowie hier und da einen Tupfer auf die Leiber, des guten Kontrastes wegen und damit die ganze Chose nicht unsichtbar bleibt. Soweit keine Schwierigkeit. Aber sie müssen lautlos laufen. Na gut, warum nicht? Vier schwarze Säcke, gefüllt mit Kleie, schön hochgezogen und um die Fesseln festgebunden, damit läuft ein

Pferd lautlos genug, vor allem, wenn noch ein bißchen Wind dazu weht. Lappen um die Ringösen am Geschirr, damit sie nicht klimpern, desgleichen um die Enden der Zugriemen, damit da nichts quietscht. Einen Kutscher im weißen Mantel und schwarzer Maske dazu, das Ganze vervollständigt durch eine Kutsche mit Gummirädern, die mit Phosphorfarbe angestrichen und gut geölt ist – das ist sicher gespenstisch genug, um einen wohlgetränkten Herrn um halb zwei Uhr morgens auf einer einsamen Straße zu erschrecken.»

Hochzufrieden mit dieser Überlegung klopfte er sich gutgelaunt mit der Reitpeitsche an den Stiefel.

«Aber hol's doch alles miteinander der Kuckuck! Die sind kein zweites Mal an mir vorbeigekommen. Wohin sind sie verschwunden? Eine Kutsche mitsamt Pferden kann sich schließlich nicht in Luft auflösen. Es muß ja doch einen Nebenweg geben – oder, meine liebe Polly Flinders, du nimmst mich die ganze Zeit auf den Arm.»

Der Reitweg mündete schließlich an der nun schon vertrauten Straßengabel, wo Wimsey den Polizisten getroffen hatte, in die Straße ein. Während sie gemächlich heimwärts zockelten, suchte Seine Lordschaft die Hecken auf der linken Seite nach dem Feldweg ab, den es nach allem menschlichen Ermessen geben *mußte.* Aber nichts belohnte seinen suchenden Blick. Eingezäunte Felder und Wiesen mit Vorhängeschlössern an den Gattern bildeten die einzigen Lücken in der Hecke, bis er sich wieder an der Stelle befand, von wo aus er zwei Nächte zuvor die Allee hinuntergeschaut und die Todeskutsche im Galopp die Straße heraufkommen gesehen hatte.

«Verflixt!» sagte Wimsey.

Zum erstenmal fiel ihm die Möglichkeit ein, daß die Kutsche vielleicht kehrtgemacht haben und durch Little Doddering zurückgefahren sein könnte. Mittwoch nachts war sie jedenfalls bei der Kirche von Little Doddering gesehen worden. Aber auch bei der Gelegenheit war sie schon in Richtung Frimpton davongejagt. Überhaupt kam Wimsey bei näherem Hinsehen zu dem Schluß, daß sie zunächst aus Richtung Frimpton gekommen, über den Back Lane – gegen den Uhrzeigersinn, versteht sich – um die Kirche herumgefahren und dann über die Landstraße dahin zurückgekehrt sein mußte, woher sie kam. Aber in diesem Falle –

«Kehr noch einmal um, Whittington», sagte Wimsey, und Polly Flinders machte gehorsam auf der Straße kehrt. «Über eine dieser Wiesen ist sie gefahren, oder ich heiße Kasimir.»

Er zügelte Polly in ein langsames Schrittempo und ritt am rechten Grasbankett entlang, den Blick auf den Boden geheftet wie ein Schotte, der einen Shilling verloren hat.

Das erste Gatter führte auf ein umgepflügtes, geeggtes und mit Winterweizen besätes Feld. Klar, daß da seit vielen Wochen nichts mehr mit Rädern drübergefahren war. Das zweite Gatter sah schon verheißungsvoller aus. Es führte auf ein Stück Brachland, und die Zufahrt wies unzählige Radspuren auf. Bei näherem Hinsehen aber stellte sich heraus, daß dies das einzige Gattertor zu diesem Grundstück war. Es war wohl nicht anzunehmen, daß die Kutsche auf ein Feld gefahren war, das keinen Ausgang hatte. Wimsey entschloß sich, weiterzusuchen.

Das dritte Gatter war in schlechtem Erhaltungszustand. Traurig hing es in den Angeln. Eine Haspe war nicht mehr vorhanden, und Gatter und Pfosten waren mit etlichen Drahtwindungen zusammengebunden. Wimsey stieg ab, um diese in Augenschein zu nehmen, und konnte sich überzeugen, daß ihre rostige Oberfläche in letzter Zeit nicht mehr angetastet worden war.

Es blieben nur noch zwei Gatter bis zur Straßengabel. Das eine führte wieder auf einen gepflügten Acker, dessen Furchen keinerlei Spuren aufwiesen, aber beim Anblick des letzten Gatters machte Wimseys Herz einen Hüpfer.

Es führte auch wieder auf einen gepflügten Acker, aber um diesen herum führte ein breiter, festgefahrener Weg voller Fahrrinnen und Wasserpfützen. Das Gatter war nicht abgeschlossen, sondern hatte nur ein einfaches Schnappschloß mit Klinke. Wimsey besah sich die Einfahrt ganz genau, und siehe, zwischen den breiten, von Bauernfuhrwerken stammenden Radfurchen fanden sich vier schmale – mit den unverkennbaren Abdrücken von Gummireifen. Er drückte das Tor auf und ritt hindurch.

Der Weg führte um zwei Seiten des Ackers herum; dann kam ein zweites Gatter und dahinter ein zweites Feld mit langen Reihen Mangold und ein paar Scheunen. Pollys Huftritte lockten einen Mann mit einem Pinsel in der Hand aus der nächstgelegenen Scheune; er blieb vor der Tür stehen und sah Wimsey entgegen.

«Morgen!» sagte dieser betont freundlich.

«Morgen, Sir.»

«Schöner Tag, nach diesem Regen.»

«O ja, Sir.»

«Es ist hoffentlich nicht verboten, hier durchzureiten?»

«Wo wollen Sie denn hin, Sir?»

«Ich dachte eigentlich – hallo!»

«Stimmt was nicht, Sir?»

«Ich glaube, der Gurt ist verrutscht. Es ist nämlich ein neuer.» (Das stimmte.) «Lieber mal nachsehen.»

Der Mann kam näher, um den Gurt in Augenschein zu nehmen, aber Wimsey war schon abgesessen und zog an dem Riemen, den Kopf unter dem Bauch des Pferdes.

«Ja, dem fehlt ein Stückchen. Oh, herzlichen Dank. Ist das hier übrigens eine Abkürzung nach Abbots Bolton?»

«Nicht zum Dorf, Sir, obwohl Sie da über diesen Weg auch hinkommen. Er führt zu Mr. Mortimers Ställen.»

«Ach so. Ist das hier sein Land?»

«Nein, Sir, es gehört Mr. Topham, aber Mr. Mortimer hat diesen Acker und den nächsten gepachtet, um Futter anzubauen.»

«Aha.» Wimsey warf einen Blick über die Hecke. «Luzerne wahrscheinlich. Oder Klee.»

«Klee, Sir. Und der Mangold ist für die Kühe.»

«Oh, dann hält Mr. Mortimer auch Kühe, nicht nur Pferde?»

«Ja, Sir.»

«Fabelhaft. Zigarette?» Wimsey war in seiner Neugier zur Scheune geschlendert und spähte geistesabwesend in das dunkle Innere. Sie enthielt einige landwirtschaftliche Geräte und einen Einspänner altertümlicher Bauart, der allem Anschein nach gerade einen neuen schwarzen Anstrich erhielt. Wimsey nahm ein Schächtelchen Zündhölzer aus der Tasche. Die Schachtel war aber anscheinend feucht geworden, denn nach ein paar vergeblichen Versuchen gab er es auf und riß ein Streichholz an der Scheunenwand an. Die Flamme warf ihren Schein auf den altertümlichen Einspänner und zeigte, daß er stilwidrig mit Gummi bereift war.

«Mr. Mortimer führt ein Gestüt, wie ich höre», sagte Wimsey obenhin.

«O ja, Sir, ein sehr gutes.»

«Er hat nicht zufällig ein paar Grauschimmel, wie? Meine Mutter – eine königliche Frau mit viktorianischen Ansichten und so weiter – hat eine Vorliebe für Grauschimmel. Sie hält sich nämlich einen Zweispänner.»

«So, Sir? Also, da könnte Mr. Mortimer der Dame wohl zu Diensten sein, denke ich. Er hat ein paar Graue.»

«Was Sie nicht sagen. Ich muß ihn wirklich einmal aufsuchen. Ist das weit von hier?»

«Über die Felder fünf bis sechs Meilen, Sir.»

Wimsey sah auf die Uhr.

«Ach du meine Güte! Ich fürchte, das ist zu weit für heute morgen. Ich habe nämlich fest versprochen, zum Mittagessen wieder zu Hause zu sein. Muß ein andermal wiederkommen. Vielen, vielen Dank. Ist der Gurt jetzt in Ordnung? Doch, wirklich, ich stehe tief in Ihrer Schuld. Genehmigen Sie sich was zu trinken – und sagen Sie Mr. Mortimer, er soll die Grauschimmel nicht verkaufen, bevor ich sie gesehen habe. Also, *guten* Morgen, und nochmals tausend Dank.»

Er drehte Polly Flinders in Richtung Heimat und ritt in gemütlichem Trab davon. Erst als er außer Sichtweite der Scheune war, hielt er an und bückte sich vom Sattel hinunter, um nachdenklich seine Stiefel zu betrachten. Sie waren über und über mit Kleie beklebt.

«Das muß ich mir in der Scheune geholt haben», sagte Wimsey. «Sonderbar, aber wahr. Warum sollte Mr. Mortimer mitten in der Nacht seine Grauschimmel mit einem alten Einspänner durch die Gegend jagen – und obendrein mit umwickelten Hufen und ohne Köpfe? Nett ist so etwas nicht. Plunkett hat den Schrecken seines Lebens bekommen. Und ich mußte mich für betrunken halten – eine Vorstellung, die ich gar nicht leiden kann. Ob ich das mal der Polizei erzählen sollte? Aber gehen Mr. Mortimers Streiche mich eigentlich etwas an? Was meinst *du* dazu, Polly?»

Die Stute schüttelte beim Klang ihres Namens energisch den Kopf.

«Du meinst nicht? Vielleicht hast du recht. Sagen wir, daß Mr. Mortimer es nur auf Grund einer Wette getan hat. Was habe ich mich in seine Vergnügungen einzumischen? Trotzdem», schloß Seine Lordschaft, «freut es mich zu wissen, daß es nicht Lumsdens Whisky war.»

«Das ist die Bibliothek», sagte Haviland, indem er seine Gäste in den Raum geleitete. «Ein schöner Raum – und eine schöne Büchersammlung, wie man mir sagt, obwohl die Literatur nicht so recht mein Gebiet ist. Der alte Herr hatte allerdings auch nicht besonders viel dafür übrig, fürchte ich. Hier wäre eine Renovierung dringend erforderlich, wie Sie sehen. Ich weiß nicht, ob Martin das in die Hand nehmen wird. Das ist eine Sache, die natürlich Geld kostet.»

Wimsey schauderte es ein wenig, als er sich umsah – noch mehr aus Mitleid als vor Kälte, obwohl ein weißer Novembernebel sich vor den hohen Fenstern kräuselte und feucht durch die Rahmenritzen hereindrang.

Es war ein langgestreckter, modriger Raum im kalten neoklassizistischen Stil. Auch ohne die Zeichen der Vernachlässigung, die einem Bücherliebhaber das Herz brachen, bot die Bibliothek an diesem sonnenlosen grauen Nachmittag einen traurigen Anblick. Die gegipsten Wände, die bis auf halbe Höhe von Bücherregalen verdeckt waren, reichten bis zu einer schimmligen Decke hinauf. Grotesk geformte Nässeflecken zierten sie, und da und dort waren häßliche Risse, wo der Gips in gelben Flocken abblätterte. Eine feuchte Kühle entströmte den Büchern, den sich abschälenden Lederrücken, den grünlichen Schimmelflecken, die sich grausig von einem Band über den andern ausbreiteten. Der eigenartige Modergeruch faulenden Leders und nassen Papiers verschlimmerte die ohnehin schon freudlose Atmosphäre dieses Ortes.

«Mein Gott», entfuhr es Wimsey, während er sich todtraurig in diesem Grabgewölbe vergessener Gelehrsamkeit umschaute. Mit seinen hochgezogenen Schultern, die aussahen wie die Halsfedern eines frierenden Vogels, der langen Nase und den halbgeschlossenen Augen ähnelte er einem verwahrlosten Reiher, der grübelnd vor der Leblosigkeit eines winterlichen Tümpels steht.

«Wie kalt das hier ist!» rief Mrs. Hancock. «Sie sollten wirklich einmal mit Mrs. Lovall schelten, Mr. Burdock. Als ihr aufgetragen wurde, hier nach dem Rechten zu sehen, habe ich gleich zu meinem Mann gesagt – nicht wahr, Philip? –, daß Ihr Vater sich die faulste Frau in ganz Little Doddering ausgesucht hat. Sie hätte doch hier *mindestens* zweimal die Woche ein kräftiges Feuer machen müssen! Es ist wahrhaftig eine Schande, wie sie hier alles hat verkommen lassen.»

«Ja, nicht?» pflichtete Haviland ihr bei.

Wimsey sagte nichts. Er schlenderte an den Regalen entlang und nahm hin und wieder ein Buch herunter, um es sich anzusehen.

«Dieser Raum war schon früher sehr bedrückend», fuhr Haviland fort. «Ich weiß noch, daß er mir als Kind etwas Angst machte. Martin und ich haben hier zwar immer in den Büchern herumgeschmökert, aber ich glaube, wir hatten jedesmal Angst, irgend etwas oder jemand könnte uns aus den dunklen Ecken anspringen. Was haben Sie denn da, Lord Peter? Ach so, Foxes *Buch der Märtyrer*. Du lieber Gott! Wie mir früher immer vor den Bildern gegraut hat! Und *Pilgers Wanderfahrt* war dabei, mit einem ausgesprochen grusligen Bild des breitbeinig über dem ganzen Weg stehenden Apollyon, von dem ich nachts Alpträume hatte. Mal sehen. Es stand immer hier in dieser Nische, glaube ich. Ja, da ist es. Wie das doch die alten Zeiten wieder zurückbringt! Ist es übrigens wertvoll?»

«Nein, nicht besonders. Aber diese Erstausgabe von Burton ist Geld wert; allerdings furchtbar fleckig – Sie sollten sie mal zum Reinigen weggeben. Und das hier ist ein außerordentlich schöner Boccaccio; geben Sie gut darauf acht.»

«Giovanni Boccaccio – *Danse Macabre*. Jedenfalls ein guter Titel. Ist das derselbe Boccaccio, der die ungezogenen Geschichten geschrieben hat?»

«Ja», sagte Wimsey ein wenig kurz angebunden. Er konnte es nicht leiden, wenn einer so über Boccaccio sprach.

«Hab sie ja nie gelesen», erklärte Haviland mit einem augenzwinkernden Blick zu seiner Frau, «aber ich hab sie in den Schaufenstern von so gewissen Läden stehen sehen – daher nehme ich an, daß sie es in sich haben, wie? Der Pfarrer macht schon ein ganz schockiertes Gesicht.»

«Oh, nicht im mindesten», erklärte Mr. Hancock mit gewissenhaft an den Tag gelegter Weltoffenheit. «*Et ego in Arcadia* – das heißt, man kommt nicht ohne klassische Ausbildung in den Kirchendienst, und dabei macht man Bekanntschaft mit noch viel weltlicheren Autoren als selbst Boccaccio. Diese Holzschnitte erscheinen meinem ungeübten Auge sehr schön.»

«Das sind sie auch», sagte Wimsey.

«Ich erinnere mich da noch an ein anderes altes Buch mit herrlichen Bildern», sagte Haviland. «Irgendeine Chronik – was war das noch für ein Name –, eine Stadt in Deutschland – Sie wissen es sicher –, woher dieser Henker kam. Neulich haben sie doch sein Tagebuch veröffentlicht. Ich hab's gelesen, aber es war eigentlich gar nicht so aufregend; nicht halb so grausam wie der alte Harrison Ainsworth. Wie heißt denn nur noch diese Stadt?»

«Nürnberg?» soufflierte Wimsey.

«Natürlich, das ist es – die *Nürnberger Bilderbogen.* Ob das wohl noch an seinem alten Platz steht? Es stand immer hier drüben beim Fenster, wenn ich mich recht erinnere.»

Er ging voran in eine der Nischen, die sich bis dicht zum Fenster hinzog. Hier schien die Feuchtigkeit ihr schlimmstes Werk verrichtet zu haben. Eine Scheibe war zerborsten, und es hatte hereingeregnet.

«Na, wo ist es denn geblieben? Es war ein großes Buch mit geprägtem Ledereinband. Ich würde das Ding so gern noch einmal sehen. Hab es seit Ewigkeiten nicht mehr zu Gesicht bekommen.»

Sein Blick glitt ziellos über die Regale. Wimsey mit dem Instinkt des Bücherliebhabers war dann der erste, der die *Nürnberger Bilderbogen,* am äußersten Ende des Regals gegen die Wand geklemmt, entdeckte. Er schob einen Finger hinter den Buchrükken, doch als er merkte, daß das verrottende Leder bei der geringsten Berührung zu zerfallen drohte, zog er das danebenstehende Buch heraus und benutzte für die *Nürnberger Bilderbogen* die ganze Hand.

«Hier ist es – in ziemlich schlechtem Zustand, leider. Hoppla!»

Als er das Buch von der Wand nahm, löste sich mit ihm ein zusammengefaltetes Blatt Pergamentpapier und fiel zu seinen Füßen. Er bückte sich und hob es auf.

«Sagen Sie mal, Burdock – ist das nicht das Schriftstück, nach dem Sie suchen?»

Haviland Burdock, der auf einem der unteren Regale herumgesucht hatte, richtete sich, das Gesicht rot vom Bücken, rasch auf.

«Donnerwetter!» rief er, indem er vor Aufregung zuerst noch röter und dann blaß wurde. «Sieh dir das an, Winnie! Es ist Vaters Testament. Das ist doch unglaublich! Wer wäre je auf die Idee gekommen, ausgerechnet hier danach zu suchen?»

«Ist es wirklich das Testament?» rief Mrs. Hancock.

«Ich halte jeden Zweifel für ausgeschlossen», bemerkte Wimsey kühl. «Letzter Wille und Testament von Simon Burdock.» Er stand da und drehte das verschmutzte Dokument von einer Seite auf die andere, um abwechselnd die Urkunde und dann wieder die leere Rückseite des zusammengefalteten Pergaments anzusehen.

«Na, so was!» sagte Mr. Hancock. «Wie sonderbar! Es sieht ja fast nach Vorsehung aus, daß Sie dieses Buch heruntergenommen haben.»

«Was steht denn in dem Testament?» fragte Mrs. Burdock aufgeregt.

«Verzeihung», sagte Wimsey, indem er es ihr reichte. «Ja, wie Sie sagen, Mr. Hancock, es sieht fast so aus, als ob es mir zugedacht gewesen wäre, es zu finden.» Er blickte wieder auf die *Nürnberger Bilderbogen* und zog mit dem Finger traurig die Umrisse eines Nässeflecks nach, der schon den Einband hatte verfaulen lassen und bis zu den Innenseiten vorgedrungen war, wo er den Kolophon fast zerstört hatte.

Haviland Burdock hatte inzwischen das Testament auf dem nächsten Tisch ausgebreitet. Seine Frau sah ihm über die Schulter. Die Hancocks, die ihrer Neugier kaum noch Herr wurden, standen dicht dabei und warteten auf das Ergebnis. Wimsey begutachtete derweil mit mühsam zur Schau gestelltem Desinteresse an dieser Familienangelegenheit die Wand, an der die *Bilderbogen* gelehnt hatten, befühlte ihre feuchte Fläche und untersuchte die Nässeflecken. Sie hatten das Aussehen eines grinsenden Gesichts angenommen. Er verglich sie mit ihren Entsprechungen auf dem Buchdeckel und schüttelte ob der Verschandelung traurig den Kopf.

Mr. Frobisher-Pym, der sich schon vor einer Weile von ihnen abgesondert und sich in ein altes Buch von Farriery vertieft hatte, kam jetzt zurück und erkundigte sich nach dem Grund der Aufregung.

«Hören Sie sich das an!» rief Haviland. Seine Stimme klang ruhig, aber der unterdrückte Triumph schwang unverkennbar darin und sprühte aus seinen Augen.

« ‹Ich vermache alles, was mir bei meinem Tode gehört –› jetzt kommt eine lange Aufzählung von Besitztümern, die nicht wichtig ist – ‹meinem ältesten Sohn Martin –› »

Mr. Frobisher-Pym stieß einen Pfiff aus.

«Hören Sie weiter! ‹– meinem ältesten Sohn Martin für so lange, wie mein Leib sich über der Erde befindet. Sowie ich aber begraben werde, bestimme ich hiermit, daß mein gesamtes Eigentum uneingeschränkt meinem jüngeren Sohn Haviland zufallen soll –› »

«Großer Gott!» sagte Mr. Frobisher-Pym.

«Es steht noch eine Menge mehr darin», sagte Haviland, «aber das ist das Wesentliche.»

«Lassen Sie mich mal sehen», sagte der Friedensrichter.

Er nahm das Testament aus Havilands Hand und las es stirnrunzelnd.

«Stimmt», sagte er. «Kein Zweifel möglich. Martin hat alles besessen und wieder verloren. Wie sonderbar! Bis gestern gehörte ihm noch alles, und niemand wußte es. Jetzt gehört es Ihnen, Burdock. Das ist jedenfalls das merkwürdigste Testament, das ich je gesehen habe. Man stelle sich das nur einmal vor! Bis zum Begräbnis war Martin der Erbe. Und jetzt – nun, Burdock, ich muß Ihnen wohl gratulieren.»

«Danke», sagte Haviland. «Das kommt sehr unerwartet.» Er lachte unsicher.

«Aber was für eine seltsame Vorstellung!» rief Mrs. Burdock.

«Wenn Martin nun nach Hause gekommen wäre! Man möchte es fast für einen Segen halten, daß er nicht gekommen ist, nicht wahr? Ich meine, das wäre doch alles sehr unangenehm geworden. Was wäre zum Beispiel passiert, wenn er versucht hätte, das Begräbnis zu verhindern?»

«Ach ja!» rief Mrs. Hancock. «Aber hätte er da denn überhaupt etwas machen können? Wer entscheidet über das Begräbnis?»

«Normalerweise die Testamentsvollstrecker», antwortete Mr. Frobisher-Pym.

«Und wer ist das in diesem Fall?» fragte Wimsey.

«Ich weiß es nicht. Lassen Sie mich mal nachsehen.» Mr. Frobisher-Pym nahm sich die Urkunde noch einmal vor. «Aha! Ja, da steht es. ‹Ich ernenne meine beiden Söhne Martin und Haviland zu gemeinsamen Vollstreckern dieses meines Testaments.› Was für eine ungewöhnliche Bestimmung.»

«Ich nenne das eine bösartige, unchristliche Bestimmung», rief Mrs. Hancock. «Das hätte ja furchtbar böses Blut geben können, wenn das Testament nicht – dank einer guten Fügung – verlorengegangen wäre.»

«Still doch», ermahnte ihr Mann sie.

«Ich fürchte», sagte Haviland bitter, «daß mein Vater genau dies beabsichtigt hatte. Wozu soll man leugnen, daß er ein gehässiger Mensch war? Er war es, und ich glaube, er hat sowohl Martin als auch mich gehaßt wie die Pest.»

«Sagen Sie so etwas nicht», flehte der Pfarrer.

«Ich sage es aber. Er hat uns das Leben zur Hölle gemacht, und offenbar wollte er das noch über seinen Tod hinaus tun. Wenn er gesehen hätte, wie wir uns gegenseitig an die Kehle gegangen wären, hätte es ihn nur allzusehr gefreut. Lassen Sie nur, Herr Pfarrer, es hat keinen Sinn, sich da etwas vorzumachen. Er haßte unsere Mutter und war eifersüchtig auf uns. Das weiß jeder. Wahrscheinlich kam es seinem bösartigen Sinn für Humor entgegen, sich vorzustellen, wie wir uns um seine Leiche balgen würden. Zum Glück hat er sich dann selbst einen Streich gespielt, indem er das Testament hier versteckte. Jetzt ist er begraben; und das Problem hat sich von selbst gelöst.»

«Sind Sie dessen völlig sicher?» fragte Wimsey.

«Aber natürlich», antwortete der Friedensrichter. «Das Erbe fällt an Mr. Haviland Burdock, sobald die Leiche seines Vaters unter der Erde liegt. Und gestern wurde sie beerdigt.»

«Aber sind Sie *dessen* sicher?» wiederholte Wimsey. Er sah spöttisch vom einen zum andern, und so etwas wie ein Grinsen kräuselte seine breiten Mundwinkel.

«Dessen *sicher*?» rief der Pfarrer. «Mein lieber Lord Peter, Sie waren doch selbst beim Begräbnis zugegen! Sie haben gesehen, wie er begraben wurde.»

«Ich habe seinen Sarg unter die Erde gehen sehen», antwortete Wimsey sanft. «Daß die Leiche darin war, ist nur eine unbestätigte Vermutung.»

«Ich finde diesen Scherz ziemlich unpassend», sagte Mr. Frobisher-Pym. «Es besteht kein Grund zu der Annahme, daß die Leiche nicht im Sarg war.»

«Ich habe sie sogar im Sarg gesehen», sagte Haviland, «und meine Frau ebenfalls.»

«Und ich auch», sagte der Pfarrer. «Ich war zugegen, als sie aus dem provisorischen Behältnis, in dem sie aus den Staaten herübergekommen war, in einen richtigen, von Joliffe gelieferten Sarg aus Blei und Eiche umgebettet wurde. Und wenn noch weitere Zeugen benötigt werden, können Sie jederzeit Joliffe selbst und seine Leute fragen, denn sie haben die Leiche hineingelegt und den Sarg zugeschraubt.»

«Trotzdem», sagte Wimsey. «Ich streite ja nicht ab, daß die Leiche im Sarg war, als er in die Kapelle gestellt wurde. Ich bezweifle nur, daß sie noch darin war, als der Sarg in die Erde gelassen wurde.»

«Das ist eine unerhörte Behauptung, Lord Peter», sagte Mr. Frobisher-Pym heftig. «Darf ich fragen, ob Sie irgend etwas haben, worauf Sie sich da stützen? Und wenn die Leiche nicht im Grab liegt, würde es Ihnen vielleicht etwas ausmachen, uns zu sagen, wo sie sich nach Ihrer Meinung befindet?»

«Keineswegs», sagte Wimsey. Er setzte sich auf die Tischkante, ließ die Beine herunterbaumeln und blickte auf seine Hände, während er seine Theorie Punkt für Punkt an den Fingern darlegte.

«Ich glaube», sagte er, «daß die Geschichte mit dem jungen

Rawlinson beginnt. Er arbeitet als Sekretär in der Kanzlei von Mr. Graham, der dieses Testament aufgesetzt hat, und ich vermute, er weiß etwas über seinen Inhalt. Mr. Graham kennt die Bestimmungen natürlich auch, aber irgendwie verdächtige ich *ihn* nicht, da die Finger im Spiel zu haben. Nach allem, was ich so höre, ist er nicht der Mann, der Partei ergreifen würde – zumindest nicht Mr. Martins Partei.

Als nun die Nachricht von Mr. Burdocks Tod aus den Staaten herübertelegrafiert wurde, sind dem jungen Rawlinson vermutlich die Bestimmungen dieses Testaments wieder eingefallen, und er fand wohl, daß Mr. Martin – der im Ausland war und so weiter – dadurch benachteiligt wurde. Rawlinson muß Ihrem Bruder übrigens sehr zugetan sein –»

«Es war schon immer Martins Art, sich mit jungen Taugenichtsen abzugeben und mit ihnen seine Zeit zu verplempern», stimmte Haviland ihm mürrisch zu.

Der Pfarrer schien zu finden, daß diese Feststellung der Korrektur bedürfe, und sagte leise, er habe gehört, daß Martin stets gut zur Dorfjugend gewesen sei.

«Eben», sagte Wimsey. «Ich glaube also, daß der junge Rawlinson nun Martin eine gleichwertige Chance verschaffen wollte, an sein Erbe heranzukommen, verstehen Sie? Er wollte nichts über das Testament ausplaudern – das ja vielleicht noch auftauchen würde oder auch nicht –, und vielleicht dachte er, es könne selbst dann noch Schwierigkeiten geben, *wenn* es auftauchte. Jedenfalls kam er zu dem Schluß, daß es das beste wäre, die Leiche einfach zu stehlen und über der Erde aufzubewahren, bis Martin käme und sich selbst um die Angelegenheit kümmern könnte.»

«Das ist eine unglaubliche Unterstellung», begann Mr. Frobisher-Pym.

«Ich gebe ja zu, daß ich im Irrtum sein kann», sagte Wimsey, «aber so stelle ich mir das nun einmal vor. Jedenfalls hat es Hand und Fuß – nicht wahr? Nun, und als der junge Rawlinson dann aber sah, daß die Durchführung dieses Vorhabens für ihn allein zu schwer war, schaute er sich nach jemandem um, der ihm helfen könnte. Und er verfiel auf Mr. Mortimer.»

«Mortimer?»

«Ich kenne Mr. Mortimer nicht persönlich, aber nach allem,

was ich höre, ist er kein Spielverderber und hat bestimmte Möglichkeiten, die nicht jeder hat. Rawlinson und Mortimer steckten die Köpfe zusammen und entwarfen einen Schlachtplan. Natürlich haben Sie, Mr. Hancock, ihnen mit Ihrer Aufbahrungsidee sehr dabei geholfen. Ohne das weiß ich nicht, ob sie es geschafft hätten.»

Mr. Hancock gab verlegene Schnalzgeräusche von sich.

«Ihr Gedanke war dieser: Mortimer sollte eine alte Kutsche und vier weiße Pferde zur Verfügung stellen, mit Leuchtfarbe und schwarzen Tüchern so präpariert, daß sie die Todeskutsche der Burdocks darstellen konnten. Der Vorzug dieser Idee war, daß niemand allzu große Neigung verspüren würde, sich diese Kutsche genauer anzusehen, wenn sie zu unchristlicher Stunde in der Nähe des Friedhofs herumstand. Inzwischen mußte der junge Rawlinson dafür sorgen, daß er in die Totenwache in der Kapelle einbezogen wurde, und einen zu jeder Schandtat bereiten Kumpan finden, der mit ihm Wache halten und sich an dem Spielchen beteiligen würde. Er verabredete sich mit dem Wirt und erzählte Mr. Hancock etwas, damit er die Wache von vier bis sechs bekam. Ist es Ihnen nicht merkwürdig vorgekommen, Mr. Hancock, daß er so erpicht darauf war, den weiten Weg von Herriotting herüberzukommen?»

«Mir ist Eifer in meiner Gemeinde nicht unbekannt», versetzte Mr. Hancock steif.

«Gut, aber Rawlinson gehörte nicht zu Ihrer Gemeinde. Jedenfalls wurde der Plan ausgefeilt, und Mittwoch nacht fand die Generalprobe statt, bei der Ihr guter Plunkett den Schrecken seines Lebens bekam, Sir.»

«Wenn ich das für wahr halten müßte –» sagte Mr. Frobisher-Pym.

«Donnerstag nacht», fuhr Wimsey fort, «waren die Verschwörer zur Tat bereit und versteckten sich vor zwei Uhr morgens auf der Kanzel. Sie warteten, bis Mrs. und Miss Hancock die Wache übernommen hatten, dann machten sie Lärm, um auf sich aufmerksam zu machen. Als die beiden Damen nahten, um zu sehen, was da los war, sprangen sie hervor und sperrten sie in die Sakristei.»

«Mein Gott!» rief Mrs. Hancock.

«Das war der Zeitpunkt, zu dem die Todeskutsche am Südportal vorfahren sollte. Sie kam über den Back Lane, glaube ich, obwohl ich das nicht sicher sagen kann. Dann nahmen Mortimer und die beiden andern die einbalsamierte Leiche aus dem Sarg und legten dafür Säcke mit Sägemehl hinein. Ich weiß, daß es Sägemehl war, weil ich am Morgen Reste davon auf dem Boden der Jungfrauenkapelle gefunden habe. Sie haben die Leiche in die Kutsche gelegt, und Mortimer ist damit weggefahren. Er ist mir morgens um halb drei auf der Straße nach Herriotting begegnet, demnach können sie mit dieser Arbeit nicht viel Zeit vertan haben. Mortimer könnte allein gewesen sein, vielleicht hatte er aber auch noch jemanden bei sich, der sich um die Leiche kümmerte, während er selbst mit einer schwarzen Maske den kopflosen Kutscher spielte. Das weiß ich nicht so sicher. Jedenfalls sind sie kurz vor der Straßengabel bei Frimpton durch das letzte Gatter in die Felder eingebogen und zu Mr. Mortimers Scheune gefahren. Dort haben sie die Kutsche stehen gelassen – das weiß ich, weil ich sie gesehen habe, und ich habe auch die Kleie gesehen, mit deren Hilfe sie die Hufe der Pferde leise gemacht hatten. Ich vermute, daß sie dort mit einem Auto weitergefahren sind und die Pferde anderntags abgeholt haben – aber das sind Einzelheiten. Ich weiß auch nicht, wohin sie die Leiche dann gebracht haben, aber ich bin sicher, wenn Sie hingehen und Mr. Mortimer danach fragen, wird er Ihnen versichern können, daß sie sich noch über der Erde befindet.»

Wimsey machte eine Pause. Mr. Frobisher-Pym und die Hancocks machten verwirrte und ärgerliche Gesichter, aber Havilands Gesicht war grün. Auf Mrs. Havilands Wangen wurden die Rougeflecken sichtbar, und ihr Mund war eingefallen. Wimsey nahm die *Nürnberger Bilderbogen* in die Hand und strich liebevoll nachdenklich über den Deckel, während er fortfuhr.

«Inzwischen besorgten der junge Rawlinson und sein Spießgeselle natürlich das Tarnmanöver in der Kirche, um den Eindruck eines protestantischen Frevels zu erwecken. Nachdem sie alles hübsch hergerichtet hatten, brauchten sie sich nur noch selbst im Heizungskeller einzuschließen und den Schlüssel zum Fenster hinauszuwerfen. Dort werden Sie ihn wahrscheinlich finden, Mr. Hancock, wenn Sie mal nachsehen. Fanden Sie die

Geschichte von den zwei bis drei Angreifern nicht auch ein bißchen lahm? Hubbard ist ein schwerer, starker Mann, und Rawlinson ist ein kräftiger junger Bursche – und trotzdem wurden sie nach ihren eigenen Worten in den Heizungskeller gesteckt wie hilflose kleine Kinder, ohne daß einer von ihnen auch nur einen Kratzer abbekommen hat. Denken Sie an die Männer in Steifleinen, Sir, denken Sie an die Männer in Steifleinen!»

«Hören Sie mal, Wimsey», sagte Mr. Frobisher-Pym, «sind Sie auch sicher, daß Sie nicht phantasieren? Man brauchte schon sehr klare Beweise, um –»

«Gewiß», sagte Wimsey. «Besorgen Sie sich eine Verfügung vom Innenministerium. Lassen Sie das Grab öffnen. Sie werden bald sehen, ob es die Wahrheit oder nur ein Ausfluß meiner kranken Phantasie ist.»

«Ich finde diese ganze Unterhaltung ekelhaft», rief Mrs. Burdock. «Hör gar nicht zu, Haviland. Ich kann mir nichts Herzloseres mehr vorstellen, als am Tag nach Vaters Begräbnis dazusitzen und so eine widerwärtige Geschichte zu erfinden. Sie ist es nicht wert, sich auch nur einen Augenblick damit zu befassen. Du wirst doch sicher nicht zulassen, daß die Grabesruhe deines Vaters gestört wird? Das ist abscheulich! Das wäre Grabschändung.»

«Es ist wirklich sehr unerfreulich», sagte Mr. Frobisher-Pym ernst, «aber wenn Lord Peter diese erstaunliche Theorie, an die ich kaum glauben kann, allen Ernstes vorbringt –»

Wimsey zuckte mit den Schultern.

«– dann fühle ich mich verpflichtet, Mr. Burdock, Sie daran zu erinnern, daß Ihr Bruder bei seiner Rückkehr darauf bestehen könnte, die Angelegenheit zu untersuchen.»

«Aber das kann er doch gar nicht, oder?» fragte Mrs. Burdock.

«Natürlich kann er das, Winnie», fauchte ihr Mann wütend. «Er ist einer der Testamentsvollstrecker. Er hat dasselbe Recht, den alten Herrn ausgraben zu lassen, wie ich ein Recht habe, es zu verbieten. Stell dich nicht so dumm an.»

«Wenn Martin einen Funken Anstand besäße, würde er es auch verbieten», erklärte Mrs. Burdock.

«Ja nun», meinte Mrs. Hancock, «so schockierend das alles sein mag, so muß man hier doch auch an das Geld denken. Mr.

Martin könnte sich gegenüber seiner Frau und seiner Familie, sollte er je eine haben, verpflichtet sehen –»

«Das Ganze ist einfach lächerlich», befand Haviland entschieden. «Ich glaube kein Wort davon. Wenn ich es glaubte, wäre ich natürlich der erste, der in der Angelegenheit etwas unternehmen würde – nicht nur aus Gerechtigkeit gegenüber Martin, sondern auch für mich selbst. Aber wenn man von mir verlangt, zu glauben, daß ein verantwortungsbewußter Mann wie Mortimer eine Leiche stehlen und eine Kirche schänden würde – man muß es ja nur einmal deutlich aussprechen –, dann sieht man gleich, wie absurd und undenkbar das ist.

Ich nehme an, daß Lord Peter Wimsey, der dem Vernehmen nach viel mit Verbrechern und Polizisten verkehrt, so etwas für vorstellbar hält. Ich selbst kann darauf nur erwidern, ich nicht. Es tut mir leid, daß sein Verstand gegen jedes Gefühl des Anstands schon so abgestumpft ist. Das wär's. Guten Tag.»

Mr. Frobisher-Pym sprang auf.

«Nun kommen Sie, Burdock, nicht diese Töne. Ich bin sicher, daß Lord Peter keine Unhöflichkeit beabsichtigte. Ich muß zwar sagen, daß er sich in meinen Augen gründlich irrt, aber auf mein Wort, in den letzten Tagen ging es in diesem Dorf so drunter und drüber, daß es mich nicht wundert, wenn jemand auf den Gedanken kommt, es könnte etwas dahinterstecken. So, und nun sollten wir das alles vergessen – und könnten wir dieses entsetzlich kalte Zimmer nicht verlassen? Es ist fast Abendessenszeit. Meine Güte, was soll denn Agatha von uns denken?»

Wimsey streckte Burdock die Hand hin, der sie widerstrebend nahm. «Entschuldigung», sagte Wimsey. «Wissen Sie, ich leide nämlich an einer Hyperthrophie der Einbildungskraft. Wahrscheinlich eine Schilddrüsenüberfunktion. Nehmen Sie's nicht ernst. Ich entschuldige mich und so weiter.»

«Ich finde nicht, Lord Peter», sagte Mrs. Burdock bissig, «daß Sie Ihrer Phantasie auf Kosten des guten Geschmacks nachgeben sollten.»

Wimsey folgte ihr in einiger Verwirrung aus der Bibliothek. Ja, er war so sehr durcheinander, daß er die *Nürnberger Bilderbogen* unterm Arm mit hinausnahm, was doch unter den gegebenen Umständen wirklich ein sonderbares Verhalten war.

«Ich bin zutiefst bestürzt», sagte Mr. Hancock.

Er war nach dem Sonntagabendgottesdienst zu den Frobisher-Pyms gekommen und saß aufrecht auf seinem Stuhl, das schmale Gesicht vor Kummer gerötet.

«Ich hätte so etwas nie von Hubbard geglaubt. Das war für mich ein schmerzlicher Schlag. Es ist nicht nur diese große Schlechtigkeit, einen Leichnam aus dem Gotteshaus selbst zu stehlen, obwohl das schon schwerwiegend genug ist. Hinzu kommt auch noch diese betrübliche Heuchelei seines Betragens – die Verhöhnung geheiligter Dinge –, das Benutzen der heiligen Dienste seiner Religion zur Verfolgung weltlicher Ziele. Er war doch sogar noch bei der Beerdigung, Mr. Frobisher-Pym, und hat dabei alle Zeichen der Trauer und Ehrerbietung an den Tag gelegt! Und selbst jetzt scheint er die Sündigkeit seines Betragens kaum einzusehen. Das tut mir sehr weh, als Priester und als Hirte – wirklich sehr, sehr weh.»

«Nun, Hancock», meinte Mr. Frobisher-Pym, «Sie sollten da nicht so hart sein. Hubbard ist kein schlechter Kerl, aber Sie können von einem Menschen seiner Klasse keine besondere Feinfühligkeit erwarten. Die Frage ist, was sollen wir da unternehmen? Mr. Burdock muß natürlich Bescheid bekommen. Eine überaus peinliche Situation. Meine Güte! Hubbard hat das ganze Komplott gestanden, sagen Sie? Wie kommt er denn dazu?»

«Ich habe es ihm auf den Kopf zugesagt», antwortete der Pfarrer. «Als ich mir Lord Peters Bemerkungen noch einmal durch den Kopf gehen ließ, war mir gar nicht wohl in meiner Haut. Mir schien – ich kann nicht sagen, warum –, daß in der Geschichte ein Körnchen Wahrheit stecken könnte, so weit hergeholt sie auch zu sein schien. Es hat mich so beschäftigt, daß ich gestern abend noch eigenhändig den Boden der Jungfrauenkapelle gefegt habe, und da habe ich im Kehricht eine ganz schöne Menge Sägemehl gefunden. Das hat mich dann veranlaßt, nach dem Schlüssel zum Heizungskeller zu suchen, und siehe, den fand ich ein Stückchen abseits in einem Gesträuch – keinen Steinwurf vom Fenster des Heizungskellers entfernt. Ich habe Rat im Gebet gesucht – und bei meiner Frau, auf deren Meinung ich sehr viel gebe, und dann habe ich mich entschlossen, nach der Messe mit Hubbard zu reden. Ich war schon sehr erleichtert, daß er wenigstens nicht zum Abendmahl kam. In meiner Gemütsverfassung hätte ich da doch Skrupel gehabt.»

«Ganz recht, ganz recht», sagte der Friedensrichter ein wenig ungehalten. «Sie haben es ihm also auf den Kopf zugesagt, und er hat gestanden?»

«Das hat er. Und leider muß ich sagen, daß er keinerlei Reue an den Tag legte. Gelacht hat er sogar. Es war eine sehr schmerzliche Unterredung.»

«Das kann ich mir sehr gut vorstellen», meinte Mrs. Frobisher-Pym mitfühlend.

«Wir müssen Mr. Burdock aufsuchen», sagte der Friedensrichter im Aufstehen. «Was auch immer der alte Burdock mit seinem schändlichen Testament bezweckt haben mag oder nicht, fest steht, daß Hubbard, Rawlinson und Mortimer ein großes Unrecht begangen haben. Ehrlich gesagt, ich weiß nicht einmal, ob es eine strafbare Handlung ist, eine Leiche zu stehlen. Das muß ich nachsehen. Aber ich würde sagen, es ist eine. Wenn es ein Eigentumsrecht an einer Leiche gibt, dann steht es wohl der Familie oder den Testamentsvollstreckern zu. Und ein Sakrileg ist es auf alle Fälle, ganz zu schweigen von dem Skandal in der Gemeinde. Ich muß sagen, Hancock, daß uns so etwas in den Augen der Nonkonformisten gar nicht guttut. Aber das wissen Sie zweifellos selbst. Nun, jedenfalls ist das eine unerfreuliche Aufgabe, und je eher wir sie in Angriff nehmen, desto besser. Ich fahre mit Ihnen zum Pfarrhaus und helfe Ihnen, es den Burdocks beizubringen. Wie steht es mit Ihnen, Wimsey? Sie haben letzten Endes doch recht behalten, und ich finde, Burdock müßte sich bei Ihnen entschuldigen.»

«O nein, ich halte mich da heraus», sagte Wimsey. «Sehen Sie, ich bin dort nicht gerade eine *persona grata.* Für die Familie Haviland Burdock bedeutet das ja wohl einen großen finanziellen Verlust.»

«So ist es. Höchst unangenehm. Na ja, vielleicht haben Sie recht. Kommen Sie, Herr Pfarrer.»

Wimsey und seine Gastgeberin saßen noch eine halbe Stunde am Feuer und diskutierten die Angelegenheit, als plötzlich Mr. Frobisher-Pym den Kopf zur Tür hereinsteckte und sagte:

«Wissen Sie was, Wimsey – wir fahren alle zusammen zu Mortimer. Könnten Sie nicht mitkommen und den Wagen lenken? Merridew hat sonntags immer seinen freien Tag, und ich selbst fahre nicht gern bei Nacht, schon gar nicht in diesem Nebel.»

«Wird gemacht», sagte Wimsey. Er lief nach oben und war Sekunden später mit einem schweren ledernen Fliegermantel und einem Päckchen unterm Arm wieder unten. Er grüßte die Burdocks knapp, setzte sich hinters Lenkrad und steuerte den Wagen vorsichtig durch den Nebel in Richtung Herriotting.

An der Stelle unter den Alleebäumen, wo ihm die Geisterkutsche begegnet war, lächelte er grimmig vor sich hin. Als sie an dem Gatter vorbeikamen, durch das die raffinierte Erscheinung verschwunden war, konnte er sich einen Hinweis darauf nicht verkneifen und wurde durch ein Knurren von Haviland belohnt. An der bewußten Straßengabel nahm er die rechte Abzweigung nach Frimpton hinein und fuhr gemächlich noch etwa sechs Meilen weiter, bis ein Zuruf von Mr. Frobisher-Pym ihn ermahnte, von jetzt an auf die Abbiegung zu Mortimers Anwesen zu achten.

Mr. Mortimers Haus stand mit seinen ausgedehnten Stallungen und Scheunen etwa zwei Meilen von der Straße abgesetzt. In der Dunkelheit konnte Wimsey nicht viel davon sehen, aber er bemerkte, daß im Erdgeschoß alle Fenster erhellt waren, und als auf das gebieterische Läuten des Friedensrichters die Tür aufging, schlug ihnen aus dem Innern lautes Lachen entgegen, dem sie entnehmen konnten, daß Mr. Mortimer sich seine Missetat wohl nicht allzusehr zu Herzen nahm.

«Ist Mr. Mortimer zu Hause?» fragte Mr. Frobisher-Pym, ganz im Ton eines Mannes, mit dem nicht zu spaßen ist.

«Ja, Sir. Würden Sie bitte nähertreten?»

Sie traten in eine große Diele alten Stils, die hell erleuchtet war und durch eine schwere Eichenblende vor der Haustür eine sehr gemütliche Note bekam. Als Wimsey blinzelnd aus der Dunkelheit ins Helle kam, sah er einen großen, kräftigen Mann mit rötlichem Gesicht und ausgestreckten Händen auf sie zukommen.

«Frobisher-Pym! Alle Welt! Wie nett von Ihnen, mal herüberzukommen! Wir haben ein paar alte Freunde von Ihnen hier. Oh!» (Letzteres in verändertem Ton.) «Burdock! So, so...»

«Zum Teufel mit Ihnen!» sagte Burdock, indem er sich an dem

Friedensrichter vorbeidrängte, der ihn zurückzuhalten versuchte. «Zum Teufel mit Ihnen, Sie Schwein! Schluß mit dieser elenden Farce! Was haben Sie mit der Leiche gemacht?»

«Mit der Leiche?» fragte Mortimer, indem er einigermaßen verdutzt einen Schritt zurücktrat.

«Ja, verdammt noch mal! Ihr Freund Hubbard hat alles ausposaunt. Leugnen hat gar keinen Sinn. Was soll das, zum Teufel? Sie haben die Leiche hier. Wo ist sie? Heraus damit!»

Er trat drohend um die Eichenblende herum ins Licht der Lampe. Da erhob sich unerwartet aus einem tiefen Sessel ein großer, hagerer Mann und kam ihm entgegen.

«Ruhig Blut, alter Freund!»

«Großer Gott!» stieß Haviland hervor, indem er einen Schritt zurückwich und schwer auf Wimseys Zehen landete. «Martin!»

«Jawohl», sagte der andere. «Hier bin ich. Zurückgekommen wie ein falscher Fünfziger. Wie geht's dir so?»

«Dann steckst *du* also dahinter!» tobte Haviland. «Das hätte ich mir ja denken können. Du dreckiger Köter! Du findest es wohl noch anständig, wie, deinen Vater aus dem Sarg zu reißen und wie ein Zirkus mit ihm durch die Gegend zu ziehen! Eine Schande ist das. Widerlich. Abscheulich. Du kannst ja keinen Funken Anstand mehr besitzen. Oder wirst du es am Ende leugnen wollen?»

«Hören Sie mal, Burdock!» begehrte Mortimer auf.

«Sie halten den Mund, verdammt noch mal!» versetzte Haviland. «Zu Ihnen komme ich gleich. Jetzt hör mal zu, Martin, ich werde diesem schändlichen Treiben nicht länger zusehen. Du gibst jetzt die Leiche heraus und –»

«Einen Moment, einen Moment», sagte Martin. Er stand lächelnd da, die Hände in die Taschen seines Smokings geschoben. «Dieses *éclaircissement* scheint sich ja zu einer ziemlich öffentlichen Veranstaltung zu entwickeln. Wer sind diese Leute alle? Oh, ich sehe schon, der Pfarrer ist dabei. Ihnen schulden wir wohl eine Erklärung, Herr Pfarrer. Und, äh –»

«Das ist Lord Peter Wimsey», sprach Mr. Frobisher-Pym dazwischen, «der Ihr – ich muß es leider mit Ihrem Bruder so nennen, Burdock –, der Ihr schändliches Treiben entdeckt hat.»

«Ach du lieber Gott!» rief Martin. «Sagen Sie, Mortimer, Sie wußten wohl nicht, daß Sie es mit Lord Peter Wimsey zu tun hatten, wie? Kein Wunder, daß die Katze so schnell aus dem Sack ist. Der Mann ist als der reinste Sherlock Holmes bekannt. Jedenfalls scheine ich genau im entscheidenden Moment nach Hause gekommen zu sein, so daß wohl noch kein Schaden entstanden ist. Diana, das ist Lord Peter Wimsey. Meine Frau.»

Eine hübsche junge Frau im schwarzen Abendkleid begrüßte Wimsey mit scheuem Lächeln und wandte sich abbittend an ihren Schwager.

«Haviland, wir möchten dir erklären –»

Er beachtete sie nicht.

«Also, Martin, das Spiel ist aus!»

«Das glaube ich auch, Haviland. Aber wozu die ganze Aufregung?»

«Aufregung! Das habe ich gern! Du reißt die Leiche deines eigenen Vaters aus dem Sarg –»

«Nein, nein, Haviland! Davon wußte ich nichts. Das schwöre ich dir. Ich habe die Nachricht von Vaters Tod erst vor ein paar Tagen erhalten. Wir waren weit draußen in der Wildnis – in den Pyrenäen, wo wir einen Film drehten –, und ich bin sofort hergekommen, sowie ich mich freimachen konnte. Mortimer hat das ganze Ding mit Rawlinson und Hubbard allein gedreht. Ich wußte überhaupt nichts davon, bis ich gestern in meiner alten Bleibe in Paris seinen Brief vorfand. Wirklich, Haviland, ich hatte nichts damit zu tun. Wozu auch? Das hätte ich doch nicht nötig gehabt.»

«Was soll das heißen?»

«Nun, wenn ich hiergewesen wäre, hätte ich nur ein Wort zu sagen brauchen, um das Begräbnis zu verhindern. Warum in aller Welt hätte ich mir die Mühe machen und die Leiche stehlen sollen? Ganz abgesehen von der Respektlosigkeit und so weiter. Darum war ich auch zuerst ein bißchen entsetzt, als Mortimer mir davon erzählte, das muß ich schon sagen, aber ich muß auch die Freundlichkeit und die Mühe anerkennen, die sie sich meinetwegen gemacht haben. Ich glaube, Mr. Hancock hat eigentlich den meisten Grund zum Zorn. Aber Mortimer ist so behutsam vorgegangen wie möglich, Sir – wirklich. Er hat den Alten Herrn ganz ehrerbietig und sittsam in der früheren alten Kapelle aufgebahrt und sogar Blumen ringsum aufgestellt und so weiter. Sie werden sicher sehr zufrieden sein.»

«Ja», sagte Mortimer. «Respektlosigkeit war nicht meine Absicht. Kommen Sie, sehen Sie ihn sich an.»

«Das ist ja furchtbar», stöhnte der Pfarrer hilflos.

«Verstehen Sie bitte, die Leute haben in meiner Abwesenheit nur getan, was sie konnten», sagte Martin. «Sowie ich dazu in der Lage bin, werde ich geeignete Anordnungen für ein passendes Grabgewölbe treffen – über der Erde, versteht sich. Oder vielleicht wäre in diesem Falle eine Einäscherung angebracht.»

«Was!» schrie Haviland. «Glaubst du vielleicht, ich werde es zulassen, daß mein Vater unbeerdigt bleibt, nur wegen deiner abstoßenden Geldgier?»

«Mein Lieber, glaubst du vielleicht, ich lasse zu, daß du ihn unter die Erde bringst, nur um mein Eigentum an dich reißen zu können?»

«*Ich* bin der Testamentsvollstrecker, und ich sage, er wird begraben, ob es dir gefällt oder nicht!»

«Und *ich* bin ebenfalls Testamentsvollstrecker – und ich sage, er wird nicht begraben. Er kann in allen Ehren über der Erde bleiben, und da bleibt er auch.»

«Aber hören Sie mich doch mal an!» rief der Pfarrer, verzweifelt hin- und hergerissen zwischen diesen beiden ebenso hitzigen wie wütenden jungen Männern.

«Wir werden ja sehen, was Graham dir zu sagen hat», brüllte Haviland.

«Ach ja, der ehrliche Makler Graham», feixte Martin. «*Er* wußte doch, was in dem Testament stand, oder? Ich nehme an, er hat dir gegenüber nicht zufällig einmal etwas fallenlassen?»

«Nein», versetzte Haviland. «Dafür wußte er zu gut, was für ein Stinktier du bist. Nicht genug, daß du uns mit deiner schändlichen Erpresserehe entehren mußtest –»

«Mr. Burdock, Mr. Burdock –»

«Nimm dich in acht, Haviland!»

«Du hast ja so wenig Anstand im Leib –»

«Schluß jetzt!»

«– daß du sogar schon die Leiche deines Vaters und mir mein Geld stiehlst, um mit deiner verfluchten Frau deinen losen Lebenswandel mit lauter Filmschauspielern und Tänzerinnen fortsetzen zu können –»

«Hör mal zu, Haviland, du läßt gefälligst meine Frau und meine Freunde aus dem Spiel. Wie steht es denn bei dir selbst? Jemand hat mir erzählt, daß Winnie ganz schön umzutreiben versteht – bist du nicht so gut wie bankrott vor lauter Pferdchen und Spieltischen und so weiter? Kein Wunder, daß du versuchst, deinen eigenen Bruder um sein Geld zu bringen. Ich habe noch nie sehr viel von dir gehalten, Haviland, aber bei Gott –»

«Einen Augenblick!» Es gelang Mr. Frobisher-Pym endlich, sich durchzusetzen, teils durch sein autoritätsgewohntes Auftreten, teils, weil die Brüder sich atemlos gebrüllt hatten.

«Einen Augenblick, Martin. Ich nenne Sie Martin, weil ich Sie schon sehr lange kenne und Ihren Vater lange kannte. Ich verstehe Ihren Zorn über die Dinge, die Haviland gesagt hat. Sie waren unverzeihlich, und das wird er sich auch selbst eingestehen, wenn er wieder zu Verstand kommt. Aber Sie dürfen nicht vergessen, wie überaus schockiert und empört er – gleich uns allen – über diese außerordentlich schmerzliche Geschichte war. Und es ist nicht fair, zu sagen, Haviland habe Sie ‹um etwas bringen› wollen. Er wußte nichts von diesem ungerechten Testament und hat natürlicherweise dafür Sorge getragen, daß die Beisetzung auf die übliche Weise vonstatten ging. Sie beide müssen die Zukunft in Freundschaft miteinander regeln, wie Sie es ja auch hätten tun müssen, wenn das Testament nicht versehentlich verlegt worden wäre. Also, Martin – und Sie auch, Haviland –, denken Sie in Ruhe darüber nach. Meine lieben jungen Leute, dieser Auftritt ist einfach erschreckend. So etwas darf wirklich nicht sein. Sicher kann das Vermögen gütlich zwischen Ihnen geteilt werden. Es ist entsetzlich, daß die Leiche eines alten Mannes zum Zankapfel zwischen seinen eigenen Söhnen werden soll, und nur des Geldes wegen.»

«Es tut mir leid», sagte Martin. «Ich habe mich vergessen. Sie haben vollkommen recht, Sir. Vergessen wir die Sache, Haviland. Ich gebe dir die Hälfte des Geldes ab –»

«Die Hälfte des Geldes! Aber es gehört doch alles mir! *Du* willst *mir* die Hälfte abgeben? Von meinem eigenen Geld? Wie großzügig!»

«Nein, mein Lieber, es ist im Augenblick mein Geld. Unser Vater ist nämlich noch nicht begraben. Ist es nicht so, Mr. Frobisher-Pym?»

«Doch; das Geld gehört in diesem Augenblick rechtlich Ihnen. Das müssen Sie einsehen, Haviland. Aber Ihr Bruder bietet Ihnen die Hälfte an, und –»

«Die Hälfte! Der Teufel soll mich holen, wenn ich die Hälfte annehme. Der Mann hat versucht, mich darum zu prellen. Ich rufe die Polizei und lasse ihn wegen Kirchenraubes verhaften. Daran hindert mich keiner! Wo ist das Telefon?»

«Entschuldigung», sagte Wimsey. «Ich möchte mich nicht gern noch mehr in Ihre Familienangelegenheiten mischen, als ich es so schon getan habe, aber ich kann Ihnen wirklich nicht raten, die Polizei zu rufen.»

«*Sie* können mir dazu nicht raten? Was zum Teufel geht das Sie an?»

«Nun», sagte Wimsey abbittend, «wenn die Geschichte mit diesem Testament vor Gericht kommt, werde ich wahrscheinlich als Zeuge auftreten müssen, weil ich das Huhn war, das den Wurm gefunden hat, nicht wahr?»

«Na und?»

«Na ja, und ich könnte dann gefragt werden, wie lange das Testament sich wohl schon an der Stelle befunden hat, an der ich es fand.»

Haviland schien an etwas schlucken zu müssen, was ihm die Sprache verschlug.

«Was soll das heißen, verdammt noch mal?»

«Tja, sehen Sie mal, das ist doch ziemlich merkwürdig, wenn man sich's überlegt. Ich meine, Ihr verstorbener Vater muß das Testament ja auf dem Bücherregal versteckt haben, bevor er ins Ausland ging. Das ist – wie lange her? Drei Jahre? Fünf Jahre?»

«Ungefähr vier Jahre.»

«Eben. Und seitdem hat Ihre prächtige Hausverwalterin die Nässe in die Bibliothek eindringen lassen, nicht wahr? Kein Feuer, die Fenster zerborsten und so weiter. Ruinös für die Bücher und sehr bedrückend für jemanden wie mich. Ach ja. Und nun nehmen wir einmal an, es würde die Frage nach dem Testament gestellt – und Sie sagen, es hat sich vier Jahre lang dort in der Nässe befunden. Würden die Leute es nicht ein bißchen komisch finden, wenn ich ihnen sagen müßte, daß sich an der Wand neben dem Bücherregal ein großer Nässefleck in Form eines grinsenden Gesichts befindet und ein entsprechendes großes, nasses, grinsendes Gesicht auf den *Nürnberger Bilderbogen,* aber kein derartiger Fleck auf dem Testament, das vier Jahre lang zwischen den beiden gesteckt hat?»

Mrs. Haviland stieß plötzlich einen spitzen Schrei aus. «Haviland, du Dummkopf! Du Riesendummkopf!»

«Halt den Mund!»

Haviland fuhr mit einem Wutschrei zu seiner Frau herum, die auf einen Sessel sank und sich die Hand vor den Mund preßte.

«Danke, Winnie», sagte Martin. «Nein, Haviland, bemühe dich nicht um eine Erklärung. Winnie hat alles verraten. Du wußtest es also – du *kanntest* das Testament und hast es absichtlich versteckt und das Begräbnis seinen Gang nehmen lassen. Ich bin euch beiden sehr verbunden – fast so sehr wie dem ach so diskreten Mr. Graham. Ist es eigentlich Betrug oder Untreue oder was, ein Testament zu verstecken? Mr. Frobisher-Pym weiß das sicher.»

«Großer Gott!» entfuhr es dem Friedensrichter. «Sind Sie sich Ihrer Feststellungen auch ganz sicher, Wimsey?»

«Absolut», sagte Wimsey, indem er die *Nürnberger Bilderbogen* unter dem Arm hervornahm. «Hier ist der Fleck – sehen Sie selbst. Entschuldigen Sie, daß ich mir Ihr Eigentum kurz ausgeliehen habe, Mr. Burdock. Ich fürchtete nämlich, Mr. Haviland könnte zu stiller nächtlicher Stunde auf diese kleine Unstimmigkeit stoßen und sich rasch entschließen, die *Bilderbogen* zu verkaufen oder zu verschenken, oder gar finden, daß sie ohne Einband und hintere Seiten besser aussähen. Gestatten Sie, daß ich sie Ihnen zurückgebe, Mr. Martin – unversehrt. Sie werden es mir vielleicht nachsehen, wenn ich sage, daß ich keine der Rollen in diesem Melodram sonderlich schätze. Es wirft, wie Mr. Pecksniff sagen würde, ein betrübliches Licht auf die menschliche Natur. Aber ich habe etwas gegen die Art und Weise, wie ich zu diesem Bücherregal geködert und in die schöne Rolle des unabhängigen Zeugen gedrängt wurde, der das Testament fand. Ich mag ja ein Esel sein, Mr. Haviland Burdock, aber so ein dummer Esel auch wieder nicht. Gute Nacht allerseits. Ich warte draußen im Wagen, bis Sie hier mit allem fertig sind.»

Wimsey stolzierte würdevoll hinaus.

Kurz darauf folgten ihm der Pfarrer und Mr. Frobisher-Pym.

«Mortimer bringt Haviland und seine Frau zum Bahnhof», sagte der Friedensrichter. «Sie fahren sofort nach London zurück. Sie können ihnen das Gepäck morgen nachschicken, Hancock. Wir machen uns jetzt lieber aus dem Staub.»

Wimsey drückte auf den Starter.

In dem Moment kam ein Mann die Treppe heruntergerannt und auf ihn zu. Es war Martin.

«Wissen Sie», sagte er, «Sie haben mir etwas sehr Gutes getan – mehr als ich verdiene. Sie müssen mich für ein Schwein halten. Aber ich werde dafür sorgen, daß der alte Herr anständig beigesetzt wird, und ich werde mit Haviland teilen. Sie dürfen auch über ihn nicht allzu hart urteilen. Er hat so eine schreckliche Frau. Sie hat ihn bis über beide Ohren in Schulden gestürzt. Sein Geschäft ruiniert. Ich will dafür sorgen, daß alles in Ordnung kommt. Gut so? Ich möchte nicht, daß Sie eine gar zu schlechte Meinung von uns mitnehmen.»

«Schon gut», sagte Wimsey.

Er ließ die Kupplung kommen und verschwand im feuchten, weißen Nebel.

7

Die rachsüchtige Geschichte von den vernehmlichen Schritten

Mr. Bunter zog den Kopf unter dem Kameratuch hervor.

«Ich glaube, das wird jetzt genügen, Sir», sagte er ehrerbietig, «sofern Sie nicht noch weitere Patienten – wenn ich sie so nennen darf – zu registrieren wünschen.»

«Heute nicht mehr», antwortete der Arzt. Damit nahm er die letzte der unglücklichen Ratten behutsam vom Tisch und setzte sie mit zufriedener Miene in ihren Käfig zurück. «Vielleicht am Mittwoch, wenn Lord Peter freundlicherweise noch einmal Ihre Dienste entbehren könnte –»

«Wie bitte?» murmelte Seine Lordschaft, indem er die lange, forschende Nase von den in Reih und Glied dastehenden, nicht sehr appetitlich aussehenden Glasgefäßen zurückzog. «Braves Hündchen», fügte er abwesend hinzu. «Wedelt immer mit dem Schwanz, wenn sein Name fällt, wie? Sind das hier Affendrüsen, Hartman, oder eine Südwesterhebung von Kleopatras Zwölffingerdarm?»

«Wieder die Ahnungslosigkeit in Person, wie?» versetzte der junge Arzt lachend. «Mir brauchen Sie nicht den Einfaltspinsel mit Monokel vorzuspielen, Wimsey. Ich durchschaue Sie. Ich sagte nur eben zu Bunter, ich wäre unendlich dankbar, wenn Sie ihn in drei Tagen noch einmal herkommen lassen könnten, um die Fortschritte fotografisch festzuhalten – falls es welche gibt, heißt das.»

«Was fragen Sie erst lange?» antwortete Seine Lordschaft. «Es ist mir doch stets ein Vergnügen, einem Kollegen behilflich zu sein. Schließlich sind wir beide im selben Geschäft – Mörder zu fangen und so. Alles erledigt? Gut gemacht. Übrigens, wenn Sie diesen Käfig nicht bald mal flicken, geht Ihnen demnächst einer

Ihrer Patienten verloren – Nummer fünf. Der vorletzte Draht löst sich langsam – unter freundlicher Assistenz des intelligenten Insassen. Nette Tierchen, wie? Brauchen nie zum Zahnarzt – ich möchte Ratte sein! Draht ist soviel besser für die Nerven als dieser surrende Bohrer.»

Dr. Hartman stieß einen leisen Schrei aus.

«Wie haben Sie das nur wieder gemerkt, Wimsey? Ich dachte, Sie hätten den Käfig nicht einmal angeschaut.»

«Neugierig geboren – durch Übung dazugelernt», sagte Lord Peter gelassen. «Wenn irgendwo etwas verkehrt ist, registriert es das Auge; später kommt dann das Gehirn mit der entsprechenden Warnung hinterher. Gesehen habe ich das schon, als wir hier hereinkamen. Aber begriffen habe ich es erst jetzt. Ich kann nicht behaupten, daß mein Verstand sich unentwegt mit dieser Frage beschäftigt hätte. Zeigt aber immerhin, daß der Patient auf dem Wege der Besserung ist. Alles klar, Bunter?»

«Ich hoffe, daß alles zur Zufriedenheit ausgefallen ist, Mylord», antwortete der Diener. Er hatte seine Kamera und Fotoplatten eingepackt und war stillschweigend dabei, in dem kleinen Labor mit der kompakten Einrichtung eines Ozeandampfers die Ordnung wiederherzustellen, die durch das Experiment durcheinandergeraten war.

«Also, Lord Peter», sagte der Doktor, «ich bin Ihnen und Bunter sehr zu Dank verpflichtet. Ich erhoffe mir von diesen Experimenten bedeutende Erkenntnisse, und Sie können sich gar nicht vorstellen, wie sehr mir eine gute Fotoserie dabei von Nutzen sein wird. Ich kann mir so ein Ding nämlich nicht leisten», fuhr er mit Blick auf die herrliche Kamera fort, wobei sein mageres junges Gesicht einen wehmütigen Zug bekam, «und im Krankenhaus kann ich diese Arbeit nicht machen. Keine Zeit; muß ja hier sein. Wenn unsereiner leben will, darf er die Praxis nicht vernachlässigen, nicht einmal in Bloomsbury. Es kommt vor, daß ein Krankenbesuch für eine halbe Krone über Auskommen oder Schuldenmachen entscheidet.»

«Wie Mr. Micawber schon sagte», erwiderte Wimsey, «‹Einnahmen zwanzig Pfund, Ausgaben neunzehn Pfund, neunzehn Shilling, sechs Pence: Glückseligkeit; Ausgaben zwanzig Pfund, null Shilling, sechs Pence: Elend.› Wälzen Sie sich nicht vor lauter Dankbarkeit im Staub, alter Freund; es gibt für Bunter nichts Schöneres, als mit Pyrogallol und Fixiersalz zu spielen. Da bleibt er außerdem in Übung. Jede Gelegenheit ist uns willkommen. Fingerabdrücke und Kopierarbeiten bedeuten natürlich den siebenten Himmel, aber auch schon das Knipsen skorbutgeplagter Nagetiere ist besser als nichts, wenn kein Verbrechen lockt. Verbrechen sind überhaupt in letzter Zeit rar. Wir nagen regelrecht am Hungertuch, nicht wahr, Bunter? Weiß nicht, wohin es mit London gekommen ist. Ich muß jetzt schon die Nase in die Angelegenheiten meiner Nachbarn stecken, um nicht zu versauern. Neulich habe ich den Postboten zu Tode erschreckt, als ich ihn fragte, wie es seiner Freundin in Croydon geht. Er ist nämlich verheiratet und wohnt in der Great Ormond Street.»

«Woher wußten Sie denn davon?»

«Von Wissen kann eigentlich keine Rede sein. Aber er wohnt einem Freund von mir gegenüber – Inspektor Parker; und seine Frau – nicht Parkers Frau, der ist nämlich nicht verheiratet, sondern die Frau des Postboten – hat Parker neulich gefragt, ob die Flugvorführungen in Croydon eigentlich immer die ganze Nacht durchgehen. Parker war ein bißchen perplex und hat ohne zu überlegen nein gesagt. Kleiner Lapsus, nicht? Da hab ich mir gedacht, ich lasse dem armen Teufel rechtzeitig eine Warnung zukommen. Sehr gedankenlos von Parker.»

Der Doktor lachte. «Sie bleiben doch zum Essen hier, ja?» fragte er. «Leider gibt's nur kalten Braten und Salat. Meine Zugehfrau kommt sonntags nicht. Da muß ich dann auch selbst die Tür öffnen. Leider nicht sehr standesgemäß, muß ich sagen, aber da kann man nichts machen.»

«Gern», sagte Wimsey, während sie das Laboratorium verließen und durch einen Hintereingang in die dunkle kleine Wohnung traten. «Haben Sie das hier selbst angebaut?»

«Nein», antwortete Hartman. «Das war mein Vormieter. Er war Maler. Deswegen habe ich die Wohnung ja auch genommen. Bei aller Behelfsmäßigkeit ist das doch hier sehr praktisch für mich, obwohl man an einem heißen Tag wie heute unter diesem Glasdach ganz schön ins Schwitzen kommt. Aber ich brauchte nun mal etwas Ebenerdiges, das außerdem erschwinglich war, und es genügt mir, bis bessere Zeiten kommen.»

«Bis Ihre Experimente mit Vitaminen Sie berühmt gemacht haben, wie?» meinte Peter gutgelaunt. «Sie sind nämlich der kommende Mann, das spüre ich in den Knochen. Jedenfalls haben Sie hier eine ungemein hübsche kleine Küche.»

«Sie geht», sagte der Arzt. «Das Labor macht sie ein bißchen düster, aber die Zugehfrau ist ja nur tagsüber hier drin.»

Er führte den Gast in ein schmales kleines Eßzimmer, wo der Tisch für einen kalten Mittagsimbiß gedeckt war. Durch das einzige Fenster in der Wand, die der Küche gegenüberlag, sah man auf die Great James Street hinaus. Das Eßzimmer war eigentlich mehr ein Flur mit seinen vielen Türen – der Küchentür, einer Tür in der angrenzenden Wand zur Diele und einer dritten Tür gegenüber, durch die der Besucher einen kurzen Blick in ein Konsultationszimmer mäßiger Größe tun konnte.

Lord Peter Wimsey und sein Gastgeber setzten sich zu Tisch, und der Arzt äußerte die Hoffnung, Mr. Bunter werde ihnen beim Essen Gesellschaft leisten, doch dieses Ansinnen wies der korrekte Diener weit von sich. «Wenn ich von mir aus einen Wunsch äußern dürfte, Sir», sagte er, «würde ich es vorziehen, Ihnen und Seiner Lordschaft in gewohnter Weise aufzuwarten.»

«Zwecklos», sagte Wimsey. «Bunter möchte, daß ich meinen Platz kenne. Ein regelrechter Tyrann. Ich kann meine Seele nicht mehr mein eigen nennen. Nur zu, Bunter; wir wollen uns um alles in der Welt nichts anmaßen.»

Mr. Bunter verteilte den Salat und goß das Wasser mit einer Feierlichkeit ein, die einem uralten Portwein angestanden hätte.

Es war ein Sonntagnachmittag im friedvollen Sommer des Jahres 1921. Die schmutzige kleine Straße war nahezu menschenleer. Nur der Eismann schien alle Hände voll zu tun zu haben. Wenn sein blühendes Geschäft ihm gerade einmal etwas Ruhe ließ, lehnte er sich genüßlich an den grünen Laternenpfahl an der Straßenecke. Von der kraftstrotzenden und sonst so stimmgewaltigen Kinderschar von Bloomsbury war heute nichts zu sehen und zu hören; wahrscheinlich saßen sie alle daheim bei Tisch und verzehrten ihr dampfendes, den tropischen Temperaturen höchst unangemessenes Sonntagsmahl. Die einzigen störenden Geräusche kamen aus der Wohnung über ihnen, wo man schwere Schritte eilig hin und her gehen hörte.

«Wer ist denn das fidele Kerlchen über uns?» erkundigte Lord Peter sich nach einer kleinen Weile. «Kein Frühaufsteher, nehme ich an. Das ist natürlich sonntags morgens sowieso keiner. Ich begreife auch wirklich nicht, was der unergründlichen Vorsehung einfällt, armen Stadtmenschen so einen Tag aufzuerlegen. Ich selbst gehörte jetzt eigentlich auch aufs Land, aber ich muß heute nachmittag einen Freund am Victoria-Bahnhof abholen. An so einem Tag aber auch… Und wer ist die Dame? Ehefrau oder vollendete Freundin? So oder so scheint sie die geziemend demütige Auffassung von den Aufgaben der Frau im Haus zu haben. Das hier über uns ist sicher das Schlafzimmer, ja?»

Hartman sah Lord Peter einigermaßen überrascht an.

«Entschuldigen Sie meine eklige Neugier, altes Haus», sagte Wimsey. «Schlechte Angewohnheit. Geht mich ja nichts an.»

«Aber woher wissen Sie – ?»

«Geraten», antwortete Wimsey mit entwaffnender Ehrlichkeit. «Ich habe das Quietschen eines eisernen Bettgestells gehört, dann ein Plumpsen, als ob ein schwerer Mann herausgestiegen wäre, aber es könnte natürlich auch eine Couch oder etwas Ähnliches gewesen sein. Jedenfalls ist er in der letzten halben Stunde mit bestrumpften Füßen auf diesen paar Metern da herumgelaufen, während die Frau schon die ganze Zeit, seit wir hier sind, auf hohen Absätzen zwischen Küche und Wohnzimmer hin und her klappert. Daher meine Schlüsse auf die häuslichen Gewohnheiten Ihrer Obermieter.»

«Und ich dachte, Sie hätten meinen lichtvollen Ausführungen über die wohltätige Wirkung des Vitamin B und Linds Skorbutbehandlung mit frischen Zitronen im Jahre 1755 gelauscht», sagte der Arzt gekränkt.

«Habe ich auch», versicherte Lord Peter eilig, «nur habe ich die Schritte eben auch gehört. Der Kerl ist einmal in die Küche getapst – aber nur um Streichhölzer zu holen; dann ist er ab ins Wohnzimmer und überläßt die Verrichtung der wirklich nützlichen Arbeiten ihr. Was wollte ich vorhin sagen? Ach ja. Sie sehen also, wie ich schon vorhin bemerkte, daß man irgend etwas sieht oder hört, ohne sich dessen bewußt zu sein oder sich gar Gedanken darüber zu machen. Hinterher beginnt man dann zu meditieren, und auf einmal ist alles wieder da, so daß man seine

Eindrücke irgendwo einordnen kann. Das ist wie mit Bunters fotografischen Platten. Das vollständige Bild ist da, l-la-... wie heißt dieses Wort noch, Bunter?»

«Latent, Mylord.»

«Richtig. Bunter ist meine rechte Hand; ohne ihn wäre ich vollkommen hilflos. Das Bild ist latent da, bis man den Entwickler einwirken läßt. Genauso ist es mit dem Gehirn. Alles ohne Netz und doppelten Boden. Kleine graue Zellen sind alles, was man braucht, um sich an etwas zu erinnern. Nur um meine Neugier zu befriedigen: Hatte ich mit den Leuten über Ihnen recht?»

«Vollkommen. Der Mann ist Kontrolleur beim Gaswerk. Ein bißchen mürrisch, aber seiner Frau – auf seine Art – sehr zugetan. Das heißt, es macht ihm gar nichts aus, den ganzen Sonntagmorgen faul im Bett zu liegen und alle Arbeit ihr zu überlassen, aber von allem Geld, das er erübrigen kann, kauft er ihr schöne Hüte und Pelzmäntel und was weiß ich. Sie sind erst seit ungefähr einem halben Jahr verheiratet. Im Frühling haben sie mich mal gerufen, als sie eine kleine Grippe hatte, und da war er fast von Sinnen vor Angst um sie. Sie ist ein hübsches kleines Ding, muß ich sagen – Italienerin. Soviel ich weiß, hat er sie sich in einem Restaurant in Soho angelacht. Prachtvolle dunkle Haare und Augen; eine Figur wie eine Venus, an allen Stellen die richtigen Konturen; wunderschöne Haut und so weiter. Solange sie in diesem Lokal arbeitete, muß sie dort so eine Art Zugpferd gewesen sein. Sehr lebenslustig. Einmal war ein früherer Verehrer von ihr hier – unsympathischer kleiner Italiener mit Messer –, flink wie ein Affe. Hätte unangenehm werden können, aber zufällig war ich zur Stelle, und ihr Mann kam auch dazu. In diesen Straßen hier gehen die Leute immerzu aufeinander los. Das ist natürlich gut fürs Geschäft, aber man wird es langsam auch leid, ewig Schädelbrüche und Stiche in den Hals zu flicken. Immerhin bin ich der Meinung, die Kleine kann ja nichts dafür, daß sie hübsch ist, obschon ich auch wieder nicht behaupten kann, daß sie in ihrer Art direkt unnahbar wäre. Trotzdem hat sie aber ihren Brotherton – so heißt er nämlich – richtig gern, glaube ich.»

Wimsey nickte abwesend. «Das Leben ist wohl hier ein bißchen eintönig», meinte er.

«Beruflich gesehen, ja. Geburten, Trunkenheit und verprügelte Ehefrauen sind mein täglich Brot. Und natürlich die üblichen Wehwehchen. Zur Zeit lebe ich hauptsächlich von Kinderdurchfall – kein Wunder bei dieser Hitze. Im Herbst kommen dann Grippe und Husten an die Reihe. Hier und da habe ich mal eine Lungenentzündung. Natürlich auch Wasserbeine und Krampfadern – mein Gott!» brach es plötzlich aus dem Arzt heraus. «Wenn ich doch nur hier aufhören und meine Experimente machen könnte!»

«Ja!» sagte Peter. «Wo bleibt denn nur der exzentrische alte Millionär mit der geheimnisvollen Krankheit, der in Romanen immer vorkommt? Blitzartige Diagnose – wundersame Heilung – ‹Gott segne Sie, Doktor, hier sind fünftausend Pfund› – Harley Street –»

«Solche Leute wohnen nicht in Bloomsbury», sagte der Arzt.

«Es muß faszinierend sein, Diagnosen zu stellen», meinte Peter bedächtig. «Wie machen Sie das eigentlich? Ich meine, gibt es so für jede Krankheit eine bestimmte Liste von Symptomen, etwa wie man beim Bridge ein Treff bietet, um seinem Partner anzuzeigen, daß er Sans Atout bieten soll? Sie sagen nicht einfach: ‹Der und der hat einen Pickel auf der Nase, folglich leidet er an Herzverfettung› – ?»

«Das will ich nicht hoffen», antwortete der Arzt trocken.

«Oder ist es mehr so, wie wenn man die Spur zu einem Verbrechen findet?» fuhr Peter fort. «Man sieht etwas – ein Zimmer, oder sagen wir eine Leiche, alles irgendwie in heilloser Unordnung, und es sind jede Menge Symptome dafür da, daß etwas nicht stimmt, so daß Sie sich nur noch die heraussuchen müssen, die Ihnen sagen, was los ist?»

«Das kommt der Sache schon näher», sagte Dr. Hartman. «Manche Symptome sind an sich schon charakteristisch – wie das Aussehen des Zahnfleisches bei Skorbut zum Beispiel –, andere wieder in Verbindung mit –»

Er brach ab, und beide sprangen auf, denn aus der Wohnung über ihnen ertönte ein schriller Schrei, gefolgt von einem schweren Plumps. Dann eine laute, wehklagende Männerstimme; Schritte hin und her; und dann, während der Arzt und sein Gast noch wie versteinert dastanden, kam der Mann selbst – fiel vor Eile fast die Treppe herunter und hämmerte an Hartmans Tür.

«Hilfe! Hilfe! Aufmachen! Meine Frau! Er hat sie ermordet!»

Sie stürzten zur Tür und ließen ihn ein. Er war ein großer, blonder Mann in Hemdsärmeln und Strümpfen. Die Haare standen ihm zu Berge, und sein Gesicht drückte fassungslose Verzweiflung aus.

«Sie ist tot – tot! Er war ihr Liebhaber», ächzte er. «Kommen Sie, Doktor, sehen Sie – holen Sie sie fort! Ich habe meine Frau verloren! Meine Maddalena –» Er verstummte und blickte eine Weile nur wild um sich, dann sagte er mit rauher Stimme: «Jemand war da – irgendwie – hat sie erstochen – ermordet. Ich bringe ihn vor Gericht, Doktor! Kommen Sie, schnell – sie wollte gerade das Huhn fürs Mittagessen braten – Oooh!»

Er ließ ein langes, hysterisches Heulen ertönen, das in ein schluchzendes Lachen überging. Der Arzt packte ihn fest am Arm und schüttelte ihn. «Reißen Sie sich zusammen, Mr. Brotherton», befahl er scharf. «Vielleicht ist sie nur verletzt. Aus dem Weg!»

«Nur verletzt?» rief der Mann, indem er sich schwer auf den nächsten Stuhl fallen ließ. «O nein – nein – sie ist tot – die kleine Maddalena – o mein Gott!»

Dr. Hartman hatte sich aus dem Konsultationszimmer rasch ein paar Verbände und Instrumente geschnappt und rannte, dicht gefolgt von Lord Peter, die Treppe hinauf. Bunter blieb noch einen Moment, um den hysterischen Anfall mit kaltem Wasser zu bekämpfen, dann ging er zum Eßzimmerfenster und rief etwas.

«Was ist denn los?» kam eine Stimme von der Straße herauf.

«Könnten Sie freundlicherweise einmal heraufkommen, Konstabler?» rief Mr. Bunter. «Hier ist ein Mord geschehen.»

Als Brotherton und Bunter mit dem Polizisten oben ankamen, trafen sie Dr. Hartman und Lord Peter in der kleinen Küche an. Der Arzt kniete neben der Frau. Bei ihrem Eintreten sah er auf und schüttelte den Kopf.

«Sofort tot», sagte er. «Glatt durchs Herz. Armes Kind. Sie kann aber überhaupt nicht gelitten haben. Ah, Konstabler, wie gut, daß Sie da sind. Hier scheint ein Mord passiert zu sein – allerdings fürchte ich, daß der Mann entkommen ist. Wahrscheinlich kann Mr. Brotherton uns Näheres sagen. Er war zur Tatzeit in der Wohnung.»

Der Mann war wieder auf einen Stuhl gesunken und starrte mit einem Gesicht, aus dem alles Leben gewichen zu sein schien, auf die Leiche. Der Polizeibeamte nahm sein Notizbuch zur Hand.

«Also, Sir», sagte er, «dann wollen wir keine Zeit verlieren. Je schneller wir an die Arbeit gehen, desto wahrscheinlicher fangen wir den Mann. So, Sie waren also zur Tatzeit hier, ja?»

Brotherton starrte noch einen Moment vor sich hin, dann gab er sich sichtlich einen Ruck und antwortete mit fester Stimme:

«Ich war im Wohnzimmer – hab geraucht und die Zeitung gelesen. Meine – *sie* – war hier drin und kochte. Da hörte ich sie auf einmal schreien, und wie ich hinrannte, lag sie auf dem Boden. Sie konnte mir gar nichts mehr sagen. Wie ich sah, daß sie tot war, bin ich zum Fenster gerannt, und da hab ich den Kerl noch da über das Glasdach flüchten sehen. Ich hab ihm nachgeschrien, aber dann war er schon verschwunden. Da bin ich nach unten gelaufen –»

«Kleinen Moment», sagte der Beamte. «Sagen Sie, Sir, sind Sie nicht auf den Gedanken gekommen, ihm sofort nachzulaufen?»

«Ich hab zuerst nur an sie gedacht», sagte der Mann. «Ich dachte, sie wäre vielleicht gar nicht tot. Ich hab versucht, sie wieder auf die Beine zu kriegen –» Seine Worte endeten in einem Stöhnen.

«Sie sagen, er ist durchs Fenster hereingekommen?» fragte der Polizist.

«Entschuldigung, Konstabler», unterbrach ihn Lord Peter, der im Geiste offenbar eine Bestandsaufnahme von der Kücheneinrichtung machte. «Mr. Brotherton sagte nur, der Mann sei zum Fenster *hinaus* geflüchtet. Man sollte da ganz genau sein.»

«Das ist doch dasselbe», sagte der Arzt. «Es ist der einzige Weg, auf dem er hereingekommen sein kann. Diese Wohnungen sind nämlich alle gleich. Die Tür zum Treppenhaus führt ins Wohnzimmer, und da war Mr. Brotherton, also kann der Mann nicht auf diesem Weg hereingekommen sein.»

«Und», sagte Peter, «durchs Schlafzimmerfenster ist er auch nicht hereingekommen, sonst hätten wir ihn sehen müssen. Wir waren nämlich im Zimmer darunter. Es sei denn, er hätte sich vom Dach heruntergelassen. War die Tür zwischen Schlaf- und Wohnzimmer offen?» fragte er plötzlich, an Brotherton gewandt.

Der Mann zögerte kurz. «Ja», sagte er schließlich. «Ja, ich bin sicher, sie war offen.»

«Hätten Sie den Mann gesehen, wenn er durchs Schlafzimmerfenster gekommen wäre?»

«Ich hätte ihn einfach sehen *müssen.*»

«Also bitte, Sir», sagte der Polizist leicht verärgert, «ich denke, Sie lassen lieber *mich* die Fragen stellen. Man kann ja wohl davon ausgehen, daß so einer nicht durchs Schlafzimmerfenster einsteigt, wo die ganze Straße es sehen kann.»

«Wie klug von Ihnen, daran zu denken», antwortete Wimsey. «Natürlich nicht. Ist mir gar nicht eingefallen. Dann muß es also dieses Fenster gewesen sein, wie Sie sagen.»

«Und hier sind sogar seine Fußabdrücke auf der Fensterbank», fuhr der Konstabler triumphierend fort, wobei er auf ein paar verwischte Spuren im Londoner Ruß zeigte. «Stimmt. Hier hat er sich am Regenrohr hinuntergelassen, und dann ist er ab über das Glasdach – wozu gehört dieses Dach eigentlich?»

«Zu meinem Labor», sagte der Arzt. «Himmel! Wenn ich mir vorstelle, wie dieser Mordbube, während wir drinnen beim Essen saßen –»

«Ganz recht, Sir», pflichtete der Konstabler ihm bei. «Also, und dann wird er da über die Mauer in den Hof dahinter gestiegen sein. Dort ist er sicher gesehen worden, keine Bange; es dürfte nicht besonders schwer sein, den Kerl zu fassen, Sir. Ich gehe dort gleich mal hin. Also dann, Sir», wandte er sich an Brotherton, «haben Sie irgendeine Vorstellung, wie der Mann ungefähr ausgesehen hat?»

Brotherton hob sein wütendes Gesicht, und der Arzt griff ein.

«Sie sollten wahrscheinlich wissen, Konstabler», sagte er, «daß es schon einmal einen – hm, nicht direkt Mordanschlag, aber es hätte einer daraus werden können – gegen diese Frau gegeben hat, und zwar vor ungefähr acht Wochen durch einen gewissen Marincetti – einen italienischen Kellner – mit einem Messer.»

«Aha!» Der Polizist leckte eifrig seinen Bleistift an. «Kennen Sie die genannte Person?» fragte er Brotherton.

«Das ist der Mann», sagte Brotherton mit konzentrierter Wut. «Kommt hierher und stellt meiner Frau nach – hol ihn der Teufel! Ich wollte bei Gott, ich hätte ihn hier tot neben ihr liegen!»

«Ganz recht», sagte der Polizist. «Und nun, Sir –» an den Arzt gewandt –, «haben Sie die Waffe, mit der das Verbrechen begangen wurde?»

«Nein», sagte Hartman, «in der Leiche steckte keine Waffe, als ich hinzukam.»

«Haben *Sie* sie herausgezogen?» fragte der Konstabler jetzt Brotherton.

«Nein», antwortete der. «Er hat sie mitgenommen.»

«...hat die Waffe mitgenommen», trug der Beamte in sein Notizbuch ein. «Puh! Ganz schön warm hier drinnen, finden Sie nicht, Sir?» fügte er hinzu, indem er sich über die Stirn wischte.

«Das ist vermutlich der Gasofen», sagte Peter nachsichtig. «Ungemein heiße Geschichte, so ein Gasofen mitten im Juli. Haben Sie was dagegen, wenn ich ihn ausschalte? Es ist ein Hühnchen darin, aber ich glaube kaum, daß Sie –»

Brotherton stöhnte auf, und der Konstabler sagte: «Ganz recht, Sir. Nach so einer Geschichte steht einem Mann wohl kaum noch der Sinn nach Essen. Danke, Sir. Also, Doktor, was meinen Sie, um was für eine Art von Waffe es sich handelte?»

«Es war eine lange, schmale Waffe – etwa in der Art eines italienischen Stiletts, stelle ich mir vor», sagte der Arzt, «ungefähr fünfzehn Zentimeter lang. Sie wurde mit großer Kraft unter die fünfte Rippe gestoßen, und ich würde sagen, sie hat das Herz genau in der Mitte durchbohrt. Wie Sie sehen, ist fast kein Blut da. So eine Wunde führt augenblicklich den Tod herbei. Lag sie, als Sie hinzukamen, schon genauso da wie jetzt, Mr. Brotherton?»

«Auf dem Rücken, genau wie jetzt», antwortete der Ehemann.

«Nun, der Fall scheint völlig klar zu sein», sagte der Polizist. «Dieser Marinetti oder wie er heißt, hatte etwas gegen die arme junge Frau –»

«Ich glaube, er war ihr Verehrer», warf der Doktor ein.

«Mag schon sein», stimmte der Konstabler ihm zu. «Natürlich, diese Ausländer sind nun mal so – auch die nettesten. Messerstechereien und dergleichen scheinen ihnen sozusagen im Blut zu liegen. Na ja, und dieser Marinetti klettert also hier rein, sieht die arme junge Frau ganz allein am Tisch stehen und das Essen zubereiten, schleicht sich von hinten an, packt sie um die Hüften und ersticht sie – ging ganz leicht; kein Korsett und so –, sie schreit auf, er zieht das Stilett wieder raus und haut ab. Na ja, wir müssen ihn jedenfalls finden, und wenn Sie gestatten, Sir, mache ich mich jetzt auf den Weg. Es kann nicht lange dauern, bis wir ihn haben, Sir. Ich muß hier aber jemanden herschicken, Sir, um die Leute abzuhalten, aber das braucht Sie nicht zu stören. Guten Morgen, meine Herren.»

«Dürfen wir die arme Frau jetzt woandershin legen?» fragte der Arzt.

«Natürlich. Soll ich Ihnen helfen, Sir?»

«Nein. Verlieren Sie keine Zeit. Wir schaffen das schon.» Dr. Hartman wandte sich an Peter, als der Konstabler schweren Schrittes die Treppe hinunterging. «Können Sie mir helfen, Lord Peter?»

«Bunter versteht sich besser auf so etwas», antwortete Wimsey mit zusammengekniffenen Lippen.

Der Arzt sah ihn ein wenig verwundert an, sagte aber nichts, und dann trugen er und Bunter die leblose Gestalt fort. Brotherton folgte ihnen nicht. Er saß da wie ein Häufchen Elend, den Kopf in den Händen vergraben. Lord Peter ging in der Küche umher, drehte die verschiedenen Messer und Küchenutensilien hin und her, sah in den Abfalleimer und schien unter Brot, Butter, Gewürzen, Gemüsen und allem, was in Vorbereitung des Sonntagsessens so herumlag, Inventur zu machen. Im Spülstein lagen halbgeschälte Kartoffeln, rührende Zeugen der so grauenhaft gestörten stillen Häuslichkeit. Das Sieb war mit grünen Erbsen gefüllt. Lord Peter stocherte mit neugierigem Finger in all diesen Sachen herum, starrte auf die glatte Oberfläche einer Schüssel Bratfett, als ob sie eine Wahrsagerkugel wäre, fuhr mit der Hand mehrmals durch eine Schüssel Mehl – dann nahm er seine Pfeife aus der Tasche und stopfte sie langsam.

Der Arzt kam zurück und legte die Hand auf Brothertons Schulter.

«Kommen Sie», sagte er freundlich, «wir haben sie in das andere Zimmer gelegt. Sie sieht sehr friedvoll aus. Sie müssen sich daran trösten, daß sie bis auf den kurzen Augenblick, als sie das Messer sah, nicht gelitten hat. Es ist schrecklich für Sie, aber Sie müssen versuchen, sich jetzt nicht hängenzulassen. Die Polizei –»

«Die Polizei kann sie auch nicht wieder lebendig machen!» versetzte der Mann heftig. «Sie ist tot. Lassen Sie mich allein, verdammt noch mal! Lassen Sie mich in Ruhe, sage ich!»

Er stand mit einer wütenden Gebärde auf.

«Sie dürfen hier nicht so herumsitzen», sagte Hartman bestimmt. «Ich gebe Ihnen etwas zum Einnehmen, und Sie müssen versuchen, ruhig zu bleiben. Dann lassen wir Sie allein, aber solange Sie sich nicht in der Gewalt haben –»

Nach weiterem Zureden ließ Brotherton sich schließlich hinausführen.

«Bunter», sagte Lord Peter, als die Küchentür hinter ihnen zu war, «wissen Sie, warum ich am Erfolg dieser Rattenversuche zweifle?»

«Meinen Sie die von Dr. Hartman, Mylord?»

«Ja. Dr. Hartman hat eine Theorie. Bei allen Untersuchungen, mein lieber Bunter, ist es verflixt gefährlich, eine Theorie zu haben.»

«Das habe ich Sie schon öfter sagen hören, Mylord.»

«Zum Teufel aber auch – Sie wissen das ebensogut wie ich. Was ist an den Theorien des Arztes falsch, Bunter?»

«Sie möchten von mir die Antwort hören, Mylord, daß er nur die Fakten sieht, die in seine Theorie passen.»

«Gedankenleser!» rief Lord Peter verbittert.

«Und daß er sie an die Polizei weitergibt, Mylord.»

«Pst!» sagte Peter, denn soeben kam der Arzt zurück.

«Ich habe ihn endlich dazu gebracht, sich hinzulegen», sagte Dr. Hartman, «und jetzt halte ich es für das beste, ihn allein zu lassen.»

«Wissen Sie was?» sagte Wimsey. «Mir schmeckt diese Idee nicht so recht.»

«Warum? Fürchten Sie, er könnte sich etwas antun?»

«Das wäre ein ebenso guter Grund wie jeder andere», sagte Wimsey, «wenn man schon sonst nichts hat, was man in Worte fassen kann. Mein Rat ist jedenfalls, ihn keine Sekunde aus den Augen zu lassen.»

«Aber wieso? Wenn jemand einen solchen Verlust erlitten hat, ist die Gegenwart anderer Menschen oft nur störend. Er hat mich so sehr gebeten, ihn allein zu lassen.»

«Dann gehen Sie um Gottes willen sofort wieder zu ihm», sagte Peter.

«Aber wirklich, Lord Peter», versetzte der Arzt, «ich glaube doch besser zu wissen, was für meinen Patienten am besten ist.»

«Doktor», erwiderte Wimsey, «es geht hier nicht um Ihren Patienten. Hier ist ein Verbrechen begangen worden.»

«Ein Verbrechen, das keinerlei Rätsel aufgibt.»

«Sogar zwanzig Rätsel auf einmal. Erstens: Wann war der Fensterputzer das letzte Mal hier?»

«Der Fensterputzer?»

«Wer lüftet des Fensterputzers pechschwarzes Geheimnis?» fuhr Lord Peter in leichtem Ton fort, indem er ein Streichholz an seine Pfeife hielt. «Sie sitzen nichtsahnend in der Badewanne, im Zustand mehr oder weniger unschuldiger Natur, und plötzlich erscheint ein vorwitziges Gesicht am Fenster wie der Geist von Hamilton Tighe, und eine rauhe Stimme, schwebend irgendwo zwischen Himmel und Erde, sagt: ‹Guten Morgen, Sir.› Wohin gehen Fensterputzer zwischen einem Besuch und dem nächsten? Halten sie Winterschlaf, wie die fleißigen Bienen? Oder – ?»

«Wirklich, Lord Peter», sagte der Doktor, «finden Sie nicht, daß Sie ein bißchen zu weit gehen?»

«Schade, daß Sie es so sehen», antwortete Lord Peter, «aber ich wüßte wirklich gern über den Fensterputzer Bescheid. Sehen Sie mal, wie klar die Scheiben sind.»

«Er war gestern hier, wenn Sie es genau wissen wollen», sagte Dr. Hartman steif.

«Wissen Sie das genau?»

«Er hat die meinen zur gleichen Zeit geputzt.»

«Hab ich mir doch gedacht», sagte Lord Peter. «Wie es im Liede heißt:

Ich dacht' mir's doch,
es war ein kleiner Fensterputzer.

In diesem Falle», fuhr er fort, «ist es sogar eine absolute Notwendigkeit, Brotherton keine Sekunde aus den Augen zu lassen. Bunter! Zum Kuckuck, wohin ist der Kerl verschwunden?»

Die Schlafzimmertür ging auf.

«Mylord?» Mr. Bunter erschien ebenso unauffällig wieder, wie er sich unauffällig hinausgestohlen hatte, um ein unauffälliges Auge auf den Patienten zu haben.

«Gut», sagte Wimsey. «Bleiben Sie, wo Sie sind.» Seine Albernheit war verflogen, und er sah jetzt den Arzt an, wie er vor vier Jahren noch einen widerborstigen Untergebenen angesehen haben mochte.

«Dr. Hartman», sagte er, «hier stimmt etwas nicht. Denken Sie einmal zurück. Wir sprachen gerade über Symptome. Dann kam der Schrei. Danach hörte man eilige Schritte. *In welche Richtung rannten diese Schritte?*»

«Das weiß ich nun wirklich nicht.»

«Nein? Dabei handelte es sich um ein Symptom, Doktor. Die Schritte geistern mir die ganze Zeit im Unterbewußtsein herum. Jetzt weiß ich auch, warum. Sie liefen *aus* der Küche.»

«Und?»

«Ha! Und dazu der Fensterputzer –»

«Was soll mit ihm sein?»

«Könnten Sie schwören, daß es nicht der Fensterputzer war, der die Spuren auf der Fensterbank hinterlassen hat?»

«Und der Mann, den Brotherton gesehen hat –?»

«Haben wir schon Ihr Labordach nach seinen Fußspuren untersucht?»

«Aber die Waffe! Wimsey, das ist doch Wahnsinn! Jemand hat die Waffe mitgenommen.»

«Ich weiß. Aber fanden Sie die Ränder der Wunde so glatt, daß sie von einem Stilett stammen konnten? Auf mich wirkten sie reichlich gezackt.»

«Wimsey, worauf wollen Sie hinaus?»

«In dieser Wohnung hier steckt irgendwo ein Hinweis – und ich kann mich um alles in der Welt nicht mehr daran erinnern.

Ich habe ihn gesehen – ich weiß, daß ich ihn gesehen habe. Es wird mir auch gleich wieder einfallen. Lassen Sie Brotherton inzwischen nicht –»

«Was?»

«Das tun, was er vorhat.»

«Aber was ist das?»

«Wenn ich das wüßte, könnte ich Ihnen auch den Hinweis zeigen. Warum konnte er sich zuerst gar nicht entscheiden, ob die Schlafzimmertür nun auf oder zu war? Sehr gute Geschichte, aber nicht ganz durchdacht. Jedenfalls – hören Sie, Doktor, finden Sie irgendeinen Vorwand, ihn seine Sachen ausziehen zu lassen, und bringen Sie mir die. Und schicken Sie Bunter zu mir.»

Der Arzt sah ihn verständnislos an. Dann ging er mit einer Geste des Sichfügens ins Schlafzimmer. Lord Peter folgte ihm und sah Brotherton im Gehen nachdenklich lange an. Schließlich im Wohnzimmer angekommen, setzte er sich auf einen rotsamtenen Sessel, richtete den Blick auf einen goldgerahmten Öldruck und versank ins Grübeln.

Bald darauf kam Bunter herein, die Arme voller Kleidungsstücke, die Wimsey nahm und sehr methodisch, wenn auch lustlos, zu durchsuchen begann. Plötzlich ließ er die Sachen einfach fallen und wandte sich an seinen Diener.

«Nein», sagte er. «Das war auch nur eine Vorsichtsmaßnahme, mein lieber Bunter, aber ich bin auf dem falschen Gleis. Es war nicht hier, wo ich das – nun ja, was ich eben gesehen habe. Es war in der Küche. Aber was war's bloß?»

«Ich wüßte es auch nicht zu sagen, Mylord, aber ich bin überzeugt, daß auch ich mir sozusagen einer Unstimmigkeit bewußt war – nicht *bewußt* bewußt, Mylord, wenn Sie mich verstehen, aber doch irgendwie bewußt.»

«Hurra!» rief Wimsey plötzlich. «Ein Hoch auf dieses unterbewußte Dingsda! Also, vergegenwärtigen wir uns die Küche. Ich bin da herausgekommen, weil sich mir alles im Kopf zu drehen anfing. So. Beginnen wir an der Tür. Bratpfannen und Töpfe an der Wand. Gasherd – Backofen an – Hühnchen darin. Halter mit Holzlöffeln an der Wand, Gasanzünder, Topflappen. Sagen Sie ‹warm›, wenn ich der Sache nahekomme. Kaminsims: Gewürzdosen und sonstiger Kram. Irgendwas daran nicht in Ordnung? Nein. Anrichte: Teller, Messer und Gabeln – alle sauber. Mehlstreuer – Milchkrug – Sieb an der Wand – Muskatnußreibe. Dreistöckiger Dampftopf. Hab hineingesehen – keine grausigen Geheimnisse darin.»

«Haben Sie auch in alle Schubladen der Anrichte geschaut, Mylord?»

«Nein. Das könnte man noch tun. Aber die Sache ist einfach, *daß* mir etwas aufgefallen ist. *Was* ist mir aufgefallen? Das ist die Frage. Na ja. Weiter im Text – der Freude soll kein Ende sein! Messerbrett. Messerpulver. Küchentisch. Sagten Sie was?»

«Nein», sagte Bunter, der seine hölzerne Untertänigkeit ein wenig abgestreift hatte.

«Bei dem Wort ‹Tisch› schwingt eine Saite. Sehr gut. Auf dem Tisch: Hackbrett; Reste der Schinken- und Kräuterfüllung; ein Päckchen Schmalz; noch ein Sieb; mehrere Teller; Butter in einer Glasschale; Schüssel mit Bratfett –»

«Ah!»

«Bratfett –! Ja, da war –»

«Irgend etwas Unbefriedigendes, Mylord –»

«Etwas mit dem Bratfett! O mein Kopf! Wie heißt das noch in *Lieber Brutus*, Bunter? ‹Halt dich an den Werkkasten.› Richtig. Halten wir uns an das Bratfett. Ekelhaft glitschiges Zeug – kann man sich schlecht dran halten – Moment!» Eine Pause trat ein.

«Als kleiner Junge», sagte Wimsey, «bin ich immer so gern in die Küche hinuntergegangen und habe mich mit der alten Köchin unterhalten. Ach, war das eine gute alte Seele! Ich sehe sie jetzt noch vor mir, wenn sie ein Hühnchen fertig machte, während ich mit herunterbaumelnden Beinen auf dem Tisch saß. *Sie* hat die Hühnchen noch immer selbst gerupft und ausgenommen. Das war für mich ein Fest. Kleine Jungen sind schon eine Plage, nicht wahr, Bunter? Rupfen, ausnehmen, waschen, füllen, das Sterzchen durch das Dingsda ziehen, feststecken, Bratschüssel einfetten – Bunter!»

«Mylord?»

«Halte dich an das Bratfett!»

«Die Schüssel, Mylord –»

«Die Schüssel – stellen Sie sich die Schüssel vor –, was stimmte damit nicht?»

«Sie war voll, Mylord.»

«Ich hab's – ich hab's – ich *hab's*! Die Schüssel war voll – glatte Oberfläche. Himmel! Ich wußte doch, daß da etwas komisch war. Und warum sollte sie nicht voll gewesen sein? Halte dich an –»

«Das Hühnchen war in der Backröhre.»

«Ohne Bratfett!»

«Sehr schlampige Kocherei, Mylord.»

«Das Hühnchen – in der Bratröhre – und ohne Fett. Bunter! Nehmen wir mal an, es wurde überhaupt erst in die Röhre geschoben, nachdem die Frau schon tot war ... Hastig hineingestellt von einem, der etwas zu verstecken hatte – gräßlich!»

«Aber aus welchem Grunde, Mylord?»

«Eben, warum? Das ist der springende Punkt. Noch eine kleine Gedankenverbindung zu dem Hühnchen. Gleich hab ich's. Moment noch. Rupfen, ausnehmen, waschen, füllen, feststekken – feststecken! Mein Gott!»

«Mylord?»

«Kommen Sie, Bunter. Dem Himmel sei Dank, daß wir den Gasherd abgestellt haben!»

Er stürzte durchs Schlafzimmer, ohne den Arzt und seinen Patienten zu beachten, der mit einem erstickten Aufschrei hochfuhr. Er klappte die Backofentür auf und riß die Bratschüssel heraus. Die Haut des Hühnchens hatte gerade angefangen, sich zu verfärben. Mit einem leisen, triumphierenden Stöhnen packte Wimsey den eisernen Ring, der aus dem Flügel schaute, und riß – den fünfzehn Zentimeter langen Bratspieß heraus.

In der Tür kämpfte der Arzt mit dem erregten Brotherton. Wimsey packte den Mann, als er sich losriß, und warf ihn mit einem Jiu-Jitsu-Griff in die Ecke.

«Hier ist die Tatwaffe», sagte er.

«Beweisen Sie das erst mal, Sie verdammter Schnüffler!» stieß Brotherton wütend hervor.

«Das werde ich», sagte Wimsey. «Bunter, rufen Sie den Polizisten herein, den Sie vor der Tür finden werden. Doktor, wir brauchen Ihr Mikroskop.»

In seinem Labor beugte der Arzt sich über das Mikroskop. Auf dem Objektträger befand sich ein Plättchen mit einer dünnen Schicht Blut, das vom Bratspieß stammte.

«Nun?» fragte Wimsey ungeduldig.

«In Ordnung», sagte Hartman. «Die Hitze war noch nicht bis in die Mitte gedrungen. Mein Gott, Wimsey – ja, Sie haben recht – runde Korpuskeln, Durchmesser sieben Mikron – Säugetierblut – wahrscheinlich menschlich –»

«Das Blut der Frau», sagte Wimsey.

«Das war sehr raffiniert, Bunter», sagte Lord Peter, als sie im Taxi zu seiner Wohnung am Piccadilly fuhren. «Wenn dieser Vogel noch ein bißchen länger gebrutzelt hätte, wären die Blutkörperchen ziemlich sicher nicht mehr zu identifizieren gewesen. Aber das beweist nur wieder einmal, daß ungeplante Verbrechen immer noch am sichersten sind.»

«Und worin sehen Eure Lordschaft das Motiv des Mannes?»

«In meiner Jugend», antwortete Wimsey nachdenklich, «hat man immer noch von mir verlangt, die Bibel zu lesen. Das Dumme war nur, daß die Stellen, die mich von allein interessierten, nicht unbedingt die waren, auf die es ihnen ankam. Aber so habe ich das Hohelied ganz schön auswendig gelernt. Schlagen Sie nach, Bunter; in Ihrem Alter kann es Ihnen nicht mehr schaden; da steht etwas sehr Vernünftiges über die Eifersucht.»

«Ich habe das fragliche Werk auch gelesen, Mylord», erwiderte Mr. Bunter mit leichtem Erröten. «Da steht, wenn ich mich recht erinnere: ‹Ihr Eifer ist fest wie die Hölle.›»

8

Eine trinkfeste Frage des guten Geschmacks

«Halte-là!... Attention!... F---e!»

Der junge Mann im grauen Anzug schlug sich durch den Pulk der protestierenden Gepäckträger und schwang sich behende aufs Trittbrett des Bremserhäuschens, als der Expreß Paris-Evreux dampfend die Gare des Invalides verließ. Der Zugführer, auf ein Trinkgeld spekulierend, zog ihn geschickt aus dem Gewühl empor.

«Ein Glück, daß Monsieur so flink sind», bemerkte er. «Sind Monsieur in Eile?»

«Ziemlich. Danke. Komm ich durch diesen Gang nach vorn?»

«Selbstverständlich. Die *premières* befinden sich zwei Wagen weiter, vor dem Gepäckwagen.»

Der junge Mann entlohnte seinen Retter, wischte sich den Schweiß von der Stirn und begab sich nach vorn. Als er an dem aufgetürmten Gepäck vorbeikam, stach ihm etwas ins Auge, und er blieb kurz stehen, um es sich genauer anzusehen. Es war ein fast neuer Koffer aus teuer aussehendem Leder mit der auffällig angebrachten Inschrift:

LORD PETER WIMSEY
Hôtel Saumon d'Or
Verneuil-sur-Eure.

Seine Reiseroute war mit den folgenden Angaben dokumentiert:

LONDON – PARIS
(Waterloo) (Gare St. Lazare)
via Southampton-Havre

PARIS – VERNEUIL
(Chemin de Fer de l'Ouest)

Der junge Mann stieß einen leisen Pfiff aus und setzte sich auf eine Reisekiste, um die Sache zu durchdenken.

Irgendwo war eine undichte Stelle gewesen, und sie waren ihm auf den Fersen. Es machte ihnen auch nichts aus, wer das alles wußte. Es gab Hunderte von Leuten in London und Paris, die den Namen Wimsey kannten, die Polizei beider Länder gar nicht mitgerechnet. Außer daß er einem der ältesten Herzogshäuser Englands entstammte, hatte Lord Peter sich auch noch einen Namen als Detektiv gemacht. Ein Gepäckschildchen wie dieses war kostenlose Reklame.

Aber das Erstaunliche war, daß die Verfolger sich nicht einmal die Mühe machten, sich vor dem Verfolgten zu verbergen. Das sprach dafür, daß sie sich ihrer Sache sehr sicher waren. Daß es ihm noch gelungen war, aufs Bremserhäuschen aufzuspringen, war natürlich purer Zufall, aber andernfalls hätte er den Koffer auch auf dem Bahnsteig oder sonst irgendwo sehen können.

Zufall? Es wollte ihm so vorkommen – nicht zum erstenmal, aber jetzt mit aller Deutlichkeit und über jeden Zweifel erhaben –, als ob sein Hiersein für die andern nicht nur Zufall, sondern geradezu ein Unfall wäre. Diese Serie unglaublicher Behinderungen, die ihn zwischen London und der Gare des Invalides aufgehalten hatten, präsentierte sich ihm jetzt wie arrangiert. Zum Beispiel die lächerliche Anschuldigung, mit der diese Frau ihn am Piccadilly überfallen hatte, und daraufhin die langwierige Vernehmung bei der Polizei in der Marlborough Street, bis man ihn endlich wieder auf freien Fuß gesetzt hatte. Es war ja so leicht, einen Mann mit Hilfe fingierter Vorwürfe so lange festhalten zu lassen, bis ein wichtiger Plan gereift war. Dann die Toilettentür am Waterloo-Bahnhof, deren Schloß so albern hinter ihm zugeschnappt war. Als sportlicher Mensch war er über die

Trennwand gestiegen, nur um festzustellen, daß der Toilettenwärter ebenfalls auf wundersame Weise verschwunden war. Und war es dann in Paris etwa Zufall gewesen, daß er ausgerechnet einen schwerhörigen Taxifahrer erwischte, der die Zielangabe «Quai d'Orleans» als «Gare de Lyon» mißverstand und erst einmal drei Kilometer weit in die falsche Richtung fuhr, bis die Proteste seines Fahrgastes endlich zu ihm durchdrangen? Sie waren schon schlau, seine Verfolger, und sehr umsichtig. Sie besaßen genaueste Informationen. Sie konnten ihn nach Belieben aufhalten, ohne dabei offen in Erscheinung zu treten. Sie wußten, daß sie nur die Zeit für sich arbeiten zu lassen brauchten, dann benötigten sie keinen weiteren Verbündeten mehr.

Wußten sie vielleicht auch jetzt, daß er im Zug war? Wenn nicht, hatte er noch immer einen Vorteil in der Hand, denn dann reisten sie in falscher Sicherheit, weil sie ihn tobend vor hilfloser Wut in der Gare des Invalides wähnten. Er beschloß, vorsichtig auf Kundschaft zu gehen.

Dazu gehörte, daß er als erstes seinen grauen Anzug gegen einen anderen in unauffälligem Marineblau vertauschte, den er in seiner kleinen schwarzen Tasche bei sich hatte. Das besorgte er in aller Stille auf der Toilette, dann setzte er noch statt des grauen Filzhuts eine große Reisemütze auf, die er schön tief ins Gesicht ziehen konnte. Es bereitete so gut wie keine Schwierigkeiten, den Mann zu finden, den er suchte. Er entdeckte ihn auf einem Eckplatz in einem Abteil der ersten Klasse, in Fahrtrichtung sitzend, so daß er selbst sich ungesehen von hinten nähern konnte. Im Gepäcknetz lag ein schönes Reisenecessaire mit den Initialen P.D.B.W. Wimseys schmales, spitzes Gesicht, die glatten gelben Haare und die anmaßend gesenkten Augenlider waren dem jungen Mann bestens vertraut. Er lächelte ein wenig grimmig.

«Er fühlt sich sicher», dachte er, «und hat bedauerlicherweise den Fehler gemacht, den Feind zu unterschätzen. Gut! Somit werde ich mich in eine *seconde* zurückziehen und die Augen offenhalten. Der nächste Akt dieser Komödie wird sich schätzungsweise in Dreux abspielen.»

Beim Chemin de Fer de l'Ouest gilt es als die Regel, daß alle Züge von Paris nach Evreux, ob mit der Bezeichnung «Grande Vitesse» oder (wie Lord Peter es nannte) «Grande Paresse», einen endlos langen Aufenthalt in Dreux haben. Der junge Mann (jetzt in Marineblau) wartete ab, bis er sein Opfer in den Erfrischungsraum verschwinden sah, dann verließ er unauffällig den Bahnhof. Eine Viertelstunde später war er wieder da – diesmal in einem schweren Chauffeurmantel mit Helm und Brille und am Steuer eines schnellen gemieteten Peugeot. Unbemerkt betrat er den Bahnsteig und bezog Posten hinter der Wand der *lampisterie*, von wo er den Zug und den Eingang zum Erfrischungsraum im Auge behalten konnte. Nach fünfzehn Minuten wurde seine Geduld durch den Anblick seines Opfers belohnt, das mit dem Reisenecessaire in der Hand wieder den Zug bestieg. Die Dienstmänner schlugen die Türen zu und schrien: «Nächste Station Verneuil!» Die Lokomotive ächzte und stöhnte; die lange Reihe graugrüner Wagen ruckte langsam an. Der Autofahrer seufzte zufrieden, eilte durch die Sperre hinaus und ließ den Motor seines Wagens anspringen. Er wußte, daß er gute hundertdreißig Stundenkilometer unter der Haube hatte, und in Frankreich gab es keine Geschwindigkeitsbegrenzung.

Mon Souci, der Sitz des Comte de Rueil, jenes exzentrischen, einsiedlerischen Genies, liegt drei Kilometer außerhalb von Verneuil. Es ist ein tristes, halbverfallenes Schloß, das einsam und verlassen am Ende einer verwahrlosten Kiefernallee sein Dasein fristet, umgeben von der jammervollen Atmosphäre einer Aristokratie ohne Gefolgschaft. Die steinernen Nymphen stehen gebeugt und grün über ihren ausgetrockneten, verwitterten Bassins. Hin und wieder zieht ein Bauer mit einer knarrenden Holzfuhre über schlecht gepflegte Waldschneisen. Den ganzen Tag herrscht Sonnenuntergangsstimmung. Das Balkenwerk ist trokken und rissig, weil ihm der Anstrich fehlt. Durch die Jalousien sieht man in den steifen Salon mit seinen schönen, ausgeblichenen Möbeln. Selbst die letzte der einstmals hier wohnenden uneleganten, unansehnlichen Frauen mit ihren übermäßig ausgeprägten Familienzügen und ihren langen weißen Handschuhen hat Mon Souci inzwischen verlassen. Aber im hinteren Teil des

Schlosses raucht unablässig ein Schornstein. Es ist die Heizung des Laboratoriums, des einzig Lebendigen und Modernen hier inmitten des Alten und Sterbenden; es ist der einzige Ort, der geliebt und gehegt, verhätschelt und verwöhnt und dem alle Sorgfalt zuteil wird, mit der die Grafen einer leichtlebigeren Zeit ihre Ställe und Zwinger, Gemäldegalerie und Ballsaal bedachten. Und im kühlen Keller darunter liegen Reihen über Reihen staubiger Flaschen, eine wie die andere ein gläserner Zaubersarg, in dem das Dornröschen der Weinberge im Schlaf zu immer betörenderer Schönheit heranreift.

Als der Peugeot auf dem Hof ausrollte, stellte sein Fahrer mit einiger Überraschung fest, daß er nicht der einzige Besucher des Grafen war. Ein riesenhafter Super-Renault, viel Haube und kaum Rumpf, wie eine Merveilleuse des Directoire, war so großspurig vor den Eingang gesetzt worden, als sollte er jeglichen Neuankömmling erst einmal in Verlegenheit bringen. Seine glitzernden Türbleche zierte ein Wappen, und im Augenblick schleppte der ältliche Diener des Comte sich mit dem Gewicht zweier prächtiger Koffer ab, die in meilenweit sichtbaren silbernen Lettern die Aufschrift LORD PETER WIMSEY trugen.

Der Peugeotfahrer betrachtete das Schauspiel mit Erstaunen und grinste hämisch. «Lord Peter scheint ja in diesem Land ziemlich allgegenwärtig zu sein», bemerkte er bei sich. Dann nahm er Füller und Papier aus seiner Tasche und schrieb ein Briefchen. Bis die Koffer ins Haus getragen waren und der Renault sich schnurrend in Richtung Nebengebäude entfernt hatte, war auch der Brief fertig und in einen an den Comte de Rueil adressierten Umschlag gesteckt. «Wer andern eine Grube gräbt», sagte der junge Mann, und damit ging er die Treppe hinauf und übergab dem Diener an der Tür den Umschlag.

«Ich habe hier ein Empfehlungsschreiben an den Comte de Rueil», sagte er. «Hätten Sie vielleicht die Güte, es zu ihm zu bringen? Mein Name ist Bredon – Death Bredon.»

Der Diener verneigte sich und bat ihn herein.

«Wenn Monsieur die Freundlichkeit besäßen, einen Augenblick in der Halle Platz zu nehmen. Monsieur le Comte ist noch mit einem andern Herrn beschäftigt, aber ich werde ihn unverzüglich von Monsieurs Ankunft in Kenntnis setzen.»

Der junge Mann nahm Platz und wartete. Durch die Fenster der Halle blickte man auf die Zufahrt hinaus, und es dauerte nicht lange, bis der Schlaf des Schlosses vom Hupen eines dritten Autos gestört wurde. Ein Bahnhofstaxi kam lärmend die Allee herauf. Der Mann aus dem Erste-Klasse-Abteil und das Gepäck mit den Initialen P.D.B.W. wurden vor der Tür abgesetzt. Lord Peter Wimsey entließ den Chauffeur und läutete.

«So», sagte Mr. Bredon. «Nun kann der Spaß beginnen.» Mit diesen Worten zog er sich so tief wie möglich in den Schatten einer großen *armoire normande* zurück.

«Guten Abend», sagte der Neuankömmling in bewundernswertem Französisch zu dem Diener. «Ich bin Lord Peter Wimsey und komme auf Einladung des Comte de Rueil. Ist Monsieur le Comte zu Hause?»

«Milord Peter Wimsey? Verzeihung, Monsieur, aber das verstehe ich nicht. Milord de Wimsey ist schon da und befindet sich im Augenblick bei Monsieur le Comte.»

«Sie sehen mich erstaunt», erwiderte der andere völlig ungerührt, «denn sicherlich hat niemand anderer als ich ein Recht auf diesen Namen. Mir scheint, da hat eine Person von mehr Schlauheit als Ehrlichkeit die raffinierte Idee gehabt, sich für mich auszugeben.»

Der Diener war sichtlich ratlos.

«Vielleicht», schlug er vor, «könnte Monsieur mir seine *papiers d'identité* zeigen?»

«Es ist zwar etwas ungewöhnlich, sich an der Tür auszuweisen, wenn man jemandem einen Privatbesuch abstattet», antwortete Seine Lordschaft mit unerschütterlichem Gleichmut, «aber ich erhebe nicht den mindesten Einspruch. Hier ist mein Paß, hier mein *permis de séjour*, das mir in Paris ausgestellt wurde, hier meine Visitenkarte, und hier ist etliche Korrespondenz, gerichtet an meine verschiedenen Adressen im Hotel Meurice in Paris, an meine Londoner Wohnung am Piccadilly, an den Marlborough Club in London und an das Haus meines Bruders in King's Denver. Ist das wohl ausreichend?»

Der Diener sah die vorgelegten Dokumente sorgfältig durch und schien vor allem von dem *permis de séjours* beeindruckt zu sein.

«Da scheint ein Fehler vorzuliegen», murmelte er skeptisch. «Wenn Monsieur mir folgen wollen, werde ich Monsieur le Comte verständigen.» Sie verschwanden durch die Flügeltür am hinteren Ende der Halle, und Bredon blieb allein zurück.

«Heute wimmelt's hier nur so von Richmonds», bemerkte er, «und einer ist skrupelloser als der andere. Der Fall erfordert offensichtlich besonders kluges Vorgehen.»

Nach etwa zehn Minuten, in denen es vermutlich in der gräflichen Bibliothek besonders aufregend zugegangen war, kam der Diener wieder, diesmal auf der Suche nach ihm.

«Monsieur le Comte läßt sich Ihnen empfehlen, und würden Monsieur mir bitte hierher folgen?»

Bredon betrat den Raum mit keckem Schritt. Er hatte sich zum Herrn der Lage gemacht. Der Comte, ein magerer älterer Mann mit fleckigen Fingern vom Umgang mit Chemikalien, saß mit kummervoller Miene an seinem Schreibtisch. In zwei Sesseln saßen die beiden Wimseys. Bredon sah, daß der Wimsey, den er im Zug gesehen (und den er im Geiste Peter I getauft) hatte, sein unerschütterliches Lächeln beibehalten hatte, während Peter II (der mit dem Renault) das vor Empörung gerötete Gesicht eines gekränkten englischen Gentleman zur Schau stellte. Die beiden Herren sahen sich oberflächlich ähnlich – beide blond, hager, mit langen Nasen und unscheinbaren, unbeweglichen Gesichtern, wie sie in einer Versammlung wohlgeborener Angelsachsen vorzuherrschen pflegen.

«Mr. Bredon», sagte der Comte, «es ist mir eine große Freude, Ihre Bekanntschaft zu machen, und ich bedaure, daß ich Sie als erstes um einen Dienst bitten muß, der ebenso einzigartig wie wichtig ist. Sie haben mir ein Empfehlungsschreiben von Ihrem Vetter, Lord Peter Wimsey, vorgelegt. Würden Sie nun wohl so freundlich sein und mir sagen, welcher dieser beiden Herren Lord Peter Wimsey ist?»

Bredon ließ seinen Blick langsam von einem Prätendenten zum andern wandern und überlegte dabei, welche Antwort seinen Zwecken am dienlichsten sein könnte. Zumindest einer der in diesem Raum anwesenden Männern besaß beachtliches intellektuelles Format und war darin geübt, falsches Spiel zu durchschauen.

«Nun?» meinte Peter II. «Wollen Sie mich nicht endlich beglaubigen, Bredon?»

Peter I entnahm einem silbernen Etui eine Zigarette. «Ihr Komplize scheint in seiner Rolle nicht sehr sattelfest zu sein», bemerkte er mit einem gelassenen Lächeln, das Peter II galt.

«Monsieur le Comte», sagte Bredon, «ich bedaure außerordentlich, Ihnen in dieser Angelegenheit nicht weiterhelfen zu können. Meine Bekanntschaft mit meinem Vetter beschränkt sich, wie die Ihre, auf Korrespondenzen zu einem Thema gemeinsamen Interesses. Mein Beruf», fügte er hinzu, «hat mich bei meiner Familie unbeliebt gemacht.»

Von irgendwoher ertönte ein leiser Seufzer der Erleichterung. Der falsche Wimsey – welcher auch immer – hatte noch eine Gnadenfrist. Bredon lächelte.

«Ein hervorragender Schachzug, Mr. Bredon», sagte Peter I, «aber das dürfte kaum erklären – gestatten Sie.» Er nahm den Brief aus der widerstrebenden Hand des Comte. «Es dürfte kaum die Tatsache erklären, daß die Tinte auf diesem vor drei Wochen datierten Empfehlungsschreiben jetzt noch nicht einmal ganz trocken ist – obschon ich Ihnen zu der sehr gekonnten Nachahmung meiner Handschrift gratulieren muß.»

«Wenn *Sie* meine Handschrift zu fälschen imstande sind», sagte Peter II, «so wird Mr. Bredon dies wohl auch können.» Er las den Brief über die Schulter seines Doubles hinweg laut vor.

«‹Monsieur le Comte – ich habe die Ehre, Ihnen meinen Freund und Vetter, Mr. Death Bredon, vorzustellen, der meines Wissens im Laufe des nächsten Monats Ihren Teil Frankreichs bereisen wird. Es liegt ihm sehr viel daran, Ihre interessante Bibliothek zu sehen. Obschon er von Beruf Journalist ist, versteht er etwas von Büchern.› Es freut mich, auf diese Weise zum erstenmal zu erfahren, daß ich einen solchen Vetter habe. Ein Reportertrick, vermute ich, Monsieur le Comte. In Fleet Street scheint man mit den Namen in unserer Familie bestens vertraut zu sein. Vielleicht ist man dort ebenso vertraut mit dem Zweck meines Besuches auf Mon Souci?»

«Wenn Sie», sagte Bredon kühn, «den Erwerb der de-Rueil-Formel zur Herstellung von Giftgas durch die britische Regierung meinen, kann ich nur für mich selbst antworten, wobei die übrige Fleet Street möglicherweise weniger vollständig informiert ist.» Er wägte seine Worte jetzt sorgfältiger, gewarnt durch den Ausrutscher. Der scharfe Blick und der detektivische Spürsinn von Peter I machten ihm weit mehr Sorgen als die scharfe Zunge von Peter II.

Der Comte stieß einen Ruf der Bestürzung aus.

«Meine Herren», sagte er, «eines liegt hier klar auf der Hand – nämlich daß es irgendwo ein schreckliches Loch in der Geheimhaltung gegeben hat. Ich weiß nicht, welcher von Ihnen der Lord Peter Wimsey ist, dem ich die Formel anvertrauen könnte. Sie sind beide mit Papieren zu Ihrer Identität ausgestattet. Sie scheinen beide in der Angelegenheit bestens informiert zu sein. Ihrer beider Handschrift stimmen mit den Briefen überein, die ich zu früherer Gelegenheit von Lord Peter erhalten habe, und Sie haben mir beide die vereinbarte Summe in Noten der Bank von England angeboten. Obendrein erscheint dieser dritte Herr, ausgestattet mit den gleichen handschriftlichen Fähigkeiten, einem von verdächtigen Umständen umgebenen Empfehlungsschreiben und einem Grad von Informiertheit über diese Angelegenheit, die mich erschreckt. Ich sehe nur eine Lösung: Sie müssen alle hier in meinem Château bleiben, während ich um eine Aufklärung dieses Rätsels nach England schicke. Bei dem echten Lord Peter möchte ich mich dafür entschuldigen und ihm versichern, daß ich mich bemühen werde, seinen Aufenthalt hier so angenehm wie möglich zu gestalten. Sind Sie mit dieser Regelung einverstanden? Ja? Das freut mich zu hören. Mein Personal wird Sie in Ihre Zimmer führen, und um halb acht erwarte ich Sie zum Abendessen.»

«Es ist ein schöner Gedanke», sagte Mr. Bredon, während er sein Glas befühlte und es sich mit der Miene des Kenners unter die Nase hielt, «daß derjenige von den beiden Herren, der den Namen, den er sich zu eigen macht, rechtmäßig führt, heute abend eines wahrhaft olympischen Genusses gewiß sein darf.» Er hatte seine Frechheit wiedergefunden und forderte nun die Gesellschaft nonchalant heraus. «Ihr Keller, Monsieur le Comte, ist unter Männern, die mit einem Gaumen gesegnet sind, so berühmt wie Ihre Talente unter den Wissenschaftlern. Mehr könnte man mit allen Worten dieser Welt nicht sagen.»

Die beiden Lord Peters murmelten Zustimmung.

«Ihr Lob», erwiderte der Comte, «freut mich um so mehr, als es mich auf die Idee zu einer Probe bringt, die es uns mit Ihrer freundlichen Mithilfe sehr erleichtern wird, zu entscheiden, wer von Ihnen, meine Herren, der wirkliche Lord Peter und wer sein talentierter Imitator ist. Ist es nicht allgemein bekannt, daß Lord Peters Gaumen für Weine in ganz Europa unerreicht ist?»

«Sie schmeicheln mir, Monsieur le Comte», sagte Peter II bescheiden.

«Ich würde nicht sagen unerreicht», fiel Peter I wie in einem eingeübten Duett ein. «Nennen wir ihn leidlich, das gibt weniger Anlaß zu Mißverständnissen und so weiter.»

«Eure Lordschaft tun sich selbst unrecht», erklärte Bredon, mit unparteiischer Ehrerbietung an beide Herren gewandt. «Die Wette, die Sie gegen Mr. Frederick Arbuthnot im Egotist Club gewannen, als er Sie herausforderte, mit verbundenen Augen die Jahrgänge von siebzehn Weinen zu nennen, hat im *Evening Wire* die gebührende Würdigung erfahren.»

«An diesem Abend war ich nur besonders gut in Form», sagte Peter I.

«Blankes Glück», lachte Peter II.

«Die Probe, die ich vorschlage, meine Herren, sieht Ähnliches vor», fuhr der Comte fort, «wenn es auch nicht gleich so eine Strapaze werden soll. Das heutige Abendessen hat sechs Gänge. Zu jedem Gang werden wir einen anderen Wein trinken, den mein Butler mit verdecktem Etikett hereinbringen wird. Sie werden mir der Reihe nach Ihr Urteil darüber abgeben. Auf diese Weise werden wir vielleicht zu einem Ergebnis kommen, denn selbst der genialste Hochstapler – wovon ich heute abend vermutlich mindestens zwei am Tisch sitzen habe – könnte kaum einen Weinkenner vortäuschen. Wenn ein allzu gewagtes Durcheinander verschiedener Weine zu einem vorübergehenden Unwohlbefinden am nächsten Morgen führen sollte, so werden Sie dies sicherlich im Dienste der Wahrheit ausnahmsweise einmal gern auf sich nehmen.» Die beiden Wimseys verneigten sich.

«*In vino veritas*», meinte Mr. Bredon lachend. Er zumindest fühlte sich der Herausforderung gewachsen und sah einige Möglichkeiten auf sich zukommen.

«Da der Zufall und mein Butler Sie an meine rechte Seite plaziert haben, Monsieur», fuhr der Comte, an Peter I gewandt, fort, «bitte ich Sie, den Anfang zu machen, indem Sie mir so genau wie möglich den Wein beschreiben, den Sie soeben getrunken haben.»

«Da braucht man nun wirklich nicht lange zu raten», entgegnete der andere lächelnd. «Ich kann mit Bestimmtheit sagen, daß dies ein sehr angenehmer und wohlgereifter Chablis Moutonne ist; und da zehn Jahre ein ausgezeichnetes Alter für einen Chablis sind – für einen echten Chablis –, plädiere ich für 1916 als den vielleicht besten Weinjahrgang des Krieges in dieser Gegend.»

«Haben Sie dieser Meinung etwas hinzuzufügen, Monsieur?» begehrte der Comte in ehrerbietigem Ton von Peter II zu wissen.

«Ich möchte, was den Jahrgang angeht, nicht dogmatisch erscheinen», sagte der Angesprochene mit kritischer Miene, «aber wenn ich mich festlegen sollte, nun, dann würde ich 1915 sagen, ganz entschieden 1915.»

Der Comte verneigte sich und wandte sich an Bredon.

«Vielleicht möchten auch Sie, Monsieur, eine Meinung äußern», sagte er mit der ausgesuchten Höflichkeit, die oft dem Unbeschlagenen in der Gesellschaft von Fachleuten entgegengebracht wird.

«Ich möchte hier lieber keine Maßstäbe setzen, denen ich hinterher nicht gewachsen bin», antwortete Bredon ein wenig boshaft. «Ich weiß, daß es ein 1915er ist, weil ich nämlich das Etikett gesehen habe.»

Peter II machte ein leicht betretenes Gesicht.

«Dann werden wir die Angelegenheit künftig besser arrangieren», sagte der Comte. «Entschuldigen Sie mich.» Er entfernte sich, um ein paar Minuten mit seinem Butler zu konferieren, der kurz darauf kam, um die Austern abzutragen und die Suppe zu servieren.

Der nächste Kandidat zur Begutachtung erschien bis zum Hals in Damast gehüllt.

«Nun ist die Reihe an Ihnen, als erster Ihr Urteil abzugeben», sagte der Comte zu Peter II. «Gestatten Sie, daß ich Ihnen zuvor eine Olive anbiete, um den Geschmack zu neutralisieren. Nur nichts übereilen, ich bitte Sie. Auch zu den höchsten politischen Zwecken sollte man einen guten Wein nicht ohne Respekt behandeln.»

Die Zurechtweisung war nicht unnötig, denn nach dem ersten Schlückchen hatte Peter II einen kräftigen Zug von dem edlen, schweren Weißwein genommen. Unter dem spöttischen Blick von Peter I welkte er sichtlich dahin.

«Es ist – es ist ein Sauterne», begann er und unterbrach sich. Bredons Lächeln gab ihm aber neuen Mut, und so sagte er jetzt mit mehr Selbstsicherheit: «Château Iquem, 1911 – die Königin der Weißweine, Sir, wie mal irgendwer gesagt hat.» Damit leerte er trotzig sein Glas.

Das Gesicht des Comte sprach Bände, als er langsam seinen faszinierten Blick von Peter II ab- und Peter I zuwandte.

«Wenn sich schon jemand für mich ausgibt», murmelte letzterer sanft, «wäre es schmeichelhafter für mich gewesen, wenn diesen Versuch jemand unternommen hätte, für den ein Weißwein *nicht* wie jeder andere ist. Also, Sir, dieser bewundernswerte Jahrgang ist natürlich ein Montrachet – äh – Augenblick –» er ließ den Wein genießerisch auf der Zunge umgehen – «1911. Und es ist ein vorzüglicher Wein, obgleich ich bei allem Respekt vor Ihnen, Monsieur le Comte, finde, daß er vielleicht ein wenig zu süß ist, um seinen augenblicklichen Platz im Menü einzunehmen. Gewiß ist zu diesem ausgezeichneten *consommé marmite* ein lieblicherer Wein nicht ganz fehl am Platz, aber nach meiner bescheidenen Ansicht wäre er bei den *confitures* noch besser zur Geltung gekommen.»

«Bitte», sagte Bredon unschuldig, «da sieht man wieder, wie man sich irren kann. Hätte ich nicht den Vorteil, Lord Peters Expertenmeinung gehört zu haben – denn gewiß hat niemand, der einen Montrachet mit einem Sauterne verwechselt, Anrecht auf den Namen Wimsey –, so hätte ich diesen Wein nicht für einen Montrachet-Aîné gehalten, sondern für einen Chevalier-Montrachet aus demselben Jahr, der ein wenig süßer ist. Aber zweifellos erscheint er einem, wie Eure Lordschaft sagen, dadurch, daß wir ihn zu dieser Suppe trinken, etwas süßer, als er in Wirklichkeit ist.»

Der Comte sah ihn scharf an, sagte aber nichts dazu.

«Nehmen Sie noch eine Olive», sagte Peter I freundlich. «Man kann einen Wein nicht beurteilen, wenn man noch einen andern Geschmack im Mund hat.»

«Heißen Dank», sagte Bredon. «Dabei fällt mir ein –» und damit gab er eine ziemlich witzlose Geschichte über Oliven zum besten, die sich über die Suppe hinzog und die Pause bis zum Auftragen einer ausgezeichnet zubereiteten Seezunge überbrückte.

Der Blick des Comte folgte ziemlich nachdenklich der hellbernsteingelben Flüssigkeit, die jetzt in die Gläser perlte. Bredon hob das seine auf die bewährte Weise unter seine Nase, und eine leichte Röte huschte über sein Gesicht. Nach dem ersten Schlückchen wandte er sich aufgeregt an seinen Gastgeber.

«Mein Gott, Sir –» begann er.

Die mahnend erhobene Hand ließ ihn verstummen.

Peter I nippte, sog die Luft ein, nippte erneut, und seine Stirn umwölkte sich. Peter II hatte inzwischen offenbar alle Ansprüche aufgegeben. Er trank durstig, strahlte und schien die Wirklichkeit vergessen zu haben.

«*Eh bien, monsieur?*» fragte der Comte liebenswürdig.

«Es ist mit Bestimmtheit ein Rheinwein», sagte Peter I, «und zwar der edelste, den ich je gekostet habe, aber ich muß gestehen, daß ich ihn im Augenblick nicht ganz plazieren kann.»

«Nein?» sagte Bredon. Seine Stimme war jetzt wie Bohnenblütenhonig, süß und harsch zugleich. «Und der andere Herr auch nicht? Dabei könnte ich diesen Wein auf ein paar Meilen genau lokalisieren, obschon ich sagen muß, daß ich ihn in dieser Zeit nicht in einem französischen Keller zu finden erwartet hätte. Es ist, wie Eure Lordschaft sagen, ein Rheinwein, und zwar ein Johannisberger. Nicht der plebejische Vetter, sondern der *echte* Schloß Johannisberger von den schloßeigenen Weinbergen. Er muß Eurer Lordschaft – sehr zu Ihrem Schaden – während des Krieges entgangen sein. Mein Vater hat noch ein paar Flaschen aufgelegt, bevor er starb, aber anscheinend waren die herzoglichen Keller in Denver nicht so gut ausgestattet.»

«Diesem Mißstand soll schnellstens abgeholfen werden», sagte der übriggebliebene Peter entschlossen.

Das *poulet* wurde serviert, begleitet von einem Streitgespräch über den Lafitte, den Seine Lordschaft auf 1878 datierte, während Bredon auf der Ansicht beharrte, er sei ein Restbestand des glorreichen 75er Jahrgangs, ein wenig überreif, aber sowohl seinem hohen Alter als auch seinem edlen Stammbaum zur Ehre gereichend.

Beim Clos-Vougeôt bestand hingegen völlige Einigkeit; nach einer ersten vorsichtigen Datierung auf das Jahr 1915 erklärte Peter I ihn schließlich zu einem Vertreter des ebenso herrlichen, wenn auch ein wenig leichteren Jahrgangs 1911. Unter allgemeinem Applaus wurde das pré-salé abgetragen und das Dessert serviert.

«Ist es eigentlich nötig», meinte Peter I mit einem sanften Lächeln in Richtung Peter II – der jetzt nur noch selig vor sich hin lallte: «Verdammt guter Wein, verdammt gutes Essen, verdammt schöner Abend» – «ist es wirklich nötig, diese Farce in die Länge zu ziehen?»

«Eure Lordschaft werden sich doch der weiteren Diskussion gewiß nicht entziehen wollen?» erwiderte der Comte.

«Die Sache ist doch wohl hinreichend geklärt.»

«Aber einem Gespräch über Wein wird sicher niemand aus dem Weg gehen», meinte Bredon, «am wenigsten so ein großer Kenner wie Eure Lordschaft.»

«Bei diesem Wein doch», sagte der andere. «Ehrlich gesagt, ich kann nicht viel damit anfangen. Er ist süß und beißend, zwei Eigenschaften, die ihn in den Augen – vielmehr im Mund – des Kenners abqualifizieren. Hatte Ihr verehrter Herr Vater diesen Wein vielleicht auch im Keller, Mr. Bredon?»

Bredon schüttelte den Kopf.

«Nein», sagte er, «nein. Echter kaiserlicher Tokayer ist für einen Schreiberling leider unerschwinglich. Aber ich gebe Ihnen recht, daß er sehr überbewertet wird – mit allem schuldigen Respekt vor Ihnen selbst, Monsieur le Comte.»

«In diesem Falle», sagte der Comte, «werden wir gleich zum Likör übergehen. Ich gestehe, daß ich die beiden Herren mit einem örtlichen Produkt verblüffen wollte, doch da der eine Bewerber offenbar die Waffen gestreckt hat, soll es Cognac sein – das einzige, was eine gute Weinfolge gebührend abschließt.»

Unter leicht verlegenem Schweigen wurden die großen, runden Schwenker auf den Tisch gestellt und die wenigen kostbaren Tropfen vorsichtig eingeschenkt und in eine leichte Drehbewegung versetzt, um das Bouquet freizusetzen.

«Das», sagte Peter I, nun wieder ganz liebenswürdig, «ist wahrhaftig ein wunderbarer alter französischer Cognac. Schätzungsweise ein halbes Jahrhundert alt.»

«Eure Lordschaft lassen in diesem Lob die Begeisterung missen», versetzte Bredon. «Das ist *der* Cognac – der Cognac aller Cognacs –, der herrliche, unvergleichliche, echte Napoleon. Man sollte ihn als den Kaiser ehren, der er ist.»

Er erhob sich, seine Serviette in der Hand.

«Sir», sagte der Comte, an ihn gewandt, «ich habe zu meiner Rechten einen bewundernswerten Weinkenner sitzen, aber Sie sind einzigartig.» Er winkte stumm dem Butler, der die leeren Flaschen feierlich an den Tisch brachte und enthüllte, vom bescheidenen Chablis bis zum stattlichen Napoleon mit dem in die Flasche geblasenen kaiserlichen Siegel. «Jedesmal haben Sie Lage und Jahrgang richtig bestimmt. Es gibt sicher kein halbes Dutzend Männer mit einem Gaumen wie dem Ihren auf der ganzen Welt, und ich dachte bisher, nur einer davon sei Engländer. Wollen Sie uns jetzt nicht mit Ihrem richtigen Namen beehren?»

«Sein Name spielt überhaupt keine Rolle», sagte Peter I. Er war aufgestanden. «Hände hoch, alle! Comte, die Formel!»

Bredon, der in der einen Hand noch immer die Serviette hielt, riß ruckartig die Hände hoch. Die weißen Falten spien Feuer, und das Geschoß traf den Revolver des andern genau zwischen Lauf und Abzug, wobei sich sehr zum Schaden des gläsernen Kerzenhalters der Schuß löste. Peter I schüttelte seine gelähmte Hand und fluchte.

Bredon hielt die Pistole auf ihn gerichtet, ohne dabei Peter II aus den wachsamen Augen zu lassen, dessen rosarote Visionen sich durch den Knall in nichts aufgelöst hatten und nach und nach seiner früheren Aggressivität Platz machten.

«Da die Abendgesellschaft einen etwas lebhaften Verlauf zu nehmen scheint», meinte Bredon, «wären Sie vielleicht so liebenswürdig, Comte, diese beiden Herren auf weitere Schußwaffen zu untersuchen. Danke. So, und nun könnten wir uns eigentlich alle wieder hinsetzen und die Flasche kreisen lassen.»

«Sie – *Sie* sind –» knurrte Peter I.

«Oh, mein Name ist wirklich Bredon», entgegnete der andere gutgelaunt. «Ich habe etwas gegen Pseudonyme. Sie sind so etwas wie die Kleider eines andern, wissen Sie – wollen nie so recht passen. Peter Death Bredon Wimsey – ein bißchen lang und so, aber ganz praktisch, wenn man ihn in Raten benutzt. Auch ich habe einen Paß und alle diese Sachen, aber da deren Reputation hier gewissermaßen etwas lädiert war, habe ich sie nicht vorgewiesen. Für die Formel gebe ich Ihnen, glaube ich, besser einen persönlichen Scheck von mir – mit Noten der Bank von England scheint hier jeder um sich werfen zu können. In meinen Augen ist diese ganze Geheimdiplomatie sowieso ein Fehler, aber das ist Sache des Kriegsministeriums. Ich nehme an, wir haben alle die gleichen Beglaubigungsschreiben bei uns. Eben, dachte ich mir doch. Da scheint sich irgendein schlaues Kerlchen sehr erfolgreich auf zwei Märkten gleichzeitig verkauft zu haben. Aber Sie beide müssen ja wirklich aufregende Zeiten hinter sich haben – jeder in dem Glauben, der andere sei ich.»

«Mylord», sagte der Comte traurig, «diese beiden Männer sind oder waren vermutlich Engländer. Es liegt mir nichts daran, zu wissen, welche Regierungen ihren Verrat gekauft haben. Aber wo sie stehen, da stehe leider, leider auch ich. Gegenüber unserer käuflichen, korrupten Republik empfinde ich als Royalist keinerlei Treueverpflichtung, aber es nagt an meinem Herzen, daß ich mich von meiner Armut dazu habe hinreißen lassen, mein Heimatland an England zu verkaufen. Fahren Sie zu Ihrem Kriegsministerium zurück und berichten Sie, daß ich Ihnen die Formel nicht gebe. Sollte es zwischen unseren Ländern – was Gott verhüte! – zu einem Krieg kommen, so werden Sie mich auf der Seite Frankreichs finden. Das ist mein letztes Wort, Mylord.»

Wimsey verneigte sich.

«Sir», sagte er, «meine Mission ist allem Anschein nach fehlgeschlagen. Darüber freue ich mich. Dieses Geschäft mit der Vernichtung ist ja doch ein schmutziges Geschäft. Schließen wir die Tür hinter diesen beiden Herren, die weder Fisch noch Fleisch sind, und trinken wir den Cognac in der Bibliothek zu Ende.»

9

Das gelehrte Abenteuer mit dem Drachenhaupt

«Onkel Peter!»

«Momentchen, Gherkins. Nein, ich glaube, ich nehme den Catull doch nicht, Mr. Ffolliott. Dreizehn Guineen für ein Buch ohne Titelblatt und letzten Folio sind doch ein bißchen happig, wie? Aber Sie könnten mir den Vitruvius und das Satyricon mal rüberschicken, wenn sie da sind; die möchte ich mir jedenfalls ansehen. So, mein Junge, was gibt's?»

«Komm doch mal und guck dir die Bilder an, Onkel Peter. Das ist bestimmt ein furchtbar altes Buch.»

Lord Peter Wimsey tastete sich seufzend aus Mr. Ffolliots düsterem Lagerraum, der mit dem Strandgut etlicher Bibliotheken übersät war. Ein unerwarteter Masernausbruch in Mr. Bultridges ausgezeichnetem Internat, der zufällig mit einer Europareise des Herzogs und der Herzogin von Denver zusammenfiel, hatte Seiner Lordschaft die Betreuung seines zehnjährigen Neffen, des Vicomte St. George, besser bekannt als Junker Jerry, Jerrykins oder Gherkins – «Gürkchen» –, auf die Schultern geladen. Lord Peter gehörte nicht zu jenen geborenen Onkeln, die alte Ammen mit ihrem faszinierenden «Sinn für Kinder» entzükken. Eine gewisse Toleranz zu ehrenhaften Bedingungen verdiente er sich jedoch dadurch, daß er die Jugend mit der gleichen peniblen Höflichkeit behandelte, die er auch Erwachsenen angedeihen ließ. Folgerichtig wappnete er sich nun, «Gürkchens» Entdeckung mit dem ihr gebührenden Respekt zu begutachten, obschon natürlich dem Geschmack von Kindern keineswegs zu trauen war und das Buch sich als ein scheußliches Sammelsurium von verschwommenem Mezzotinto oder als ein minderwertiger moderner Nachdruck, angereichert mit leprakranken Klischees, entpuppen konnte. Etwas Besseres war in der dem Straßenstaub ausgesetzten Fünf-Shilling-Auslage eigentlich nicht zu erwarten.

«Onkel! Da ist so ein komischer Mann drin, mit furchtbar langer Nase und Ohren und einem Schwanz und lauter Hundeköpfen am Körper. *Monstrum hoc Cracoviae* – das ist doch ein Ungeheuer, nicht? Ja, es ist sicher eins. Aber was heißt *Cracoviae*, Onkel Peter?»

«Oh», sagte Lord Peter sehr erleichtert. «Das Krakauer Monster?» Ein Abbild dieser scheußlichen Mißgeburt ließ immerhin auf ein achtbares Alter schließen. «Laß mich mal sehen. Ja, ganz recht, das ist ein sehr altes Buch – Münsters *Cosmographia universalis.* Freut mich, daß du einen Blick dafür hast, ob etwas gut ist, Gherkins. Aber was tut Münsters *Cosmographia* hier draußen zwischen der Ramschware, Mr. Ffolliott?»

«Nun, Mylord», antwortete der Buchhändler, der seinen Kunden zur Tür gefolgt war, «Sie sehen ja, in welch schlechtem Zustand sie ist; die Umschlagdeckel sind lose, und die doppelseitigen Karten fehlen fast alle. Das Buch haben wir vor ein paar Wochen hereinbekommen – mit einer ganzen Sammlung, die wir von einem Herrn aus Norfolk gekauft haben, Dr. Conyers von Yelsall Manor. Natürlich könnten wir das Buch behalten und versuchen, eine komplette Ausgabe zusammenzustellen, falls wir noch ein zweites Exemplar hereinbekommen sollten. Aber wie Sie wissen, ist das ja nicht so ganz unser Gebiet – wir haben uns auf klassische Autoren spezialisiert. Darum haben wir es einfach ins Regal gestellt und verkaufen es für das, was es gewissermaßen im *status quo* einbringt.»

«Ach, guck doch mal!» rief Gherkins dazwischen. «Da ist ein Bild von einem Mann, der in kleine Stücke gehackt wird. Was steht denn dabei?»

«Ich denke, du kannst Latein.»

«Na ja, aber da sind lauter so komische Schnörkel drin. Was bedeuten die?»

«Das sind nur Zusammenziehungen», gab Lord Peter geduldig Auskunft. «‹*Solent quoque hujus insulae cultores*› – Es ist bei den Bewohnern dieser Insel der Brauch, ihre Eltern, wenn sie vom Alter gebeugt und zu nichts mehr nütze sind, auf den Markt zu bringen und an die Kannibalen zu verkaufen, die sie töten und aufessen. Solches tun sie auch mit jüngeren Personen, wenn sie von einer schlimmen Krankheit befallen sind.»

«Haha!» rief Mr. Ffolliott. «Das war aber nicht nett gegenüber den armen Kannibalen. So bekamen sie immer nur zähes altes oder krankes Fleisch zu essen.»

«Diese Inselbewohner scheinen einen ausgesprochen fortschrittlichen Geschäftssinn gehabt zu haben», pflichtete Seine Lordschaft ihm bei.

Der Vicomte war ganz verzaubert.

«Das Buch gefällt mir», sagte er; «kann ich es bitte von meinem Taschengeld kaufen?»

Schon wieder ein Problem für arme Onkel, dachte Lord Peter und rief sich eilig in Erinnerung, was er über die *Cosmographia* noch alles wußte, um sicherzugehen, daß die Illustrationen nur ja nichts Anstößiges enthielten, denn er kannte die strengen Grundsätze der Herzogin. Es fiel ihm jedoch nur ein Bild ein, das ein bißchen gewagt war, und die Chancen standen ganz gut, daß die Herzogin nicht gleich darauf stoßen würde.

«Hm», machte er bedächtig, «ich an deiner Stelle wäre schon geneigt, es zu kaufen. Es ist, wie Mr. Ffolliott dir in seiner Ehrlichkeit gesagt hat, nicht mehr gut erhalten – sonst wäre es natürlich auch ungemein wertvoll; aber abgesehen von den fehlenden Blättern ist es ein sehr hübsches, sauberes Exemplar und sollte dir jedenfalls fünf Shilling wert sein, wenn du mit dem Gedanken spielst, dir eine Sammlung zuzulegen.»

Bis zu diesem Augenblick hatten die Kannibalen es dem Vicomte zweifellos mehr angetan gehabt als der Zustand der Buchränder, aber die Vorstellung, im nächsten Schuljahr als Sammler seltener Buchausgaben aufzutreten, hatte jetzt etwas unbestreitbar Anziehendes.

«Von den andern Jungen sammelt keiner Bücher», sagte er. «Die sammeln meist Briefmarken. Ich finde Briefmarken ziemlich gewöhnlich, du nicht auch, Onkel Peter? Ich hab mir schon überlegt, ob ich sie nicht aufstecken soll. Mr. Porter, der bei uns Geschichte gibt, hat eine ganze Menge Bücher, wie du, und er spielt prima Fußball.»

Lord Peter interpretierte die Anspielung auf Mr. Porter durchaus richtig und äußerte sich dahingehend, daß Büchersammeln eine sehr wohl männliche Beschäftigung sein könne. Mädchen täten das so gut wie nie, sagte er, weil man dafür soviel über Jahreszahlen, Typographie und andere technische Dinge lernen müsse, die einen männlichen Verstand erforderten.

«Außerdem», fuhr er fort, «ist es ja schon ein sehr interessantes Buch an sich, das sich durchaus zu lesen lohnt.»

«Dann möchte ich es bitte kaufen», sagte der Vicomte und errötete ein wenig ob dieses bedeutenden Geschäftsabschlusses, denn die Herzogin fand es nicht erstrebenswert, daß kleine Jungen allzu verschwenderisch mit dem Geld umgingen, und hielt ihn mit dem Taschengeld entsprechend kurz.

Mr. Ffolliott verneigte sich und trug die *Cosmographia* fort, um sie einzupacken.

«Bist du auch flüssig?» erkundigte Lord Peter sich taktvoll. «Oder kann ich dir momentan unter die Arme greifen?»

«Nein, danke, Onkel Peter; ich habe noch die halbe Krone von Tante Mary und vier Shilling von meinem Taschengeld, weil ich doch für unsern Klassenrummel gespart hatte, und der ist ja nun durch die Masern ins Wasser gefallen.»

Nachdem die Transaktion auf diese standesgemäße Weise getätigt war und der angehende Bibliophile den dicken, eckigen Band unverzüglich in seine persönliche Obhut genommen hatte, wurde ein Taxi gechartert, das die *Cosmographia* durch die üblichen Verkehrsstauungen zum Piccadilly 110a brachte.

«Und wer ist bitte Mr. Wilberforce Pope, Bunter?»

«Ich glaube nicht, daß wir den Herrn kennen, Mylord. Er möchte Eure Lordschaft gern ein paar Minuten in einer geschäftlichen Angelegenheit sprechen.»

«Wahrscheinlich soll ich den entlaufenen Mops seiner Erbtante suchen. Das hat man davon, wenn man sich einen Namen als Spürhund gemacht hat. Führen Sie ihn herein. Gherkins, wenn die Geschäfte dieses Herrn privater Natur sein sollten, ziehst du dich am besten ins Eßzimmer zurück.»

«Ja, Onkel Peter», antwortete der Vicomte brav. Er lag bäuchlings vor dem Kamin in der Bibliothek und kämpfte sich mühsam und mit Hilfe der Herren Lewis & Short, deren monumentales lexikographisches Werk er bisher immer als ein barbarisches Folterinstrument für die höheren Schulklassen betrachtet hatte, durch die aufregendsten Passagen der *Cosmographia.*

Mr. Wilberforce Pope entpuppte sich als ein etwas beleibter, blonder Enddreißiger mit vorzeitig kahler Stirn, Hornbrille und gewinnendem Auftreten.

«Sie werden meine Zudringlichkeit hoffentlich entschuldigen», begann er. «Wahrscheinlich falle ich Ihnen furchtbar lästig. Aber ich habe Ihre Anschrift Mr. Ffolliott entlockt. Eigentlich ist das aber gar nicht seine Schuld. Sie sind ihm deswegen hoffentlich nicht böse. Ich habe den Ärmsten regelrecht geplagt. Hab mich auf seine Türschwelle gesetzt und mich geweigert, fortzugehen, obwohl der Lehrjunge schon die Läden schloß. Und ich fürchte, wenn Sie erfahren, worum es geht, werden Sie mich erst recht albern finden. Aber Sie dürfen dem armen Mr. Ffolliott wirklich nicht böse sein, nein?»

«Keineswegs», sagte Seine Lordschaft. «Ich meine, es freut mich sehr und so weiter. Kann ich in puncto Büchern irgend etwas für Sie tun? Sind Sie vielleicht Sammler? Darf ich Ihnen etwas zu trinken anbieten?»

«Nein, nein», antwortete Mr. Pope mit verschämtem Kichern. «Ein Sammler bin ich nicht direkt. Herzlichen Dank, aber nur ein Schlückchen – nein, das mit dem Schlückchen meine ich ganz wörtlich. Danke; nein –» er blickte sich im Zimmer um, dessen Regale von prachtvollen Ledereinbänden nur so überquollen –, «ein Sammler bin ich ganz gewiß nicht. Aber ich habe ein gewisses Interesse – ein rein sentimentales Interesse – an einem Buch, das Sie gestern erworben haben. Es handelt sich um eine Kleinigkeit. Sie werden es albern finden. Aber wie ich höre, sind Sie der gegenwärtige Besitzer einer Ausgabe von Münsters *Cosmographia*, die einmal meinem Onkel, Dr. Conyers, gehörte.»

Gherkins sah unvermittelt auf, denn das Gespräch streifte seine höchstpersönlichen Interessen.

«Nun, das stimmt so nicht ganz», sagte Wimsey. «Ich war zwar dabei, aber der eigentliche Käufer ist mein Neffe. Gerald, Mr. Pope interessiert sich für deine *Cosmographia.* Mein Neffe, Lord Saint George.»

«Guten Tag, junger Mann», sagte Mr. Pope liebenswürdig. «Ich sehe, der Sammlergeist steckt in der Familie. Und obendrein ein großer Lateiner, wie? Kann *jurisjurandum* aus dem Stegreif deklinieren, was? Haha! Und was willst du einmal werden, wenn du groß bist? Lordkanzler sicher, oder? Aber nein, ich wette, du möchtest lieber Lokomotivführer werden, nicht?»

«Nein danke», sagte der Vicomte von oben herab.

«Was, kein Lokomotivführer? Hm, nun ja, im Moment sollst du dich auch nur als tüchtiger Geschäftsmann zeigen. Bei einem Buchverkauf. Dein Onkel wird schon darauf achten, daß ich dir einen fairen Preis biete, wie? Haha! Also, nun paß mal auf. Dieses Bilderbuch, das du da hast, hat für mich einen großen Wert, den es sonst für niemanden hat. Als *ich* noch ein Junge in deinem Alter war, gehörte es nämlich zu meinen allergrößten Freuden. Sonntags habe ich es mir immer geholt und angesehen. Ach Gott, ja! Wie viele glückliche Stunden habe ich über diesen merkwürdigen alten Stichen zugebracht, und den komischen alten Karten mit den Schiffen und Salamandern und *‹Hic dracones›* – du weißt vermutlich, was das heißt, wie? Na, was heißt es denn?»

«Hier sind Drachen», antwortete der Vicomte unwillig, aber noch höflich.

«Ganz recht. Ich wußte doch, daß du ein Gelehrter bist.»

«Es ist ein sehr schönes Buch», sagte Lord Peter. «Mein Neffe war ganz hingerissen von dem berühmten Krakauer Monster.»

«Ach ja – ein prächtiges Monster, nicht?» pflichtete Mr. Pope ihm begeistert bei. «Wie oft habe ich mich als Sir Lancelot oder irgendwer sonst auf einem weißen Schlachtroß sitzen sehen, die Lanze eingelegt und das Ungeheuer angreifend, während die gefangene Prinzessin mir zujubelte. Ach ja, die Kindheit! Du durchlebst zur Zeit die glücklichsten Jahre deines Lebens, junger Mann. Du glaubst es mir sicher nicht, aber es ist so.»

«Und was wünschen Sie nun eigentlich genau von meinem Neffen?» fragte Lord Peter ein wenig scharf.

«Sehr richtig, sehr richtig. Also, wie Sie ja wissen, hat mein Onkel, Dr. Conyers, vor ein paar Monaten seine Bibliothek verkauft. Ich war um diese Zeit gerade im Ausland, und erst gestern, als ich ihn in Yelsall besuchen wollte, erfuhr ich, daß auch das geliebte alte Buch mit allen andern zusammen fortgegeben wurde.

Ich kann Ihnen nicht sagen, wie bestürzt ich war. Ich weiß, daß es nicht wertvoll ist – viele Seiten fehlen und so weiter –, aber ich ertrage den Gedanken nicht, daß es fort sein soll. Da bin ich also, aus reiner Sentimentalität, wie gesagt, sofort zu Ffolliott gerannt, um es zurückzuholen. Ich war ganz entsetzt, als ich erfuhr, daß ich zu spät kam, und habe dem armen Mr. Ffolliott keine Ruhe gelassen, bis er mir den Namen des Käufers nannte. Und nun, junger Mann, bin ich hier, um dir ein Angebot zu machen. Also, paß auf: doppelt soviel, wie du dafür bezahlt hast. Das ist doch ein gutes Angebot, nicht wahr, Lord Peter? Haha! Und du tätest mir außerdem einen sehr großen Gefallen.»

Vicomte Saint George machte ein ziemlich verlegenes Gesicht und wandte sich hilfesuchend an seinen Onkel.

«Nun, Gerald», meinte Lord Peter, «das ist natürlich deine Sache. Was sagst du dazu?»

Der Vicomte trat von einem Fuß auf den andern. Die Karriere eines Büchersammlers hatte, wie andere auch, offensichtlich ihre Tücken.

«Bitte, Onkel Peter», druckste er verlegen, «darf ich flüstern?»

«Flüstern gehört sich im allgemeinen nicht, Gherkins, aber du könntest Mr. Pope um Bedenkzeit für sein Angebot bitten. Oder du kannst sagen, daß du zuerst meinen Rat einholen möchtest. Das wäre völlig in Ordnung.»

«Dann möchte ich, wenn Sie nichts dagegen haben, Mr. Pope, zuerst meinen Onkel um Rat bitten.»

«Gewiß, gewiß. Haha!» sagte Mr. Pope. «Sehr gescheit, sich von einem Sammler mit mehr Erfahrung beraten zu lassen, wie? Ja, ja, die junge Generation, nicht wahr, Lord Peter? Schon richtige kleine Geschäftsleute.»

«Dann entschuldigen Sie uns bitte einen Augenblick», sagte Lord Peter und zog seinen Neffen ins Eßzimmer.

«Sag mal, Onkel Peter», begann der junge Sammler atemlos, nachdem die Tür zu war, «*muß* ich ihm mein Buch geben? Ich finde den Mann gar nicht nett. Ich kann Leute nicht leiden, die einen lateinische Wörter deklinieren lassen wollen.»

«Selbstverständlich mußt du nicht, Gherkins, wenn du nicht willst. Das Buch gehört dir, du hast ein Recht darauf.»

«Was tätest *du* denn, Onkel Peter?»

Bevor Lord Peter antwortete, schlich er ganz überraschend auf Zehenspitzen zu der Verbindungstür zur Bibliothek und riß sie unvermittelt auf, gerade im richtigen Augenblick, um Mr. Pope dabei zu erwischen, wie er vor dem Kamin kniete und eifrig die Seiten des begehrten Buchs durchblätterte, das noch so dalag, wie sein Besitzer es liegen gelassen hatte. Als die Tür aufging, sprang er auf wie ein ertappter Sünder.

«Fühlen Sie sich ruhig wie zu Hause, Mr. Pope!» rief Lord Peter gastfreundlich und schloß die Tür wieder.

«Was ist denn los, Onkel Peter?»

«Wenn du meinen Rat hören willst, Gherkins, solltest du es dir gut überlegen, bevor du dich mit Mr. Pope auf irgend etwas einläßt. Ich glaube nicht, daß er uns die Wahrheit sagt. Diese Holzschnitte hat er Stiche genannt – allerdings könnte das nur seine Unwissenheit sein. Aber ich kann nicht glauben, daß er in seiner Kindheit alle Sonntagnachmittage die Karten studiert und die Drachen darauf gesucht haben soll, denn wie du selbst schon gemerkt haben wirst, hat der gute alte Münster die Drachen sehr spärlich auf den Karten verteilt. Meist sind es ganz simple Karten – ein bißchen komisch für unsere heutigen Begriffe von Geographie, aber vollkommen klar und nüchtern. Darum habe ich ja auch das Krakauer Monster erwähnt, und siehe da, er hielt es prompt für irgendeine Art Drachen.»

«Mensch, Onkel Peter! Das hast du also mit Absicht gesagt?»

«Wenn Mr. Pope die *Cosmographia* haben will, dann aus irgendeinem Grund, den er uns nicht verraten möchte. Und falls dem so ist, hätte ich es mit dem Verkaufen nicht zu eilig, wenn es mein Buch wäre. Verstehst du?»

«Du meinst, an dem Buch ist irgendwas ungeheuer Wertvolles, was wir nicht wissen?»

«Möglich.»

«Wie aufregend! Wie in den Geschichten in der *Bibliothek für den Jungen.* Was soll ich denn zu ihm sagen, Onkel Peter?»

«Nun, an deiner Stelle würde ich nicht viel herumreden. Ich würde ihm nur sagen, ich hätte mir die Sache überlegt, aber ich hätte das Buch ins Herz geschlossen und möchte es lieber nicht verkaufen. Natürlich dankst du ihm für das Angebot.»

«Ja – äh, könntest du das nicht für mich sagen, Onkel Peter?»

«Ich finde, es sieht besser aus, wenn du es ihm selbst sagst.»

«Na ja, vielleicht. Wird er sehr böse sein?»

«Vielleicht», sagte Lord Peter. «Aber wenn, dann wird er es sich nicht anmerken lassen. So. Fertig?»

Das Beratungskomitee kehrte also in die Bibliothek zurück. Mr. Pope hatte sich klugerweise vom Kamin zurückgezogen und betrachtete ein Bücherregal in einer abgelegenen Ecke.

«Ich danke Ihnen sehr für Ihr Angebot, Mr. Pope», sagte der Vicomte, indem er sicheren Schrittes auf ihn zuging, «aber ich habe es mir überlegt, und ich habe das Buch in – in – ins Herz geschlossen und möchte es lieber nicht verkaufen.»

«Tut mir furchtbar leid», warf Lord Peter ein, «aber mein Neffe läßt sich nicht erweichen. Nein, es geht nicht um den Preis; er möchte einfach das Buch behalten. Ich würde Ihnen gern zu Diensten sein, aber es steht nicht in meiner Macht. Möchten Sie nicht noch etwas zu sich nehmen, bevor Sie gehen? Wirklich nicht? Dann läute bitte mal nach Bunter, Gherkins. Mein Diener wird Sie zum Aufzug bringen. *Guten* Abend.»

Nachdem der Besucher gegangen war, kam Lord Peter zurück und nahm nachdenklich das Buch zur Hand.

«Wir waren große Dummköpfe, ihn auch nur einen Augenblick damit allein zu lassen, Gherkins. Zum Glück ist nichts passiert.»

«Du meinst nicht, daß er etwas darin gefunden hat, als wir draußen waren, Onkel Peter?» stieß Gherkins mit weit aufgerissenen Augen hervor.

«Da bin ich ganz sicher.»

«Wieso?»

«Er hat mir auf dem Weg zur Tür fünfzig Pfund dafür geboten. Damit hat er sich verraten. Hm. Bunter!»

«Mylord?»

«Legen Sie dieses Buch in den Safe und bringen Sie mir dann den Schlüssel. Und wenn Sie abschließen, schalten Sie lieber alle Alarmanlagen ein.»

«Auwei!» sagte der Vicomte.

Am dritten Morgen nach Mr. Wilberforce Popes Besuch saß der Vicomte in der Wohnung seines Onkels bei einem sehr späten Frühstück, nachdem er eine Nacht erlebt hatte, wie ein Jungenherz sie sich nicht besser wünschen konnte. Er war fast zu aufgeregt, um die gebratenen Nierchen zu essen, die Bunter, untadelig wie stets trotz seines immer dicker und schwärzer werdenden Auges, serviert hatte.

So gegen zwei Uhr morgens hatte Gherkins – der dank eines zu reichlichen und erwachsenen Essens nebst Theaterbesuch am Abend zuvor nicht besonders gut schlief – ein leises Geräusch irgendwo aus der Richtung der Feuerleiter gehört. Er war aus dem Bett gestiegen, ganz leise in Lord Peters Schlafzimmer geschlichen und hatte ihn mit den Worten geweckt: «Onkel Peter, ich glaube, da sind Einbrecher auf der Feuerleiter.» Und statt zu antworten: «Unsinn, Gherkins; mach mal schnell, daß du wieder ins Bett kommst», hatte Onkel Peter sich aufgerichtet und gelauscht und dann gesagt: «Beim Zeus, Gherkins, ich glaube, du hast recht.» Und dann hatte er Gherkins geschickt, Bunter zu rufen. Und bei seiner Rückkehr hatte Gherkins, der seinen Onkel eigentlich immer für einen ziemlich steifen Patron gehalten hatte, ihn wahrhaftig und unverkennbar eine Automatikpistole aus der Nachttischschublade nehmen sehen.

In diesem Augenblick war Lord Peter vom ganz netten Onkel in den Rang eines vergötterten Onkels befördert worden. Er sagte: «Paß auf, Gherkins, wir wissen nicht, wie viele das sind, darum mußt du jetzt schwer auf Draht sein und sofort alles tun, was ich sage – aufs Wort –, auch wenn ich sagen muß: ‹Hau ab.› Versprichst du mir das?»

Gherkins gab dieses Versprechen mit pochendem Herzen, und dann saßen sie wartend im Dunkeln, bis plötzlich unmittelbar über Lord Peters Kopf eine kleine elektrische Klingel losbimmelte und ein grünes Lämpchen aufleuchtete.

«Das Bibliotheksfenster», sagte Seine Lordschaft, indem er die Klingel mittels eines Schalters rasch zum Schweigen brachte. «Wenn sie das gehört haben, überlegen sie es sich vielleicht noch anders. Wir wollen ihnen ein paar Minuten Zeit lassen.»

Sie gaben ihnen fünf Minuten, dann schlichen sie ganz leise den Flur entlang.

«Gehen Sie andersherum, durchs Eßzimmer, Bunter», sagte Seine Lordschaft. «Auf diesem Weg versuchen sie vielleicht zu flüchten.»

Unendlich behutsam schloß er die Bibliothekstür auf und öffnete sie, und Gherkins bemerkte, wie leise die Schlösser gingen.

Ein Lichtkegel aus einer elektrischen Taschenlampe bewegte sich langsam die Bücherregale entlang. Die Einbrecher hatten offensichtlich von der Gegenattacke nichts gemerkt. Sie schienen überhaupt ihre eigenen Probleme zu haben, die ihre Aufmerksamkeit ganz gefangen hielten. Als Gherkins' Augen sich an das schummrige Licht gewöhnt hatten, sah er , daß einer der Männer dastand und die Taschenlampe hielt, während der andere die Bücher nacheinander von den Regalen nahm und begutachtete. Es war faszinierend, diese Hände, scheinbar losgelöst vom Körper, im Lichtkegel der Lampe das Regal entlangfahren zu sehen.

Die Männer murrten unzufrieden. Offensichtlich gestaltete ihre Arbeit sich schwieriger als angenommen. Die Angewohnheit früher Schriftsteller, die Titel auf ihren Buchrücken abzukürzen oder überhaupt wegzulassen, machte alles ausgesprochen umständlich. Dann und wann hielt der Mann mit der Lampe die Hand ins Licht. In ihr befand sich ein Zettelchen, das er besorgt mit der Titelseite eines Buchs verglich. Dann wanderte das Buch an seinen Platz zurück, und die langwierige Suche ging weiter.

Plötzlich mußte ein leises Geräusch – Gherkins war überzeugt, daß *er* nicht der Verursacher war – es mochte vielleicht Bunter im Eßzimmer gewesen sein – ans Ohr des knienden Mannes gedrungen sein.

«Was'n das?» stieß er hervor, und sein erschrockenes Gesicht fuhr herum, so daß es jetzt voll zu sehen war.

«Hände hoch!» sagte Lord Peter und knipste das Licht an.

Der zweite Mann machte einen Satz auf die Eßzimmertür zu, wo ein Krachen und ein Fluch verkündeten, daß er Bunter begegnet sein mußte. Der kniende Mann riß die Hände hoch wie eine Marionette.

«Gherkins», sagte Lord Peter, «meinst du, du könntest mal zu dem Herrn beim Bücherregal gehen und ihn um den Gegenstand erleichtern, der seine rechte Jackentasche so unelegant ausbeult? Moment noch. Gib acht, daß du um keinen Preis zwischen ihn und meine Pistole gerätst, und sieh zu, daß du das Ding *ganz* vorsichtig herausnimmst. Wir haben gar keine Eile. Hervorragend. Richte sie auf den Fußboden, während du sie mir herbringst, ja? Danke. Bunter ist schon allein zurechtgekommen, wie ich sehe. Jetzt geh mal ins Schlafzimmer, da findest du in meinem Kleiderschrank unten auf dem Boden eine Rolle kräftige Schnur. Oh! Ich bitte um Verzeihung. Natürlich, nehmen Sie bitte, bitte die Hände wieder herunter. Das muß ja furchtbar anstrengend sein.»

Nachdem den Eindringlingen mit einer Akkuratesse, die Gherkins der Tradition eines Sexton Blake würdig fand, die Arme hinter den Rücken gebunden worden waren, hieß Lord Peter seine Gefangenen Platz nehmen und schickte Bunter nach Whisky und Soda.

«Bevor wir die Polizei rufen», sagte Lord Peter, «könnten Sie mir einen großen persönlichen Gefallen tun und mir verraten, was Sie hier suchten und wer Sie geschickt hat. Ah, danke, Bunter. Da unsere Gäste nicht so frei sind, ihre Hände zu benutzen, wären Sie vielleicht so freundlich, ihnen beim Trinken behilflich zu sein. Also dann. Sagen Sie Halt.»

«Sie sind schon'n richtig feiner Herr, Chef», sagte der erste Einbrecher, indem er sich höflich den Mund an der Schulter abwischte, da sein Handrücken ja nicht dafür zur Verfügung stand. «Wenn wir gewußt hätten, was das für'n Ding war, hätten wir jedenfalls die Finger davongelassen. ‹Wie wenn man 'nem Kind den Lutscher wegnimmt, so einfach ist das›, sagt der Kerl zu uns. ‹Der Gentleman ist sowieso nur'n Waschlappen›, sagt er, ‹so'n Salonlöwe mit 'nem Spleen für alte Bücher›, hat er gemeint, ‹und wenn ihr mir das alte Buch da besorgen könnt›, sagt er, ‹kriegt ihr fünfundzwanzig Pfund dafür.› Ha, von wegen! Nix hat er davon gesagt, daß hier 'ne halbe Million so verdammte alte Bücher rumstehen wie'n Regiment Dragoner. Und auch nix davon, daß Sie so'n hübsches kleines Maschinengewehr neben dem Bett liegen haben, und schon gar nix davon, daß Sie so verdammt gute Knoten in ein Stück Schnur machen können. O nein – von den ganzen Sachen hat er nix gesagt!»

«Sehr unsportlich von ihm», sagte Seine Lordschaft. «Sie wissen nicht zufällig den Namen dieses Herrn?»

«Nee – auch davon hat er nix erwähnt. War'n pummeliger, blonder Mann mit Hornbrille und Glatze. So 'ne Art Menschenfreund, schätze ich. 'n Freund von mir, der mal in der Klemme saß, der hat Arbeit von ihm gekriegt, und dann geht der Mann hin zu ihm und meint, ob er ihm nicht'n paar Jungs besorgen kann, die'n kleines Ding für ihn drehen, und mein Freund, der denkt sich nichts Schlimmes dabei, Chef, nur daß da wohl irgend'n Schabernack getrieben werden soll, und haut meinen Kumpel und mich an, und wir treffen den Herrn in 'ner Kneipe in Whitechapel. Da sollen wir ihn auch am Freitagabend wieder treffen, denn bis dahin wollten wir das Buch besorgen.»

«Und bei dem Buch handelt es sich, wenn ich einmal raten darf, um die *Cosmographia universalis*, ja?»

«Irgend so was war's, Chef. Ich hab's mir auf'n Zettel schreiben lassen, den mein Kumpel in der Hand hatte. Was hast du mit dem Zettel eigentlich gemacht, Bill?»

«Also, hören Sie mal zu», sagte Lord Peter, «ich muß wohl leider die Polizei kommen lassen, aber wenn Sie uns behilflich sind, Ihren Auftraggeber zu fassen, dessen Name, wie ich stark vermute, Wilberforce Pope lautet, glaube ich, daß Sie recht glimpflich davonkommen. Rufen Sie die Polizei an, Bunter, und dann tun Sie gleich etwas auf Ihr Auge. Gherkins, wir geben diesen Herren noch etwas zu trinken, und dann denke ich, du solltest lieber wieder ins Bettchen hüpfen. Der Spaß ist vorbei. Nein? Na, dann sei wenigstens so nett und zieh dir einen dicken Mantel an, denn wenn du dir hier eine Erkältung zuziehst, mag ich mir nicht ausmalen, was ich von deiner Mutter zu hören bekomme.»

Die Polizei war dann dagewesen und hatte die Einbrecher mitgenommen, und nun saß Kriminalinspektor Parker von Scotland Yard, der ein guter Freund von Lord Peter war, am Tisch und spielte mit einer Kaffeetasse, während er sich die Geschichte anhörte. «Aber was ist an dem Buch denn eigentlich dran, daß es sich solcher Beliebtheit erfreut?» fragte er.

«Ich weiß es nicht», antwortete Wimsey, «aber nach Mr. Popes kurzem Besuch neulich hat es mich sozusagen gepackt, und ich habe es mir näher angesehen. Ich habe so ein dummes Gefühl, daß es sich zu guter Letzt doch als wertvoll entpuppen könnte. Unvermutete Schönheiten und dergleichen. Wenn Mr. Pope nur ein wenig genauer in seinen Angaben gewesen wäre, hätte er vielleicht etwas von hier mitgenommen, worauf er, wie ich ziemlich sicher annehme, kein Anrecht hat. Jedenfalls, nachdem ich gesehen hatte – nun, was ich eben sah, habe ich gleich an Dr. Conyers in Yelsall geschrieben, den letzten Besitzer –»

«Ist das dieser Krebsspezialist?»

«Ja. Er hat zu seiner Zeit einige bedeutende Forschungen getrieben, glaube ich. Aber jetzt kommt er in die Jahre; an die Achtundsiebzig, soviel ich weiß. Ich hoffe, daß er ehrlicher ist als sein Neffe, wo er doch schon mit einem Fuß im Grab steht und so weiter. Jedenfalls habe ich ihm – mit Gherkins' Erlaubnis, versteht sich – geschrieben, daß wir das Buch haben und etwas, was wir darin gefunden haben, uns ganz besonders interessiert, und ob er so freundlich sein könnte, uns etwas über die Geschichte dieses Buchs zu erzählen. Außerdem habe ich –»

«Aber was habt ihr denn darin gefunden?»

«Ich glaube, das erzählen wir ihm noch nicht, Gherkins, oder? Ich lasse die Polizei so gern raten. Wie ich vorhin sagen wollte, bevor du mich so roh unterbrachst: Ich habe ihn auch gefragt, ob er etwas vom Angebot seines lieben Neffen weiß, es zurückzukaufen. Seine Antwort ist eben gekommen. Er schreibt, er weiß von nichts besonders Interessantem an dem Buch. Es hat ungezählte Jahre in der Bibliothek herumgestanden, und die Karten müssen schon vor langer Zeit von irgendeinem Familienvandalen herausgerissen worden sein. Er kann sich keinen Reim darauf machen, daß sein Neffe so scharf darauf sein soll, denn als Junge habe er sich bestimmt nie darein vertieft. Überhaupt meint der alte Herr, der einnehmende Wilberforce habe seines Wissens Yelsall Manor noch nie betreten. Soviel zu den feuerspeienden Ungeheuern und den schönen Sonntagnachmittagen.»

«So ein böser Wilberforce!»

«Hm, ja. Da habe ich also nach diesem Spielchen von heute nacht dem alten Herrn telegrafiert, daß wir uns nach Yelsall auf die Socken machen werden, um uns mit ihm mal von Mann zu Mann über dieses Bilderbüchlein und seinen Neffen zu unterhalten.»

«Nimmst du das Buch mit?» fragte Parker. «Ich kann dir eine Polizeieskorte mitgeben, wenn du willst.»

«Keine schlechte Idee», meinte Wimsey. «Wir wissen nichts über den Verbleib des schmeichlerischen Mr. Pope, und ich würde es nicht für unter seiner Würde halten, daß er es noch mal versucht.»

«Sicher ist sicher», sagte Parker. «Ich kann nicht selbst mitfahren, aber ich gebe dir ein paar von meinen Leuten mit.»

«Nett von dir», sagte Lord Peter. «Laß deine Heerscharen aufmarschieren. Ich hole gleich den Wagen vors Haus. Du wirst sicher mitkommen wollen, Gherkins? Weiß der Himmel, was deine Mutter dazu sagen würde. Werde ja nie Onkel, Charles; es ist so furchtbar schwierig, es allen recht zu machen.»

Yelsall Manor war einer jener großen, verfallenden Herrensitze, die so beredtes Zeugnis von großzügigeren Zeiten als den eigenen ablegen. Das ursprüngliche Bauwerk aus der späten Tudorzeit war von einem breiten Vorbau im italienischen Stil mit einer Art klassischem Portikus verdeckt, überdacht von einem Giebelfeld und zugänglich über eine halbkreisförmige Treppe. Ursprünglich war der Park wohl nach jenem streng formellen Muster angelegt, bei dem ein Baum dem andern zunickt und jede Hälfte das getreue Spiegelbild der andern ist. Einer der späteren Besitzer aber hatte sich dann zu einer exzentrischeren Form der Landschaftsgärtnerei verstiegen, die man mit dem Namen Capability Brown in Verbindung bringt. Eine chinesische Pagode, ähnlich Sir William Chambers' Bauwerk in den Kew-Gärten, nur kleiner, erhob sich am äußersten östlichen Ende des Hauses inmitten eines Laurustingebüschs, während auf der rückwärtigen Seite ein großer künstlicher See zum Vorschein kam, von zahlreichen Inselchen übersät, auf denen merkwürdige kleine Tempel, Grotten, Teehäuser und Brücken zwischen dichtem Gesträuch hervorlugten, einstige Schmuckstücke, jetzt aber unansehnlich überwuchert. Ein Bootshaus mit langen, geschwungenen Dachtraufen, wie die chinesischen Landschaftsbilder auf Weidenmustertellern, stand in einer Ecke. Der Bootssteg war verfallen und von häßlichem Unkraut überwachsen.

«Mein unrühmlicher Vorfahr, Cuthbert Conyers, hat sich

1732 hier niedergelassen, nachdem er die Seefahrt aufgegeben hatte», sagte Dr. Conyers mit mattem Lächeln. «Sein älterer Bruder war kinderlos gestorben, und so kehrte das schwarze Schaf in die heimische Hürde zurück, fest entschlossen, ehrbar zu werden und eine Familie zu gründen. Ich fürchte, so ganz ist ihm das nicht gelungen. Es gingen recht sonderbare Gerüchte um, wie er zu seinem Geld gekommen sei. Er soll Pirat gewesen und mit dem berüchtigten Kapitän Blackbeard gefahren sein. Im Dorf nennt man ihn heute noch den Halsabschneider Conyers. Den alten Herrn hat das immer sehr erzürnt, und es gibt eine häßliche Geschichte, wonach er einmal einem Diener, der ihn einen Halsabschneider genannt hatte, die Ohren abgeschnitten haben soll. Dabei war er nicht einmal ein ungebildeter Mensch. Die Parkanlage hinterm Haus stammt von ihm, und er hat auch die Pagode für sein Teleskop gebaut. Angeblich hat er sich mit Schwarzer Magie beschäftigt, und in der Bibliothek stand jedenfalls eine erkleckliche Anzahl astrologischer Werke mit seinem Namen auf dem Vorsatzblatt, aber das Teleskop war vermutlich nur ein Andenken an seine Seefahrerzeit. Jedenfalls wurde er gegen Ende seines Lebens immer wunderlicher und griesgrämiger. Er zerstritt sich mit seiner Familie und setzte seinen jüngeren Sohn mit Frau und Kindern vor die Tür. Ein unangenehmer Zeitgenosse.

Auf dem Sterbebett leistete der Pfarrer ihm Beistand – ein guter, ernster und gottesfürchtiger Mensch, der sich einiges an Beleidigungen angehört haben muß bei dem Versuch, den alten Herrn, wie er es für seine heilige Pflicht hielt, mit seinem schmählich behandelten jüngeren Sohn zu versöhnen. Schließlich gab der ‹Halsabschneider› insofern nach, als er ein Testament aufsetzte, in dem er dem jüngeren Sohn ‹meinen in Münster vergrabenen Schatz› vermachte. Der Pfarrer hielt ihm vor, daß es doch sinnlos sei, jemandem einen Schatz zu vermachen, ohne ihm zugleich auch mitzuteilen, wo dieser zu finden sei, aber darauf lachte der gräßliche alte Seeräuber nur hämisch und meinte, wenn er sich schon die Mühe gemacht habe, den Schatz zusammenzutragen, könne sein Sohn sich wenigstens die Mühe machen, ihn zu suchen. Auf mehr ließ er sich nicht ein, und so ist er dann gestorben und, wie ich fürchte, an einem sehr schlimmen Ort gelandet.

Seitdem ist die Familie ausgestorben, und ich bin der letzte Conyers und somit Erbe des Schatzes, worin dieser auch bestehen und wo er sich befinden mag, denn gefunden wurde er nie. Ich glaube auch nicht, daß er auf besonders ehrliche Weise zustandegekommen ist, doch da es jetzt wohl sinnlos wäre, die ursprünglichen Eigentümer ausfindig machen zu wollen, glaube ich mehr Anrecht darauf zu haben als jeder andere auf der Welt.

Sie halten es vielleicht für unschicklich, Lord Peter, daß ein alter, alleinstehender Mann wie ich so erpicht auf einen Piratenschatz ist, aber ich habe mein ganzes Leben der Erforschung der Krebskrankheit gewidmet und glaube, der Lösung wenigstens eines Teils dieses furchtbaren Problems nahe zu sein. Forschung kostet Geld, und meine bescheidenen Mittel sind nahezu aufgebraucht. Das Anwesen ist bis zum Dach mit Hypotheken belastet, und ich möchte doch so gern meine Experimente noch zu Ende führen, bevor ich sterbe, und eine ausreichende Summe zur Gründung einer Klinik hinterlassen, in der die Arbeit fortgeführt werden kann.

Im letzten Jahr habe ich viel Mühe aufgewendet, um das Rätsel um den Schatz des ‹Halsabschneiders› zu lösen. Einen Großteil meiner Experimentierarbeit konnte ich dabei den tüchtigen Händen meines Assistenten, Dr. Forbes, überlassen, während ich selbst auf Grund der dünnen Hinweise, über die ich verfügte, meine Nachforschungen betrieb. Diese gestalteten sich um so kostspieliger und schwieriger, als der alte Cuthbert in seinem Testament keine Andeutung darüber hinterlassen hatte, ob Münster in Deutschland oder Munster in Irland der Ort ist, an dem der Schatz versteckt liegt. Meine Reisen und Nachforschungen an beiden Orten haben Geld gekostet und mich in meinem Anliegen nicht weitergebracht. Als ich im August entmutigt zurückkehrte, sah ich mich genötigt, meine Bibliothek zu verkaufen, um meine Kosten abzudecken und ein wenig Geld in die Hände zu bekommen, mit dem ich meine betrüblich vernachlässigten Experimente fortführen konnte.»

«Aha», sagte Lord Peter. «Allmählich sehe ich Licht.»

Der alte Arzt sah ihn fragend an. Sie waren mit dem Tee fertig und saßen um den großen Kamin im Arbeitszimmer herum. Lord Peters interessierte Fragen nach dem schönen, aber herun-

THE DRAGON S HEAD 215

Liber V. 1099

DE NOVIS INSVLIS,

quomodo, quando, & per quem

illæ inuentæ ſint.

CHriſtophorus Columbus natione Genuenſis, cùm diu in aula regis Hiſpan-
rum deuerſatus fuiſſet, animum induxit, ut hactenus inacceſſas orbis partes p
agraret. Petiit propterea à rege ut uoto ſuo non deeſſet, futurũ ſibi & toti Hiſp

tergekommenen alten Haus und Anwesen hatten die Unterhaltung ganz natürlich auf Dr. Conyers' Familie gebracht und das Problem der *Cosmographia*, die neben ihnen auf einem Tisch lag, fürs erste vergessen lassen.

«Alles, was Sie sagen, paßt gut in das Puzzle», fuhr Wimsey fort, «und ich glaube, es gibt nicht mehr den mindesten Zweifel, hinter was Mr. Wilberforce Pope her war, obschon ich nicht sagen kann, woher er wußte, daß Sie die *Cosmographia* hier hatten.»

«Als ich die Bibliothek veräußerte, habe ich ihm einen Katalog zugeschickt», sagte Dr. Conyers. «Ich fand, als Verwandter sollte er das Vorkaufsrecht für alles haben, was ihn interessierte. Ich weiß gar nicht, warum er sich des Buchs nicht gleich versichert hat, statt so ein schockierendes Betragen an den Tag zu legen.»

Lord Peter bog sich vor Lachen.

«Ganz einfach, weil er erst hinterher darauf gestoßen ist», sagte er. «Mein Gott, und wie wütend er gewesen sein muß! Ich verzeihe ihm alles. Obschon», fügte er hinzu, «ich Ihnen keine allzu großen Hoffnungen machen möchte, Sir, denn selbst wenn wir Cuthberts Rätsel gelöst haben, weiß ich nicht, ob wir dem Schatz damit schon viel näher sind.»

«Dem *Schatz*?»

«Aber ja, Sir. Nun, als erstes möchte ich Sie auf diese Seite hier aufmerksam machen, auf der ein Name an den Rand gekritzelt ist. Unsere Ahnen hatten die etwas unmanierliche Angewohnheit, ihre Besitztümer irgendwo in einer Randbemerkung zu kennzeichnen und nicht, wie es sich für ordentliche Christenmenschen gehört, auf dem Vorsatzblatt. Das ist eine Handschrift etwa aus der Zeit Karls I.: ‹Jac: Coniers.› Ich denke, daraus geht eindeutig genug hervor, daß dieses Buch sich schon in der ersten Hälfte des siebzehnten Jahrhunderts im Besitz Ihrer Familie befand und seitdem immer befunden hat. Gut. Nun wenden wir uns Seite 1099 zu, wo wir die Entdeckungen Christoph Columbus' geschildert finden. Sie beginnt, wie Sie sehen, mit einer Art Karte, auf der einige von Mr. Popes Ungeheuern herumschwimmen und offenbar die Kanarischen Inseln oder, wie sie damals auch hießen, die Glücklichen Inseln dargestellt sind. Die Karte ist so genau oder ungenau, wie Karten um diese Zeit nun einmal waren, aber ich nehme an, die große Insel rechts soll Lanzarote sein und die beiden nächsten dabei Teneriffa und Gran Canaria.»

«Aber was soll die Inschrift in der Mitte?»

«Das ist es ja gerade. Die Schrift ist jünger als ‹Jac: Coniers' Signatur. Ich würde sie um 1700 herum datieren – aber sie kann natürlich auch aus einer noch viel späteren Zeit stammen. Ich meine, ein Mann, der um 1730 schon ein alter Mann war, hat wahrscheinlich auch dann noch in der Art geschrieben, die er sich als junger Mann einmal zugelegt hatte, besonders wenn er, wie Ihr seeräuberischer Vorfahr, den ersten Teil seines Lebens mehr oder weniger im Freien verbracht und nicht viel geschrieben hat.»

«Sag mal, Onkel Peter», mischte der Vicomte sich aufgeregt ein, «soll das heißen, daß der Halsabschneider Conyers das da geschrieben hat?»

«Ich würde ganz schön etwas darauf wetten. Sehen Sie mal, Sir, Sie haben Münster in Deutschland und Munster in Irland abgegrast – aber wie steht es denn mit dem guten alten Sebastian Münster hier in Ihrer Bibliothek daheim?»

«Der Himmel steh mir bei – ist das denn möglich?»

«Es dürfte so gut wie sicher sein, Sir. Sie sehen doch, was hier um den Kopf dieses Seeungeheuers herum geschrieben steht:

Hic in capite draconis ardet perpetuo Sol.
Hier im Haupte des Drachen scheint ewig die Sonne.

Ziemlich schuppiges Latein – Seedrachenlatein, würde ich sagen.»

«Ich bin anscheinend schrecklich dumm», sagte Dr. Conyers, «aber ich sehe nicht ganz, wohin uns das bringt.»

«Keineswegs, Sir; denn der alte ‹Halsabschneider› war ziemlich schlau. Sicher hat er sich überlegt, wenn einer das liest, wird er es nur für eine Anspielung darauf halten, daß die Inseln, wie es weiter unten heißt, ‹*Fortunatae* geheißen werden ob der wunderbaren Temperatur der Luft und ihrer milden Himmel›. Aber der schlaue alte Astrologe in seiner Pagode hatte eine andere Bedeutung im Sinn. Hier ist ein Büchlein aus dem Jahre 1678 – Middletons *Praktische Astrologie* – gerade so eines jener beliebten Handbücher, die ein Amateur wie der ‹Halsabschneider› benutzt haben würde. Da steht: ‹So du in deinem Zeichen Jupiter oder Venus oder das *Haupt des Drachens* findest, darfst du darauf vertrauen, daß am bezeichneten Orte ein Schatz zu finden ist... Ist *Sol* das Zeichen des verborgenen Schatzes, so schließe daraus, daß dort Gold oder Juwelen sind.› Nun, Sir, ich glaube, wir dürfen es daraus schließen.»

«Großer Gott!» rief Dr. Conyers. «Ich glaube wirklich, Sie haben recht. Und ich muß zu meiner Schande gestehen, wenn mir jemand je gesagt hätte, daß es sich für mich lohnen könnte, die Sprache der Astrologie zu erlernen, ich hätte in meiner Überheblichkeit geantwortet, daß meine Zeit zu kostbar sei, um sie mit solchen Narreteien zu verschwenden. Ich stehe tief in Ihrer Schuld.»

«Na ja», meinte Gherkins, «aber wo ist denn nun der Schatz, Onkel Peter?»

«Das ist eben die Frage», antwortete Lord Peter. «Diese Karte sagt nicht viel aus. Es sind keine Längen- und Breitengrade angegeben; und die Ortsangaben beziehen sich, so wie sie dastehen, nicht einmal auf irgendeine Stelle auf einer der Inseln, sondern weisen irgendwohin mitten ins Meer. Außerdem ist es fast zweihundert Jahre her, seit der Schatz versteckt wurde, und er könnte längst von irgendwem gefunden worden sein.»

Dr. Conyers erhob sich.

«Ich bin ein alter Mann», sagte er, «aber ich habe noch Kräfte in mir. Wenn ich irgendwie die Mittel zu einer Expedition zusammenbekomme, werde ich nicht ruhen, bis ich alle denkbaren Schritte unternommen habe, um den Schatz zu finden und meine Klinik ins Leben zu rufen.»

«Dann hoffe ich, Sir, daß Sie mir erlauben werden, einen Beitrag zu dem guten Werk zu leisten», sagte Lord Peter.

Dr. Conyers hatte seine Gäste eingeladen, über Nacht zu bleiben, und nachdem der überdrehte Vicomte ins Bett gesteckt war, saßen Wimsey und der alte Herr noch lange da und studierten Karten und lasen Münsters Kapitel *De Novis Insulis* aufmerksam durch, um dort vielleicht noch einen weiteren Hinweis zu entdecken. Zu guter Letzt aber wünschten sie einander gute Nacht, und Lord Peter begab sich, das Buch unterm Arm, nach oben. Er fand jedoch keine Ruhe, und so saß er, statt sich zu Bett zu legen, noch lange am Fenster seines Zimmers, das auf den See blickte. Der gerade wieder abnehmende Mond segelte zwischen kleinen, luftigen Wölkchen dahin und schien hell auf die scharfen Konturen des chinesischen Teehauses und die zottigen, ungestutzten Büsche. Der ‹alte Halsabschneider› und seine Landschaftsgärtnerei! Wimsey hätte sich gut vorstellen können, wie der alte Seeräuber jetzt in dieser albernen Pagode hinter seinem Teleskop sitzen und sich heimlich über sein rätselhaftes Testament freuen und die Mondkrater zählen würde. «Wenn *Luna*, dann Silber.» O ja, das Wasser des Sees war silbern genug; ein breiter, glatter Pfad zog sich darüber hinweg, unterbrochen vom düsteren Keil des Bootshauses, den schwarzen Schatten der Inseln und einem verfallenden Springbrunnen fast in der Mitte des Sees – einem sich windenden Himmelsdrachen mit stachligem Rücken und irgendwie lächerlich.

Wimsey rieb sich die Augen. Dieser See kam ihm irgendwie merkwürdig vertraut vor; von einem Augenblick zum andern legte er sich die seltsame Unwirklichkeit eines Ortes zu, den man wiederzuerkennen glaubt, ohne ihn je gesehen zu haben. Es erging ihm wie jemandem, der zum erstenmal den Schiefen Turm von Pisa sieht – er ist seinem Bild viel zu ähnlich, als daß er einem glaubhaft vorkommen möchte. Wimsey glaubte fest, diese längliche Insel rechts zu kennen, die geformt war wie ein geflügeltes Ungeheuer mit seinen beiden kleinen Gebäudegrüppchen. Und die Insel links davon – wie die Britischen Inseln, nur recht verzerrt. Und die dritte Insel zwischen den beiden andern und etwas weiter vorn. Sie bildeten zusammen ein Dreieck mit dem chinesischen Springbrunnen in der Mitte, auf dessen Drachenhaupt unablässig der Mond schien. *«Hic in capite draconis ardet perpetuo –»*

Lord Peter sprang mit einem lauten Ausruf auf und riß die Tür zum Ankleidezimmer auf. Eine kleine Gestalt, in eine Daunendecke gehüllt, richtete sich von der Fensterbank auf.

«Entschuldige, Onkel Peter», sagte Gherkins. «Ich war so *schrecklich* wach, daß es gar keinen Zweck hatte, im Bett liegenzubleiben.»

«Komm mal her», sagte Lord Peter, «und sag mir, ob ich verrückt bin oder träume. Schau mal aus dem Fenster und vergleiche das, was du siehst, mit der Karte – Cuthbert Conyers' Karte von den ‹Neuen Inseln›. Sie sind nämlich von ihm, Gherkins; *er* hat sie dort angelegt. Liegen sie nicht genau wie die Kanarischen Inseln? Diese drei Inseln im Dreieck und die vierte hier vorn in der Ecke? Und das Bootshaus genau dort, wo auf dem Bild das große Schiff ist. Und der Drachenspringbrunnen genau da, wo der Drachenkopf ist. Dort liegt der verborgene Schatz, mein Sohn! Zieh dich an, Gherkins, und pfeif darauf, daß alle braven Jungen um diese Zeit ins Bett gehören! Wir machen eine Ruderpartie auf dem See, falls es in diesem Bootshaus noch einen Kahn gibt, der sich über Wasser halten kann.»

«Mensch, Onkel Peter! Das ist ja ein richtiges Abenteuer!»

«Und was für eins», sagte Wimsey. «Fünfzehn Mann auf des toten Manns Kiste und so weiter! Ho-ho-ho, und 'ne Buddel mit Johnnie Walker! Piratenmannschaft zum mitternächtlichen Auslaufen bereit, um versteckten Schatz zu suchen und die Glücklichen Inseln zu erforschen! Alle Mann an Bord!»

Lord Peter machte den lecken Kahn am knotigen Schwanz des Drachens fest und stieg vorsichtig aus, denn der Fontänensockel war grün und glitschig.

«Deine Aufgabe wird es leider sein, im Kahn zu bleiben und Wasser zu schöpfen, Gherkins», sagte er. «Alle guten Kapitäne deichseln es immer so, daß sie die wirklich interessanten Arbeiten selbst machen. Wir fangen am besten mit dem Kopf an. Wenn der alte Seeräuber ‹Haupt› sagte, dann meinte er wahrscheinlich auch ‹Haupt›.» Er legte, um sich festzuhalten, zärtlich den Arm um den Hals des Monstrums, während er methodisch an den verschiedenen Knoten und Köpfen seiner Anatomie herumdrückte und -zog. «Scheint alles teuflisch fest zu sein, aber irgendwo ist garantiert eine Feder. Du vergißt ja nicht zu schöpfen, nein? Ich fände es einfach häßlich, wenn ich mich mal umdrehte und das Boot wäre weg. Piratenhäuptling auf einsamer Insel ausgesetzt und so weiter. Also, am Hinterkopf ist schon mal nichts. Probieren wir die Augen. Weißt du was, Gherkins, ich bin felsenfest überzeugt, daß sich da was bewegt hat, es ist nur alles furchtbar festgerostet. Wir hätten daran denken können, ein bißchen Öl mitzubringen. Macht aber nichts. Sturheit siegt. Sieh da, es kommt. Es kommt. Ha! Brrrr!»

Mit letzter Kraftanstrengung hatte er den eingerosteten Knopf nach innen gedrückt, und aus dem weit geöffneten Schlund des Drachens jagte ihm eine Wasserfontäne ins Gesicht. Der Springbrunnen, seit vielen Jahren trocken, schoß jubilierend himmelwärts, durchnäßte die Schatzsucher und malte einen Regenbogen ins Mondlicht.

«Das fand der alte Halsabschneider wohl witzig», maulte Wimsey, indem er sich vorsichtig um den Hals des Ungeheuers herum zurückzog. «Und jetzt krieg ich das nicht wieder aus. Na ja, probieren wir mal das andere Auge.»

Ein paar Sekunden drückte er vergebens daran herum. Dann klappten mit einem knirschenden Scheppern die bronzenen Flügel des Ungeheuers zu den Seiten hinunter und gaben ein tiefes, viereckiges Loch frei, und die Fontäne hörte auf zu spritzen.

«Gherkins», sagte Lord Peter, «wir haben es geschafft. – Aber deswegen brauchst du nicht gleich das Schöpfen zu vergessen! – Hier drin ist eine Kiste. Und sie ist verteufelt schwer. Nein, nein, schon gut; ich schaff's allein. Reich mir mal den Bootshaken herüber. Jetzt will ich nur noch hoffen, daß der alte Sünder wirklich einen Schatz besaß. Wäre ja langweilig, wenn das nur wieder einer seiner dummen Scherze wäre. Egal – halt das Boot ruhig! So. Merke dir, Gherkins, daß man aus einem Bootshaken und zwei kräftigen Hosenträgern jederzeit einen brauchbaren Hebekran machen kann. Verstanden? Recht so. Jetzt ab in Richtung Heimat... Hallo! Was ist denn das?»

Während er das Boot wendete, tat sich deutlich beim Bootshaus etwas. Lichter bewegten sich hin und her, und Stimmen drangen über den See.

«Man hält uns für Diebe, Gherkins. Immer wird man mißverstanden. Bahn frei, meine Lieben!

Rudern, ja rudern, das war mein Verderben;
Drum ruder ich mit dir, schöns Mägdlein, nicht mehr.»

«Sind Sie das, Mylord?» fragte eine Männerstimme, als sie ins Bootshaus glitten.

«Ach, das sind ja unsere getreuen Wachhunde!» rief Seine Lordschaft. «Was soll die Aufregung?»

«Wir haben diesen Mann erwischt, wie er um das Bootshaus herumschlich», sagte der Kriminalbeamte. «Er behauptet, der Neffe des alten Herrn zu sein. Kennen Sie ihn, Mylord?»

«Das denke ich schon», sagte Wimsey. «Mr. Pope, wenn ich mich nicht irre. Guten Abend. Suchten Sie vielleicht etwas? Doch nicht zufällig einen Schatz? Wir haben nämlich eben einen gefunden. Oh – sagen Sie das nicht! *Maxima reverentia*, nicht wahr? Lord Saint George ist noch so zart an Jahren. Und vielen Dank übrigens, daß Sie mir neulich abends Ihre reizenden Freunde zu Besuch geschickt haben. Gewiß, Thompson, ich werde ihn zur Anzeige bringen. Sind Sie auch da, Doktor? Großartig. So, und wenn nun jemand ein Stemmeisen oder so etwas Ähnliches griffbereit hätte, könnten wir mal einen Blick auf Urgroßväterchen Cuthbert werfen. Und wenn sich zeigt, daß nur altes Eisen darin ist, Mr. Pope, dann hatten Sie ungeheuren Spaß für Ihr Geld.»

Aus dem Bootshaus wurde eine Eisenstange geholt und unter die Haspe der Kiste geschoben. Diese knirschte und sprang auf. Dr. Conyers kniete sich zitternd hin und klappte den Deckel zurück.

Es war eine Weile still.

«Die Zeche geht an Sie, Mr. Pope», sagte Lord Peter. «Ich glaube, Doktor, das wird ein ganz hübsches Krankenhaus, wenn es fertig ist.»

10

Das ungelöste Rätsel von dem Mann ohne Gesicht

«Und was sagen *Sie*, Sir», fragte der Untersetzte, «zu der Geschichte mit dem Mann, den sie unten am Strand von East Felpham gefunden haben?»

Der Ansturm der Reisenden nach den Feiertagen hatte die dritte Klasse in die erste überquellen lassen, und der Untersetzte schien darauf bedacht, in dieser Umgebung zu Hause zu wirken. Der jüngere Herr, den er angesprochen hatte, schien den vollen Preis für die Abgeschiedenheit bezahlt zu haben, die er nun nicht genießen sollte. Er machte jedoch gute Miene zum bösen Spiel und antwortete höflich:

«Ich habe leider nur die Schlagzeilen gelesen. Ist er nicht ermordet worden?»

«Ermordet, das kann man wohl sagen», erklärte der Untersetzte genüßlich. «Und gräßlich zugerichtet.»

«Fast als wenn's ein wildes Tier gewesen wäre», stimmte der magere ältere Herr gegenüber ein. «In meiner Zeitung steht, daß er gar kein Gesicht mehr hatte. Würde mich nicht wundern, wenn das mal wieder einer von diesen Wahnsinnigen war, die immerzu herumlaufen und kleine Kinder umbringen.»

«Du sollst doch nicht immer von so etwas reden», sagte seine Frau schaudernd. «Ich liege nachts schon wach und stelle mir vor, was Lizzies Kleinen alles passieren kann, bis mir nur noch der Kopf so brummt, und dann hab ich so ein flaues Gefühl im Magen, daß ich aufstehen und ein paar Kekse essen muß. Die sollten so schreckliche Sachen nicht auch noch immer in der Zeitung schreiben.»

«Das finde ich aber doch, Madam», sagte der Untersetzte, «denn dann sind wir gewissermaßen gewarnt und können uns entsprechend verhalten. Also, soweit ich das verstanden habe, hat dieser arme Mann allein an einer einsamen Stelle gebadet. Und nun mal abgesehen von Krämpfen und solchen Sachen, die ja jedem passieren können, ist so was von vornherein sehr dumm.»

«Genau das sag ich auch immer zu meinem Mann», ließ sich die junge Frau vernehmen. Der junge Ehemann zog die Stirn kraus und wirkte sichtlich betreten. «Es ist wirklich nicht ungefährlich, Schatz, und wo dein Herz doch nicht das stärkste ist –» Ihre Hand tastete unter der Zeitung nach der seinen. Er zog sie verlegen zurück und sagte: «Laß es gut sein, Kitty.»

«Also, ich sehe das so», fuhr der Untersetzte fort. «Da haben wir ja nun diesen Krieg hinter uns, und seitdem laufen Hunderte von Männern gewissermaßen mit völlig gestörtem Gleichgewicht herum. Ihre Freunde sind vor ihren Augen in die Luft geflogen oder von Kugeln zerfetzt worden. Sie haben fünf Jahre Greuel und Blutvergießen hinter sich, und da sind ihnen diese Greuel sozusagen in den Kopf gestiegen. Sie können das zwar alles scheinbar vergessen und äußerlich so friedfertig wirken wie jeder andere, aber das ist alles nur künstlich, wenn Sie verstehen, was ich meine. Und dann passiert eines Tages etwas, worüber sie sich aufregen – sie haben Krach mit der Frau, oder es ist ein ganz besonders heißer Tag, so wie heute –, und dann macht es irgendwo in ihrem Gehirn auf einmal knacks, und sie werden zu reißenden Bestien. Steht alles in den Büchern. Ich lese nämlich abends ziemlich viel; als Junggeselle ohne Anhang kann ich mir das ja leisten.»

«Das ist sicher alles wahr», meinte ein gezierter kleiner Mann, indem er von seiner Illustrierten aufsah. «Sehr wahr – leider nur *zu* wahr. Aber glauben Sie, daß es in diesem Fall auch zutrifft? Ich habe die Kriminalliteratur ziemlich genau studiert – man kann sagen, es ist mein Steckenpferd –, und wenn Sie mich fragen, steckt hier mehr dahinter, als man mit bloßem Auge sieht. Wenn man diesen Mord mit einigen der rätselhaftesten Verbrechen der letzten Jahre vergleicht – Verbrechen, wohlgemerkt, die nie aufgeklärt wurden und meines Erachtens auch nie aufgeklärt *werden* –, was stellt man da fest?» Er legte eine Kunstpause ein und blickte fragend in die Runde. «Man wird so manche Gemeinsamkeit mit diesem Fall feststellen. Vor allem aber wird man sehen, daß in diesem Fall das Gesicht – und nur das Gesicht, wohlgemerkt – verunstaltet wurde, als ob da einer verhindern wollte, daß man das Opfer identifiziert. Als wenn seine ganze Persönlichkeit restlos von der Erde getilgt werden sollte. *Und* man wird feststellen, daß trotz gründlichster Ermittlungen der Täter nie gefaßt wird. Und worauf weist das nun alles hin? Auf Organisation. Auf einen ungeheuer mächtigen Einfluß, der hinter den Kulissen am Werk ist. Hier in dieser Illustrierten, die ich gerade lese –» damit tippte er gewichtig auf die betreffende Seite –, «steht ein Bericht – keine erfundene Geschichte, wohlgemerkt, sondern ein Bericht, der auf Polizeiakten beruht – über die Organisation eines dieser Geheimbünde, die sich Leute herauspicken, gegen die sie etwas haben, um sie zu vernichten. Und deren Gesichter verunstalten sie dann immer mit dem Zeichen ihres Geheimbunds, und die Spuren des Täters verwischen sie so gründlich – Geld und alles, was sie sonst brauchen, haben sie ja zur Verfügung –, daß man nie an sie herankommt.»

«So was hab ich natürlich auch schon gelesen», räumte der Untersetzte ein, «aber ich hab immer gedacht, so was gehört ins Mittelalter. In Italien hatten sie mal so was. Wie hieß das noch? Eine Gomorra, nicht? Gibt es denn heutzutage noch Gomorras?»

«Da sagen Sie ein wahres Wort, Sir, wenn Sie von Italien reden», antwortete der Gezierte. «Die Mentalität des Italieners ist zur Intrige geschaffen. Nehmen Sie die Faschisten. Jetzt sind sie natürlich an die Oberfläche aufgetaucht, aber angefangen hat das auch mit einem Geheimbund. Und wenn Sie mal unter die Oberfläche schauen könnten, würden Sie nur noch staunen, wie dieses Land von Geheimbünden aller Art unterhöhlt ist. Geben Sie mir da nicht recht, Sir?» wandte er sich an den Erster-Klasse-Fahrgast.

«Ha!» rief der Untersetzte. «Dieser Herr ist sicher schon in Italien gewesen und weiß das alles. Würden Sie sagen, daß dieser Mord das Werk einer Gomorra ist, Sir?»

«Ich hoffe es zumindest nicht», antwortete der Erster-Klasse-Fahrgast. «Ich meine, das würde alles Interesse zerstören. So einen hübschen kleinen einheimischen Mord mit totem Millionär in der Bibliothek und so weiter weiß ich durchaus zu schätzen, aber sowie ich einen Kriminalroman aufschlage und sehe, daß eine Camorra im Spiel ist, verdorrt mein Interesse schlagartig und zerfällt zu Staub und Asche – ein Sodom und Camorra gewissermaßen.»

«Da gebe ich Ihnen recht», meinte der junge Ehemann, «jedenfalls vom künstlerischen Standpunkt betrachtet. Aber in diesem speziellen Fall finde ich doch, daß einiges für den Standpunkt dieses Herrn spricht.»

«Nun ja», räumte der Erster-Klasse-Fahrgast ein, «da ich die Einzelheiten nicht gelesen habe –»

«Die Einzelheiten sind sonnenklar», sagte der Gezierte. «Der arme Mann wurde heute früh tot am Strand von East Felpham gefunden, und sein Gesicht war entsetzlich zugerichtet. Er hatte nichts am Leib als seine Badehose –»

«Moment! Als erstes: Wer ist er überhaupt?»

«Er ist noch nicht identifiziert. Seine Kleider wurden mitgenommen –»

«Das sieht doch dann eher nach Raubmord aus, nicht wahr?» meinte Kitty.

«Wenn es nur ein Raubmord gewesen wäre», versetzte der Gezierte, «warum hätte man dann sein Gesicht so zurichten müssen? Nein, die Kleider wurden mitgenommen, um, wie gesagt, seine Identifizierung zu verhindern. Das versuchen diese Geheimbünde nämlich immer.»

«Ist er erstochen worden?» fragte der Erster-Klasse-Fahrgast.

«Nein», antwortete der Untersetzte. «Erwürgt.»

«Keine typisch italienische Mordmethode», bemerkte der Erster-Klasse-Fahrgast.

«Eben», stellte der Untersetzte fest. Der Gezierte schien ein wenig aus dem Lot gebracht.

«Und wenn er dort zum Baden hingegangen war», warf der Ältere ein, «wie ist er überhaupt hingekommen? Inzwischen muß ihn doch jemand vermißt haben, wenn er in Felpham logierte. In der Urlaubssaison wimmelt es ja dort von Touristen.»

«O nein», erwiderte der Untersetzte, «nicht in East Felpham zumindest. Sie meinen sicher West Felpham, wo der Yachtclub ist. East Felpham ist einer der einsamsten Orte an der ganzen Küste. Kein einziges Haus in der Nähe, nur ein kleines Gasthaus, das ganz für sich allein am Ende einer langen Straße steht, und von dort aus muß man drei Äcker überqueren, um ans Meer zu kommen. Eine richtige Straße gibt es da nicht mehr, nur noch einen Feldweg, aber man kommt schon mit einem Auto durch. Ich war nämlich dort.»

«Er war mit einem Wagen da», sagte der Gezierte. «Man hat nämlich Reifenspuren gefunden. Aber der Wagen war wieder weggefahren worden.»

«Dann sind die beiden Männer da anscheinend zusammen hingekommen», meinte Kitty.

«Das glaube ich eben auch», sagte der Gezierte. «Das Opfer war wahrscheinlich gefesselt und geknebelt und wurde mit dem Wagen zu der Stelle gebracht und dann herausgeholt und erwürgt und –»

«Aber wozu hätte man sich dann die Mühe machen sollen, ihn erst in eine Badehose zu stecken?» fragte der Erster-Klasse-Fahrgast.

«Weil sie, wie gesagt», antwortete der Gezierte prompt, «keine Kleider zurücklassen wollten, die seine Identität verraten hätten.»

«Richtig; aber warum haben sie ihn dann nicht gleich nackt liegengelassen? Eine Badehose zeugt unter den gegebenen Umständen von einem geradezu übertriebenen Schicklichkeitsempfinden.»

«Ja, ja», sagte der Untersetzte ungehalten, «aber Sie haben die Zeitung eben nicht genau gelesen. Die zwei Männer können gar nicht zusammen hingekommen sein, und warum? Weil man nur einen Satz Fußabdrücke gefunden hat, und die stammten von dem Ermordeten.»

Er sah triumphierend in die Runde.

«Nur einen Satz Fußabdrücke, so?» fragte der Erster-Klasse-Fahrgast rasch. «Das klingt interessant. Wissen Sie das genau?»

«Es steht so in der Zeitung. Nur *ein* Satz Fußabdrücke, steht da, von nackten Füßen, die man durch sorgfältigen Vergleich dem Ermordeten zuordnen konnte. Sie führten von der Stelle, wo der Wagen gestanden hatte, genau dahin, wo die Leiche lag. Was sagen Sie dazu?»

«Nun», meinte der Erster-Klasse-Fahrgast, «das sagt einem

doch eine ganze Menge, oder? Es zeigt einem den Schauplatz gewissermaßen aus der Vogelperspektive und verrät die Tatzeit, außerdem wirft es ein recht helles Licht auf Charakter und Lebensumstände des Mörders – oder der Mörder.»

«Wie kommen Sie denn darauf, Sir?» fragte der Ältere.

«Nun, zunächst – ich war zwar nie da, aber offensichtlich gibt es dort einen Sandstrand, an dem man baden kann.»

«Stimmt», sagte der Untersetzte.

«Außerdem gibt es dort, so vermute ich, in der Nähe einen Felsausläufer, der sich ins Meer hineinzieht, sehr wahrscheinlich mit einer Stelle, von der man bequem ins Wasser springen kann. Der Felsausläufer muß ziemlich weit hinausreichen; jedenfalls kann man dort schon baden, bevor die Flut den Strand erreicht.»

«Ich weiß nicht, woher Sie das alles wissen, Sir, aber es stimmt. Den Felsausläufer und den Badeplatz gibt es, genau wie Sie sagen, und zwar etwa hundert Meter weiter. Ich bin so manches Mal von dort ins Wasser gesprungen.»

«Und der Felsen erstreckt sich bis ins Inland zurück, wo er dann von kurzem Gras bewachsen ist.»

«Stimmt auch.»

«Der Mord hat sich kurz vor Hochwasserstand ereignet, denke ich, und die Leiche lag genau oberhalb der Hochwassermarke.»

«Wieso das?»

«Weil Sie sagen, daß die Fußspur direkt bis zur Leiche führte. Das heißt, daß das Wasser nicht bis über die Leiche hinausreichte. Andererseits waren keine weiteren Fußspuren da. Folglich müssen die Spuren des Mörders vom Hochwasser weggespült worden sein. Die einzige Erklärung dafür ist, daß die beiden Männer zusammen kurz unterhalb der Hochwassermarke gestanden haben müssen. Der Mörder kam aus dem Meer. Er griff den andern an – vielleicht drängte er ihn ein wenig in seiner eigenen Spur zurück – und brachte ihn um. Dann kam das Hochwasser und spülte alle Spuren fort, die der Mörder hinterlassen haben könnte. Man kann sich vorstellen, wie er dort hockte und sich fragte, ob das Wasser hoch genug hinaufreichen würde.»

«Huh!» machte Kitty. «Sie machen einem ja eine richtige Gänsehaut.»

«Nun zu dem verunstalteten Gesicht», fuhr der Erster-Klasse-Fahrgast fort. «Wie ich mir die Sache vorstelle, war der Mörder schon im Meer, als sein Opfer ankam. Verstehen Sie, was ich meine?»

«Ich verstehe», sagte der Untersetzte. «Sie meinen, er ist von dem Felsen aus, von dem wir eben gesprochen haben, ins Wasser gesprungen und durchs Meer zurückgekommen, darum waren keine Fußabdrücke von ihm da.»

«Genau. Und da das Wasser, wie Sie sagen, um den Felsen herum tief ist, war er vermutlich auch im Badeanzug.»

«So sieht es aus.»

«Eben. Und womit wurde nun das Gesicht verunstaltet? Die Leute haben für gewöhnlich kein Messer in der Badehose, wenn sie ihr Morgenbad nehmen.»

«Das ist wirklich ein Rätsel», sagte der Untersetzte.

«Nicht unbedingt. Sagen wir, der Mörder hatte entweder ein Messer bei sich oder nicht. Wenn er eins hatte –»

«Wenn er eins hatte», mischte der Gezierte sich eifrig ein, «muß er dort eigens für das Opfer auf der Lauer gelegen haben. Und für meinen Geschmack unterstützt das meine Theorie von einem ausgeklügelten, raffinierten Komplott.»

«Schon. Aber wenn er dort mit einem Messer auf der Lauer lag, warum hat er den Mann dann nicht kurzerhand erstochen? Warum ihn erwürgt, wenn er eine so hervorragende Waffe griffbereit bei sich hatte? Nein – ich glaube, daß er ohne jede böse Absicht dort war, und als er seinen Feind plötzlich vor sich sah, ist er nach guter britischer Art mit bloßen Händen auf ihn losgegangen.»

«Aber das verunstaltete Gesicht?»

«Nun, ich glaube, als er sein Opfer dann bezwungen und tot vor sich liegen hatte, war er noch so voller Wut, daß er unbedingt noch mehr Schaden anrichten mußte. Er schnappte sich das erste Beste, was unweit im Sand lag – könnte ein Stück altes Eisen gewesen sein, oder vielleicht sogar eine von diesen scharfkantigen Muscheln, die man manchmal sieht, oder eine Glasscherbe –, und damit ging er in seiner Raserei von Eifersucht oder Haß noch einmal auf ihn los.»

«Entsetzlich, entsetzlich!» sagte die ältere Frau.

«Natürlich kann man hier nur mutmaßen, solange man die Wunden nicht gesehen hat. Es ist durchaus möglich, daß der Mörder sein Messer im Kampf verloren hat und den eigentlichen Mord mit bloßen Händen begehen mußte, um das Messer erst hinterher wieder aufzuheben. Wenn die Wunden glatt und sauber sind, hat es sich wahrscheinlich so zugetragen, und dann war der Mord geplant. Wenn sie aber rauh und gezackt sind und von einer behelfsmäßigen Waffe stammen, dann würde ich sagen, es war eine Zufallsbegegnung, und der Mörder war entweder verrückt oder –»

«Oder?»

«Oder er war plötzlich jemandem begegnet, den er sehr haßte.»

«Was glauben Sie, wie es danach weitergegangen ist?»

«Das ist ziemlich klar. Nachdem der Mörder, wie gesagt, erst einmal gewartet hatte, um zu sehen, ob seine Fußabdrücke auch alle durch das Hochwasser beseitigt würden, ist er zu dem Felsen zurückgeschwommen oder -gewatet, wo er seine Kleider zurückgelassen hatte, und hat die Waffe mitgenommen. Das Meer hat dabei alles Blut von seinem Körper und Badeanzug abgewaschen. Er ist auf den Felsen gestiegen, barfuß, um im Seetang und dergleichen keine Spuren zu hinterlassen, ist zur Küste zurückgegangen, bis dorthin, wo das kurze Gras wächst, hat sich angezogen und ist zum Wagen des Ermordeten gegangen und damit weggefahren.»

«Und warum das?»

«Ja, warum wohl? Vielleicht wollte er sehr schnell irgendwohin. Oder er hatte vielleicht Angst, der Ermordete könnte zu früh identifiziert werden und dadurch würde ein Verdacht auf ihn fallen. Es könnten auch gleich mehrere Motive auf einmal gewesen sein. Die Frage ist, woher er kam. Wie kam es, daß er so früh am Morgen an dieser einsamen Stelle ein Bad nahm? Er ist nicht mit einem Wagen hingekommen, sonst müßte ja dieser zweite Wagen irgendwo geblieben sein. Er könnte in der Nähe gezeltet haben; aber es würde ihn ziemlich viel Zeit gekostet haben, das Zelt abzubrechen und alle seine Habseligkeiten in den Wagen zu packen, und dabei hätte ihn einer sehen können. Ich neige eher zu der Annahme, daß er mit dem Fahrrad da war und dieses hinten in den Wagen gelegt hat und damit fortgefahren ist.»

«Aber warum hat er in diesem Fall den Wagen genommen?»

«Weil er länger da unten in East Felpham gewesen war, als er vorgehabt hatte, und nun fürchtete, irgendwohin zu spät zu kommen. Entweder wurde er in irgendeinem Haus, wo sein Fehlen auffallen würde, zum Frühstück erwartet, oder er wohnte in einiger Entfernung und hatte gerade noch Zeit für den Heimweg. Ich glaube aber, er mußte irgendwo zum Frühstück erscheinen.»

«Warum?»

«Wenn es ihm nur darum gegangen wäre, schnell einen großen Abstand zu gewinnen, hätte er ebensogut mitsamt seinem Fahrrad ein Stück mit dem Zug fahren können. Nein; ich vermute, er wohnte irgendwo in einem kleinen Hotel. Nicht in einem großen, denn dort wäre es niemandem aufgefallen, ob er zum Frühstück kam oder nicht. Wahrscheinlich auch nicht in einer Pension, sonst hätte schon irgend jemand einmal erwähnt, daß er einen Pensionsgast hatte, der zum Baden nach East Felpham fuhr. Entweder war er also irgendwo in der Nähe zu Hause, und in diesem Falle müßte er leicht ausfindig zu machen sein, oder er wohnte bei Freunden, die ein Interesse daran haben, ihn zu dekken. Oder – und das halte ich für wahrscheinlicher – er wohnte in einem kleinen Hotel, wo man ihn zwar beim Frühstück vermissen würde, sein Lieblingsbadeplatz aber nicht unbedingt jedermann bekannt war.»

«Das klingt plausibel», sagte der Untersetzte.

«Auf jeden Fall», fuhr der Erster-Klasse-Fahrgast fort, «muß er so nah bei East Felpham gewohnt haben, daß er es leicht mit dem Fahrrad erreichen konnte, so daß es nicht allzu schwierig sein dürfte, auf seine Spur zu kommen. Außerdem ist da ja noch das Auto.»

«Das schon. Aber wo ist das Auto nach Ihrer Theorie geblieben?» fragte der Gezierte, der offenbar immer noch seiner Camorra-Theorie nachtrauerte.

«In einer Werkstatt und wartet darauf, abgeholt zu werden», kam es prompt von dem Erster-Klasse-Fahrgast.

«Aber wo?» ließ der Gezierte nicht locker.

«Nun, irgendwo auf der anderen Seite von da, wo der Mörder wohnte. Wenn Sie einen besonderen Grund haben, niemanden wissen zu lassen, daß Sie zu einer bestimmten Zeit an einem bestimmten Ort waren, macht es sich immer ganz gut, aus der anderen Richtung zurückzukommen. Ich glaube fast, man sollte den Wagen in West Felpham suchen und das Hotel in der nächstgelegenen Ortschaft an der Hauptstraße jenseits der Stelle, wo die Straßen nach East und West Felpham zusammenkommen. Wenn man den Wagen erst hat, kennt man natürlich auch den Namen des Opfers. Was den Mörder betrifft, so sollte man nach einem sportlichen Mann suchen, der ein guter Schwimmer und ein eifriger Radfahrer ist – wahrscheinlich nicht besonders wohlhabend, weil er sich kein Auto leisten kann –, der in der Nähe von Felpham Urlaub machte und guten Grund hatte, dem Opfer nicht sehr gewogen zu sein.»

«Na so was!» ließ sich die ältere Frau bewundernd vernehmen. «Wie schön Sie das alles zusammenkombiniert haben. Richtig wie Sherlock Holmes, muß ich sagen.»

«Das ist ja eine ganz hübsche Theorie», sagte der Gezierte, «aber Sie werden schon noch sehen, daß doch ein Geheimbund dahintersteckt. Denken Sie an meine Worte! Ach du lieber Gott, wir fahren ja schon ein. Nur zwanzig Minuten Verspätung. Das nenne ich für die Urlaubszeit eine gute Leistung. Entschuldigen Sie bitte – mein Koffer liegt unter Ihren Füßen.»

Es befand sich noch ein achter Fahrgast im Abteil, der während der ganzen Unterhaltung scheinbar in seine Zeitung vertieft gewesen war. Als die Reisenden sich auf den Bahnsteig ergossen, faßte dieser Mann den Erster-Klasse-Fahrgast am Arm.

«Entschuldigen Sie, Sir», sagte er. «Das war eine sehr interessante Theorie von Ihnen. Mein Name ist Winterbottom, und ich führe die Ermittlungen in diesem Fall. Würden Sie mir bitte Ihren Namen nennen? Könnte sein, daß ich mich noch einmal mit Ihnen in Verbindung setzen möchte.»

«Gewiß», sagte der Erster-Klasse-Fahrgast. «Ich stecke doch so gern überall meine Nase hinein. Hier ist meine Karte. Besuchen Sie mich, wann immer Sie wollen.»

Kriminalinspektor Winterbottom nahm die Karte und las den Namen:

LORD PETER WIMSEY
110a Piccadilly

Der Verkäufer der *Evening Views* vor der U-Bahn-Station Piccadilly entfaltete mit großer Sorgfalt sein Plakat. Es machte sich gut, fand er.

MANN OHNE GESICHT
IDENTIFIZIERT

Für seinen Geschmack war es zum Beispiel viel augenfälliger als das der Konkurrenzzeitung, das phantasielos verkündete:

STRANDOPFER
IDENTIFIZIERT

Ein jüngerer Herr im grauen Anzug, der in diesem Moment aus der Criterion Bar trat, schien das auch zu finden, denn er zückte einen Penny und tauschte ihn gegen eine *Evening Views* ein, in die er sich sogleich mit solch konzentriertem Interesse vertiefte, daß er gegen einen eiligen Mann vor der Station stieß und sich entschuldigen mußte.

Die *Evening Views*, dem Mörder und Ermordeten gleichermaßen dankbar für die sehr gelegene Sensation mitten in der Saure-Gurken-Zeit, hatte die ungeheuer spannende Wetterstatistik der Herren Negretti & Zambra aus der Aufmacherposition, die sie in der Mittagsausgabe noch innegehabt hatte, herausgerissen und an ihre Stelle gesetzt:

GESICHTSLOSES OPFER DES STRAND-
MORDES IDENTIFIZIERT

Mord an prominentem Werbegraphiker

Polizei verfolgt Hinweise

«Bei der am Montagmorgen am Strand bei East Felpham entdeckten, nur mit einer Badehose bekleideten Leiche eines etwa 40- bis 50jährigen Mannes, dessen Gesicht mit Hilfe eines scharfkantigen Gegenstandes furchtbar entstellt worden war, handelt es sich um Mr. Correggio Plant, Atelierleiter der bekannten Werbeagentur Crichton Ltd. in Holborn.

Der 45jährige Junggeselle Plant hatte sich für seinen Jahresurlaub eine Autotour entlang der Westküste vorgenommen, und da er allein reiste und keine Adresse hinterlassen hatte, wäre ohne die gute Arbeit Kriminalinspektor Winterbottoms von der Polizei Westchester sein Verschwinden wahrscheinlich erst entdeckt worden, wenn er sich in drei Wochen wieder an seiner Arbeitsstelle hätte einfinden sollen. Damit hatte der Mörder zweifellos gerechnet und deshalb in der Hoffnung, die Spuren seines abscheulichen Verbrechens zu verwischen und dadurch Zeit zu gewinnen, den Wagen, in dem sich die persönliche Habe des Opfers befand, verschwinden lassen.

Eine gründliche Suche nach dem vermißten Wagen führte jedoch schließlich zu dessen Auffindung in einer Werkstatt in West Felpham, wo er zur Motorreinigung und Reparatur des Magnetzünders abgegeben worden war. Mr. Spiller, der Werkstattbesitzer, hat den Mann, der aus dem Wagen stieg, selbst gesehen und der Polizei eine Beschreibung geben können. Nach seinen Angaben handelte es sich um einen kleinen, dunkelhaarigen Mann von ausländischem Aussehen. Die Polizei ist im Besitz weiterer Hinweise auf seine Identität, so daß eine Festnahme in naher Zukunft erwartet werden kann.

Mr. Plant arbeitete seit 15 Jahren bei der Firma Crichton, wo er in den letzten Kriegsjahren zum Atelierleiter aufstieg. Er war bei allen Mitarbeitern sehr beliebt, und seine kunstvollen Anzeigenentwürfe und -ausführungen haben sehr zur Rechtfertigung des bekannten Werbemottos der Firma Crichton beigetragen, das da lautet: ‹Crichton-Werbung wird bewundert.›

Die Beisetzung des Opfers findet morgen auf dem Friedhof von Golders Green statt.

(Fotos auf der letzten Seite.)»

Lord Peter Wimsey wandte sich der letzten Seite zu. Am Porträt des Opfers hielt er sich nicht lange auf. Es war eine jener nichtssagenden Studioaufnahmen, denen man lediglich entnehmen kann, daß die abgebildete Person ein halbwegs annehmbares Gesicht ihr eigen nennt. Er sah, daß Mr. Plant eher dünn als dick war, in der Erscheinung eher geschäftsmäßig als künstlerisch wirkte und vom Fotografen eher ernst als lächelnd aufgenommen worden war. Ein Bild des Strandes von East Felpham mit einem Kreuz an der Stelle, an der die Leiche gefunden worden war, schien dagegen mehr als nur oberflächliches Interesse in ihm zu wecken. Er studierte es eine ganze Weile und stieß dabei leise Überraschungslaute aus. Der Grund für seine Überraschung war nicht ohne weiteres ersichtlich, denn das Bild bestätigte in allen Einzelheiten die Schlüsse, die er in der Eisenbahn schon gezogen hatte. Es zeigte den bogenförmigen Sandstrand, den Felsausläufer, der dahinter bis ins tiefe Wasser hineinreichte und sich nach rückwärts bis zu dem trockenen, kurzen Gras erstreckte. Trotzdem betrachtete er es mehrere Minuten lang mit größter Aufmerksamkeit, bevor er die Zeitung zusammenfaltete und ein Taxi herbeiwinkte; und kaum saß er im Taxi, faltete er die Zeitung wieder auseinander und betrachtete es von neuem.

«Eure Lordschaft hatten mir freundlicherweise vorgeschlagen», sagte Inspektor Winterbottom, indem er sein Glas – für wahre Kennerschaft ein wenig zu schnell – leerte, «Sie bei Gelegenheit in London aufzusuchen, und so habe ich mir die Freiheit genommen, einmal kurz vorbeizukommen. Danke, ich sage nicht nein. Also, wie Sie inzwischen wohl in der Zeitung gelesen haben, ist der Wagen tatsächlich gefunden worden.»

Wimsey äußerte sich zufrieden mit diesem Ergebnis.

«Und ich muß Eurer Lordschaft sehr für den Hinweis danken», fuhr der Inspektor großmütig fort, «was nicht heißen soll, daß ich mit der Zeit nicht selbst zu diesem Schluß gekommen wäre. Aber was noch mehr ist, wir sind dem Täter auf der Spur.»

«Wie ich sehe, soll er ein ausländisches Aussehen haben. Sagen Sie jetzt nicht, es handelt sich am Ende doch um einen Geheimbündler!»

«Nein, Mylord.» Der Inspektor zwinkerte ihm zu. «Unser

Freund auf dem Eckplatz liest zuviel in Illustrierten, wenn Sie mich fragen. Und *Sie*, Mylord, sind mit Ihrer Radfahrtheorie auch ein bißchen übers Ziel hinausgeschossen.»

«So? Das trifft mich aber hart.»

«Nun ja, sehen Sie, Mylord, diese Theorien *klingen* ja alle ganz plausibel, aber meistens sind sie dann doch ein bißchen zu fein gesponnen. Halte dich an die Tatsachen – das ist unser Motto bei der Polizei –, halte dich an die Tatsachen und das Motiv, dann kannst du nicht allzuweit fehlgehen.»

«Ach! Dann haben Sie also schon das Motiv?»

Der Inspektor zwinkerte ihm erneut zu.

«So viele Motive für einen Mord gibt es ja im allgemeinen gar nicht», sagte er. «Frauen oder Geld – oder Frauen *und* Geld –, meist läuft es auf das eine oder das andere hinaus. Dieser Plant, der war nun ein kleiner Bruder Lustig. Hielt sich ein kleines Cottage da unten bei Felpham, mit einem hübschen Weiberröckchen darin zur Verschönerung und um das Liebesnest warm zu halten – verstehen Sie?»

«Oho! Und ich dachte, er sei zu einer Autotour aufgebrochen.»

«Autotour – Pustekuchen!» versetzte der Inspektor mit mehr Temperament als Höflichkeit. «Das hat der alte (Kraftausdruck) denen in der Agentur weisgemacht. Hübsche Ausrede, um keine Adresse hinterlassen zu müssen, verstehen Sie? Nein, nein, da war sehr wohl eine Frau im Spiel. Ich habe sie gesehen. Ganz ansehnliches Ding übrigens, wenn's einer gern mager hat. Ich für meinen Teil hab sie ja lieber ein bißchen gepolstert.»

«Der Sessel ist wirklich viel bequemer mit einem Kissen», warf Wimsey fürsorglich ein. «Gestatten Sie?»

«Danke, Mylord, danke, ich sitze recht gut. Anscheinend hatte diese Frau – übrigens, ich sage Ihnen das im Vertrauen. Ich möchte nicht, daß es weiterverbreitet wird, bevor wir unsern Mann hinter Schloß und Riegel haben.»

Wimsey gelobte Diskretion.

«Schon recht, Mylord, schon recht. Ich weiß, daß ich mich auf Sie verlassen kann. Also, der langen Rede kurzer Sinn ist, daß diese junge Frau noch einen andern Verehrer hatte – so eine Art Italiener, den sie für Plant sitzengelassen hatte, und der kriegte nun Wind von der Geschichte und kam am Sonntagabend nach East Felpham, um sie zu suchen. Er arbeitet als Eintänzer im Palais de Danse in Richtung Cricklewood, und von dort kommt auch die Frau. Sie hat wohl Plant für etwas Besseres gehalten als ihn. Jedenfalls überfiel er sie am Sonntag beim Abendessen – und da ist der Krach dann losgegangen.»

«Wußten Sie denn nichts von diesem Cottage und den Vorgängen dort?»

«Ach, sehen Sie, da kommen doch so viele Wochenendurlauber hin. Wir können sie nicht alle im Auge behalten, solange sie sich benehmen und keine Unruhe stiften. Die Frau ist, wie ich höre, seit letztem Juni da, und er kommt immer von samstags bis montags; aber es ist ein einsames Fleckchen, und der Konstabler hat nicht viel von alledem mitbekommen. Er kam immer abends, so daß eigentlich niemand da war, der ihn erkennen konnte, außer der alten Frau, die ihnen den Aufwasch machte, und die ist halb blind. Und als er gefunden wurde, hatte er ja auch kein Gesicht mehr, das man hätte erkennen können. Alle würden nur denken, er sei wie immer abgereist, und ich wette, davon ist dieser Italiener auch ausgegangen. Wie gesagt, es gab einen großen Krach, und der Italiener wurde vor die Tür gesetzt. Er muß sich dann unten an der Badestelle auf die Lauer gelegt haben und hat Plant umgebracht.»

«Indem er ihn erwürgte?»

«Er *wurde* schließlich erwürgt.»

«Wurde denn sein Gesicht mit einem Messer zerschnitten?»

«Hm, nein – ich glaube nicht, daß es ein Messer war. Wenn Sie mich fragen, würde ich eher eine zerbrochene Flasche vermuten. Davon werden ja genug von der Flut angeschwemmt.»

«Aber dann stehen wir doch wieder vor unserm alten Problem. Wenn dieser Italiener sich auf die Lauer gelegt hat, um Plant zu ermorden, warum hat er sich dann keine Waffe eingesteckt, statt auf seine bloßen Hände und eine zufällig herumliegende Flaschenscherbe zu vertrauen?»

Der Inspektor schüttelte den Kopf. «Verrückt», meinte er. «Diese Ausländer sind doch alle irgendwie verrückt. Kein Hirn im Kopf. Aber da haben wir unsern Mann und unser Motiv, das ist sonnenklar. Mehr kann man sich nicht wünschen.»

«Und wo ist der Italiener jetzt?»

«Getürmt. Das ist ja an sich schon Schuldbeweis genug. Aber wir werden ihn bald haben. Deswegen bin ich ja auch hier in London. Aus dem Land kommt er nicht. Ich habe eine Fahndungsmeldung nach ihm herausgehen lassen. Die Leute aus dem Palais de Danse haben uns ein Foto und eine gute Beschreibung gegeben. Ich rechne jeden Augenblick mit der Nachricht von seiner Festnahme. Ich sollte mich überhaupt am besten wieder auf den Weg machen. Vielen Dank für Ihre Gastlichkeit, Mylord.»

«Es war mir ein Vergnügen», sagte Wimsey, indem er läutete, um seinen Besucher hinausführen zu lassen. «Unsere Unterhaltung hat mir sehr großen Spaß gemacht.»

Als Wimsey andern Mittags um zwölf ins Falstaff kam, traf er wie erwartet Salcombe Hardy an, der seinen rundlichen Korpus an die Bar lehnte. Der Reporter begrüßte seine Ankunft mit einer Herzlichkeit, die an Begeisterung grenzte, und bestellte sofort zwei große Scotch. Nachdem der übliche Streit um die Frage, wer bezahlen dürfe, durch prompte Beseitigung der Getränke und unmittelbare Bestellung einer neuen Runde ehrenhaft beigelegt war, zog Wimsey eine *Evening Views* vom Vorabend aus der Tasche.

«Könnten Sie die Leutchen in Ihrer Redaktion nicht mal fragen, ob sie mir einen anständigen Abzug hiervon besorgen können?» fragte er, indem er auf das Foto des Strandes von East Felpham zeigte.

Salcombe Hardy sah ihn aus wäßrigblauen Veilchenaugen fragend an.

«Sagen Sie mal, Sie alter Schnüffler», meinte er, «soll das vielleicht heißen, Sie haben eine Theorie zu dem Fall? Ich brauche nämlich dringend Stoff. Muß die Suppe am Kochen halten, Sie wissen ja. Die Polizei scheint seit gestern abend nicht mehr viel weitergekommen zu sein.»

«Nein, ich interessiere mich aus einem völlig anderen Blickwinkel für die Geschichte. Ich hatte so etwas wie eine Theorie, aber die scheint völlig verkehrt zu sein. Selbst Homer soll ja manchmal einnicken, nicht? Aber ich hätte doch gern einen Abzug hiervon.»

«Warren soll Ihnen gleich einen besorgen, wenn wir zurück sind. Ich nehme ihn nämlich mit zu Crichton. Wir sollen uns da ein Bild ansehen. Sagen Sie mal, könnten Sie nicht auch mitkommen und mir sagen, was Sie von dem Mistding halten?»

«Du lieber Himmel, ich verstehe doch nichts von Werbegraphik!»

«Es geht nicht um Werbegraphik. Soll ein Porträt von diesem Plant sein. Gemalt von einem der Leute aus dem Atelier oder so ähnlich. Die Kleine, die mir davon erzählt hat, sagt, es sei gut. Ich weiß es nicht. Sie weiß es wahrscheinlich auch nicht. Ihnen sagt man doch eine künstlerische Ader nach, oder?»

«Ich wünschte, Sie würden sich nicht immer so vulgär ausdrücken, Sally. Künstlerische Ader! Wer ist denn das Mädchen?»

«Stenotypistin aus der Textabteilung.»

«Mein Gott, Sally!»

«Nichts dergleichen. Hab sie nie zu Gesicht bekommen. Gladys Twitterton heißt sie. Der Name allein dürfte genügen, um jeden Interessenten abzuschrecken. Sie hat gestern abend bei uns angerufen und uns erzählt, sie hätten dort einen, der diesen Plant mal in Öl gemalt hat, und ob wir etwas damit anfangen können. Drummer meint, man sollte es sich wenigstens mal ansehen. Mal was anderes als diese ewigen Agenturfotos.»

«Aha. Wenn Sie schon keinen Exklusivbericht haben, ist ein Exklusivbild besser als nichts. Das Mädchen scheint immerhin seine fünf Sinne beieinander zu haben. Eine Freundin des Künstlers?»

«Nein – sie sagt, er wird ihr wahrscheinlich furchtbar böse sein, daß sie uns davon erzählt hat. Aber das biege ich schon hin. Es wäre nur schön, wenn Sie mitkämen und es sich mal ansähen. Damit Sie mir sagen können, ob ich schreiben soll, daß es ein unentdecktes Meisterwerk ist, oder nur gut getroffen.»

«Wie kann ich sagen, ob es gut getroffen ist, wenn ich den Kerl selbst nie gesehen habe?»

«Schreiben werde ich das auf jeden Fall. Aber ich wüßte gern, ob es gut gemalt ist.»

«Hol's der Geier, Sally, was spielt es denn für eine Rolle, ob es gut gemalt ist oder nicht? Ich habe anderes zu tun. Wer ist denn im übrigen der Künstler? Jemand, von dem man schon gehört hat?»

«Weiß ich doch nicht. Ich habe den Namen hier irgendwo.» Sally kramte in seiner Hüfttasche und holte einen Packen angeschmutzter Korrespondenz hervor, deren Ecken durch ständigen Abrieb schon ganz rund waren. «Irgendein komischer Name wie Buckel oder Schlangenzahn – Moment – da ist er. Crowder. Thomas Crowder. Wußte ich doch, daß es irgend so was Abartiges war.»

«Ungeheure Ähnlichkeit mit Buckel oder Schlangenzahn. Also gut, Sally, ich werde mich zum Märtyrer machen. Führen Sie mich hin.»

«Trinken wir rasch noch einen. Da kommt Warren. Lord Peter Wimsey. Das geht auf mich.»

«Auf mich», verbesserte ihn der Fotograf, ein abgestumpfter junger Mann mit desillusioniertem Gehabe. «Drei große White Labels, bitte. Also, sehr zum Wohl. Bist du soweit, Sally? Dann sollten wir uns nämlich lieber auf die Socken machen. Ich muß um zwei wieder bei der Beerdigung in Golders Green sein.»

Mr. Crowder von der Agentur Crichton schien schon von Miss Twitterton ins Bild gesetzt worden zu sein, denn er empfing die Abordnung mit der Miene des stillen Dulders.

«Der Direktion wird das wenig gefallen», meinte er, «aber die haben schon soviel über sich ergehen lassen müssen, daß sie wegen einer Unregelmäßigkeit mehr oder weniger wohl auch nicht gleich der Schlag trifft.» Er hatte ein ängstliches, gelbes kleines Gesicht wie ein Affe. Wimsey schätzte ihn auf Ende Dreißig. Er bemerkte seine feingliedrigen, geschickten Hände, deren eine ein Heftpflaster verunzierte.

«Haben Sie sich verletzt?» fragte Wimsey freundlich, als sie nach oben gingen, wo das Atelier war. «Das dürfen Sie sich nicht zur Gewohnheit machen. Die Hände eines Künstlers sind sein Lebensunterhalt – mal abgesehen natürlich von Mund- und Fußmalern und so. Muß furchtbar anstrengend sein, mit den Zehen zu malen.»

«Ach, es ist weiter nichts Schlimmes», sagte Crowder. «Ich sollte nur aufpassen, daß keine Farbe in die Kratzer kommt. Es gibt so etwas wie Bleivergiftung. Also, hier ist dieses Geklecksе, wie es leibt und lebt. Ich will Ihnen gern gestehen, daß es dem Abgebildeten nicht gefallen hat. Genauer gesagt, er wollte es um keinen Preis haben.»

«Nicht schmeichelhaft genug?» fragte Hardy.

«Sie sagen es.» Der Maler zog eine etwa neunzig mal hundertzwanzig Zentimeter große Leinwand aus ihrem Versteck hinter Plakatentwürfen hervor und hob sie auf die Staffelei.

«Oh!» sagte Hardy, gelinde überrascht. Für diese Überraschung gab es allerdings keinen eigentlichen Grund, soweit es das Gemälde an sich betraf. Es war eine nüchterne Arbeit, und die Originalität und Geschicklichkeit der Pinselführung waren von der Art, die den Künstler interessiert, ohne den Laien zu verschrecken.

«Oh!» machte Hardy noch einmal. «Sah er so wirklich aus?»

Er trat näher an die Leinwand heran und sah in das abgebildete Gesicht, wie er in das Gesicht eines lebenden Menschen geschaut hätte, in dem er etwas zu erkennen hoffte. Unter seinem mikroskopischen Blick löste das Gemälde sich auf, wie es der Gemälde Art ist, und wurde mehr und mehr zu einem Konglomerat von farbigen Tupfern und Streifen. Er entdeckte, daß für das Auge des Malers das menschliche Gesicht voller grüner und roter Flecken sein mußte.

Er trat wieder zurück und formulierte seine Frage neu.

«So war er also?»

Er nahm sein Foto von Plant aus der Tasche und verglich es mit dem Porträt. Das Porträt schien seinem Erstaunen hohnzulachen.

«Natürlich werden die Dinger in diesen Fotoateliers immer retuschiert», sagte er. «Na ja, das ist nicht meine Sache. Das Ding gibt jedenfalls einen guten Blickfang, meinen Sie nicht auch, Wimsey? Ob die uns dafür wohl einen Zweispalter auf der ersten Seite einräumen? Los, Warren, mach dich mal daran.»

Der Fotograf, von künstlerischen oder journalistischen Überlegungen völlig unbeeindruckt, ergriff stumm Besitz von dem Bild, das für ihn schon nur noch eine Frage panchromatischer Platten und Farbfilter war. Crowder half ihm ein wenig, indem er die Staffelei in besseres Licht rückte. Ein paar Leute aus anderen Abteilungen, von ihrer Arbeit dieses Weges geführt, blieben stehen und lungerten in der Nähe des Schauspiels herum, als ob es ein Verkehrsunfall wäre. Ein melancholisch dreinblickender grauhaariger Mann, vorläufig an Stelle des verblichenen Correggio Plant zum Atelierleiter bestimmt, nahm Crowder mit einer leise gemurmelten Entschuldigung beiseite und gab ihm ein paar kurze Anweisungen, aus einem halbseitigen Sechsspalter einen ganzseitigen Dreispalter zu machen. Hardy wandte sich an Lord Peter.

«Ganz schön häßlich», meinte er. «Ist es gut?»

«Genial», sagte Wimsey. «Sie können alle Register ziehen. Schreiben Sie darüber, was Sie wollen.»

«Großartig. Könnten wir vielleicht einen verkannten britischen Meister entdecken?»

«Warum nicht? Damit bringen Sie den Mann wahrscheinlich groß heraus und verderben ihn für die Kunst, aber das ist sein Problem.»

«Aber hören Sie mal – finden Sie, er hat sein Modell gut getroffen? Er hat ihn ja als höchst finsteren Gesellen dargestellt. Immerhin fand Plant das Bild so schlecht, daß er es nicht einmal haben wollte.»

«Um so dümmer von ihm. Haben Sie schon einmal von dem Porträt eines gewissen Politikers gehört, das seine innere Hohlheit derart entlarvte, daß er es schleunigst kaufte und vor den Augen der Welt versteckte, damit Leute wie Sie es nicht in die Finger bekämen?»

Crowder kam wieder.

«Sagen Sie mal», fragte Wimsey, «wem gehört das Bild eigentlich? Ihnen? Oder den Erben des Verstorbenen oder wem?»

«Ich nehme wohl an, es gehört wieder mir», sagte der Maler. «Plant – nun ja, er hat es ja mehr oder weniger in Auftrag gegeben, aber –»

«Was heißt mehr oder weniger?»

«Nun, sehen Sie, er hat immer wieder angedeutet, daß er mal gern von mir gemalt würde, und da er mein Chef war, hielt ich es für besser, ihm den Gefallen zu tun. Von Geld wurde nie gesprochen. Und als er es dann sah, gefiel es ihm nicht, und er wollte es abgeändert haben.»

«Das haben Sie aber nicht getan.»

«Hm – nein, ich hab's genommen und weggelegt und gesagt, ich wolle mal sehen, was ich damit tun könne. Ich dachte, er würde es vielleicht vergessen.»

«Aha. Dann ist es wahrscheinlich Ihres, und Sie können damit machen, was Sie wollen.»

«Ich glaube, ja. Warum?»

«Sie haben eine sehr individuelle Technik, nicht?» fuhr Wimsey fort. «Stellen Sie viel aus?»

«Hin und wieder. Ich hatte noch nie eine Ausstellung in London.»

«Ich bilde mir ein, einmal ein paar Meereslandschaften von Ihnen gesehen zu haben. In Manchester, nicht? Oder war es Liverpool? Bei Ihrem Namen war ich mir nicht sicher, aber Ihre Technik habe ich sofort wiedererkannt.»

«Schon möglich. Ich habe vor zwei Jahren einmal ein paar Sachen nach Manchester geschickt.»

«Eben. Ich war auch sicher, daß ich mich nicht getäuscht hatte. Ich möchte das Porträt gern kaufen. Hier ist übrigens meine Karte. Ich bin kein Journalist. Ich bin Sammler.»

Crowder sah ein wenig zögernd von der Karte zu Wimsey und von Wimsey auf die Karte.

«Wenn Sie es irgendwann ausstellen möchten», sagte Lord Peter, «überlasse ich es Ihnen gern, so lange Sie wollen.»

«Ach, das ist es nicht», sagte Crowder. «Es ist nur – ich bin nicht besonders stolz auf das Ding. Ich würde es gern – das heißt, es ist einfach noch nicht fertig.»

«Mein lieber Mann, das Bild ist einfach ein Meisterwerk!»

«Nun ja, als Gemälde ist es ganz in Ordnung. Aber als Porträt ist es eben alles andere als zufriedenstellend.»

«Du lieber Himmel, wer fragt schon danach! Ich weiß nicht, wie der verstorbene Mr. Plant ausgesehen hat, und es interessiert mich auch nicht. In meinen Augen ist das ganz einfach ein sehr gutes Gemälde, und wenn Sie daran noch herumpfuschen, können Sie es nur verderben. Das wissen Sie so gut wie ich. Was zwackt Sie noch? Doch nicht der Preis? Um den will ich nicht lange feilschen. Ich kann mir meine bescheidenen Vergnügen leisten, selbst in diesen mageren Zeiten. Oder wollen Sie nicht, daß ich es bekomme? Heraus damit – was ist der wahre Grund?»

«Es gibt überhaupt keinen Grund, warum Sie es nicht haben sollen, wenn Sie es wirklich möchten», sagte der Maler, noch immer ein wenig verdrießlich. «Wenn es wirklich das Bild ist, was Sie interessiert.»

«Was sollte mich denn sonst interessieren? Das öffentliche Aufsehen? Davon kann ich soviel haben, wie ich will – ich brauch's nicht einmal zu wollen. Na ja, überlegen Sie sich's, und wenn Sie sich entschieden haben, schreiben Sie mir ein paar Zeilen und nennen Ihren Preis.»

Crowder nickte wortlos, und da der Fotograf seine Arbeit inzwischen getan hatte, verabschiedete sich die Delegation.

Als sie das Haus verlassen wollten, gerieten sie mitten in den Strom der Crichton-Belegschaft, die zum Mittagessen strebte. Eine junge Frau, die sich mit bestimmter Absicht in der Eingangshalle herumgetrieben zu haben schien, sprach sie an, als der Aufzug unten ankam. «Sind Sie die Leute von den *Evening Views*? Haben Sie Ihr Bild bekommen?»

«Miss Twitterton?» fragte Hardy zurück. «Ja, schon – und vielen Dank für Ihren Tip. Sie werden es heute abend auf der ersten Seite sehen.»

«Das ist ja großartig. Ich bin ganz aufgeregt. Hier hat das ja einigen Wirbel gemacht – diese ganze Geschichte. Man weiß wohl noch nicht, wer Mr. Plant nun eigentlich umgebracht hat? Oder ist die Frage furchtbar taktlos?»

«Wir rechnen jetzt jeden Augenblick mit der Nachricht von einer Festnahme», sagte Hardy. «Überhaupt muß ich jetzt, so schnell ich kann, in die Redaktion zurück und mein Öhrchen ans Telefon kleben. Sie entschuldigen mich, ja? Und – hören Sie, darf ich mal irgendwann wiederkommen, wenn nicht mehr solcher Trubel herrscht, und Sie zum Mittagessen ausführen?»

«Natürlich, gern.» Miss Twitterton kicherte. «Ich möchte ja so gern etwas über diese ganzen Mordfälle hören.»

«Dann sind Sie bei diesem Herrn an der richtigen Adresse, Miss Twitterton», sagte Hardy, Bosheit im Blick. «Gestatten Sie, daß ich Ihnen Lord Peter Wimsey vorstelle.»

Miss Twitterton geriet vor Aufregung regelrecht in Ekstase, als sie ihm die Hand reichte, und um ein Haar wäre ihr gleich die Sprache weggeblieben.

«Guten Tag», sagte Wimsey. «Wenn dieser Tölpel hier es so eilig hat, wieder in seine Klatschbude zurückzukommen, würden Sie dann zum Mittagessen auch mit mir vorliebnehmen?»

«Also wirklich –» begann Miss Twitterton.

«Er ist harmlos», sagte Hardy. «Er wird Sie bestimmt nicht in eine Lasterhöhle locken. Sehen Sie ihn sich nur mal an, was für ein freundliches, unschuldiges Gesicht er hat.»

«Also, das hab ich ja nun wirklich nicht gemeint», sagte Miss Twitterton. «Aber sehen Sie – ich habe doch nur meine alten Sachen an. Hier in diesem staubigen Laden etwas Ordentliches zu tragen, lohnt sich nämlich wirklich nicht.»

«Ach, Unsinn!» sagte Wimsey. «Besser könnten Sie gar nicht aussehen. Nicht das Kleid ist wichtig, sondern der Mensch, der es trägt. Also abgemacht. Bis später, Sally! Taxi! Wohin fahren wir? Wann müssen Sie übrigens wieder hier sein?»

«Um zwei», antwortete Miss Twitterton bedauernd.

«Dann müssen wir uns mit dem Savoy begnügen», meinte Wimsey, «das ist nicht so weit weg.»

Miss Twitterton sprang mit einem erregten kleinen Aufschrei in das wartende Taxi.

«Haben Sie Mr. Crichton gesehen?» fragte sie. «Er kam vorhin vorbei, als wir uns unterhielten. Aber ich glaube, der weiß gar nicht, wie ich aussehe. Hoffentlich nicht – sonst meint er nachher noch, mir geht es so gut, daß ich kein Gehalt mehr brauche.» Sie kramte in ihrer Handtasche. «Garantiert glänzt mein ganzes Gesicht vor Aufregung. So ein blödes Taxi – das hat ja nicht einmal einen Spiegel, und ich habe meinen neulich zerbrochen.»

Wimsey nahm feierlich einen kleinen Spiegel aus der Tasche.

«Wie gut Sie für alles gerüstet sind!» rief Miss Twitterton. «Ich fürchte, Lord Peter, Sie gehen nicht gerade selten mit Damen aus.»

«Es geht», sagte Wimsey. Er hielt es nicht für unbedingt notwendig, zu erwähnen, daß er den Spiegel zuletzt dazu benutzt hatte, die Backenzähne eines Ermordeten zu begutachten.

«Natürlich mußten sie sagen, daß er bei allen Kollegen beliebt war», erklärte Miss Twitterton. «Ist Ihnen noch nicht aufgefallen, daß Ermordete immer gut gekleidet und allseits beliebt waren?»

«Das müssen sie auch», antwortete Wimsey. «Es macht die Geschichte geheimnisvoller und erschütternder. Genau wie verschwundene Mädchen immer gescheit und häuslich sind und keine Männerbekanntschaften haben.»

«Ist das nicht albern, wie?» meinte Miss Twitterton, den Mund voll Bratente und grünen Erbsen. «Ich könnte mir vorstellen, daß alle heilfroh sind, Plant los zu sein – er war ein ekliger, ungezogener Kerl. Und so gemein. Immerzu hat er sich anderer Leute Federn an den Hut gesteckt. Die armen Jungs im Atelier – allen Mumm hat er aus ihnen rausgequetscht. Ich sage immer, Lord Peter, ob ein Abteilungsleiter für seinen Posten etwas taugt, das merkt man am Arbeitsklima in seiner Abteilung, gleich wenn man reinkommt. Nehmen Sie mal die Textabteilung. Da sind wir alle so fröhlich und freundlich, wie man es sich nur wünschen kann, obwohl ich sagen muß, daß der Ton, der da herrscht, schon manchmal schlimm ist, aber diese Texter sind nun mal so, und die meinen das gar nicht böse. Aber Mr. Ormerod ist eben auch ein echter Gentleman – das ist der Chef der Textabteilung –, und der sorgt auch dafür, daß alle wirklich Interesse an ihrer Arbeit haben, und wenn sie noch so sehr über die Käsewerbung und den Warenhausschund maulen, den sie produzieren müssen. Aber im Atelier ist das ganz anders. Da kommt einem alles so tot vor, wenn Sie verstehen, wie ich das meine. Wir Schreibmamsellen merken so etwas besser, als die da oben sich das träumen lassen. Sicher, ich bin für solche Gefühle auch sehr empfänglich – man hat mir schon gesagt, ich hätte einen sechsten Sinn dafür.»

Lord Peter sagte, niemand könne einen Menschen so gut auf den ersten Blick durchschauen wie eine Frau. Frauen seien nach seinem Eindruck erstaunlich intuitiv.

«Das stimmt allerdings», sagte Miss Twitterton. «Ich hab schon oft gesagt, wenn ich nur mal ein paar offene Worte mit Mr. Crichton reden könnte, dem wüßte ich schon das eine oder andere zu erzählen. In so einem Betrieb, da tun sich Dinge unter der Oberfläche, von denen die da oben keine Ahnung haben.»

Lord Peter sagte, davon sei er überzeugt.

«Wie Mr. Plant die Leute behandelt hat, die seiner Meinung nach unter ihm standen», fuhr Miss Twitterton fort, «da konnte es einem schon hochkommen. Wenn Mr. Ormerod mich mal mit einer Mitteilung zu ihm geschickt hat, war ich jedenfalls immer froh, wenn ich wieder draußen war. Demütigend war das, wie er mit einem redete. Es soll mir egal sein, ob er jetzt tot ist oder nicht; daß einer tot ist, macht sein früheres Benehmen auch nicht besser, Lord Peter. Es waren ja nicht einmal so sehr die Ungezogenheiten, die er einem sagte. Mr. Birkett zum Beispiel, der redet auch ungezogen daher, aber keiner nimmt's ihm übel. Er kommt einem vor wie ein zu groß geratener, tapsiger junger Hund – dabei ist er sanft wie ein Lämmchen. Aber Mr. Plants boshaftes Feixen, das haben wir alle so gehaßt. Und immerzu hat er die Leute fertiggemacht.»

«Wie steht es eigentlich mit diesem Porträt?» fragte Wimsey. «Sieht es ihm überhaupt ähnlich?»

«Viel zu ähnlich», erklärte Miss Twitterton mit Nachdruck. «Darum hat er es ja so gehaßt. Und Crowder, den konnte er auch nicht leiden. Aber er wußte natürlich, daß er malen konnte, und da hat er ihn dazu gebracht, es zu malen, weil er dachte, er kommt da billig an was Wertvolles. Und Crowder konnte ja nicht gut ablehnen, sonst hätte Plant ihn rausschmeißen lassen.»

«Ich hätte gedacht, das würde einem Mann von Crowders Fähigkeiten nicht viel ausmachen.»

«Der arme Mr. Crowder! Ich glaube nicht, daß er schon viel Glück im Leben hatte. Gute Künstler können anscheinend ihre Bilder nicht immer gut verkaufen. Ich weiß, daß er einmal heiraten wollte – sonst hätte er diese Arbeit hier ja nie angenommen. Er hat mir schon ziemlich viel von sich erzählt. Ich weiß auch nicht, warum – aber ich gehöre zu den Menschen, denen Männer sich anscheinend gern anvertrauen.»

Lord Peter füllte Miss Twittertons Glas nach.

«O bitte, nein, wirklich nicht. Keinen Tropfen mehr! Ich rede ja so schon viel zuviel. Ich weiß nicht, was Mr. Ormerod sagen wird, wenn ich zum Diktat zu ihm reinkomme. Ich werde allen möglichen Unsinn schreiben. Ach Gott, und ich muß ja wieder zurück. Sehen Sie nur mal, wie spät es schon ist!»

«So spät ist es noch gar nicht. Trinken Sie noch einen schwarzen Kaffee – nur zum Ausgleich.» Wimsey lächelte. «Und zuviel geredet haben Sie gar nicht. Mir hat Ihre Schilderung des Bürolebens sehr gefallen. Sie haben nämlich eine sehr lebendige Art, sich auszudrücken. Ich verstehe jetzt, warum Mr. Plant ganz und gar nicht beliebt war.»

«Im Betrieb jedenfalls nicht – wie das woanders war, weiß ich nicht», fügte Miss Twitterton vielsagend hinzu.

«Oho!»

«O ja! Das war mir einer», sagte Miss Twitterton. «Und was für einer. Ein paar Freunde von mir sind ihm mal eines Abends im Westend begegnet, und die hatten hinterher nette Geschichten zu erzählen. Im Betrieb war das schon ein stehender Witz – die alte Pflanze mit den Rosenknospen. Mr. Cowley – wissen Sie, das ist *der* Cowley, der bei den Motorradrennen mitfährt –, der hat immer gesagt, er weiß, was er von Mr. Plants Autotouren zu halten hat. Damals, als Mr. Plant angeblich eine Tour durch Wales gemacht hatte, da hat Mr. Cowley ihn hinterher nach den Straßen ausgefragt, und *nichts* wußte er darüber. Mr. Cowley war nämlich wirklich da herumgefahren und wußte genau, daß Mr. Plant sein Lebtag nicht dort gewesen war, wo er angeblich gewesen sein wollte; außerdem wußte Mr. Cowley sowieso, daß er die ganze Zeit in einem Hotel in Aberystwyth gewesen war, und zwar in sehr attraktiver Gesellschaft.»

Miss Twitterton leerte ihre Kaffeetasse und stellte sie mit trotziger Gebärde auf den Tisch.

«So, und jetzt muß ich *wirklich* weg, sonst komme ich entsetzlich zu spät. Und vielen Dank auch.»

«Nanu!» rief Inspektor Winterbottom. «Sie haben also das Porträt gekauft?»

«Ja», sagte Wimsey. «Es ist eine schöne Arbeit.» Er betrachtete nachdenklich die Leinwand. «Nehmen Sie Platz, Inspektor. Ich möchte Ihnen eine Geschichte erzählen.»

«Und ich *Ihnen*», erwiderte der Inspektor.

«Dann hören wir Ihre zuerst», sagte Wimsey mit einer Miene schmeichelhaften Interesses.

«Nein, nein, Mylord. Nach Ihnen, bitte. Erzählen Sie.»

Er kuschelte sich lachend in seinen Sessel.

«Na schön», sagte Wimsey. «Meine Geschichte ist eine Art Märchen. Und wohlgemerkt – nichts ist davon bewiesen.»

«Nur zu, Mylord. Nur zu.»

«Es war einmal –» begann Wimsey seufzend.

«Das ist die gute alte Art, ein Märchen anzufangen», stellte Inspektor Winterbottom fest.

«Es war einmal», wiederholte Wimsey, «ein Maler. Er war ein guter Maler, aber die böse Fee des finanziellen Erfolges war nicht zu seiner Taufe eingeladen worden – Sie verstehen?»

«Das ist bei Malern oft der Fall», pflichtete der Inspektor ihm bei.

«Also mußte er eine Stelle als Werbegraphiker annehmen, weil keiner seine Bilder kaufen wollte und er, wie es in Märchen öfter vorkommt, doch unbedingt die Gänseliesel heiraten wollte.»

«So ergeht es vielen Leuten», sagte der Inspektor.

«Der Chef seiner Abteilung», fuhr Wimsey fort, «war ein Mensch mit einem bösen, häßlichen Herzen. Er war nicht einmal gut in seinem Beruf, aber er war eben während des Krieges auf diesen Posten gekommen, als bessere Männer an der Front waren. Wohlgemerkt, mir tut der Mann eigentlich leid. Er litt an einem Minderwertigkeitskomplex –» der Inspektor schnaubte verächtlich – «und er dachte, er könnte sich nur oben halten, indem er andere möglichst tief hinunterdrückte. So wurde er zu einem kleinen Tyrannen und Leuteschinder. Er steckte sich die Leistungen seiner Untergebenen immer an den eigenen Hut und verhöhnte und quälte sie, bis sie selbst einen noch größeren Minderwertigkeitskomplex hatten als er.»

«Die Sorte habe ich auch schon kennengelernt», sagte der Inspektor, «und für mich ist es immer wieder ein Wunder, wie sie damit durchkommen.»

«Ganz recht», sagte Wimsey. «Aber ich glaube, dieser Mann wäre auch weiter ganz gut damit durchgekommen, wenn er es sich nicht plötzlich in den Kopf gesetzt hätte, sich von dem Maler malen zu lassen.»

«Schön dumm von ihm», meinte der Inspektor. «Damit machte er den Maler doch nur eitel und eingebildet.»

«Richtig. Aber sehen Sie, dieser kleine Tyrann hatte eine faszinierende Frau im Schlepp, und er wollte das Porträt für die Dame haben. Er dachte, wenn er es von dem Maler malen ließe, bekäme er ein gutes Porträt für einen Hungerlohn. Aber dummerweise hatte er vergessen, daß ein Künstler, und wenn er sonst noch soviel mit sich machen läßt, eines immer ernst nimmt, und das ist seine Kunst. Sie ist das einzige, worin er sich auf keine faulen Kompromisse einlassen kann.»

«Mag sein», sagte der Inspektor. «Ich verstehe nicht viel von Künstlern.»

«Sie dürfen es mir abnehmen. Der Maler malte also das Porträt, wie er es sah, und brachte die ganze gemeine, niederträchtige, schmutzige Seele des Mannes für aller Augen sichtbar auf die Leinwand.»

Inspektor Winterbottom starrte das Porträt an, und das Porträt starrte höhnisch zurück.

«Ein schmeichelhaftes Bildnis ist es gewiß nicht», räumte er ein.

«Nun, wenn ein Maler jemandes Porträt malt», fuhr Wimsey fort, «dann ist dessen Gesicht für ihn nie mehr, was es vorher war. Das ist wie – womit soll ich es vergleichen? Es geht ihm ungefähr wie dem Artilleristen, der eine Landschaft sieht, in die er postiert wird. Er sieht sie nicht als Landschaft. Er sieht nichts von ihrer zauberhaften Schönheit, ihren herrlichen Formen und Farben. Er sieht nur Deckungen, Richtpunkte zum Zielen und Geschützstellungen. Und wenn der Krieg vorbei ist und er wieder einmal in diese Gegend kommt, sieht er sie immer noch als Dekkungen, Richtpunkte und Geschützstellungen. Es ist für ihn keine Landschaft mehr, sondern eine Lageskizze.»

«Ich kenne das», sagte Inspektor Winterbottom. «Ich war selbst Artillerist.»

«Ein Maler bekommt dasselbe Gefühl tödlicher Vertrautheit mit jedem Zug des Gesichts, das er einmal gemalt hat», sprach Wimsey weiter. «Und wenn es ein Gesicht ist, das er haßt, dann haßt er es mit einem neuen, noch stärkeren Haß. Das ist wie bei einer defekten Drehorgel, die unentwegt dieselbe nervtötende Melodie leiert und immer wieder an derselben Stelle denselben gräßlichen falschen Ton von sich gibt.»

«Mein Gott, wie Sie reden können!» entfuhr es dem Inspektor.

«Und so erging es unserem Maler mit dem verhaßten Gesicht

dieses Mannes. Tag für Tag mußte er es sehen. Entrinnen konnte er ihm nicht, weil er an seine Arbeitsstelle gefesselt war.»

«Dann hätte er die Fessel losschneiden müssen», sagte der Inspektor. «Mit Leuten zusammenzuarbeiten, die man nicht leiden kann, hat doch gar keinen Sinn.»

«Nun, er sagte sich wohl, daß er ihm ja wenigstens im Urlaub für kurze Zeit entrinnen konnte. Er kannte da ein schönes, stilles Plätzchen irgendwo an der Westküste, wohin nie ein Mensch kam. Er war schon einmal dort gewesen und hatte die Stelle gemalt. Ach, da fällt mir übrigens ein, daß ich Ihnen noch ein anderes Bild zeigen wollte.»

Er ging zum Schreibtisch und holte ein kleines Ölbild aus einer Schublade.

«Das habe ich vor Jahren einmal auf einer Ausstellung in Manchester gesehen, und zufällig ist mir der Name des Händlers wieder eingefallen, der es damals gekauft hat.»

Inspektor Winterbottom starrte das Bild mit aufgerissenem Mund an.

«Aber das ist ja East Felpham!» rief er.

«So ist es. Es ist nur mit ‹T.C.› signiert, aber die Technik ist ja wohl unverwechselbar, finden Sie nicht?»

Der Inspektor verstand zwar wenig von Maltechnik, aber die Initialen verstand er. Er schaute von dem Porträt zu dem Landschaftsbild und wieder zu Lord Peter.

«Der Maler –»

«Crowder?»

«Wenn es Ihnen recht ist, nenne ich ihn weiter den Maler. Er lud seine Siebensachen auf sein Fahrrad und verfrachtete seine strapazierten Nerven zu diesem geliebten, heimlichen Plätzchen, um dort ein ruhiges Wochenende zu genießen. Er wohnte in einem ruhigen kleinen Hotel in der Umgebung, und jeden Morgen fuhr er mit dem Rad zu diesem hübschen kleinen Strand, um ein Bad zu nehmen. Im Hotel erzählte er nie jemandem, wohin er fuhr, denn das war *sein* Strand, und er wollte nicht, daß andere ihn fänden.»

Inspektor Winterbottom legte das Bild auf den Tisch und schenkte sich einen Whisky ein.

«Eines Morgens – zufällig war es der Montagmorgen –»

Wimseys Erzählung wurde langsamer, zögernder – «fuhr er wieder dorthin. Die Flut war noch nicht wieder ganz da, aber er lief über die Felsen zu einer Stelle, wo er wußte, daß dort eine schöne tiefe Stelle zum Baden war. Er sprang hinein und schwamm herum und ließ die Mißklänge seines Kummers verschlucken von des Meeres unzählbarem Lachen.»

«Hä?»

«Κυμάτων ανήριθμον γέλασμα – klassisches Zitat. Manche Leute meinen, damit seien die gekräuselten Wogen im Sonnenschein gemeint – aber wie hätte Prometheus, an den Felsen gekettet, sie sehen können? Zweifellos war es das Glucksen der hereinströmenden Flut zwischen den Steinen, was da an dem einsamen Felsgipfel, wo der Geier an seinem Herzen fraß, an seine Ohren drang. Ich weiß noch, wie ich in der Schule mit dem alten Philpotts darüber gestritten und eins über die Finger bekommen habe, weil ich ihm widersprach. Damals wußte ich nämlich nicht, daß er gerade eine eigene Übersetzung herausbrachte, sonst hätte ich ihm bestimmt noch unverschämter widersprochen und die Hose runterziehen müssen. Der gute alte Philpotts!»

«Davon verstehe ich nichts», sagte der Inspektor.

«Entschuldigung. Eine schreckliche Angewohnheit von mir, immer so abzuschweifen. Der Maler – nun, er schwamm um das Ende des Felsausläufers, weil mittlerweile die Flut voll da war, und wie er da so vom Meer hereinkam, sah er einen Mann am Strand stehen – an diesem geliebten Strand, wohlgemerkt, den er als seinen geheiligten Hafen des Friedens ansah. Während er auf den Strand zuwatete, verfluchte er dieses Touristengesindel, das sich mit seinen Zigarettenpackungen und Kameras und Grammophonen überall ausbreiten mußte – und dann sah er, daß es ein bekanntes Gesicht war. Es war ein klarer, sonniger Morgen, und er erkannte jeden einzelnen verhaßten Zug in diesem Gesicht. Und obwohl es noch früh am Tag war, kam die Hitze gleich einer Dunstwolke über das Meer gezogen.»

«Ja, es war ein heißes Wochenende», sagte der Inspektor.

«Und dann rief der Mann ihn mit seiner selbstzufriedenen, affektierten Stimme an. ‹Hallo!› sagte er. ‹Sie hier? Wie haben Sie denn mein hübsches Badeplätzchen gefunden?› Das war zuviel für den Maler. Es war ein Gefühl, als wenn man ihm seine letzte Zufluchtsstätte geraubt hätte. Er sprang dem Mann an die magere Kehle – es ist ja ein ziemlich dürrer Hals, wie Sie vielleicht schon bemerkt haben, mit vorstehendem Adamsapfel – ein provozierender Hals. Das Wasser plätscherte um ihre Füße, als sie hin und her schwankten. Er fühlte seine Daumen in das Fleisch eindringen, das er gemalt hatte. Er sah mit Frohlocken, wie die allzu vertrauten, verhaßten Gesichtszüge sich veränderten, anschwollen zu einem unkenntlichen Dunkelrot. Er sah die eingefallenen Augen vortreten und den schmalen Mund sich verzerren, als die schwarze Zunge herausquoll – ich mache Sie hoffentlich nicht nervös, Inspektor?»

Der Inspektor lachte.

«Kein bißchen. Ich finde es nur herrlich, wie Sie die Dinge zu schildern verstehen. Sie sollten ein Buch schreiben.»

«Ich singe, wie die Drossel singt,
die in den Zweigen nistet»,

antwortete Seine Lordschaft lässig und fuhr ohne jeden weiteren Kommentar fort: «Der Maler erwürgte ihn. Er warf ihn rückwärts in den Sand. Er sah ihn an, und sein Herz jubilierte. Er streckte die Hand aus und fand eine zerbrochene Flasche mit schön gezackten Kanten. Er ging mit Eifer an die Arbeit und zerstampfte und zerschnitt jeden Zug dieses Gesichts, das er so gut kannte und so haßte. Er löschte es aus und vernichtete es gründlich.

Dann setzte er sich neben sein Werk. Jetzt bekam er es mit der Angst. Sie hatten beim Kampf das Wasser verlassen, und seine Fußspuren waren im Sand. Er hatte Blut an Gesicht und Händen und an der Badehose, und er hatte sich die Hand an der Flasche geschnitten. Aber das gute Meer stieg immer noch. Er sah es über die Blutflecken und Fußspuren spülen und die Geschichte seines Wahnsinns auslöschen. Er erinnerte sich, daß der Mann ja fortgefahren war, ohne eine Adresse zu hinterlassen. Schritt für Schritt ging er ins Wasser zurück, und als es ihm bis zur Brust reichte, sah er die roten Flecken sich auflösen wie ein Nebelschleier im Braunblau der Flut. Er ging weiter, watete, schwamm, tauchte Gesicht und Arme tief ins Wasser und schaute hin und wieder zurück, um zu sehen, was er da zurückgelassen hatte. Ich glaube, als er dann an die Stelle auf dem Felsen kam und sich gesäubert hinaufschwang, kam ihm erstmals der Gedanke, daß er die Leiche hätte mitnehmen und von der Flut davontragen lassen sollen, aber dafür war es nun zu spät. Er war wieder sauber und hätte es nicht über sich gebracht, noch einmal zurückzuschwimmen und das Ding zu holen. Außerdem war er schon spät dran, und im Hotel würde man sich wundern, wenn er nicht rechtzeitig zum Frühstück wieder da war. Leichtfüßig lief er über die Felsen und das Gras, das keine Spuren annahm. Er zog sich an und achtete darauf, daß er nur ja nichts zurückließ, was sein Hiersein verriet. Den Wagen, der einen ganzen Roman erzählt hätte, nahm er mit. Das Fahrrad verstaute er auf dem Rücksitz unter Decken, und dann fuhr er – Sie wissen so gut wie ich, wohin er fuhr.»

Lord Peter erhob sich mit einer ungeduldigen Gebärde, ging zu dem Bild und fuhr nachdenklich mit dem Daumen über die Farbstrukturen.

«Sie könnten jetzt fragen, warum er das Bild nicht vernichtet hat, wenn er das Gesicht so haßte. Aber das konnte er nicht. Es war das beste, das er je gemalt hatte. Zweihundert Pfund hat er dafür genommen. Das war noch billig. Aber schließlich – ich glaube, er hat nicht gewagt, es mir abzuschlagen. Mein Name ist ziemlich bekannt. Es war wohl ein bißchen Erpressung im Spiel. Aber ich wollte das Bild haben.»

Inspektor Winterbottom lachte wieder.

«Haben Sie irgend etwas unternommen, Mylord, um herauszufinden, ob Crowder wirklich in East Felpham war?»

«Nein.» Wimsey fuhr abrupt herum. «Ich habe überhaupt nichts unternommen. Das ist Ihre Aufgabe. Ich habe Ihnen die Geschichte erzählt, und ich wünschte bei meiner Seele, ich hätte nur zugeschaut und nichts gesagt.»

«Sie brauchen sich keine Sorgen zu machen.» Der Inspektor lachte zum drittenmal. «Es ist eine gute Geschichte, Mylord, und Sie haben sie sehr gut erzählt. Aber Sie hatten schon recht, als Sie sagten, es sei ein Märchen. Wir haben nämlich diesen Italiener gefunden – Francesco nannte er sich, und er ist tatsächlich unser Mann.»

«Woher wissen Sie das? Hat er gestanden?»

«Mehr oder weniger. Er ist tot. Hat sich selbst umgebracht. Er hat einen Brief an die Frau hinterlassen, in dem er sie um Verzeihung bittet und schreibt, er habe Mord in seinem Herzen gefühlt, als er sie mit Plant zusammen gesehen habe. ‹Ich habe Rache genommen an dem, der es wagte, Dich zu lieben›, schreibt er. Ich denke, er hat es dann mit der Angst zu tun bekommen, als er merkte, daß wir ihm auf der Spur waren – ich wollte, diese Zeitungen würden die Verbrecher nicht immer warnen – und sich umgebracht, um dem Galgen zu entgehen. Ich darf sagen, daß ich ein bißchen enttäuscht darüber war.»

«Das glaube ich gern», sagte Wimsey. «So etwas ist natürlich unbefriedigend. Aber ich bin froh, daß meine Geschichte sich zu guter Letzt als ein Märchen herausgestellt hat. Sie wollen doch nicht schon gehen?»

«Ich muß, die Pflicht ruft», sagte der Inspektor, indem er schwerfällig aufstand. «Hat mich sehr gefreut, Sie kennenzulernen, Mylord. Und ich meine das ernst, was ich vorhin sagte – Sie sollten Bücher schreiben.»

Nachdem er gegangen war, stand Wimsey noch immer vor dem Porträt und sah es an.

«‹Was ist Wahrheit?› fragte Pilatus scherzend. Kein Wunder, da sie so vollkommen unglaublich ist. ... Ich könnte es beweisen ... wenn ich wollte ... aber dieser Mann hatte ein Schurkengesicht, und es gibt so wenige gute Maler auf der Welt.»

11

Das Wettangeln nach dem gestohlenen Magen

«Du lieber Himmel!» rief Lord Peter Wimsey. «Was ist denn das?»

Thomas Macpherson wickelte das hohe Glas aus den letzten Schichten Papier und Stroh und stellte es behutsam neben die Kaffeekanne.

«Das», sagte er, «ist Großonkel Josephs Vermächtnis.»

«Und wer ist Großonkel Joseph?»

«Er war ein Onkel meiner Mutter. Ferguson hieß er. Ein exzentrischer alter Knabe. Und ich war gewissermaßen sein Liebling.»

«So sieht es aus. Ist das alles, was er Ihnen vermacht hat?»

«Hm, ja. Er hat immer gesagt, eine gute Verdauung sei das Kostbarste, was ein Mensch besitzen könne.»

«Da hatte er vermutlich recht. Ist das die seine? Und war sie gut?»

«O ja. Er ist fünfundneunzig Jahre alt geworden, ohne je einen Tag krank zu sein.»

Wimsey betrachtete das Glas mit erhöhtem Respekt.

«Woran ist er gestorben?»

«Er hat sich aus dem Fenster seiner Wohnung im sechsten Stock gestürzt. Hatte einen Schlaganfall gehabt, und die Ärzte haben ihm gesagt – oder er hat es sich selbst denken können –, daß dies der Anfang vom Ende sei. Er hat einen Brief hinterlassen, darin steht, er sei sein Lebtag nie krank gewesen und wolle auch jetzt nicht damit anfangen. Man hat natürlich einen Anfall geistiger Umnachtung daraus gemacht, aber ich glaube, er war völlig bei Verstand.»

«Das finde ich auch. Was war er denn, als er noch funktionierte?»

«Er war früher mal Unternehmer. Hatte etwas mit Schiffbau zu tun, glaube ich, aber er hat sich schon lange zur Ruhe gesetzt. Er war so eine Art Einsiedler, wie die Zeitungen das immer nennen. Lebte ganz für sich allein in einer kleinen Etagenwohnung in Glasgow, ganz oben im obersten Stockwerk, und empfing niemanden. Manchmal war er tagelang auf eigene Faust unterwegs, und kein Mensch wußte, wohin und wozu. Ich habe ihn etwa einmal im Jahr besucht und ihm dann immer eine Flasche Whisky mitgenommen.»

«Hatte er Geld?»

«Das weiß niemand. Er müßte wohl – war schließlich ein reicher Mann, als er sich zur Ruhe setzte. Aber als wir uns dieser Frage annahmen, stellte sich heraus, daß er nur ein Guthaben von etwa fünfhundert Pfund bei einer Glasgower Bank hatte. Anscheinend hat er schon vor etwa zwanzig Jahren alles, was er besaß, dort abgehoben. Es gab damals einige größere Bankzusammenbrüche, und so nimmt man an, daß er's mit der Angst bekommen hat. Aber was er damit gemacht hat, das weiß allein der Himmel.»

«Er wird es in einen alten Strumpf gesteckt haben.»

«Das hofft Vetter Robert gewiß aus ganzem Herzen.»

«Vetter Robert?»

«Der Resterbe. Ein entfernter Vetter von mir und der letzte überlebende Ferguson. Er war natürlich stinkwütend, als er sah, daß er nur fünfhundert Pfund bekommen sollte. Robert ist nämlich ein flotter Jüngling, und ein paar Tausender wären ihm sicher ganz recht gewesen.»

«Aha. Wie wär's eigentlich mit Frühstück? Sie können Großonkel Joseph ja solange woandershin stellen. Sein Anblick gefällt mir nicht besonders.»

«Und ich dachte, Sie hätten eine besondere Vorliebe für anatomische Einzelteile.»

«Habe ich auch, aber nicht auf dem Frühstückstisch. ‹Ein jedes Ding an seinem Ort›, wie meine Großmutter zu sagen pflegte. Außerdem träfe Maggie der Schlag, wenn sie das sähe.»

Macpherson lachte und stellte das Glas auf einen Schrank.

«Maggie ist abgehärtet. Ich habe mir noch ein paar alte Knochen und dergleichen mitgebracht, als Ferienarbeit gewissermaßen, denn ich stehe doch kurz vor dem Examen. Sie wird nur denken, das ist auch so was. Würden Sie mal läuten, ja? Mal sehen, was aus den Forellen geworden ist.»

Die Tür ging auf, und die Haushälterin trat mit einem Tablett voll gegrillter Forellen und einem Teller voll gerösteter Teebrötchen ein. «Die sehen aber gut aus, Maggie», sagte Wimsey, indem er seinen Stuhl näherzog und anerkennend schnupperte.

«Ja, Sir, gut sind sie auch, nur furrrchtbar klein.»

«Nicht meckern», sagte Macpherson. «Das ist alles, was bei einem ganzen Tag Fegefeuer auf dem Loch Whyneon herausgekommen ist. Eine Sonne zum Braten, dazu der Ostwind – ich fühle mich wie lebendig gehäutet. Um ein Haar hätte ich mich heute morgen nicht einmal rasiert.» Er befühlte mit einer Grimasse sein gerötetes und sich kräftig schälendes Gesicht. «Puh! Dabei muß man sich auch so schon gehörig in die Riemen legen bis da oben, und die ganze Zeit schaukelte das Boot wie in der Biskaya.»

«Stelle ich mir nicht sehr schön vor. Aber das Wetter ändert sich. Das Barometer fällt. Bevor wir ein paar Tage älter sind, gibt's Regen.»

«Wird auch Zeit», sagte Macpherson. «Die Bäche sind so gut wie trocken, und im Fleet ist auch kaum noch Wasser.» Er warf einen Blick aus dem Fenster zu dem Flüßchen, das hinter dem Garten über die Steine dahinplätscherte. «Wenn wir jetzt nur ein paar Regentage bekämen, dann wäre gut Fischen.»

«Das kommt natürlich erst, wenn ich weg muß», meinte Wimsey.

«Klar; aber können Sie denn nicht noch ein paar Tage bleiben? Ich will mich nämlich mal an die Lachsforellen wagen.»

«Geht leider nicht. Ich muß am Mittwoch wieder in London sein. Na ja, egal. Ich hatte ein paar schöne Tage in frischer Luft und habe ein paar gute Runden Golf gespielt.»

«Sie müssen ein andermal wiederkommen. Ich bleibe einen Monat hier – um Kräfte zu sammeln, fürs Examen und so. Wenn Sie sich nicht mehr loseisen können, solange ich hier bin, verschieben wir's eben auf August und gehen dann ein bißchen auf die Moorhühner. Das Cottage steht Ihnen jederzeit zur Verfügung, das wissen Sie ja, Wimsey.»

«Vielen Dank. Vielleicht bin ich mit meinen Geschäften auch schneller fertig als gedacht, und wenn, dann kreuze ich hier wieder auf. Was sagten Sie, wann Ihr Großonkel gestorben ist?»

Macpherson sah ihn groß an.

«Irgendwann im April, soweit ich mich erinnere. Warum?»

«Ach, nichts – ich überlege nur. Sagten Sie nicht, Sie wären sein Liebling gewesen?»

«In gewissem Sinne ja. Ich glaube, der alte Knabe hatte es gern, daß ich ab und zu an ihn dachte. Alte Leute freuen sich ja über kleine Aufmerksamkeiten.»

«Mhmm. Tja, das ist schon eine sonderbare Welt. Und was sagten Sie noch, wie er hieß?»

«Ferguson – Joseph Alexander Ferguson, um es genau zu sagen. Sie scheinen sich ja außerordentlich für Großonkel Joseph zu interessieren.»

«Ich dachte nur, ich könnte bei der Gelegenheit mal einen Bekannten aufsuchen, der etwas mit Schiffbau zu tun hat, und sehen, ob er etwas über den Verbleib des Geldes weiß.»

«Wenn Sie das tun, bekommen Sie von Vetter Robert einen Orden. Aber wenn Sie schon wirklich Ihre Detektivkünste diesem Problem widmen wollen, sollten Sie sich am besten mal die Wohnung in Glasgow ansehen.»

«Richtig – wie war noch die Adresse?»

Macpherson nannte sie ihm.

«Ich merke es mir mal vor, und wenn mir etwas einfällt, setze ich mich mit Vetter Robert in Verbindung. Wo findet man ihn?»

«In einer Londoner Anwaltskanzlei. Crosbie & Plump, irgendwo in Bloomsbury. Robert wollte nämlich Strafverteidiger in Schottland werden, hat aber sein Studium irgendwie verpfuscht, und da haben sie ihn zu den Engländern abgeschoben. Sein Vater ist vor ein paar Jahren gestorben – er war Notar in Edinburgh –, und ich glaube, Robert ist seitdem ein bißchen vor die Wauwaus gegangen. Ist in irgend so eine Clique geraten und hat sein Geld verplempert.»

«Schrecklich. Schotten sollte man nie von zu Hause weglassen. Was wollen Sie eigentlich mit Großonkel Joseph machen?»

«Ach, ich weiß noch nicht. Eine Weile werde ich ihn wohl behalten. Ich mochte den alten Knaben und will ihn nicht einfach wegwerfen. Er würde sich übrigens auch ganz gut in meinem Konsultationszimmer machen, wenn ich erst eine eigene Praxis aufmache. Dann werde ich immer sagen, das hätte mir ein dankbarer Patient vermacht, an dem ich eine wunderbare Operation vorgenommen habe.»

«Gute Idee. Magenverpflanzung. Wunder der Chirurgie, noch nie versucht worden. Die Kranken werden scharenweise zu Ihnen strömen.»

«Guter alter Großonkel – vielleicht ist er mir doch noch mal ein Vermögen wert.»

«Kann schon sein. Sie haben nicht zufällig ein Foto von ihm?»

«Ein Foto?» Macpherson machte wieder große Augen. «Großonkel Joseph scheint Ihre neue Leidenschaft zu werden. Aber ich glaube nicht, daß der alte Herr sich in den letzten dreißig Jahren noch irgendwann einmal hat fotografieren lassen. Damals wurde eine Aufnahme gemacht – als er sich zur Ruhe setzte. Die dürfte wahrscheinlich Robert haben.»

«In Orrrdnung», sagte Wimsey in der Landessprache.

Wimsey verließ Schottland noch am selben Abend, und während er durch die Nacht nach London fuhr, dachte er angestrengt nach. Das Steuern besorgte er ganz automatisch, nur hin und wieder mußte er den grün schimmernden Augen eines Karnickels ausweichen, das vom Straßenrand angehoppelt kam und wie gebannt im grellen Licht seiner Scheinwerfer sitzen blieb. Er pflegte immer zu sagen, daß sein Gehirn besser funktionierte, wenn seine unmittelbare Aufmerksamkeit von den Vorgängen auf der Straße in Anspruch genommen war.

Am Montagmorgen sah man ihn in der Stadt. Seine Geschäfte waren erledigt, und fertig nachgedacht hatte er auch. Ein Besuch bei seinem Freund aus der Schiffbauindustrie hatte ihm ein paar Informationen über Großonkel Josephs Geld sowie ein Foto von ihm eingebracht, beschafft vom Londoner Repräsentanten des Glasgower Unternehmens, dem er angehört hatte. Der alte Ferguson schien zu seiner Zeit ein bedeutender Mann gewesen zu sein. Das Porträt zeigte ein feines, störrisches altes Gesicht mit breitem Mund und hochstehenden Wangenknochen – eines jener Gesichter, die sich im Laufe eines Lebens kaum verändern. Wimsey besah es sich zufrieden, dann steckte er es in die Jackentasche und begab sich schnurstracks zum Somerset-Haus.

Dort lief er schüchtern in der Testamentsabteilung herum, bis ein uniformierter Bediensteter sich seiner erbarmte und nach seinem Begehr fragte.

«Oh, danke», sagte Wimsey überschwenglich, «vielen Dank. Solche Häuser machen mich immer nervös. Alle diese großen Tische und so, wissen Sie, das wirkt so geschäftsmäßig und einschüchternd. Also, ich wollte nur mal einen Blick in ein Testament werfen. Wie ich höre, kann man sich für einen Shilling jedermanns Testament ansehen. Stimmt das wirklich?»

«Ja, Sir, gewiß. Ist es ein bestimmtes Testament?»

«Ach ja, natürlich – wie dumm von mir. Ja. Komisch, nicht, daß jeder Fremde einfach herkommen und seine Nase in die Privatangelegenheiten eines Menschen stecken kann, wenn er tot ist – sehen, wieviel man im Leben so zusammengerafft hat und was man für Freundinnen hatte und so. Ach ja. Gar nicht nett. Irgendwie erschreckend taktlos, wie?»

Der Uniformierte lachte.

«Ich glaube, wenn man erst tot ist, macht einem das nichts mehr aus, Sir.»

«Wie wahr, wie wahr! Natürlich, man ist ja tot, und es kann einem herzlich egal sein. Ein bißchen unangenehm für die Verwandtschaft könnte es schon sein, wenn sie erfährt, was man für ein böser Bube war. Es muß doch Spaß machen, seine Verwandtschaft zu ärgern. Tue ich selbst auch immer. Na ja, also, wovon sprachen wir? Ach so, ja, von dem Testament. (Ich bin immer so zerstreut.) Wessen Testament, wollten Sie wissen? Also, es handelt sich um einen alten schottischen Herrn namens Joseph Alexander Ferguson, der in Glasgow gestorben ist – Sie wissen ja, in Glasgow, wo die Leute so einen starken Akzent haben, daß sogar Schotten in Ohnmacht fallen, wenn sie ihn hören. Im April ist er gestorben – im April dieses Jahres. Wenn es Ihnen keine allzu große Mühe macht, hätte ich gern für einen Shilling Joseph Alexander Ferguson.»

Der Beamte versicherte ihm, daß er das haben könne, ermahnte ihn aber zugleich, daß er sich den Inhalt merken müsse und sich auf keinen Fall Notizen machen dürfe. So belehrt wurde Wimsey in eine entlegene Ecke geführt, wo man ihm kurz darauf das Testament auf den Tisch legte.

Es war ein lobenswert kurzes Dokument, eigenhändig verfaßt und datiert vom letzten Januar. Nach den üblichen Einleitungsfloskeln und ein paar kleinen Vermächtnissen persönlicher Gegenstände an Freunde ging es dann etwa in diesem Sinne weiter:

«... und verfüge ich, daß nach meinem Tode mein ganzer Verdauungstrakt vollständig mitsamt Inhalt aus meinem Körper entfernt werde, beginnend mit der Speiseröhre und endend mit der Ausscheidungsöffnung. Alsdann möge er an beiden Enden mit einem geeigneten Material fest zugebunden, mit einem geeigneten Konservierungsmittel in ein Glasgefäß getan und meinem Großneffen Thomas Macpherson, wohnhaft in Gatehouse-of-Fleet in der Grafschaft Kirkcudbrightshire, Stone Cottage, zur Zeit Medizinstudent in Aberdeen, übergeben werden. Und ich vermache ihm diese meine Verdauungsorgane mitsamt Inhalt zum Zwecke seines Studiums und seiner Bildung, nachdem sie mir fünfundneunzig Jahre lang stets einwandfrei gedient haben, damit er begreift, daß keine Reichtümer dieser Welt dem Reichtum einer guten Verdauung vergleichbar sind. Dieses Vermächtnis verbinde ich mit dem Wunsch, daß er in Ausübung seines medizinischen Berufs seine ganze Kraft dafür einsetzen möge, seinen Patienten den Segen einer unbeeinträchtigten guten Verdauung zu erhalten, ohne ihre Mägen zum Wohle seines eigenen Geldbeutels unnötig mit Medikamenten vollzustopfen, sondern indem er sie zu einer vernünftigen und maßvollen Lebensweise anhält, die der allmächtigen Vorsehung wohlgefällig ist.»

Nach diesem bemerkenswerten Passus wurde dann Robert Ferguson zum Resterben eingesetzt, ohne daß die vererbten Besitztümer eigens aufgeführt wurden, und eine Anwaltskanzlei in Glasgow wurde zum Testamentsvollstrecker bestimmt.

Wimsey ließ sich dieses Vermächtnis eine Weile durch den

Kopf gehen. Aus den Formulierungen schloß er, daß der alte Mr. Ferguson sein Testament ohne juristischen Beistand aufgesetzt hatte, und das freute ihn, denn dadurch bot die Wortwahl ihm wertvolle Hinweise auf den Gemütszustand und die Absichten des Erblassers. Im Geiste notierte er sich vor allem drei Punkte: Es war vom «Verdauungstrakt mitsamt Inhalt» die Rede, und zwar zweimal und mit besonderem Nachdruck. Dieser sollte oben und unten zugebunden werden, und das ganze Vermächtnis war verbunden mit dem Wunsch, daß keine finanziellen Notwendigkeiten den Erben in der gewissenhaften Ausübung seines Berufs beeinflussen möchten. Wimsey mußte leise lachen. Großonkel Joseph begann ihm Spaß zu machen. Er stand auf, nahm Hut, Handschuhe und Stock und begab sich mit dem Testament in der Hand zu dem Aufsichtsbeamten, um es ihm zurückzugeben. Dieser befand sich gerade im Gespräch mit einem jungen Mann, der sich über irgend etwas zu beschweren schien.

«Bedaure, Sir», sagte der Beamte, «aber ich glaube nicht, daß der andere Herr sehr lange brauchen wird. Ah!» Er hatte sich umgedreht und Wimsey erspäht. «Da ist er ja schon.»

Der junge Mann, dem die rötlichen Haare, lange Nase und ausdruckslosen Augen das Aussehen eines heruntergekommenen Fuchses gaben, begrüßte Wimsey mit einem feindseligen Blick.

«Was gibt's? Wer wünscht etwas von mir?» fragte Seine Lordschaft affektiert.

«Ach ja. Sir. Sehr merkwürdig, Sir. Dieser Herr hier fragt nach genau demselben Dokument, das Sie soeben studiert haben. Ich bin jetzt schon fünfzehn Jahre in dieser Abteilung und kann mich nicht erinnern, daß so etwas schon einmal vorgekommen ist.»

«Nein», sagte Wimsey, «ich kann mir auch nicht vorstellen, daß Ihre Artikel hier sich einer besonders lebhaften Nachfrage erfreuen.»

«Es ist wirklich sehr merkwürdig», ließ sich der Fremde mit deutlichem Mißfallen in der Stimme vernehmen.

«Sind Sie ein Angehöriger?» fragte Wimsey.

«*Ich bin* ein Angehöriger», anwortete der Fuchs. «Darf ich fragen, ob *Sie* irgend etwas mit unserer Familie zu tun haben?»

«Selbstverständlich», antwortete Wimsey huldvoll.

«Das glaube ich nicht! Ich kenne Sie nicht.»

«Nein, nein – ich meinte auch nur, Sie dürfen selbstverständlich fragen.»

Der junge Mann bleckte regelrecht die Zähne.

«Würden Sie mir dann vielleicht sagen, wer Sie sind und was Sie am Testament meines Großonkels so interessant finden?»

Wimsey entnahm seiner Brieftasche eine Visitenkarte und reichte sie ihm lächelnd. Mr. Robert Ferguson wechselte die Farbe.

«Wenn Sie Referenzen bezüglich meiner Vertrauenswürdigkeit brauchen», fuhr Wimsey leutselig fort, «wird Mr. Thomas Macpherson Ihnen sicher gern Auskunft über mich geben. Ich bin einfach neugierig», sagte Seine Lordschaft, «mich interessiert die Menschheit. Ihr Vetter hat mir etwas von der sonderbaren Testamentsklausel erzählt, die sich auf Ihres geschätzten Großonkels – äh – Magen mit Zubehör bezieht. Sonderbare Testamentsbestimmungen sind meine Leidenschaft. Darum bin ich hergekommen, um sie mir anzusehen und in meine Sammlung merkwürdiger Testamente aufzunehmen. Ich schreibe nämlich ein Buch über dieses Thema – *Klauseln und Konsequenzen.* Mein Verleger meint, es werde sich gut verkaufen. Bedaure, daß meine mehr zufälligen Recherchen Sie von Ihren zweifellos wichtigeren Studien abgehalten haben. Ich wünsche Ihnen einen wunderschönen guten Morgen.»

Während Wimsey strahlend dem Ausgang zustrebte, hörten seine scharfen Ohren noch, wie der Beamte dem erzürnten Mr. Ferguson erklärte, das sei «ein sehr wunderlicher Herr» gewesen – «wohl nicht ganz richtig da oben, Sir.» Offenbar war sein Ruf als Detektiv noch nicht bis in die stillen Hallen des Somerset-Hauses gedrungen. «Aber», sagte Wimsey bei sich, «ich fürchte sehr, daß Vetter Robert einigen Stoff zum Nachdenken bekommen hat.»

Von diesem alarmierenden Gedanken getrieben, nahm Wimsey unverzüglich ein Taxi zum Hatton Garden, um dort einen Freund zu besuchen. Dieser etwas krummnasige Herr mit seinen recht fleischigen Lidern fiel gleichwohl unter Chestertons Definition von einem netten Juden, denn sein Name war weder Montagu noch McDonald, sondern Nathan Abrahams, und die Herzlichkeit, mit der er Wimsey begrüßte, war schon fast Begeisterung zu nennen.

«Wie schön, Sie einmal wiederzusehen! Nehmen Sie Platz, und trinken Sie ein Gläschen. Sind Sie endlich gekommen, um die Juwelen für die künftige Lady Peter auszusuchen?»

«Noch nicht», sagte Wimsey.

«Nein? Wie schade. Sie sollten sich beeilen und endlich seßhaft werden. Höchste Zeit, daß Sie eine Familie gründen. Vor Jahren haben wir schon abgemacht, daß ich die Ehre haben soll, die Braut für den Glückstag zu schmücken. Das ist ein Versprechen, wohlgemerkt. Ich denke jedesmal daran, wenn diese herrlichen Steine durch meine Hände gehen. Bei jedem sage ich: ‹Das wäre genau der Richtige für meinen Freund Lord Peter.› Aber dann höre ich nichts von Ihnen und verkaufe sie an dumme Amerikaner, die nur an den Preis denken und nichts von ihrer Schönheit verstehen.»

«An die Diamanten werde ich immer noch denken können, wenn ich erst die Dame gefunden habe.»

Mr. Abrahams riß die Hände über den Kopf. «Ach ja! Und dann kann es nicht schnell genug gehen. ‹Rasch, Mr. Abrahams! Ich habe mich gestern verliebt und will morgen heiraten.› Aber es kann Monate dauern, Jahre, bis man die richtigen zueinander passenden Steine gefunden hat. Das geht nicht von heute auf morgen. Ihre Braut wird mit einem Konfektionsgeschmeide vom Juwelier heiraten.»

«Wenn drei Tage reichen, um mir eine Frau auszusuchen», meinte Lord Peter lachend, «dann dürfte für das Kollier wohl ein Tag vollauf genügen.»

«So ist das mit euch Christen», antwortete der Diamantenhändler resigniert. «Bei euch geht alles so oberflächlich. Ihr denkt nicht an die Zukunft. Drei Tage, um sich eine Frau zu suchen! Kein Wunder, daß die Scheidungsanwälte soviel zu tun haben. Mein Sohn Moses wird nächste Woche heiraten. Das wurde schon vor zehn Jahren zwischen den Familien beschlossen. Rachel Goldstein ist es. Ein gutes Mädchen. Und ihr Vater ist in einer guten Position. Wir sind alle sehr zufrieden, kann ich

Ihnen sagen. Moses ist ein guter Sohn, ein sehr guter Sohn, und ich werde ihn zu meinem Partner machen.»

«Gratuliere», sagte Wimsey von Herzen. «Hoffentlich werden die beiden glücklich.»

«Danke, Lord Peter. Sie werden glücklich, davon bin ich überzeugt. Rachel ist ein liebes Mädchen und hat Kinder sehr gern. Und hübsch ist sie auch. Schönheit ist zwar nicht alles, aber für einen jungen Mann von heute auch ein Vorteil. Es fällt ihm leichter, zu einer hübschen Frau gut zu sein.»

«Stimmt», sagte Wimsey. «Ich werde das beherzigen, wenn es bei mir soweit ist. Auf das Wohl des glücklichen Paares, und mögen Sie bald Stammvater sein. Und da wir gerade von Stammvätern reden, ich habe hier so einen alten Knaben, über den Sie mir vielleicht etwas sagen können.»

«Ah, ja! Stets erfreut, Ihnen in jeder Weise behilflich zu sein, Lord Peter.»

«Dieses Foto wurde schon vor etwa dreißig Jahren aufgenommen, aber vielleicht erkennen Sie den Mann darauf doch.»

Mr. Abrahams setzte seine Hornbrille auf und betrachtete Großonkel Josephs Porträt mit ernster Aufmerksamkeit.

«O ja, ich kenne ihn recht gut. Was wollen Sie denn über ihn wissen, hm?» Er warf einen raschen, vorsichtigen Blick zu Wimsey hinüber.

«Nichts zu seinem Nachteil. Er ist sowieso tot. Ich hielt es nur für möglich, daß er in letzter Zeit vielleicht wertvolle Steine gekauft haben könnte.»

«Es ist nicht gerade geschäftsüblich, Auskünfte über Kunden zu geben», sagte Mr. Abrahams.

«Ich sage Ihnen, wozu ich sie brauche», antwortete Wimsey. Dann umriß er kurz Großonkel Josephs Werdegang und fuhr fort: «Wissen Sie, ich habe mir folgendes gedacht: Wenn ein Mann das Vertrauen zu den Banken verliert, was macht er dann mit seinem Geld? Er legt es irgendwie an – kauft Land, oder Häuser – aber das bedeutet Miete und somit wieder Geld, das er auf die Bank tragen muß. Eher legt er es also in Gold oder Wertpapieren an, oder er kauft kostbare Steine. Gold und Wertpapiere sind relativ sperrig; aber Juwelen sind klein. In diesem Falle lassen die Umstände mich vermuten, daß er sich für Juwelen entschieden hat. Und wenn wir nicht herausbekommen, was er nun wirklich mit dem Geld gemacht hat, bedeutet das einen großen Verlust für seine Erben.»

«Aha. Nun, wenn das so ist, kann es ja nicht schaden, wenn ich es Ihnen erzähle. Ich weiß, daß Sie ein Mann von Ehre sind, und werde Ihnen zuliebe von meinen Grundsätzen abgehen. Dieser Herr, Mr. Wallace –»

«Wallace hat er sich genannt?»

«Ist das nicht sein wirklicher Name? Diese heimlichtuerischen alten Herren sind schon komisch. Aber das ist nicht ungewöhnlich. Es kommt oft vor, daß sie beim Juwelenkauf aus Angst vor Dieben und Räubern einen falschen Namen angeben. Ja, ja. Nun, dieser Mr. Wallace kam von Zeit zu Zeit zu mir, und ich hatte den Auftrag, Diamanten für ihn zu suchen. Zwölf große Steine wollte er haben, von erster Qualität und vollkommen zueinander passend. Es hat ziemlich lange gedauert, bis sie alle beisammen waren.»

«Das kann ich mir denken.»

«O ja. Ich selbst habe ihm im Laufe von etwa zwanzig Jahren insgesamt sieben geliefert, und andere Häuser haben auch das ihre getan. Er ist in dieser Straße ein guter Bekannter. Ich habe den letzten Stein für ihn im – Augenblick – im letzten Dezember, glaube ich, gefunden. Ein wunderschöner Stein, wunderschön! Siebentausend Pfund hat er dafür bezahlt.»

«Muß wirklich ein schöner Stein gewesen sein. Wenn sie alle so gut sind, muß die Sammlung einiges wert sein.»

«Schwer zu sagen, wieviel sie wert ist. Wie Sie wissen, sind zwölf zueinander passende Steine ja viel mehr wert als die Summe dessen, was die Steine einzeln gekostet haben.»

«Und ob. Macht es Ihnen etwas aus, mir zu sagen, wie er dafür bezahlt hat?»

«In bar – immer in Noten der Bank von England – jedesmal bar auf die Hand. Dann wollte er noch einen Rabatt für Barzahlung haben», fügte Mr. Abrahams mit leisem Lachen hinzu.

«Er war eben Schotte», sagte Wimsey. «Nun, der Fall wäre klar. Sicher hatte er irgendwo ein Bankschließfach. Und nachdem er die Steine beisammen hatte, hat er sein Testament gemacht. Das ist auch so klar wie der Tag.»

«Aber was ist aus den Steinen geworden?» fragte Mr. Abrahams mit der Besorgnis des Experten.

«Ich glaube, das weiß ich auch», sagte Wimsey. «Ich bin Ihnen jedenfalls sehr verbunden und nehme an, sein Erbe wird es auch sein.»

«Wenn die Steine wieder auf den Markt kommen sollten –» begann Mr. Abrahams.

«Werde ich dafür sorgen, daß sie durch Ihre Hände gehen», sagte Wimsey prompt.

«Das ist sehr freundlich von Ihnen», sagte Mr. Abrahams. «Geschäft ist nun mal Geschäft. Bin Ihnen jederzeit gern zu Diensten. Schöne Steine – wunderschöne Steine. Wenn Sie mit dem Gedanken spielen sollten, sie selbst zu kaufen, würde ich Ihnen als meinem Freund einen Sonderpreis machen.»

«Danke», sagte Wimsey, «aber vorerst habe ich noch keine Verwendung für Diamanten.»

«Schade, schade», sagte Mr. Abrahams. «Aber es freut mich jedenfalls sehr, daß ich Ihnen einen Dienst erweisen konnte. Sie interessieren sich nicht zufällig für Rubine? Nein? Ich habe nämlich hier etwas sehr Hübsches.»

Er steckte wie beiläufig die Hand in die Tasche und brachte ein flammendrotes kleines Feuerwerk zum Vorschein, wie ein Sonnenuntergang *en miniature.*

«Würden sich sehr schön als Ring machen, nicht?» meinte Mr. Abrahams. «Als Verlobungsring, wie?»

Wimsey lachte und suchte schnell das Weite.

Er war sehr versucht, sofort nach Schottland zu fahren und sich persönlich um die Sache mit Großonkel Joseph zu kümmern, aber der Gedanke an eine wichtige Buchauktion am nächsten Tag brachte ihn davon ab. Es stand ein Manuskript von Catull zum Verkauf, das er unbedingt haben wollte, und er legte seine Interessen nie in die Hände von Händlern. Also begnügte er sich damit, ein Telegramm an Thomas Macpherson zu schikken:

«RATE DRINGEND, GROSSONKEL JOSEPH SOFORT ZU ÖFFNEN.»

Die Dame auf dem Postamt wiederholte den Text laut und mit zweifelnder Miene. «Ganz recht», sagte Wimsey nur, und damit betrachtete er die Angelegenheit als erledigt.

Anderntags hatte er auf der Auktion so recht seinen Spaß. Im Auktionssaal fand er einen Händlerring auf dem Plan, der sich wohlgemut zum Absahnen angeschickt hatte. Nachdem er sich eine Stunde lang halb hinter einer Statue versteckt gehalten und geschwiegen hatte, trat er plötzlich vor, gerade als der Hammer für ein Zehntel seines Werts über dem Catull niedergehen sollte, und übersteigerte das letzte Gebot so schnell, so sicher und so hoch, daß die Herren vor Wut erst einmal nach Luft schnappen mußten. Skrymes – ein Händler, der Wimsey ob eines früheren Scharmützels über einen Justinian ewige Feindschaft geschworen hatte – gab sich einen Ruck und bot gleich fünfzig Pfund mehr. Wimsey verdoppelte daraufhin prompt sein Gebot. Skrymes überbot ihn erneut um fünfzig Pfund. Wimsey ging unverzüglich noch einmal hundert Pfund darüber, und das mit einer Stimme, als gedächte er bis zum Jüngsten Tag weiterzubieten. Skrymes machte ein finsteres Gesicht und schwieg. Irgend jemand legte fünfzig Pfund zu; Wimsey verdoppelte diese, und der Hammer fiel. Angestachelt durch diesen Erfolg und mit dem Gefühl, das bessere Blatt zu haben, bot Wimsey nun beim nächsten Artikel, einer *Hypnerotomachia*, die er schon besaß und nach der er nicht das mindeste Verlangen hatte, von Anfang an kräftig mit. Skrymes, verärgert über seine Niederlage, knirschte mit den Zähnen und schwor sich, Wimsey diesmal, wenn er schon so in Bieterlaune war, für seine Unverschämtheit kräftig bluten zu lassen. Wimsey seinerseits spielte begeistert mit und ließ die Gebote himmelwärts wachsen. Die Händler, die seinen Ruf als Büchersammler kannten und vermuteten, daß an dem Buch irgend etwas Besonderes sei, was sie nur übersehen hatten, gingen von ganzem Herzen mit, und so übertrumpfte bald ein Gebot das andere. Schließlich zogen sie sich nacheinander doch wieder zurück und ließen es Skrymes und Wimsey unter sich ausmachen. Wimsey, der ein leichtes Zögern in der Stimme des Händlers bemerkt hatte, verzichtete in diesem Augenblick ebenfalls und ließ Mr. Skrymes mit dem Baby sitzen. Nach dieser Katastrophe machte sich bei den Händlern Unmut und Lustlosigkeit breit, und sie boten überhaupt nicht mehr mit, so daß ein schüchterner kleiner Außenseiter, der sich plötzlich in die Arena stürzte, unversehens für einen Spottpreis in den Besitz eines schönen Meßbuchs aus dem vierzehnten Jahrhundert kam. Krebsrot vor Aufregung und Überraschung bezahlte er seine Errungenschaft und rannte aus dem Saal wie ein Karnickel, das Meßbuch an sich gedrückt, als fürchtete er, es könne ihm wieder entrissen werden. Nun machte Wimsey sich ernsthaft daran, einige schöne Frühdrucke zu erwerben, und nachdem ihm dies gelungen war, zog er sich mit Ruhm und Haß bedeckt zurück.

Nach diesem ebenso vergnüglichen wie befriedigenden Tagesverlauf war er denn doch ein wenig verstimmt, als er noch kein begeistertes Telegramm von Macpherson zu Hause vorfand. Daß seine Schlußfolgerung falsch gewesen sein könnte, weigerte er sich zu glauben, und so nahm er eher an, daß Macphersons Verzückung wohl zu groß gewesen war, um sich in den knappen Worten eines Telegramms Ausdruck zu verschaffen, wofür er anderntags sicher einen Brief bekommen werde. Aber andern Morgens um elf kam dann doch ein Telegramm, und das lautete:

«IHR TELEGRAMM SOEBEN ERHALTEN – WAS HEISST DAS – GROSSONKEL JOSEPH HEUTE NACHT GESTOHLEN – EINBRECHER ENTKOMMEN – BITTE AUSFÜHRLICH SCHREIBEN.»

Wimsey ließ sich zu einem Kommentar hinreißen, dessen Wortlaut sonst der Sprache der Soldaten vorbehalten ist. Zweifellos hatte Vetter Robert sich Großonkel Josephs bemächtigt, und selbst wenn sie ihm den Einbruch nachweisen konnten, war das Vermächtnis bis dahin für sie unwiederbringlich verloren. Er war sich noch nie so zum Verzweifeln hilflos vorgekommen. Er verfluchte sogar den Catull, der ihn davon abgehalten hatte, in den Norden zu fahren und sich der Sache persönlich anzunehmen.

Während er noch hin und her überlegte, was da zu tun sei, wurde ein zweites Telegramm gebracht. Es lautete:

«GROSSONKEL JOSEPHS GLAS ZERBROCHEN IN FLEET GEFUNDEN – VON EINBRECHER AUF FLUCHT FALLEN GELASSEN – INHALT VERSCHWUNDEN – WAS TUN?»

Das fragte Wimsey sich auch.

«Natürlich», sagte er sich, «wenn der Dieb einfach das Glas geleert und Großonkel in die Tasche gesteckt hat, sind wir erledigt. Oder wenn er einfach Großonkel geleert und den Inhalt eingesteckt hat, sind wir auch erledigt. Aber ‹auf der Flucht fallen gelassen› hört sich eher so an, als ob Großonkel Joseph mit Sack und Pack über Bord gegangen wäre. Warum kann dieser dämliche Schotte in seinen Telegrammen nicht etwas ausführlicher sein? Es würde ihn nur einen Penny oder zwei mehr kosten. Am besten fahre ich wohl selbst mal hin. Inzwischen kann ein bißchen gesunde Beschäftigung ihm nicht schaden.»

Er nahm ein Telegrammformular vom Schreibtisch und schickte eine weitere Botschaft los:

«WAR GROSSONKEL IM GLAS ALS ES FIEL – WENN JA FLEET ABSUCHEN WENN NEIN EINBRECHER VERFOLGEN WAHRSCHEINLICH ROBERT FERGUSON – KEINE MÜHE SCHEUEN – BRECHE HEUTE ABEND NACH SCHOTTLAND AUF ANKOMME HOFFENTLICH MORGEN FRÜH – WICHTIG NICHTS UNVERSUCHT LASSEN – ERKLÄRUNG FOLGT.»

Der Nachtexpreß setzte Lord Peter Wimsey andern Morgens früh in Dumfries ab, und ein Mietauto brachte ihn gerade rechtzeitig zum Frühstück zum Stone Cottage. Maggie öffnete ihm und begrüßte ihn mit großer Herzlichkeit.

«Kommen Sie nur rrrein, Sir. Ist schon alles für Sie bereit. Mr. Macpherson ist in ein paar Minuten wieder da, denke ich. Sie sind sicher müde von der langen Rrreise, und hungrig vielleicht auch? Ja. Nehmen Sie ein bißchen Hafergrrütze zu den Eiern und Speck? Forrrellen gibt's heute keine, dabei war gestern so ein herrrrlicher Tag zum Angeln. Aber Mr. Macpherson ist mit meinem Jock immerzu den Fluß rrrauf und rrrunter, rrrauf und rrrunter, und hat nach seinem Prrräparat gesucht, wie er die Dinger nennt, von denen der Dieb eins verloren hat, der hier war. Ich hab keine Ahnung, was es ist, aber Jock sagt, es sieht aus wie ein Kalbsgeschlinge, jedenfalls hat Mr. Macpherson es ihm so beschrieben.»

«Ach Gott, ja!» sagte Wimsey. «Und wie war das mit diesem Einbruch, Maggie?»

«Wahrhaftig, Sir, das war schon eine komische Sache. Mr. Macpherson war den ganzen Montag und Dienstag weg, zum Angeln oben auf dem großen Loch beim Viadukt. Es hatte ja am Samstag und Sonntag starrrk gerrregnet, wie Sie vielleicht noch wissen, und Mr. Macpherson sagt also zu meinem Jock: ‹Morrrgen werden sie beißen wie verrrrückt›, sagt er, ‹da gehen wir, wenn's zu rrregnen aufhört, rrrauf zum Viadukt und übernachten in der Wildhüterhütte.› Und wie es am Montag dann zu rrregnen aufgehört hat und es so ein herrrrlich warrrmer, milder Tag war, da sind sie also zusammen los. Am Dienstag ist ein Telegrrram für ihn gekommen, das hab ich aufs Kaminsims gestellt, damit er es gleich sieht, wenn er heimkommt, aber seitdem denke ich immerzu, daß es sicher was mit dem Einbrrruch zu tun hatte.»

«Ich kann nur sagen, daß Sie da wahrscheinlich recht haben, Maggie», bestätigte Wimsey ernst.

«Ja, Sir, und mich würd's auch garrr nicht wundern.» Maggie servierte dem Gast eine Riesenportion Ei mit Speck und setzte ihre Erzählung fort.

«Also, am Dienstagabend, da saß ich in meiner Küche, um auf Mr. Macpherson und Jock zu warten, und wie leid sie mir getan haben, die arrrmen Kerrrle, denn es goß doch wieder so, und die Nacht war so finster, daß ich schon Angst hatte, sie fallen womöglich noch in einen Moortümpel. Na ja, ich sitze also da und warrrte, ob ich die Tür gehen höre, und da hör ich auf einmal, wie sich im Vorrrderzimmer was bewegt. Die Haustür war ja nicht zugeschlossen, weil Mr. Macpherson zurrrückerwarrrtet wurrrde. Ich also hoch von meinem Sessel, weil ich denke, er ist vielleicht zurrrück und ich hab ihn bloß nicht kommen hören. Errrst hab ich aber noch den Kessel aufgesetzt, und da hör ich auf einmal ein Krrrachen nebenan. Ich geh also rrraus und rrrufe: ‹Sind Sie das vielleicht, Mr. Macpherson?› Aber darauf kam keine Antwort, nur wieder so ein Krrrachen, und da bin ich also schnell mal hingerrrannt, und schon kommt da ein Kerrrl aus dem Vorrrderzimmer und drrrückt sich an mir vorbei und schiebt mich mit der Hand weg, so, und wie der Blitz ist er rrraus aus der Tür. Da hab ich also errrst mal 'nen Schrrrei losgelassen, und vom Garrrtentor her antwortet Jock. ‹Jock!› rrruf ich. ‹Da war ein Einbrecher im Haus!› Und dann hör ich ihn durch den Garrrten rennen, auf den Fluß zu, und mitten durch den jungen Kohl und die Errrdbeerbeete, dieser Lump!»

Wimsey brachte sein Mitgefühl zum Ausdruck.

«Ja, eine schlimme Geschichte war das. Und als nächstes waren Mr. Macpherson und Jock Hals über Kopf hinter ihm her. Wenn Davie Murrays Kühe eingebrochen wären, die hätten auch nicht mehr kaputtrrrampeln können. Und dann auf einmal ein lautes Platschen, und nach 'ner Weile kommt Mr. Macpherson zurück und sagt: ‹Er ist in den Fleet gesprrungen und weg. Was hat er denn mitgenommen?› frrragt er. ‹Weiß ich nicht›, sag ich, ‹weil das alles so schnell ging, da konnte ich garrr nichts sehen.› – ‹Na, dann kommen Sie mal mit rrrein, dann werden wirrr's ja sehen›, sagt er. Da haben wir also oben und unten nachgeguckt, aber das einzige, was wir fanden, war die aufgebrrrochene Schrrranktür im Vorrrderzimmer, und außer dem Glas mit dem Prrräparat war nichts weg.»

«Aha!» sagte Wimsey.

«Ja, und dann sind sie beide mit Laternen wieder rrrausgegangen, aber von dem Dieb haben sie nichts mehr gesehen. Und schließlich kommt Mr. Macpherson zurück und sagt: ‹Ich geh jetzt zu Bett›, sagt er, ‹denn ich bin so müde, daß ich heute nacht nichts mehr tun kann›, sagt er. ‹Aber ich›, sag ich, ‹ich trrrau mich nicht zu Bett; ich hab solche Angst.› – ‹Ach was›, sagt Jock, ‹rrreg dich doch nicht so auf. Heute nacht kommt kein Einbrecher mehr, denen haben wir 'nen viel zu grrroßen Schrrrecken eingejagt.› Und da haben wir also alle Türen und Fenster zugeschlossen und sind zu Bett gegangen, aber ich hab die ganze Nacht kein Auge zugekriegt.»

«Das kann man verstehen», sagte Wimsey.

«Und das Telegrrramm», fuhr Maggie fort, «das hat Mr. Macpherson errrst am nächsten Morgen aufgemacht. Menschenskind, hat er sich aufgeregt! Und dann ging's los mit den Telegrrrammen. Das war nur noch ein Hin und Her zwischen dem Postamt und hier. Und dann haben sie die Scherrrben von dem Glas gefunden, wo das Prrräparat drrrin gewesen war; zwischen den Steinen im Fluß haben die gesteckt. Und seitdem sind Mr. Macpherson und Jock wieder unterwegs mit ihren Wasserstiefeln und Fischhaken und suchen jetzt in allen Tümpeln und unter allen Steinen nach dem Prrräparat. Damit sind sie jetzt noch immer drrran.»

An dieser Stelle wurde sie von einem dreimaligen lauten Klopfen an der Decke unterbrochen.

«Ach du lieber Himmel!» rief Maggie. «Jetzt hab ich doch den armen Herrn da oben ganz verrrgessen.»

«Was für einen Herrn?» fragte Wimsey.

«Den sie aus dem Fleet gefischt haben», antwortete Maggie. «Entschuldigen Sie mich einen Moment, Sir.»

Sie flüchtete rasch nach oben. Wimsey schenkte sich eine dritte Tasse Kaffee ein und zündete sich eine Pfeife an.

Plötzlich kam ihm ein Gedanke. Er trank seine Tasse aus – er war nicht der Mann, der sich um die Freuden des Lebens brachte – und folgte Maggie leise nach oben. Er sah eine halboffene Tür – es war das Zimmer, in dem er bei seinem letzten Hiersein selbst gewohnt hatte – und stieß sie ganz auf. Im Bett lag ein rothaariger Mann mit fuchsartigem Gesicht, das durch den weißen Verband, der sich verwegen um die linke Schläfe schlang, nicht eben verschönert wurde. Auf dem Nachttischchen stand ein Frühstückstablett. Wimsey trat mit ausgestreckter Hand ans Bett.

«Guten Morgen, Mr. Ferguson», sagte er. «Was für eine unerwartete Freude.»

«Guten Morgen», antwortete Mr. Ferguson verstimmt.

«Als wir uns das letzte Mal begegneten», fuhr Wimsey fort, indem er sich aufs Bett setzte, «hatte ich ja keine Ahnung, daß Sie vorhatten, meinen Freund Macpherson zu besuchen.»

«Gehen Sie von meinem Bein runter», knurrte der Kranke. «Meine Kniescheibe ist kaputt.»

«Wie unangenehm! Furchtbar schmerzhaft, nicht? Und wie es

heißt, braucht so etwas Jahre, um wieder in Ordnung zu kommen – falls es überhaupt je wieder in Ordnung kommt. Ist es eine sogenannte Potts-Fraktur? Ich weiß nicht, wer Potts war, aber es klingt so eindrucksvoll. Wie haben Sie denn das gemacht? Beim Angeln passiert?»

«Ja. Bin in diesem dämlichen Fluß ausgerutscht.»

«Schlimm. Aber so was kann jedem passieren. Sind Sie ein passionierter Angler, Mr. Ferguson?»

«Halbwegs.»

«Ich auch, wenn ich mal die Gelegenheit dazu habe. Was für Fliegen bevorzugen Sie denn in diesem Landesteil? Ich selbst habe Grüne Gatschen ganz gern. Haben Sie die schon mal versucht?»

«Nein», antwortete Mr. Ferguson kurz angebunden.

«Manche Leute finden ja die Rosa Siske besser. Haben Sie so eine? Haben Sie Ihre Fliegenbüchse hier?»

«Ja – nein», sagte Mr. Ferguson. «Die hab ich verloren.»

«Pech. Aber sagen Sie mir mal, was Sie von der Rosa Siske halten.»

«Nicht schlecht», antwortete Mr. Ferguson. «Hab schon manchmal Forellen damit gefangen.»

«Das überrascht mich aber», meinte Wimsey, und das war nicht verwunderlich, denn er hatte die Fliegen soeben erfunden und kaum damit gerechnet, damit durchzukommen. «Na ja, ich fürchte allerdings, daß Ihr Mißgeschick Ihnen diese Angelsaison verdorben hat. So ein Pech aber auch. Sonst hätten Sie uns nämlich helfen können, heute den Patriarchen zu erwischen.»

«Wer oder was ist denn das? Eine Forelle?»

«Ja. Ein ungemein schlauer alter Bursche. Treibt sich im Fleet herum. Man weiß nie, wo man ihn gerade findet. Jeden Augenblick kann er in dem einen oder anderen Tümpel auftauchen. Ich gehe heute mit Mac hinaus, um ihn zu suchen. Ein wahres Juwel von einem Fisch. Wir haben ihm den Spitznamen Großonkel Joseph gegeben. Na, na – zappeln Sie nicht so, das schadet Ihrem Knie. Kann ich etwas für Sie tun?»

Er grinste liebenswürdig und drehte sich um, denn von der Treppe her ertönte ein Ruf.

«Hallo, Wimsey! Sind Sie das?»

«Ja. Was macht die Kunst?»

Macpherson kam die Treppe heraufgesprungen, immer vier Stufen auf einmal nehmend. Er begegnete Wimsey auf dem Treppenabsatz, als dieser aus dem Zimmer kam.

«Sagen Sie, wissen Sie, wer das ist? Das ist Robert!»

«Ich weiß. Bin ihm in London begegnet. Aber egal. Haben Sie Großonkel Joseph gefunden?»

«Nein. Was soll diese ganze Heimlichtuerei? Und was will Robert hier? Was meinten Sie damit, als Sie schrieben, er sei der Einbrecher? Und warum ist Großonkel Joseph so wichtig?»

«Eins nach dem andern. Finden wir den alten Knaben zuerst einmal. Was haben Sie inzwischen gemacht?»

«Also, nach Ihrem höchst merkwürdigen Telegramm habe ich zunächst mal gedacht, Sie müßten verrückt geworden sein.» (Wimsey gab einen ungehaltenen Ton von sich.) «Aber dann habe ich mir überlegt, wie komisch es ist, daß jemand Großonkel Joseph für stehlenswert halten sollte, und da habe ich mir gedacht, daß an dem, was Sie schrieben, vielleicht doch etwas dran sein könnte.» («Wie nett von Ihnen», sagte Wimsey.) «Da bin ich also rausgegangen und hab ein bißchen herumgestochert. Nicht daß ich mir die allerkleinste Chance ausgerechnet hätte, etwas zu finden, wo doch jetzt das Wasser derart heruntergerauscht kommt. Also, und ich war noch nicht weit gekommen – übrigens war Jock dabei. Der hält mich sicher auch für verrückt. Er sagt natürlich nichts. Diese Leute machen ja nie richtig den Mund auf –»

«Lassen Sie jetzt mal Jock aus dem Spiel – erzählen Sie weiter.»

«Hm – na ja, wir waren also noch nicht weit gekommen, da sahen wir einen Mann mit einer Angel im Fluß herumwaten. Ich habe nicht weiter darauf geachtet, denn meine Gedanken waren ja bei dem, was Sie – Also. Ja doch! Jock sah ihn und sagte zu mir: ‹Ein komischer Angler ist mir das da.› Daraufhin guckte ich hin und sah ihn da zwischen den Steinen herumtorkeln, während seine Fliege vor ihm her im Wasser trieb; und er guckte in alle Tümpel, an die er kam, und stocherte mit einem Fischhaken darin herum. Ich rief ihn an, und da schaute er sich um und steckte ziemlich hastig den Fischhaken weg und begann seine Schnur aufzurollen. Dabei hat er sich schrecklich dumm angestellt», fügte Macpherson befriedigt hinzu.

«Das glaube ich gern», sagte Wimsey. «Wer zugibt, mit Rosa Sisken Forellen zu fangen, der wird sich bei allem ziemlich dumm anstellen.»

«Mit rosa was?»

«Tut nichts zur Sache. Ich wollte nur sagen, daß Robert kein Angler ist. Weiter.»

«Also, seine Schnur verfing sich irgendwo, und er fing an zu zerren und zu reißen und stapfte dabei herum, und plötzlich ging die Schnur los und sauste wie wild durch die Luft und riß mir den Hut vom Kopf. Das machte mich ziemlich rasend, und ich wollte auf ihn zu, aber damit drehte er sich wieder um, und ich rief: ‹Meine Güte, das ist ja Robert!› Woraufhin er seine Angel fallen ließ und Fersengeld gab. Natürlich rutschte er dabei auf den Steinen aus und schlug fürchterlich hin. Wir haben ihn herausgefischt und nach Hause gebracht. Er hat sich den Kopf böse angeschlagen und eine gebrochene Patella. Hochinteressant. Würde mich gern einmal selbst daran versuchen, aber das geht natürlich nicht an, darum habe ich Strachan kommen lassen. Er ist ein guter Mann.»

«Bisher haben Sie in dieser Geschichte ungemeines Glück gehabt», sagte Wimsey. «Jetzt bleibt uns nur noch, Großonkel zu finden. Wie weit sind Sie bis unten gekommen?»

«Nicht sehr weit. Dadurch, daß wir Robert nach Hause bringen und uns um sein Knie kümmern mußten, konnten wir gestern natürlich nicht mehr viel tun.»

«Zum Teufel mit Robert! Ihr Großonkel kann mittlerweile schon irgendwo im Meer herumschwimmen. Packen wir die Sache sofort an.»

Er schnappte sich einen Fischhaken vom Schirmständer – «Der gehört Robert», klärte Macpherson ihn auf – und ging voran.

Das Flüßchen schäumte mit bräunlichem Schwall dahin und riß auf seinem Weg größere und kleinere Steine rasselnd mit. Jedes Loch, jeder Wirbel konnte ein Versteck für Großonkel Joseph darstellen. Wimsey blickte unentschlossen hierhin und dahin – dann wandte er sich plötzlich an Jock.

«Wo ist denn hier die nächste Landzunge, an der für gewöhnlich allerlei angespült wird?» fragte er.

«Hm, tja – da wäre der Battery Pool, ungefähr 'ne Meile flußabwärts. Da findet man manchmal Sachen, die angespült werden. Hm. Ja. Da ist'n Tümpel und ein bißchen Sand, wo der Fluß 'ne Biegung macht. Da finden wir es vielleicht. Vielleicht aber auch nicht. Ich kann nichts versprechen.»

«Sehen wir dort jedenfalls mal nach.»

Macpherson, der von der Aussicht, den ganzen Fluß abzusuchen, von vornherein nicht erbaut gewesen war, sprang auf diese Idee sofort an.

«Das ist mal ein guter Gedanke. Wenn wir mit dem Wagen bis kurz vor Gatehouse fahren, brauchen wir nur noch über zwei Wiesen zu gehen.»

Der Wagen stand noch vor der Tür. Der Fahrer genoß die Gastlichkeit des Cottages. Sie eisten ihn von Maggies Teebrötchen los und fuhren in Richtung Gatehouse.

«Die Möwen dort scheinen mit irgend etwas schwer beschäftigt zu sein», sagte Wimsey, als sie die zweite Wiese überquerten. Die weißen Schwingen segelten in immer engeren Kreisen über dem gelben Sand dahin. Der Wind trug ihre heiseren Schreie fort. Wimsey zeigte stumm mit der Hand auf eine Stelle im Sand. Dort lag irgend etwas Längliches, Unansehnliches, etwa wie ein verschmutzter Geldstrumpf. Die Möwen stiegen entrüstet höher und krächzten die Störenfriede an. Wimsey lief voran, bückte sich, richtete sich wieder auf und ließ den langen Sack von der ausgestreckten Hand herunterbaumeln.

«Großonkel Joseph, nehme ich an», sagte er und lüftete mit altmodischer Höflichkeit den Hut.

«Die Möwen haben ein bißchen drrran herumgezupft», sagte Jock. «Wird ihnen zu zäh gewesen sein. Nee, viel haben sie damit nicht angestellt.»

«Wollen Sie es nicht öffnen?» fragte Macpherson ungeduldig.

«Nicht hier», sagte Wimsey. «Wir könnten womöglich etwas verlieren.» Er warf das Ding in Jocks Fischreuse. «Wir wollen es zuerst nach Hause bringen und Robert zeigen.»

Robert empfing sie mit schlecht verhohlener Wut.

«Wir waren ein bißchen angeln», sagte Wimsey fröhlich. «Sehen Sie sich mal unser hübsches kleines Fischchen an.» Er wog den Fund in der Hand. «Was ist denn in diesem Fischchen wohl drin, Mr. Ferguson?»

«Ich habe nicht die leiseste Ahnung», sagte Robert.

«Warum haben Sie denn dann danach geangelt?» fragte Wimsey liebenswürdig. «Mac, haben Sie mal ein Skalpell hier?»

«Ja – hier. Schnell.»

«Ich überlasse es Ihnen. Seien Sie vorsichtig. Ich würde mit dem Magen beginnen.»

Macpherson legte Großonkel Joseph auf den Tisch und schlitzte ihn mit geübter Hand auf.

«Gott sei uns gnädig!» rief Maggie, die ihm über die Schulter schaute. «Was ist denn das wohl?»

Wimsey schob vorsichtig Daumen und Zeigefinger in Onkel Josephs Höhlungen. «Eins – zwei – drei.» Die Steine funkelten wie Feuer, als er sie auf den Tisch legte. «Sieben – acht – neun. Das scheinen alle zu sein. Suchen Sie noch mal ein Stückchen weiter unten, Mac.»

Sprachlos vor Verblüffung sezierte Macpherson sein Erbe.

«Zehn – elf», zählte Wimsey. «Ich fürchte, die Möwen haben Nummer zwölf verschluckt. Tut mir leid, Mac.»

«Aber wie sind die da hineingekommen?» fragte Robert mit dummem Gesicht.

«Kleinigkeit. Großonkel Joseph hat sein Testament gemacht, dann die Diamanten geschluckt –»

«Der muß ja ein großer Pillenschlucker gewesen sein», meinte Maggie anerkennend.

«– und ist aus dem Fenster gehüpft. Das war jedem, der das Testament gelesen hatte, sonnenklar. Er hat Ihnen doch gesagt, Mac, daß er Ihnen seinen Magen für Ihr Studium vermacht.»

Ein tiefes Stöhnen entrang sich Robert Ferguson.

«Ich wußte, daß da was drin war», sagte er. «Darum bin ich ja hingegangen und hab mir das Testament noch einmal angesehen. Und als ich *Sie* dort sah, wußte ich, daß ich richtig vermutet hatte. (Dieses verdammte Bein!) Aber ich habe mir keinen Augenblick vorgestellt –»

Sein Blicke verschlangen gierig die Diamanten.

«Und was sind diese Steinchen so wert?» erkundigte sich Jock.

«Rund siebentausend Pfund das Stück, jeder für sich. Zusammen aber viel mehr.»

«Der Alte war verrückt!» zischte Robert wütend. «Ich werde das Testament anfechten.»

«Das glaube ich nicht», sagte Wimsey. «Es gibt nämlich einen Straftatbestand namens Einbruchsdiebstahl.»

«Mein Gott!» sagte Macpherson, indem er die Steine wie im Traum befühlte. «Mein Gott!»

«Siebentausend Pfund», sagte Jock. «Hab ich Sie richtig verstanden, Sir, daß da jetzt so 'ne Möwe mit siebentausend Pfund im Kropf rrrumfliegt? Mein Gott, das darrrf man sich nicht vorstellen! Guten Tag, meine Herren. Ich geh mal eben zu Jimmy McTaggart rrrüber und frrrag ihn, ob er mir nicht mal seine Flinte leiht.»

12

Das gefährliche Abenteuer in Ali Babas Höhle

Im Vorderzimmer eines düsteren, schmalen Hauses in Lambeth saß ein Mann und blätterte in der *Morning Post*, während er seinen Räucherhering verzehrte. Er war nicht besonders groß, mager, hatte braunes, etwas zu regelmäßig gewelltes Haar und einen kräftigen, spitz gestutzten braunen Bart. Sein marineblauer Zweireiher mit passenden Socken, Krawatte und Taschentuch war ein wenig zu akkurat, um von wirklich gutem Geschmack zu zeugen, und die braunen Schuhe waren eine Idee zu hell. Er sah nicht aus wie ein Gentleman, nicht einmal wie eines Gentlemans Kammerdiener, und doch ließ etwas in seiner Art darauf schließen, daß ihm die Lebensart guter Häuser nicht fremd war. Sein eigenhändig gedeckter Frühstückstisch war mit einer Liebe zum Detail arrangiert, wie sie gut erzogenen Domestiken eigen ist, und die Art, wie er zum Serviertischchen ging und sich eine Schinkenplatte zurechtschnitt, war die Art eines gehobenen Butlers. Aber für einen zur Ruhe gesetzten Butler war er nicht alt genug. Ein Hausdiener vielleicht, der an eine Erbschaft gekommen war.

Er verzehrte seinen Schinken mit gutem Appetit, und während er seinen Kaffee schlürfte, las er noch einmal aufmerksam die Zeitungsmeldung durch, die er vorhin schon gesehen und sich zum eingehenderen Studium vorgemerkt hatte:

LORD PETER WIMSEYS TESTAMENT

Diener bedacht
Ł 10.000 für wohltätige Zwecke

«Das Testament Lord Peter Wimseys, der im Dezember letzten Jahres auf der Großwildjagd in Tanganjika ums Leben kam, wurde gestern mit einer Gesamtsumme von Ł 500.000 beglaubigt. Verschiedenen wohltätigen Organisationen wurden darin insgesamt Ł 10.000 vermacht, unter anderem (hier folgte eine Aufzählung der einzelnen Vermächtnisse). Sein Diener Mervyn Bunter bekam eine Leibrente von jährlich Ł 500 sowie die Nutzung der Wohnung des Erblassers am Piccadilly zugesprochen. (Es folgte eine Reihe kleinerer persönlicher Zuwendungen.) Das übrige Vermögen, darunter die wertvolle Bücher- und Gemäldesammlung in der Wohnung des Verstorbenen, fiel an seine Mutter, die Herzoginwitwe von Denver.

Lord Peter Wimsey war bei seinem Tode 37 Jahre alt. Er war der jüngere Bruder des derzeitigen Herzogs von Denver, eines der wohlhabendsten Peers im Vereinigten Königreich. Lord Peter genoß einen ausgezeichneten Ruf als Kriminologe und hatte aktiven Anteil an der Aufklärung zahlreicher berühmter Verbrechen. Er war ein bekannter Büchersammler und Lebemann.»

Der Mann gab einen Seufzer der Erleichterung von sich.

«Kein Zweifel mehr möglich», sagte er laut. «Die Leute verschenken ihr Geld nicht, wenn sie die Absicht haben, wiederzukommen. Der Kerl ist tot und begraben, das steht fest. Und ich bin frei.»

Er trank seinen Kaffee aus, räumte den Tisch ab, wusch das Geschirr, nahm seine Melone vom Hutständer und verließ das Haus.

Ein Omnibus brachte ihn nach Bermondsy. Dort stieg er aus und stürzte sich in ein Gewirr düsterer Sträßchen, und nach einer Viertelstunde Fußmarsch erreichte er eine zwielichtig aussehende Kneipe in einem verrufenen Viertel. Er trat ein und bestellte sich einen doppelten Whisky.

Die Kneipe hatte eben erst geöffnet, und doch drängte sich schon eine Anzahl Gäste, die offenbar vor der Tür gestanden und auf das ersehnte Ereignis gewartet hatte, an der Theke. Der Mann mit dem Gehabe des Hausdieners griff nach seinem Glas, wobei er einem geckenhaften Menschen im Glencheckanzug und geschmackloser Krawatte gegen den Ellbogen stieß.

«He!» empörte sich der Stutzer. «Was soll das? Ihresgleichen können wir hier nicht brauchen. Raus!»

Er unterstrich die Aufforderung mit ein paar blumigen Ausdrücken und einem kräftigen Stoß vor die Brust.

«Die Bar ist für alle da, oder?» versetzte der andere, indem er den Schubs mit Zinsen zurückzahlte.

«Na, na!» rief die Bardame. «So was gibt's hier nicht. Der Herr hat das nicht mit Absicht getan, Mr. Jukes.»

«Hat er nicht?» rief Mr. Jukes. «Aber *ich.*»

«Dafür sollten Sie sich auch was schämen», sagte die junge Dame mit zurückgeworfenem Kopf. «Ich will hier keine Schlägerei in meiner Bar – schon gar nicht so früh am Morgen.»

«Es war wirklich nur ein Mißgeschick», sagte der Mann aus Lambeth. «Ich pflege in den besten Häusern zu verkehren und bin kein Freund von Händeln. Aber wenn einer es unbedingt darauf anlegt –»

«Schon gut, schon gut», sagte Mr. Jukes, jetzt etwas friedfertiger. «Ich will Ihnen ja auch nicht unbedingt ein neues Gesicht verpassen – obwohl das ja eigentlich nur zu Ihrem Vorteil sein könnte. Passen Sie nächstes Mal ein bißchen besser auf, ja? Was trinken Sie?»

«Nein, nein», protestierte der andere, «das geht auf mich. Tut mir leid, daß ich Sie gestoßen habe. War keine Absicht. Ich kann's nur nicht leiden, wenn man mir komisch kommt.»

«Reden wir nicht mehr davon», sagte Mr. Jukes großmütig. «Ich bezahle das. Noch einen doppelten Whisky, Miss, und das Übliche. Kommen Sie mit da drüben hin, da ist es nicht so voll. Sonst kriegen Sie hier womöglich wieder Scherereien.»

Er führte den andern an ein Tischchen in einer Ecke der Schankstube.

«Alles klar», sagte Mr. Jukes. «Gut gemacht. Ich glaube zwar nicht, daß es hier gefährlich ist, aber man kann nicht vorsichtig genug sein. Also, wie steht's, Rogers? Haben Sie sich entschieden, ob Sie bei uns mitmachen?»

«Ja», sagte Rogers mit einem Blick über die Schulter. «Ja. Das heißt, wenn kein Haar in der Suppe ist. Ich will mir keinen Ärger einhandeln und mag mich auf keine gefährlichen Spielchen einlassen. Informationen können Sie gern von mir haben, aber es ist hoffentlich klar, daß ich mich an dem, was da vorgeht, nicht aktiv beteilige. Verstanden?»

«Daran dürften Sie sich gar nicht aktiv beteiligen, selbst wenn Sie wollten», sagte Mr. Jukes. «Wo denken Sie hin, Sie kleines Würstchen – Nummer Eins läßt solche Arbeiten nur von Experten machen. Sie brauchen uns nur zu sagen, wo das Zeug ist und wie man herankommt. Den Rest besorgt die Gesellschaft. Eine prima Organisation, das kann ich Ihnen sagen. Sie werden nicht einmal wissen, wer es macht und wie es gemacht wird. Sie kennen niemanden, und niemand kennt Sie – außer Nummer Eins natürlich. Der kennt jeden.»

«Und Sie», sagte Rogers.

«Und ich, klar. Aber ich werde in einen anderen Bezirk versetzt. Wir werden uns ab heute nie mehr begegnen, außer bei den Generalversammlungen, und da tragen wir alle Masken.»

«Das gibt's doch nicht!» sagte Rogers ungläubig.

«Tatsache. Man wird Sie zu Nummer Eins bringen – er wird Sie sehen, aber Sie ihn nicht. Wenn er dann findet, daß Sie zu gebrauchen sind, werden Sie aufgenommen, und dann bekommen Sie gesagt, wo Sie Ihre Informationen abliefern sollen. Alle vierzehn Tage ist eine Bezirksversammlung, und alle drei Monate eine Generalversammlung, wo der Erlös verteilt wird. Jeder wird mit seiner Nummer aufgerufen und kriegt seinen Anteil auf die Hand. Das ist alles.»

«Na ja, aber wenn nun zwei Leute zusammen auf eine Sache angesetzt werden?»

«Wenn sich das bei Tag abspielt, sind sie so verkleidet, daß ihre eigenen Mütter sie nicht wiedererkennen würden. Aber die meiste Arbeit wird ja nachts gemacht.»

«Aha. Aber sagen Sie mal – wie kann man denn jemanden daran hindern, mir auf dem Heimweg nachzugehen und mich der Polizei zu verraten?»

«Das kann man natürlich nicht verhindern. Ich würde es allerdings auch keinem empfehlen. Den letzten, der auf diese kluge Idee gekommen ist, hat man bei Rotherhithe aus der Themse gefischt, bevor er noch Zeit hatte, sein Wissen an den Mann zu bringen. Nummer Eins kennt eben jeden.»

«Oh! Und wer ist Nummer Eins?»

«Eine Menge Leute würden was darum geben, wenn sie das wüßten.»

«Weiß es denn keiner?»

«Keiner. Nummer Eins ist das reinste Wundertier. Jedenfalls ist er ein Gentleman, soviel kann ich Ihnen sagen, und nach seiner ganzen Art muß er sogar aus den höchsten Kreisen sein. *Und* Augen hat er überall am Kopf. *Und* sein Arm reicht von hier bis nach Australien. *Aber* keiner weiß was über ihn, höchstens Nummer Zwei, und nicht mal bei ihr bin ich da sicher.»

«Machen da etwa auch Frauen mit?»

«Darauf können Sie Gift nehmen. Ohne Frauen geht doch heute gar nichts mehr. Aber deswegen brauchen Sie sich keine Sorgen zu machen. Die Frauen sind schon in Ordnung. Die wollen so wenig im Kittchen landen wie Sie und ich.»

«Aber noch eins, Jukes – wie sieht es mit dem Geld aus? Man geht doch ein großes Risiko ein. Ist es das wert?»

«Wert?» Jukes beugte sich über die Marmorplatte des Tischchens und flüsterte.

«Hui!» entfuhr es Rogers. «Und wieviel davon würde zum Beispiel ich bekommen?»

«Sie bekommen den gleichen Anteil wie alle andern, ob Sie an dem betreffenden Ding beteiligt waren oder nicht. Wir sind fünfzig Mitglieder, also würden Sie genau den fünfzigsten Teil kriegen, genau wie Nummer Eins und genau wie ich.»

«Wirklich? Nehmen Sie mich auch nicht auf den Arm?»

«Hand aufs Herz.» Jukes lachte. «Haben Sie was Besseres zu bieten? So was ist einfach noch nie dagewesen. Das größte Ding, das es je gegeben hat. Unsere Nummer Eins ist wirklich ein großer Mann.»

«Und Sie drehen viele Dinger?»

«Viele? Hören Sie mal, erinnern Sie sich vielleicht an das Carruthers-Kollier, und an den Bankraub von Gorleston? Und an den Einbruch von Faversham? Und an den Rubens, der aus der Nationalgalerie verschwand? Und die Frensham-Perlen? War alles die Gesellschaft. Und nichts davon aufgeklärt.»

Rogers leckte sich die Lippen.

«Aber hören Sie», wandte er vorsichtig ein. «Wenn *ich* nun sozusagen ein Spion wäre, und wenn ich jetzt schnurstracks zur Polizei ginge und ihr alles sagte, was Sie mir eben erzählt haben...?»

«Ha!» rief Jukes. «Na, was dann wohl? Stellen Sie sich doch mal vor, Ihnen passiert auf dem Weg dahin was ganz Häßliches, he – womit ich, wohlgemerkt, überhaupt nichts zu tun hätte –»

«Wollen Sie damit sagen, daß Sie mich beobachten lassen?»

«Darauf können Sie zentnerweise Gift nehmen. Jawohl. Und wenn Ihnen unterwegs nichts passieren sollte, und Sie kämen mit den Polypen hierher, um meine Wenigkeit hopps zu nehmen –»

«Ja?»

«Sie würden mich einfach nicht finden. Ich wäre nämlich längst bei Nummer Fünf gewesen.»

«Und wer ist Nummer Fünf?»

«Ah, *das* weiß ich nicht. Aber er ist der Mann, der Ihnen im Handumdrehen ein neues Gesicht macht. Plastische Chirurgie nennt man das. Und neue Fingerabdrücke. Überhaupt alles neu. Wir bedienen uns in unserm Unternehmen immer der neuesten Methoden.»

Rogers stieß einen Pfiff aus.

«Also, wie steht's?» fragte Jukes, indem er seinen Bekannten über sein Glas hinweg lauernd ansah.

«Wissen Sie – Sie haben mir soviel erzählt – bin ich überhaupt noch meines Lebens sicher, wenn ich nein sage?»

«Natürlich – wenn Sie sich benehmen und uns keine Scherereien machen.»

«Hm. Verstehe. Und wenn ich ja sage?»

«Dann sind Sie im Handumdrehen ein reicher Mann mit soviel Geld in der Tasche, daß Sie ein Leben führen können wie ein Gentleman. Und ohne was dafür zu tun, außer uns zu sagen, was Sie so über die Häuser wissen, in denen Sie gedient haben. Das ist im Schlaf verdientes Geld, solange Sie sich nur an die Regeln der Gesellschaft halten.»

Rogers schwieg und überlegte.
«Ich mache mit», sagte er endlich.
«Bravo! Miss – noch einmal dasselbe. Das muß begossen werden, Rogers! Hab doch sofort gewußt, daß Sie ein rechter Kerl sind, gleich als ich Sie das erste Mal sah. Also, auf den Reichtum im Schlaf! Und hüten Sie sich vor Nummer Eins. Apropos Nummer Eins. Am besten stellen Sie sich ihm gleich noch heute abend vor. Was du heute kannst besorgen –»
«Recht haben Sie. Wo muß ich dafür hin? Hierher?»
«Nichts da. Diese kleine Kneipe ist für uns gestorben. Schade, sie ist so hübsch gemütlich, aber da kann man nichts machen. Also, Sie tun folgendes: Um Punkt zehn gehen Sie über die Lambeth Bridge in Richtung Norden» (dieser Wink, daß seine Adresse schon bekannt war, versetzte Rogers einen gelinden Schrekken), «dann sehen Sie dort ein gelbes Taxi stehen, dessen Fahrer etwas an seinem Motor macht. Sie fragen ihn: ‹Ist Ihr Wagen einsatzbereit?› Darauf antwortet er: ‹Kommt drauf an, wohin Sie wollen.› Dann sagen Sie: ‹Bringen Sie mich nach Nummer Eins, London.› Es gibt übrigens einen Laden, der so heißt, aber dahin bringt er Sie nicht. Sie haben keine Ahnung, wohin er Sie wirklich fährt, denn die Taxifenster sind zugehängt, aber das darf Sie nicht stören. Beim ersten Besuch ist das Vorschrift. Später, wenn Sie richtig dazugehören, erfahren Sie den Namen des Hauses. Und wenn Sie da sind, tun Sie, was man Ihnen sagt, und antworten Sie immer nur wahrheitsgemäß, sonst fährt Nummer Eins nämlich mit Ihnen Schlitten. Verstanden?»
«Verstanden.»
«Ist dann alles klar? Und keine Angst?»
«Natürlich hab ich keine Angst.»
«Gut so! Na, dann ziehen wir jetzt besser mal los. Und ich sage Ihnen gleich Lebwohl, weil wir uns nie mehr wiedersehen. Leben Sie wohl – und viel Glück!»
«Leben Sie wohl.»
Sie traten durch die Schwingtür hinaus auf die düstere, schmutzige Straße.

Die beiden Jahre, die dem Beitritt des ehemaligen Hausdieners Rogers zu einer Diebesbande folgten, waren von einer Serie ebenso überraschender wie erfolgreicher Besuche in Häusern feiner Leute gekennzeichnet. Aufsehen erregten unter anderem der Diebstahl der prächtigen Diamantentiara der Herzoginwitwe von Denver; der Einbruch in der ehemaligen Wohnung des verstorbenen Lord Peter Wimsey, bei dem Silber- und Goldwaren im Wert von 7000 Pfund abhanden kamen; der Einbruch im Landhaus des Millionärs Theodore Winthrop – wobei dieser wohlhabende Herr ganz nebenbei als Erpresser der großen Gesellschaft entlarvt wurde, was in Mayfair einen Skandal erster Güte auslöste; sowie der Raub der berühmten achtreihigen Perlenkette vom Hals der Marquise von Dinglewood, als sie gerade im Covent Garden der Schmuckarie aus *Margarethe* lauschte. Zwar entpuppten sich die Perlen als Imitationen, weil die edle Dame das Originalkollier unter für den Marquis sehr peinlichen Umständen versetzt hatte, doch der Coup war deswegen nicht minder sensationell.

An einem Samstagnachmittag im Januar saß Rogers in seinem Zimmer in Lambeth, als sein Ohr plötzlich ein leises Geräusch an der Haustür wahrnahm. Das Geräusch war noch nicht richtig verhallt, da war Rogers schon mit einem Satz bei der Tür und riß sie auf. Die Straße war menschenleer. Und dennoch sah er auf dem Rückweg in sein Zimmer einen Briefumschlag auf dem Hutständer liegen, der kurz und bündig an «Nr. 21» adressiert war. Da er inzwischen jedoch die etwas dramatischen Methoden der Gesellschaft bei der Postzustellung schon kannte, zuckte er nur mit den Schultern und öffnete den Umschlag.

Der Brief war chiffriert und lautete nach der Entschlüsselung:

> «Nr. 21 – außerordentliche Generalversammlung heute abend 23.30 Uhr bei Nummer Eins. Fernbleiben auf eigene Gefahr. Kennwort: ENDSPURT.»

Rogers stand eine Zeitlang nachdenklich da. Dann begab er sich zu einem Zimmer im rückwärtigen Teil des Hauses, in dem sich ein in die Wand eingebauter hoher Tresor befand. Er drehte das Kombinationsschloß und trat in den Tresor, dessen Abmessungen schon eher zu einer kleinen Stahlkammer paßten. Er zog eine Schublade mit der Aufschrift «Korrespondenz» heraus und legte das soeben erhaltene Schreiben zu den übrigen Papieren.

Sekunden später kam er wieder heraus, verstellte das Kombinationsschloß und ging in sein Zimmer zurück.

«Endspurt», sagte er. «Ja – das glaube ich auch.» Er wollte schon die Hand nach dem Telefon ausstrecken – doch dann schien er es sich anders zu überlegen. Er ging die Treppe hinauf in eine Dachstube und kletterte von dort auf den Speicher. Hier kraxelte er zwischen dem Dachgebälk herum bis in die entlegenste Ecke, wo er vorsichtig auf einen Knopf im Holz drückte. Eine Geheimtür sprang auf, und er zwängte sich hindurch und befand sich auf dem Speicher des Nachbarhauses. Bei seinem Eintreten begrüßte ihn ein leises Gurren. Unter dem Oberlicht standen drei Käfige mit je einer Brieftaube darin.

Vorsichtig spähte er aus dem Dachfenster, durch das man aber nur auf die hohe, kahle Rückwand irgendeiner Fabrik schaute. Niemand befand sich auf dem düsteren kleinen Hof darunter, und ein Fenster war weit und breit nicht zu sehen. Er zog den Kopf wieder ein, entnahm seinem Notizbuch einen dünnen Zettel und kritzelte ein paar Buchstaben und Zahlen darauf. Dann ging er zum nächsten Käfig, nahm die Taube heraus und befestigte die Botschaft an ihrem Flügel. Behutsam setzte er den Vogel auf das Fenstersims. Dieser zögerte kurz, trat von einem rosa Fuß auf den andern, breitete dann die Flügel aus und war auf und davon. Rogers sah ihm nach, wie er sich in den schon düster werdenden Himmel über dem Fabrikdach schwang und in der Ferne verschwand.

Er schaute auf die Uhr und ging wieder nach unten. Eine Stunde später ließ er die zweite Taube fliegen, und noch eine Stunde später auch die dritte. Dann setzte er sich hin und wartete.

Um halb zehn stieg er wieder zu der Dachstube hinauf. Es war schon dunkel, aber ein paar frostige Sterne blinkten am Himmel, und ein kalter Luftstrom wehte durchs offene Fenster herein. Er sah einen blassen Schimmer auf dem Boden und faßte danach. Es fühlte sich warm und fedrig an. Die Antwort war da.

Er tastete das weiche Gefieder ab und fand die Botschaft. Bevor er sie jedoch las, fütterte er die Taube und setzte sie in einen der Käfige. Diesen wollte er gerade verschließen, da hielt er inne.

«Wenn mir etwas zustößt, brauchst du ja deswegen nicht zu verhungern, mein Kleines», sagte er.

Er drückte das Fenster ein Stückchen weiter auf und ging wieder hinunter. Der Zettel in seiner Hand trug nur die beiden Buchstaben: «O.K.» Sie schienen in großer Eile geschrieben worden zu sein, denn er bemerkte einen länglichen Tintenklecks in der oberen linken Ecke. Dies nahm er schmunzelnd zur Kenntnis, dann warf er den Zettel ins Feuer, ging in die Küche und bereitete sich ein kräftiges Mahl aus Eiern und Corned Beef zu, wofür er eine frische Dose öffnete. Er aß kein Brot dazu, obwohl auf dem Regal gleich neben ihm ein ganzer Laib lag, und trank Wasser aus der Leitung dazu, das er jedoch erst eine ganze Weile laufen ließ, bevor er davon zu trinken wagte, und auch dann wischte er zuerst noch sorgfältig den Hahn innen und außen ab. Nachdem er fertig gegessen hatte, nahm er aus einer verschließbaren Schublade einen Revolver, prüfte aufmerksam den Mechanismus, ob er auch richtig funktionierte, und lud ihn mit frischen Patronen aus einer noch ungeöffneten Packung. Dann setzte er sich wieder hin und wartete.

Um Viertel vor elf erhob er sich und ging auf die Straße. Er ging mit schnellen Schritten, immer in sicherer Entfernung von den Häusermauern, bis er auf eine gut beleuchtete Verkehrsstraße kam. Dort stieg er in einen Omnibus und sicherte sich den Eckplatz neben dem Schaffner, von wo er jeden, der ein- oder ausstieg, sehen konnte. Nach mehrmaligem Umsteigen erreichte er ein wohlanständiges Wohnviertel in Hampstead. Dort stieg er aus und begab sich, immer noch in vorsichtigem Abstand von den Häusern, zur Heide hinauf.

Es war eine mondlose Nacht, aber nicht völlig finster, und auf einem einsamen Stück Heide sah er mehrere dunkle Gestalten aus verschiedenen Richtungen näherkommen. Er blieb kurz im Schutz eines großen Baumes stehen und setzte sich die schwarze Samtmaske aufs Gesicht, die von der Stirn bis zum Kinn hinunterreichte. An ihrer Unterseite war mit weißem Faden die Nummer 21 deutlich sichtbar aufgestickt.

Schließlich tauchte in einer leichten Senke eine jener hübschen Villen auf, die sich ein wenig vereinsamt über die ländliche Umgebung der Heide verteilten. Eines ihrer Fenster war erhellt. Während er auf die Tür zuging, näherten sich andere dunkle Gestalten, maskiert wie er, und umringten ihn. Er zählte sechs.

Der zuvorderst stehende Mann klopfte an die Tür des einsamen Hauses. Augenblicklich wurde diese einen Spaltbreit geöffnet. Der Mann näherte seinen Kopf der Öffnung. Es wurde etwas geflüstert, dann ging die Tür weit auf. Der Mann trat ein, und die Tür schloß sich wieder.

Nachdem drei Männer eingelassen worden waren, sah Rogers sich als erster in der Reihe stehen. Er klopfte, dreimal laut und zweimal leise. Die Tür ging wieder einen Spaltbreit auf, und in dem Spalt erschien ein Ohr. «Endspurt», flüsterte Rogers. Das Ohr verschwand, die Tür ging auf, und er trat ein.

Ohne ein weiteres Begrüßungswort ging Nummer Einundzwanzig weiter in ein kleines Zimmer auf der linken Seite, das büromäßig mit Schreibtisch, Stahlschrank und ein paar Stühlen ausgestattet war. Am Schreibtisch saß ein schwergewichtiger Mann im Abendanzug, vor sich einen Aktenordner. Der Neuankömmling drückte die Tür vorsichtig hinter sich zu; das Federschloß schnappte ein, und er trat an den Tisch und sagte: «Nummer Einundzwanzig, Sir», dann blieb er respektvoll abwartend stehen. Der Schwergewichtige sah auf, und auf seiner Samtmaske war auffallend weiß die Zahl Eins zu sehen. Seine Augen, die von einem eigenartigen harten Blau waren, musterten Rogers eingehend von oben bis unten. Auf ein Zeichen nahm Rogers seine Maske ab. Nachdem der Präsident sich gewissenhaft von seiner Identität überzeugt hatte, sagte er:

«Gut, Nummer Einundzwanzig», und trug etwas in seine Akte ein. Seine Stimme war hart und metallisch wie seine Augen. Rogers schien der forschende Blick hinter dieser schwarzen Maske nervös zu machen. Er trat von einem Fuß auf den andern und senkte den Blick. Nummer Eins gab ihm mit einer Geste zu verstehen, daß er entlassen war, und Rogers setzte mit einem leisen Seufzer, der wie Erleichterung klang, seine Maske wieder auf und verließ das Zimmer. An seiner Stelle trat der nächste ein.

Der Raum, in dem die Gesellschaft ihre Versammlung abhielt, war groß – man hatte die beiden größten Zimmer im ersten Stock zu einem vereinigt. Es war im provinziellen Geschmack des zwanzigsten Jahrhunderts eingerichtet und grell erleuchtet. In einer Ecke plärrte ein Grammophon laute Jazzmusik, zu der an die zehn maskierte Paare tanzten, teils im Abendanzug, teils salopp gekleidet.

In einer anderen Ecke war eine amerikanische Bar aufgebaut. Rogers ging hin und bestellte bei dem maskierten Mann dahinter einen doppelten Whisky, den er, an die Bar gelehnt, langsam trank. Der Raum füllte sich. Bald darauf ging jemand zum Grammophon und stellte es ab. Er sah sich um. Nummer Eins war an der Tür erschienen. Neben ihm stand eine große Frau in Schwarz. Ihre mit einer weißen Zwei bestickte Maske bedeckte Gesicht und Haare vollständig. Nur ihre elegante Haltung und das Weiß ihrer Arme und ihres Dekolletés sowie die dunklen Augen, die durch die Sehschlitze funkelten, verrieten Persönlichkeit und körperliche Attraktivität.

«Meine Damen und Herren.» Nummer Eins stand am oberen Ende des Raums. Die Frau saß neben ihm; ihr Blick war niedergeschlagen, so daß man ihm nichts ansah, aber ihre Hände waren um die Armlehnen ihres Stuhls gekrampft, und ihr ganzer Körper schien aufs äußerste angespannt zu sein.

«Meine Damen und Herren. Zwei Nummern fehlen heute abend in unserm Kreis.» Die Masken bewegten sich; man sah sich um, suchte und zählte. «Ich brauche Ihnen gewiß nichts über den katastrophalen Fehlschlag unseres Unternehmens zur Beschaffung der Pläne für den Court-Windlesham-Hubschrauber zu sagen. Unsere mutigen und treuen Kameraden, Nummer Fünfzehn und Achtundvierzig, wurden verraten und von der Polizei ergriffen.»

Ein unruhiges Getuschel ging durch die Versammlung.

«Dem einen oder anderen von Ihnen mag der Gedanke gekommen sein, daß selbst die wohlbekannte Standhaftigkeit dieser beiden Kameraden im Verhör versagen könnte. Es besteht jedoch kein Grund zur Besorgnis. Die üblichen Anweisungen wurden herausgegeben, und heute abend habe ich die Nachricht erhalten, daß ihre Zungen nachhaltig stumm gemacht wurden. Sie werden gewiß froh darüber sein, daß diesen beiden tapferen Männern somit die Qual einer so großen Versuchung zur Ehrlosigkeit sowie die Schmach eines öffentlichen Prozesses und das harte Los einer langen Einkerkerung erspart geblieben sind.»

Das erschrockene Einatmen der Anwesenden klang wie das Rascheln eines Gerstenfeldes, über das der Wind streicht.

«Ihre Angehörigen werden auf die übliche Weise diskret entschädigt werden. Ich rufe Nummer Zwölf und Nummer Vierunddreißig auf, sich dieser schönen Aufgabe anzunehmen. Sie werden nach dieser Versammlung zu mir ins Büro kommen und sich ihre Instruktionen holen. Wären die genannten Nummern so freundlich, mir anzuzeigen, daß sie gewillt sind, diesen Auftrag zu übernehmen?»

Zwei Hände wurden erhoben. Der Präsident sah auf die Uhr und fuhr fort:

«Meine Damen und Herren, bitte wählen Sie Ihre Partner für den nächsten Tanz.»

Das Grammophon plärrte wieder los. Rogers wandte sich einem jungen Mädchen mit rotem Kleid zu, das neben ihm stand. Sie nickte, und bald bewegten sie sich gemeinsam im Takt eines Foxtrotts. Stumm und ernst drehten sich die Paare. Ihre Schatten huschten über die Fensterjalousien, während sie sich vor- und rückwärts und im Kreis dahinbewegten.

«Was ist nur los?» flüsterte das Mädchen leise, fast ohne die Lippen zu bewegen. «Ich habe Angst, Sie nicht? Ich habe das Gefühl, daß etwas Schreckliches bevorsteht.»

«Es schlägt einem ein bißchen auf den Magen, wie der Präsident solche Dinge regelt», stimmte Rogers ihr zu, «aber es ist sicherer so.»

«Diese armen Leute –»

Ein Tänzer drehte sich um, folgte ihnen und tippte Rogers auf die Schulter.

«Bitte keine Unterhaltungen», sagte er. Seine Augen funkelten streng. Dann wirbelte er seine Partnerin herum und verschwand im Gedränge. Das Mädchen erschauerte.

Das Grammophon verstummte. Es wurde geklatscht. Dann versammelten sich die Tänzer wieder um den Stuhl des Präsidenten.

«Meine Damen und Herren. Sie werden sich schon gefragt haben, warum diese außerordentliche Versammlung einberufen wurde. Der Grund ist ernster Natur. Der Fehlschlag unseres jüngsten Unternehmens war kein Unfall. Die Polizei war an diesem Abend nicht zufällig an Ort und Stelle. Wir haben einen Verräter unter uns.»

Tanzpartner, die nah beieinander gestanden hatten, wichen mißtrauisch auseinander. Ein jeder schien in sich zusammenzuschrumpfen wie eine Schnecke, die man mit dem Finger berührt.

«Sie erinnern sich vielleicht an den enttäuschenden Ausgang des Unternehmens Dinglewood», fuhr der Präsident mit seiner barschen Stimme fort. «Vielleicht erinnern Sie sich auch noch an andere, kleinere Begebenheiten, deren Ausgang unbefriedigend war. Alle diese Unannehmlichkeiten wurden nun an ihre Quelle zurückverfolgt. Ich bin glücklich, sagen zu dürfen, daß wir von nun an wieder ganz beruhigt sein können. Der Übeltäter ist entdeckt und wird ausgemerzt werden. Es werden keine Fehler mehr vorkommen. Das irregeleitete Mitglied, das den Verräter in unsere Gesellschaft eingeführt hat, wird an eine Stelle versetzt, wo sein Leichtsinn keinen Schaden mehr anrichten kann. Es besteht also kein Grund zur Besorgnis.»

Aller Augen schweiften über die Versammlung und versuchten den Verräter und seinen Gönner ausfindig zu machen. Irgendwo mußte unter einer schwarzen Maske ein Gesicht blaß geworden, irgendwo unter dem erstickenden Samt der Schweiß auf eine Stirn getreten sein, und dies nicht von der Hitze des Tanzes. Doch die Masken verdeckten das alles.

«Meine Damen und Herren, bitte wählen Sie Ihre Partner für den nächsten Tanz.»

Das Grammophon stimmte eine alte, halbvergessene Melodie an: «Keiner ist da, der mich liebt.» Das Mädchen im roten Kleid wurde von einem hochgewachsenen Maskierten im Abendanzug geholt. Eine Hand auf seinem Arm ließ Rogers zusammenzucken. Eine kleine, rundliche Frau schob eine kalte Hand in die seine. Der Tanz ging weiter.

Als er inmitten des üblichen Beifalls zu Ende ging, standen alle in starrer Erwartung da, jeder für sich allein. Der Präsident hob von neuem die Stimme.

«Meine Damen und Herren, bitte benehmen Sie sich ganz natürlich. Dies ist eine Tanzveranstaltung und keine öffentliche Versammlung.»

Rogers begleitete seine Partnerin zu ihrem Stuhl und besorgte ihr ein Eis. Als er sich über sie beugte, sah er, wie ihr Busen sich schnell hob und senkte.

«Meine Damen und Herren.» Endlich war die lange Pause vorüber. «Sicher möchten Sie jetzt auf der Stelle von Ihrer Spannung erlöst werden. Ich nenne Ihnen nun die beteiligten Personen. Nummer Siebenunddreißig!»

Ein Mann sprang mit einem halberstickten Angstschrei auf.

«Ruhe!»

Der Elende keuchte und schluckte.

«Ich habe nie – ich schwöre, ich habe nie – ich bin unschuldig!»

«Ruhe! Sie haben es an Umsicht fehlen lassen. Dafür werden Sie sich verantworten. Wenn Sie irgend etwas zur Entschuldigung für Ihre Dummheit vorzubringen haben, werde ich es mir später anhören. Setzen Sie sich.»

Nummer Siebenunddreißig sank auf einen Stuhl. Er schob sein Taschentuch unter die Maske, um sich das Gesicht abzuwischen. Zwei große Männer stellten sich dicht hinter ihn. Die übrigen wichen zurück, wie Menschen vor jemandem zurückweichen, der von einer tödlichen Krankheit befallen ist.

Das Grammophon begann zu dudeln.

«Meine Damen und Herren, ich nenne Ihnen jetzt den Verräter. Nummer Einundzwanzig, treten Sie vor.»

Rogers trat vor. Die konzentrierte Angst und Verachtung aus achtundvierzig Augenpaaren brannte auf ihm. Der geknickte Jukes begann von neuem zu heulen.

«O mein Gott! O mein Gott!»

«Ruhe! Nummer Einundzwanzig, nehmen Sie Ihre Maske ab.»

Der Verräter nahm den dicken Schutz vom Gesicht. Der unverhüllte Haß der auf ihn gerichteten Blicke verschlang ihn.

«Nummer Siebenunddreißig, dieser Mann wurde von Ihnen unter dem Namen Joseph Rogers hier eingeführt, ehemals zweiter Hausdiener im Hause des Herzogs von Denver und wegen Diebstahls entlassen. Haben Sie irgend etwas unternommen, um diese Angaben zu überprüfen?»

«Ja, ja – das hab ich! Gott ist mein Zeuge, daß alles ganz reell zugegangen ist. Ich habe ihn von zwei Dienstboten identifizieren lassen. Ich habe Erkundigungen eingezogen. Seine Angaben waren alle richtig – das kann ich beschwören.»

Der Präsident schaute auf ein vor ihm liegendes Blatt Papier, dann sah er wieder auf die Uhr.

«Meine Damen und Herren, wählen Sie Ihre Partner ...»

Nummer Einundzwanzig, die Arme auf den Rücken gebunden und die Hände mit Handschellen gefesselt, stand reglos da, während um ihn herum der Tanz des Unheils wogte. Der Beifall am Ende klang wie das Klatschen von Leuten, die mit gierigen Lippen unter der Guillotine saßen.

«Nummer Einundzwanzig, Ihr Name wurde als Joseph Rogers angegeben, wegen Diebstahls entlassener Diener. Ist das Ihr richtiger Name?»

«Nein.»

«Wie heißen Sie wirklich?»

«Peter Death Bredon Wimsey.»

«Wir dachten, Sie seien tot.»

«Natürlich. Das sollten Sie ja auch denken.»

«Was ist aus dem richtigen Joseph Rogers geworden?»

«Er ist irgendwo im Ausland gestorben. Ich habe seinen Platz eingenommen. Und ich muß sagen, daß Ihren Leuten eigentlich kein Vorwurf daraus zu machen ist, daß sie nicht erkannt haben, wer ich wirklich war. Ich habe nicht nur Rogers' Platz eingenommen. Ich *war* Rogers. Sogar wenn ich allein war, bin ich wie Rogers gegangen, habe wie Rogers gesessen, Rogers' Bücher gelesen und Rogers' Kleidung getragen. Am Ende habe ich sogar schon wie Rogers gedacht. Man kann nur dann mit Erfolg jemand anderen spielen, wenn man es keine Sekunde vergißt.»

«So so. Dann war der Einbruch in Ihrer eigenen Wohnung also arrangiert?»

«Offensichtlich.»

«Auch der Diebstahl bei Ihrer Mutter, der Herzoginwitwe, war von Ihnen ausgeheckt?»

«So ist es. Die Tiara war sowieso sehr häßlich – für einen Menschen mit Geschmack kein wirklicher Verlust. Darf ich übrigens rauchen?»

«Nein. Meine Damen und Herren ...»

Der Tanz glich den mechanischen Bewegungen von Marionetten. Glieder zuckten, Füße versagten. Der Gefangene beobachtete dies mit einer Miene kritischen Abstands.

«Nummer Fünfzehn, Zweiundzwanzig und Neunundvierzig – Sie haben den Gefangenen beschattet. Hat er versucht, mit irgend jemandem Verbindung aufzunehmen?»

«Nein.» Nummer Zweiundzwanzig war der Sprecher. «Seine Post wurde geöffnet, sein Telefon abgehört und jeder seiner Schritte verfolgt. Auch seine Wasserleitung wurde nach Morsesignalen abgehört.»

«Sind Sie sich dessen, was Sie sagen, sicher?»

«Vollkommen.»

«Gefangener, haben Sie sich allein in dieses Abenteuer eingelassen? Sagen Sie die Wahrheit, sonst könnte alles noch viel unangenehmer für Sie werden, als es so schon ist.»

«Ich war allein. Ich bin keine unnötigen Risiken eingegangen.»

«Das mag zwar stimmen, aber trotzdem dürfte es besser sein, auch diesen Mann bei Scotland Yard – wie heißt er noch? – diesen Parker auszuschalten. Ebenso den Diener des Gefangenen, Mervyn Bunter, und möglicherweise seine Mutter und Schwester. Der Bruder ist ein Tölpel und dürfte von dem Gefangenen kaum ins Vertrauen gezogen worden sein. Eine vorsorgliche Beobachtung dürfte in seinem Falle wohl den Notwendigkeiten Genüge tun.»

Der Gefangene schien erstmals unruhig zu werden.

«Sir, ich versichere Ihnen, daß meine Mutter und meine Schwester nichts wissen, was der Gesellschaft in irgendeiner Weise gefährlich werden könnte.»

«Sie hätten Ihre Situation vorher bedenken sollen. Meine Damen und Herren, bitte wählen ...»

«Nein – nein!» Fleisch und Blut ertrugen die Farce nicht länger. «Nein! Erledigen Sie ihn! Bringen Sie es hinter uns. Schließen Sie die Versammlung. Es ist so gefährlich. Die Polizei –»

«Ruhe!» Der Präsident sah sich unter den Anwesenden um. Eine gefährliche Strömung ging von ihnen aus. Er lenkte ein.

«Nun gut. Schaffen Sie den Gefangenen fort und bringen Sie ihn zum Schweigen. Er bekommt Stufe vier. Und vergessen Sie nicht, ihm diese vorher genau zu erklären.»

«Ah!»

Die Blicke drückten wölfische Zufriedenheit aus. Starke Hände packten Wimseys Arme.

«Einen Moment – lassen Sie mich um Gottes willen anständig sterben.»

«Das hätten Sie sich früher überlegen sollen. Schafft ihn fort. Meine Damen und Herren, seien Sie unbesorgt – er wird keinen leichten Tod haben.»

«Halt! Warten Sie!» rief Wimsey verzweifelt. «Ich habe etwas zu sagen. Ich bitte nicht um mein Leben – nur um einen schnellen Tod. Ich – ich habe etwas dafür zu bieten.»

«Zu bieten?»

«Ja.»

«Wir machen keine Geschäfte mit Verrätern.»

«Das nicht – aber hören Sie zu. Glauben Sie vielleicht, ich hätte daran nicht gedacht? So dumm bin ich nicht. Ich habe einen Brief hinterlegt.»

«Aha. Jetzt kommt es also. Einen Brief? An wen?»

«An die Polizei. Wenn ich morgen nicht wiederkomme –»

«Nun?»

«Dann wird dieser Brief geöffnet.»

«Sir», sprach Nummer Fünfzehn dazwischen, «das ist eine Finte. Der Gefangene hat keine Briefe verschickt. Er wurde monatelang nicht aus den Augen gelassen.»

«Das schon, aber hören Sie zu. Ich habe den Brief hinterlegt, bevor ich nach Lambeth kam.»

«Dann kann er mit Sicherheit keine wertvollen Informationen enthalten.»

«O doch!»

«Was denn?»

«Die Kombination meines Safes.»

«So? Ist der Safe dieses Mannes durchsucht worden?»

«Ja, Sir.»

«Was war darin?»

«Keine Informationen von Bedeutung, Sir. Eine Schilderung des Aufbaus unserer Organisation – der Name dieses Hauses – nichts, was nicht bis morgen früh geändert oder vertuscht werden kann.»

Wimsey lächelte.

«Haben Sie auch das Innenfach des Safes durchsucht?»

Eine kurze Stille trat ein.

«Sie haben gehört, was er sagt», donnerte der Präsident. «Haben Sie dieses Innenfach gefunden?»

«Es gibt gar kein Innenfach, Sir. Er versucht nur zu bluffen.»

«Ich widerspreche Ihnen ungern», sagte Wimsey, um seinen gewohnt liebenswürdigen Ton bemüht, «aber ich glaube, Sie müssen das Innenfach meines Safes wirklich übersehen haben.»

«So», sagte der Präsident, «und was soll angeblich in diesem Innenfach sein, falls es existiert?»

«Die Namen sämtlicher Mitglieder dieser Gesellschaft, mitsamt Adressen, Fotos und Fingerabdrücken.»

«Was?» Die Gesichter ringsum waren jetzt häßlich verzerrt vor Angst. Wimsey wandte keinen Blick von Nummer Eins.

«Und wie wollen Sie an diese Information herangekommen sein?»

«Ich habe auf eigene Faust Detektiv gespielt.»

«Sie wurden doch überwacht.»

«Richtig. Die Fingerabdrücke meiner Beschatter zieren gleich das erste Blatt meiner Sammlung.»

«Und das können Sie beweisen?»

«Gewiß. Ich werde es beweisen. Der Name von Nummer Fünfzig zum Beispiel lautet –»

«Halt!»

Ein Sturm von Stimmen erhob sich. Der Präsident brachte ihn mit einer Geste zum Schweigen.

«Wenn Sie hier Namen nennen, können Sie ganz bestimmt nicht auf Gnade hoffen. Es gibt nämlich noch eine Stufe fünf, die eigens solchen Leuten vorbehalten ist, die Namen nennen. Bringen Sie den Gefangenen in mein Büro, und lassen Sie den Tanz weitergehen.»

Der Präsident zog eine Pistole aus seiner Hüfttasche und sah seinen fest verschnürten Gefangenen scharf an.

«Nun reden Sie!» sagte er.

«Ich würde dieses Ding wegstecken, wenn ich Sie wäre», sagte Wimsey verächtlich. «Es wäre eine soviel angenehmere Todesart als Stufe fünf, und das könnte mich in Versuchung bringen.»

«Sehr schlau», meinte der Präsident, «aber ein bißchen zu schlau. Also sagen Sie mir jetzt, was Sie wissen.»

«Verschonen Sie mich, wenn ich es Ihnen sage?»

«Ich verspreche nichts. Machen Sie schnell.»

Wimsey hob seine verschnürten, schmerzenden Schultern.

«Aber gern. Ich will Ihnen sagen, was ich weiß. Unterbrechen Sie mich, wenn Sie genug gehört haben.»

Er beugte sich vor und sprach leise. Über ihnen verkündeten der Lärm des Grammophons und das Scharren von Füßen, daß der Tanz weiterging. Zufällige Passanten, die über die Heide kamen, stellten nur fest, daß die Leute in dem einsamen Haus wieder einmal die Nacht durchmachten.

«Nun?» meinte Wimsey. «Soll ich fortfahren?»

Die Stimme des Präsidenten unter der Maske klang so, als ob er grimmig lächelte.

«Mylord», sagte er, «Ihre Geschichte läßt mich aufrichtig bedauern, daß Sie nicht wirklich Mitglied unserer Gesellschaft sind. Intelligenz, Mut und Fleiß sind wertvolle Eigenschaften in einer Organisation wie der unsern. Ich kann Sie wohl nicht überreden –? Nein, das dachte ich mir schon.»

Er ließ eine Glocke auf seinem Schreibtisch ertönen.

«Bitten Sie die Mitglieder in den Speisesaal», sagte er zu der eintretenden Maske.

Der «Speisesaal» befand sich im Erdgeschoß und hatte zugezogene Vorhänge und geschlossene Läden vor den Fenstern. In seiner Mitte stand ein langer, leerer Tisch mit Stühlen drumherum.

«Aha, ein Barmakidenschmaus», sagte Wimsey freundlich. Er sah diesen Raum zum erstenmal. Am anderen Ende klaffte drohend eine offene Falltür im Fußboden.

Der Präsident nahm am Kopfende Platz.

«Meine Damen und Herren», begann er wie gewöhnlich – und nie hatte diese alberne Höflichkeitsfloskel bedrohlicher geklungen –, «ich will Ihnen den Ernst der Situation nicht verhehlen. Der Gefangene hat mir über zwanzig Namen und Adressen genannt, die als geheim galten, nur ihren Besitzern und mir bekannt. Es war sehr viel Leichtsinn im Spiel –» seine Stimme klang hart –, «mit dem wir uns noch näher befassen müssen. Es wurden Fingerabdrücke gewonnen – er hat mir die Fotos einiger davon gezeigt. Wie unsere Kundschafter die Innentür des Safes übersehen konnten, wird auch noch Gegenstand einer Untersuchung sein.»

«Machen Sie ihnen keinen Vorwurf», warf Wimsey ein. «Sie war zum Übersehen da. Ich habe sie eigens so anfertigen lassen.»

Der Präsident fuhr fort, scheinbar ohne die Unterbrechung zu beachten.

«Der Gefangene hat mir mitgeteilt, daß das Buch mit den Namen und Adressen in diesem Innenfach zu finden ist, zusammen mit gewissen Briefen und Papieren, die aus den Häusern von Mitgliedern entwendet wurden, sowie zahlreiche Gegenstände, die authentische Fingerabdrücke tragen. Ich glaube ihm, daß er die Wahrheit sagt. Er bietet die Kombination des Safes für einen schnellen Tod an. Ich finde, daß dieses Angebot angenommen werden sollte. Was ist Ihre Meinung dazu, meine Damen und Herren?»

«Die Kombination ist längst bekannt», sagte Nummer Zweiundzwanzig.

«Dummkopf! Dieser Mann hat uns eben gesagt und mir bewiesen, daß er Lord Peter Wimsey ist. Bilden Sie sich ein, er hätte vergessen, die Kombination zu ändern? Und dann gibt es da auch noch die innere Geheimtür. Wenn er heute nacht verschwindet und die Polizei sein Haus betritt –»

«Ich sage», ließ sich eine volltönende Frauenstimme vernehmen, «man soll ihm das Versprechen geben und schnell handeln.»

Um den Tisch herum wurde zustimmend gemurmelt.

«Sie haben es gehört», sagte der Präsident zu Wimsey. «Die Gesellschaft bietet Ihnen das Privileg eines schnellen Todes für die Kombination Ihres Safes und das Geheimnis der Innentür an.»

«Habe ich Ihr Wort dafür?»

«Ja.»

«Danke. Und meine Mutter und Schwester?»

«Wenn Sie uns Ihrerseits Ihr Wort geben – Sie sind ja ein Mann von Ehre –, daß diese Frauen nichts wissen, was uns schaden kann, sollen sie verschont werden.»

«Danke, Sir. Sie dürfen bei meiner Ehre versichert sein, daß sie nichts wissen. Ich würde es mir nicht einfallen lassen, eine Frau mit solch gefährlichem Wissen zu belasten – schon gar nicht solche, die mir teuer sind.»

«Schön. Wird dem zugestimmt – ja?»

Zustimmendes Gemurmel war die Antwort, allerdings schon weniger bereitwillig als vorhin.

«Dann will ich Ihnen die Information geben, die Sie haben wollen. Das Kennwort für die Kombination lautet UNZUVERLÄSSIG.»

«Und die Innentür?»

«In Erwartung des Polizeibesuchs ist die Innentür – die Ihnen einige Schwierigkeiten hätte bereiten können – offen.»

«Gut! Es ist Ihnen klar, wenn die Polizei unsern Boten abfangen sollte –»

«Bekäme mir das nicht gut.»

«Es ist ein Risiko», sagte der Präsident nachdenklich, «aber eines, das wir eingehen müssen, glaube ich. Bringt den Gefangenen in den Keller. Dort kann er sich zum Zeitvertreib die Apparatur für Stufe fünf ansehen. Inzwischen gehen Nummer Zwölf und Sechsundvierzig –»

«Nein! Nein!»

Mißlaunige Gegenstimmen erhoben sich und schwollen zu bedrohlicher Lautstärke an.

«Nein», sagte ein großer Mann mit einer Stimme wie Sirup. «Nein – wieso sollen irgendwelchen Mitgliedern diese Beweismittel anvertraut werden? Wir haben heute nacht schon einen Verräter in unserer Mitte gefunden, und mehr als einen Idioten. Woher sollen wir wissen, daß Nummer Zwölf und Sechsundvierzig nicht ebenfalls Verräter und Idioten sind?»

Die beiden Männer fuhren wütend nach dem Sprecher herum, doch eine Frauenstimme mischte sich hoch und erregt in die Diskussion.

«Hört, hört! Das stimmt, sage ich. Was ist mit uns? Wir wollen nicht, daß jemand unsere Namen liest, von dem wir nichts wissen. Ich habe genug! Die könnten uns doch ohne weiteres alle miteinander an die Schnüffler verkaufen.»

«Der Meinung bin ich auch», sagte ein anderes Mitglied.

«Wir können keinem trauen. Keinem.»

Der Präsident zuckte mit den Schultern.

«Und was, meine Damen und Herren, schlagen Sie vor?»

Stille trat ein. Dann meldete sich wieder die Frau von vorhin mit ihrer schrillen Stimme:

«Ich sage, der Präsident soll selbst hingehen. Er ist der einzige, der unsere Namen alle kennt. Für ihn ist das nichts Neues. Warum sollen immer wir alles Risiko und alle Mühen auf uns nehmen und er nur dasitzen und das Geld kassieren? Er soll selbst hingehen, sage ich.»

Um den ganzen Tisch herum machte sich anhaltende Zustimmung laut.

«Ich unterstütze den Vorschlag», rief ein rundlicher Mann, der eine ganze Sammlung goldener Siegel an der Uhrkette trug. Wimsey mußte bei ihrem Anblick lächeln; diese kleine Eitelkeit war es gewesen, die ihn geradewegs zu Namen und Adresse des Dicken geführt hatte, und er empfand darum so etwas wie zärtliche Zuneigung zu diesem Tand.

Der Präsident schaute sich in der Runde um.

«Ist es demnach der Wunsch der Versammlung, daß ich selbst hingehe?» fragte er mit unheildrohender Stimme.

Fünfundvierzig Hände gingen zustimmend in die Höhe. Nur die Frau mit der Nummer Zwei blieb reglos und stumm da sitzen, die kräftigen weißen Hände um die Lehnen ihres Stuhls geklammert.

Der Präsident ließ den Blick langsam über die feindselige Runde wandern, bis er schließlich bei ihr innehielt.

«Muß ich annehmen, daß dieser Beschluß einstimmig ist?» fragte er.

Die Frau hob den Kopf.

«Geh nicht», sagte sie mit matter Stimme.

«Sie haben gehört», sagte der Präsident in leicht spöttischem Ton, «daß diese Dame meint, ich soll nicht gehen.»

«Ich finde, es hat nichts zu bedeuten, was Nummer Zwei sagt», erklärte der Mann mit der Sirupstimme. «Unsere Frauen hätten wohl auch etwas dagegen, daß wir gingen, wenn sie in Madames privilegierter Stellung wären.» Sein Ton war eine einzige Beleidigung.

«Hört, hört!» rief ein anderer Mann. «Das ist hier eine demokratische Gesellschaft, klar? Privilegierte Klassen können wir nicht brauchen.»

«Schön, schön», sagte der Präsident. «Du hast gehört, Nummer Zwei, daß die Versammlung anderer Meinung ist als du. Hast du irgendwelche Gründe vorzubringen, die für deine Meinung sprechen?»

«Hundert. Der Präsident ist Kopf und Seele unserer Gesellschaft. Wenn ihm etwas zustößt – was wird aus uns? Sie –» sie ließ hoheitsvoll den Blick über die Versammlung schweifen –, «Sie alle haben versagt. Das alles hier verdanken wir Ihrer Unvorsichtigkeit. Bilden Sie sich ein, wir wären hier auch nur noch eine Sekunde sicher, wenn der Präsident nicht da wäre, um Ihre Dummheiten auszubügeln?»

«Da ist was dran», sagte ein Mann, der bisher noch kein Wort gesprochen hatte.

«Wenn Sie mir einen Vorschlag gestatten», sagte Wimsey boshaft, «ich meine, da die Dame sich offenbar in einer Position befindet, in der sie sicher das besondere Vertrauen des Präsidenten genießt, dürfte mein bescheidenes Schriftwerk gewiß nichts Neues für sie enthalten. Warum soll nicht Nummer Zwei gehen?»

«Weil ich sage, daß sie nicht geht», sagte der Präsident streng, um der raschen Antwort zuvorzukommen, die sich schon auf den Lippen seiner Gefährtin formte. «Wenn es der Wille dieser Versammlung ist, werde ich eben gehen. Geben Sie mir den Schlüssel zum Haus.» Einer der Männer entnahm Wimseys Jakkentasche den Schlüssel und reichte ihn weiter.

«Wird das Haus bewacht?» fragte er Wimsey.

«Nein.»

«Ist das die Wahrheit?»

«Es ist die Wahrheit.»

Der Präsident drehte sich an der Tür noch einmal um.

«Wenn ich in zwei Stunden nicht zurück bin», sagte er, «bringe sich jeder in Sicherheit, so gut er kann, und machen Sie mit dem Gefangenen, was Sie wollen. Nummer Zwei hat in meiner Abwesenheit das Kommando.»

Er verließ den Raum. Nummer Zwei erhob sich mit gebieterischer Gebärde von ihrem Stuhl.

«Meine Damen und Herren, das Essen ist hiermit vorüber. Beginnen Sie wieder mit dem Tanzen.»

Unten im Keller verging die Zeit sehr langsam mit der Betrachtung der Apparatur für Stufe fünf. Der unselige Jukes jammerte und tobte abwechselnd, bis er sich endlich müde gebrüllt hatte. Die vier Mitglieder, die die Gefangenen bewachten, flüsterten von Zeit zu Zeit miteinander.

«Schon anderthalb Stunden, seit der Präsident fort ist», sagte der eine.

Wimsey sah kurz auf. Dann wandte er sich wieder der Besichtigung seines Gefängnisses zu. Es befanden sich viele merkwürdige Dinge darin, die er sich einprägen wollte.

Kurz darauf flog die Falltür auf. «Bringen Sie ihn rauf!» rief eine Stimme. Wimsey stand augenblicklich auf; sein Gesicht war ziemlich blaß.

Die Bandenmitglieder saßen wieder um den Tisch herum. Nummer Zwei hatte auf dem Präsidentenstuhl Platz genommen, und ihre Augen richteten sich mit einer tigerhaften Wut auf Wimsey, doch als sie sprach, tat sie dies mit einer Selbstbeherrschung, der er seine Bewunderung nicht versagen konnte.

«Der Präsident ist jetzt zwei Stunden fort», sagte sie. «Was ist mit ihm geschehen? Doppelter Verräter – was ist mit ihm geschehen?»

«Woher soll ich das wissen?» antwortete Wimsey. «Vielleicht war ihm die Nummer Eins am nächsten, und er hat sich aus dem Staub gemacht, solange der Wind günstig stand.»

Sie sprang mit einem spitzen Wutschrei auf und trat dicht vor ihn hin.

«Bestie! Lügner!» schrie sie und schlug ihm auf den Mund. «Sie wissen genau, daß er das nie täte. Er steht zu seinen Freunden. Was haben Sie mit ihm gemacht? Reden Sie – oder ich werde Sie zum Reden bringen! Sie beide dort – holen Sie die Eisen. Er *wird* reden!»

«Ich kann nur mutmaßen, Madame», antwortete Wimsey, «und ich mutmaße bestimmt nicht besser unter der anregenden

Wirkung glühender Eisen, wie Pantalone im Zirkus. Beruhigen Sie sich, dann sage ich Ihnen, was ich vermute. Ich vermute – das heißt, ich fürchte sogar sehr –, daß Monsieur le Président in seinem Eifer, den interessanten Inhalt meines Safes zu begutachten, die Tür des Innenraums hinter sich hat zufallen lassen – zweifellos natürlich nur versehentlich. In diesem Falle –»

Er hob die Brauen, denn seine Schultern taten zum Zucken zu weh, und sah sie mit einem ehrlichen Ausdruck unschuldigen Bedauerns an.

«Was soll das heißen?»

Wimsey sah sich in der Runde um.

«Ich glaube», sagte er, «ich fange am besten ganz vorn an und erkläre Ihnen den Mechanismus meines Safes. Es ist ein recht hübscher Safe», fügte er wehmütig hinzu. «Die Idee dazu stammt von mir selbst – nicht das Funktionsprinzip natürlich; das ist eine Sache für Wissenschaftler – nur die Idee dazu.

Die Kombination, die ich Ihnen angegeben habe, ist soweit völlig richtig. Es ist ein Dreizehn-Buchstaben-Kombinationsschloß von Bunn & Fishett – ein sehr gutes Exemplar seiner Art. Es öffnet die Außentür, die in den normalen Tresor führt, in dem ich mein Geld und Manschettenknöpfe und dergleichen aufbewahre. Aber dahinter ist noch ein Innenfach mit zwei Türen, die auf völlig andere Weise geöffnet werden. Die äußere der beiden ist nur eine Stahlplatte, so angestrichen, als ob sie die Rückwand des Safes wäre, und paßgenau eingefügt, so daß man keinerlei Fugen sieht. Sie liegt in einer Ebene mit der Zimmerwand, verstehen Sie, so daß man, wenn man die Innen- und Außenmaße des Safes nachmißt, keine Diskrepanz feststellt. Sie geht nach außen auf und läßt sich mit einem normalen Schlüssel öffnen, und wie ich dem Präsidenten wahrheitsgemäß versichert habe, ist diese Tür offen geblieben, als ich meine Wohnung verließ.»

«Glauben Sie vielleicht», fragte die Frau hämisch, «der Präsident wäre so beschränkt, sich in so einer plumpen Falle fangen zu lassen? Er hat diese Innentür bestimmt mit irgend etwas festgeklemmt, damit sie offen bleibt.»

«Zweifelsohne, Madame. Aber der einzige Daseinszweck dieser äußeren Innentür, wenn ich sie so nennen soll, besteht darin, den Anschein zu erwecken, als ob sie die einzige Innentür wäre.

Aber hinter den Scharnieren dieser Tür ist noch eine weitere Tür verborgen, eine Schiebetür, die so paßgenau in die Wand eingelassen ist, daß man sie kaum sieht, wenn man nicht weiß, daß sie da ist. Diese Tür habe ich auch offen gelassen. Unsere hochverehrte Nummer Eins hatte also nichts weiter zu tun, als schnurstracks in den Innenraum des Safes zu spazieren, der im übrigen in den Kamin der alten Souterrainküche eingebaut ist, der an dieser Stelle durch das Haus nach oben führt. Ich drücke mich hoffentlich verständlich aus?»

«Ja – ja doch, weiter! Fassen Sie sich kurz.»

Wimsey verneigte sich und setzte seine Schilderung weitschweifiger denn je fort:

«Das hochinteressante Verzeichnis der Aktivitäten dieser Gesellschaft, das aufzustellen ich die Ehre hatte, steht nun in einem sehr dicken Buch – noch dicker sogar als die Akte, die Monsieur le Président unten in seinem Büro führt. – Ich will übrigens hoffen, Madame, daß Sie die Notwendigkeit bedacht haben, diese Akte an einem sicheren Ort unterzubringen. Abgesehen nämlich von dem Risiko, daß irgendein diensteifriger Polizist sich dafür interessieren könnte, wäre es ja auch nicht wünschenswert, daß ein subalternes Mitglied dieser Gesellschaft sie in die Hände bekäme. Ich gehe davon aus, daß die ehrenwerte Versammlung davon wenig erbaut wäre. –»

«Sie ist sicher aufgehoben», antwortete sie hastig. «*Mon dieu*! – reden Sie schon weiter.»

«Danke – Sie haben mich sehr beruhigt. Sehr schön. Dieses dicke Buch liegt also nun auf einem stählernen Regal an der Rückwand des Innenraums. Einen Moment. Ich habe Ihnen diesen Innenraum noch nicht beschrieben. Er ist einsachtzig hoch, neunzig Zentimeter breit und neunzig Zentimeter tief. Man kann ganz bequem darin stehen, wenn man nicht zu groß ist. Mir ist er gerade recht, denn wie Sie sehen, bin ich nur einsvierundsiebzig groß. Der Präsident ist mir an Körpergröße überlegen; möglicherweise steht er ein wenig verkrampft darin, aber er könnte sich, wenn ihm das Stehen zu unbequem wird, auch in die Hocke setzen. Übrigens, ich weiß ja nicht, ob Sie es wissen, aber Sie haben mich ziemlich fest zusammengeschnürt.»

«Ich werde Sie noch so zusammenschnüren lassen, bis Ihre

Knochen aneinander festwachsen. Sie da, ziehen Sie ihm mal eins über! Er versucht hier Zeit zu schinden.»

«Wenn Sie mich schlagen, Madame», sagte Wimsey, «beiße ich mir eher die Zunge ab, als daß ich weiterrede. Nehmen Sie sich zusammen, Madame. Wenn der König im Schach steht, sollte man nicht zu hastig ziehen.»

«Weiter!» schrie sie, vor Wut mit den Füßen stampfend.

«Wo war ich denn stehengeblieben? Ach ja – bei dem Innenraum. Wie gesagt, er ist ein wenig knapp bemessen, was um so mehr ins Gewicht fällt, als er in keiner Weise belüftet ist. Hatte ich eigentlich schon erwähnt, daß das Buch auf einem stählernen Regal liegt?»

«Das haben Sie.»

«Aha. Dieses Stahlregal ruht nun auf einer sehr empfindlichen versteckten Feder. Wenn das Gewicht des Buchs – das, wie gesagt, sehr groß ist – davon abgenommen wird, hebt sich die Stahlplatte kaum merklich, und dabei schließt sie einen Stromkreis. Und nun stellen Sie sich das vor, Madame: Unser verehrter Präsident tritt ein – wobei er die falsche Tür hinter sich festklemmt –, sieht das Buch – und greift schnell danach. Um sich zu vergewissern, daß es das richtige ist, klappt er es auf – er studiert die Seiten. Er sieht sich auch nach den anderen Gegenständen um, die ich erwähnt habe – die mit den Fingerabdrücken darauf. Und leise, aber sehr, sehr schnell – Sie können sich das gut vorstellen, ja? – macht die Geheimtür hinter ihm, durch das Heben der Stahlplatte ausgelöst, einen Satz, wie ein Panther. Ein etwas abgedroschener Vergleich, aber passend, finden Sie nicht auch?»

«O mein Gott! Mein Gott!» Sie riß die Hände hoch, als wollte sie sich die erstickende Maske vom Gesicht reißen. «Sie – Sie Teufel – Sie Teufel! Wie heißt das Schlüsselwort für diese Innentür? Schnell! Sonst lasse ich es Ihnen herausreißen – das Wort!»

«Das Wort ist nicht schwer zu merken, Madame – obgleich es schon einmal vergessen wurde. Erinnern Sie sich, daß man Ihnen als Kind das Märchen von Ali Baba und den vierzig Räubern erzählt hat? Als ich diese Tür anfertigen ließ, müssen meine Gedanken – meines Erachtens in einer Anwandlung von Sentimentalität – zu den glücklichen Stunden meiner Kindheit zurückgewandert sein. Das Schlüsselwort für die Tür lautet also – ‹Sesam öffne dich›.»

«Aha! Wie lange kann ein Mensch in dieser teuflischen Falle überleben?»

«Ja nun», meinte Wimsey gutgelaunt, «ich denke schon, daß er es ein paar Stunden aushält, wenn er die Ruhe bewahrt und den vorhandenen Sauerstoff nicht mit Brüllen und Umsichschlagen verbraucht. Wenn wir uns sofort hinbegeben, werden wir ihn schon noch gesund und munter vorfinden, denke ich.»

«Ich fahre selbst hin. Nehmt diesen Mann und – macht ihn fertig! Aber bringt ihn noch nicht um, bevor ich zurück bin. Ich will ihn sterben sehen!»

«Moment noch», sagte Wimsey, unbeeindruckt von diesem frommen Wunsch. «Ich finde, Sie sollten mich lieber mitnehmen.»

«Warum – wieso?»

«Weil ich nämlich der einzige Mensch bin, der die Tür öffnen kann.»

«Sie haben mir doch das Schlüsselwort gesagt – war das gelogen?»

«O nein – das Wort stimmt schon. Aber sehen Sie, die Tür – das ist eine von diesen neumodischen elektrischen Türen. Anders ausgedrückt, sie ist überhaupt der letzte Schrei an Türen. Ich bin ziemlich stolz darauf. Sie gehorcht zwar auf die Worte ‹Sesam öffne dich› – aber *nur auf meine Stimme.*»

«Ihre Stimme? Ihre Stimme ersticke ich mit eigenen Händen! Was soll das heißen – nur auf Ihre Stimme?»

«Genau das, was ich sage. Drücken Sie nicht so an meiner Kehle herum, sonst verändern Sie womöglich meine Stimme so, daß die Tür sie nicht erkennt. So ist es besser. Bei Stimmen ist sie nämlich ziemlich kleinlich. Einmal konnte ich sie eine Woche lang nicht öffnen, weil ich mich erkältet hatte und ihr mein Anliegen nur in einem heiseren Flüsterton vortragen konnte. Selbst normalerweise muß ich es oft mehrmals versuchen, bis ich genau den richtigen Ton treffe.»

Sie drehte sich um und wandte sich an einen kleinen, untersetzten Mann neben ihr.

«Ist das wahr? Ist das möglich?»

«Durchaus, Madam – leider», sagte der Mann höflich. An seinem Tonfall glaubte Wimsey ihn als einen Werktätigen der gehobeneren Klasse zu erkennen – vielleicht ein Ingenieur.

«Ist das eine elektrische Vorrichtung – verstehen Sie etwas davon?»

«Ja, Madam. Es wird irgendwo ein Mikrophon darin eingebaut sein, das Schall in eine Serie mechanischer Schwingungen umwandelt, die ihrerseits eine Nadel in Bewegung setzen. Wenn die Nadel das richtige Schwingungsmuster erkennt, wird ein Stromkreis geschlossen, und die Tür geht auf. Dasselbe kann man ebensogut mit Lichtschwingungen machen.»

«Könnten Sie die Tür mit Werkzeug öffnen?»

«Wenn ich Zeit genug hätte, gewiß, Madam. Aber nur durch Zerstörung des Mechanismus, der wahrscheinlich gut geschützt ist.»

«Darauf dürfen Sie sich fest verlassen», meinte Wimsey in begütigendem Ton.

Sie griff sich an den Kopf.

«Ich fürchte, wir müssen uns geschlagen geben», sagte der Ingenieur, in dessen Stimme ein gewisser Respekt für gute Arbeit mitschwang.

«Nein – halt! Irgend jemand muß doch wissen – die Arbeiter, die dieses Ding gebaut haben!»

«In Deutschland», sagte Wimsey knapp.

«Oder – ja, ja – ich hab's! Ein Grammophon. Dieser – dieser – *er* – wir müssen ihn zwingen, das Wort für uns zu sprechen. Schnell – wie ist das zu machen?»

«Geht nicht, Madam. Wo sollen wir sonntags morgens um halb vier so ein Gerät herbekommen? Der arme Mann wäre längst tot, bevor –»

Es wurde still, und in der Stille drangen die Geräusche des erwachenden Tages durch die verhängten Fenster herein. In der Ferne hörte man eine Autohupe.

«Ich gebe mich geschlagen», sagte sie. «Wir müssen ihn gehen lassen. Nehmt ihm die Fesseln ab. Sie werden ihn doch befreien, ja?» wandte sie sich kläglich an Wimsey. «Wenn Sie auch ein Teufel sind, ein solcher Teufel können Sie nicht sein! Sie werden geradewegs hingehen und ihn retten?»

«Ihn gehen lassen, von wegen!» mischte sich jetzt einer der Männer dazwischen. «Bilden Sie sich nicht ein, er kann hingehen und der Polizei etwas vorsingen, Madame. Der Präsident hat einfach Pech gehabt, und wir sollten uns aus dem Staub machen, solange wir noch können. Es ist aus, meine Herrschaften. Schmeißt diesen Kerl in den Keller und bindet ihn fest, damit er keinen Krach machen und die ganze Gegend aufwecken kann. Die Akten vernichte ich. Sie dürfen mir dabei zusehen, wenn Sie mir nicht trauen. Und Sie, Nummer Dreißig, wissen, wo der Schalter ist. Geben Sie uns eine Viertelstunde zum Verschwinden, und dann jagen Sie die Bude in die Luft.»

«Nein! Ihr könnt nicht einfach gehen – ihr könnt ihn nicht sterben lassen – euern Präsidenten – euern Anführer – meinen – das lasse ich nicht zu. Laßt diesen Teufel frei! Helft mir doch mal einer mit den Schnüren –»

«Jetzt ist aber Schluß damit», sagte der Mann, der schon einmal gesprochen hatte. Er packte sie bei den Handgelenken, und sie wand sich kreischend in seinen Armen und biß und schlug um sich, um freizukommen.

«Denken Sie doch einmal nach», sagte der Mann mit der Sirupstimme. «Es geht auf den Morgen zu. In ein bis zwei Stunden ist es hell. Die Polizei kann jeden Moment hier sein.»

«Die Polizei!» Sie schien sich mit einer gewaltigen Kraftanstrengung zusammenzureißen. «Ja – ja, Sie haben recht. Wir dürfen einem einzelnen zuliebe nicht die Sicherheit aller aufs Spiel setzen. Das würde *er selbst* nicht wollen. Schon richtig. Wir werfen dieses Aas in den Keller, wo es uns nicht in die Quere kommen kann, und verschwinden solange noch Zeit ist.»

«Und der andere Gefangene?»

«Der? Dieses arme Würstchen – der kann keinen Schaden anrichten. Er weiß doch nichts. Laßt ihn laufen», antwortete sie verächtlich.

In Minutenschnelle sah Wimsey sich wieder ganz unzeremoniell in die Tiefen des Kellers verfrachtet. Er wunderte sich ein wenig. Daß sie ihn nicht laufenließen, selbst um den Preis des Lebens von Nummer Eins, das verstand er ja. Dieses Risiko war er offenen Auges eingegangen. Aber daß sie ihn hier als Zeugen gegen sie zurückließen, das erschien ihm unbegreiflich.

Die Männer, die ihn nach unten gebracht hatten, banden ihm die Füße zusammen und schalteten im Gehen das Licht aus.

«He, Kamerad!» rief Wimsey. «Es ist ein bißchen einsam, hier so allein herumzusitzen. Sie könnten wenigstens das Licht anlassen.»

«Schon gut, mein Freund», kam die Antwort. «Sie werden nicht lange im Dunkeln sitzen. Der Zeitzünder ist schon eingeschaltet.»

Der andere Mann lachte aufs höchste amüsiert, und sie gingen zusammen hinaus. Das war es also. Er sollte mit dem Haus in die Luft fliegen. In diesem Falle würde der Präsident ganz bestimmt tot sein, bevor sie ihn befreit hatten. Das bereitete Wimsey Sorgen. Er hätte den Oberschurken so gern vor Gericht gebracht. Immerhin wartete Scotland Yard schon sechs Jahre darauf, diese Bande hochgehen zu lassen.

Er wartete und strengte die Ohren an. Ihm war, als ob er über sich Schritte hörte. Die Bande hatte sich doch inzwischen davongemacht...

Da, ein Knarren – das war gewiß. Die Falltür war aufgegangen. Er fühlte mehr, als daß er hörte, wie jemand in den Keller geschlichen kam.

«Pst!» sagte eine Stimme an seinem Ohr. Weiche Hände fuhren ihm übers Gesicht und tasteten sich an seinem Körper hinunter. Er fühlte kalten Stahl an seinen Handgelenken. Die Fesseln erschlafften und fielen ab. Ein Schlüssel klickte in den Handschellen. Der Riemen an seinen Fußgelenken wurde gelöst.

«Schnell, schnell! Sie haben den Zeitzünder eingeschaltet. Das Haus ist mit Sprengladungen vollgestopft. Folgen Sie mir, so schnell Sie können. Ich habe mich zurückgeschlichen – habe gesagt, ich hätte meinen Schmuck liegenlassen. Das stimmt auch. Ich habe ihn mit Absicht liegenlassen. *Er* muß gerettet werden – und nur Sie können das tun. Beeilen Sie sich!»

Taumelnd vor Schmerz in seinen abgeschnürten und taub gewordenen Gliedern, in die jetzt das Blut zurückströmte, schleppte Wimsey sich hinter ihr her in das darüberliegende Zimmer. Eine Sekunde später hatte sie die Fensterläden zurückgerissen und das Fenster aufgestoßen.

«Laufen Sie! Befreien Sie ihn! Versprechen Sie das?»

«Ich verspreche es. Und ich muß Sie warnen, Madame, daß dieses Haus umstellt ist. Als meine Safetür zufiel, hat sie bei meinem Diener Alarm ausgelöst und ihn zu Scotland Yard geschickt. Ihre Freunde sind alle schon in Gewahrsam –»

«Ja! Aber gehen Sie doch schon – kümmern Sie sich nicht um mich – schnell! Die Zeit ist schon fast um.»

«Kommen Sie hier weg!»

Er packte sie beim Arm, und stolpernd rannten sie durch den kleinen Garten. Im Gebüsch blitzte plötzlich eine Taschenlampe auf. «Bist du das, Parker?» rief Wimsey. «Ruf deine Leute zurück, schnell! Das Haus fliegt gleich in die Luft.»

Plötzlich schien der Garten voller rufender, eilender Männer zu sein. Wimsey tappte im Dunkeln umher und landete schmerzhaft an der Mauer. Mit einem Sprung erreichte er die Mauerkappe und zog sich hoch. Seine Hand tastete suchend nach der Frau. Er riß sie neben sich empor. Sie sprangen; alle sprangen; die Frau blieb mit dem Fuß hängen und stürzte mit einem keuchenden Schrei hin. Wimsey versuchte anzuhalten, stolperte über einen Stein und flog längelang hin. Dann ging unter Blitz und Donner die Nacht in Flammen auf.

Wimsey rappelte sich mühsam zwischen den Trümmern der Mauer hoch. Ein leises Stöhnen in seiner Nähe verriet, daß seine Begleiterin noch am Leben war. Plötzlich wurde ein Laternenstrahl auf sie gerichtet.

«Da bist du ja!» rief eine vergnügte Stimme. «Alles klar, alter Schwede? Mein Gott – was für ein haariges Ungeheuer!»

«Alles in Ordnung», sagte Wimsey. «Nur ein bißchen außer Atem. Ist die Dame wohlauf? Hm – offenbar Arm gebrochen – ansonsten aber unversehrt. Was ist passiert?»

«Etwa ein halbes Dutzend von ihnen ist mit in die Luft geflogen; die übrigen haben wir kassiert.» Wimsey sah sich im winterlichen Morgengrauen von dunklen Gestalten umringt. «Mein Gott, was für ein Tag! Was für ein Come-back für eine Persönlichkeit des öffentlichen Lebens! Du alter Gauner – uns zwei Jahre lang in dem Glauben zu lassen, du wärst tot! Ich habe mir doch tatsächlich einen schwarzen Trauerflor gekauft. Wirklich! Wußte außer Bunter jemand Bescheid?»

«Nur noch meine Mutter und meine Schwester. Ich hab's in einem versiegelten Schreiben festgehalten – so einem Ding, wie man es an Testamentsvollstrecker und so weiter schickt. Ich fürchte nur, wir werden alle Hände voll zu tun haben, den Juristen zu beweisen, daß ich ich bin. Hallo – ist das nicht Freund Sugg?»

«Doch, Mylord», sagte Inspektor Sugg, grinsend und vor Aufregung fast in Tränen. «Ich freue mich ja so, Eure Lordschaft wiederzusehen. Und gute Arbeit, Mylord. Alle möchten Ihnen so gern die Hand drücken, Sir.»

«Meine Güte, und ich würde mich so gern vorher waschen und rasieren. Freut mich sehr, sie nach zweijährigem Exil in Lambeth alle wiederzusehen. Haben wir das nicht fein hingekriegt, was?»

«Ist er in Sicherheit?»

Wimsey zuckte bei dem bangen Aufschrei zusammen.

«Ach du liebes bißchen!» rief er. «Ich habe doch glatt den Herrn in meinem Safe vergessen. Schnell, ruft einen Wagen. Der Großmogul der Bande erstickt nämlich bei mir zu Hause still und leise vor sich hin. Hopp – steig ein – und nehmt die Dame auch mit. Ich habe versprochen, daß wir hinfahren und ihn rausholen – obwohl», beendete er den Satz in Parkers Ohr, «es durchaus zu einer Mordanklage kommen könnte und ich seine Chancen vor dem Old Bailey nicht sehr hoch einschätze. Gib Gas. Lange hält er in diesem Käfig nicht mehr durch. Er ist der Kerl, hinter dem du her warst, der Drahtzieher in den Fällen Morrison und Hope-Wilmington und Hunderten anderen.»

Der kalte Morgen färbte die Straße grau, als sie vor dem Haus in Lambeth anhielten. Wimsey faßte die Frau am Arm und half ihr aus dem Wagen. Die Maske war jetzt herunter und zeigte ein verhärmtes, verzweifeltes Gesicht, das bleich vor Angst und Schmerz war.

«Russin?» flüsterte Parker in Wimseys Ohr.

«So was Ähnliches sicher. Verflixt! Der Wind hat die Haustür zugeschlagen, und der Kerl hat den Schlüssel bei sich im Safe. Spring doch mal durchs Fenster rein, ja?»

Parker stieg gehorsam durchs Fenster ein und öffnete ihnen

Sekunden später die Tür. Im Haus war es sehr still. Wimsey ging ihnen voran in das hintere Zimmer, in dem sich der Tresor befand. Die Außentür und die zweite Tür standen offen, durch Stühle am Zuschlagen gehindert. Die innere Tür starrte ihnen als kahle grüne Wand entgegen.

«Hoffentlich hat er nur nicht auf dem Mechanismus herumgehämmert und ihn kaputtgemacht», sagte Wimsey leise. Die Hand an seinem Arm krampfte sich angstvoll zusammen. Er gab sich einen Ruck und zwang seine Stimme zu einem gelösten, normalen Umgangston.

«Los, alter Freund», wandte er sich wie beiläufig an die Tür. «Zeig mal, was du kannst. Sesam öffne dich. Hol dich der Kukkuck! Sesam öffne dich.»

Plötzlich glitt die grüne Tür in die Wand zurück. Die Frau war mit einem Satz drinnen und fing den zusammengesunkenen, besinnungslosen Klumpen auf, der ihr aus dem Safe entgegenrollte. Seine Kleider waren zerrissen, und von seinen zerschundenen Händen tropfte Blut.

«Alles in Ordnung», sagte Wimsey. «Nichts passiert. Er lebt – und wird sich vor Gericht verantworten.»

Lösung des Kreuzworträtsels
von Seite 55

	I	II	III	IV	V	VI	VII	VIII	IX	X	XI	XII	XIII	XIV	XV
1	V	I	R	G	O			S			M	I	D	A	S
2	E	N	D	I	V	E		C		V	A	N	I	T	A
3	R	S		T	E	S	T	A	M	E	N	T		H	I
4	S	E	C	A	N	T		R		L	E	A	V	E	N
5	T	R	A	N	S			L			S	C	E	N	T
6		T	N	A			S	E	G			T	R	E	
7			T			I	C	T	U	S			S		
8	S	P	I	N	O	Z	A		A	U	C	T	I	O	N
9			C			E	L	A	N	D			C		
10		A	L	T			A	D	O			F	L	U	
11	P	L	E	A	S			M			A	R	E	N	A
12	L	I	S	T	E	N		E		T	W	I	S	T	S
13	A	E		T	H	I	R	T	Y	O	N	E		E	T
14	U	N	H	O	O	D		U		B	E	Z	O	A	R
15	D	A	M	O	N			S			D	E	R	M	A

Anmerkungen zur Lösung des Kreuzworträtsels.
(Aus verständlichen Gründen mußten die englischen Lösungswörter beibehalten werden; d. Übers.):

I.1 VIRGO *(Jungfrau), das Sternzeichen zwischen* LEO *(Löwe – Macht) und* LIBRA *(Waage – Gerechtigkeit). Anspielung auf das Gleichnis von den zehn Jungfrauen.*
I.2 ENDIVE *(dt.: Endivie).*
X.2 VANITA *(+ S =* VANITAS – *Eitelkeit).*

I.3 RS = *Royal Society (Königliche Gesellschaft), deren Mitglieder sich mit allgemein als trocken angesehener Materie befassen.*

XIV.3 HI – *Bezieht sich auf* The Hunting of the Snark *von Lewis Carroll: «He would answer to Hi! Or to any loud cry.»*

X.4 LEAVEN *(dt.: Sauerteig).*

I.5 TRANS(LATION) = *Übersetzung. Notwendig geworden durch Sprachverwirrung nach Turmbau zu Babel.*

XI.5 SCENT *(dt.: Duft).*

II.6 ANT *(dt.: Ameise).*

VII.6 SEG *(dt.: Segge – Riedgras).*

XII.6 TRE – *ital.* DREI

VI.7 ICTUS – *lt. für «Schlag». Wird mit einer römischen Fünf davor zu* VICTUS *(besiegt).*

I.8 SPINOZA – *schrieb über optische Gläser und Philosophie.*

VI.9 ELAND *(dt.: Elen-Antilope).*

II.10 ALT*(stimme)*

VII.10 ADO – *nach «Much Ado About Nothing» (Viel Lärm um nichts).*

XII.10 FLU *(dt.: Grippe).*

I.11 PLEAS *(dt.: Bitten).*

I.12 LISTEN *(dt.: Hör zu).*

X.12 TWISTS *(dt.: Windungen).*

I.13 AE – *Pseudonym des irischen Dichters George William Russell.*

IV.13 THIRTYONE *(dt.: Einunddreißig). Sieben von zwölf Monaten haben 31 Tage.*

XIV.13 ET *(dt.: und), lat. Konjunktion; «Konjunktion» bezeichnet auch bestimmte Planetenkonstellation.*

I.14 UNHOOD – *dem Falken die Kappe abnehmen.*

X.14 BEZOAR *(dt.: Magenstein), soll ein vorbeugendes Gegengift sein.*

XI.15 DERMA – *lat. Haut.*

1.I VERST *(dt. Schreibweise «Werst») – früheres russisches Längenmaß (1,067 km).*

11.I PLAUD – *Kurzform für «applaud» = applaudieren. Ohne «Kopf», d. h. den ersten Buchstaben:* LAUD – *loben.*

1.II INSERT *(dt.: Einfügung).*

10.II ALIENA – *aus « Wie es euch gefällt» (Shakespeare).*

1.III RD – *Abk. für «Refer to Drawer» – (einen Scheck) an den Aussteller zurückgeben.*

4.III CANTICLES – *Lobgesänge in der Vulgata, aber auch Hohelied Salomos (darum «früheres Blatt»).*

14.III HM – *His (oder Her) Majesty = Seine (Ihre) Majestät.*

10.IV TATTOO *(dt.: Tätowierung).*

1.V OVEN *(dt.: Ofen).*

7.VI IZE – *Fremdwortendung, entsprechend dem deutschen -ieren. Beisp.: philosophize – philosophieren.*

12.VI NID – *Nidaros (alter Name für Trondheim).*

1.VIII SCARLET *(dt.: Scharlachrot – Purpur)*

2.10 VEL – *lat. oder*

7.X SUD *(dt.: Seifenschaum).*

1.XI MANES – *gütige Geister; bezieht sich auf Emile Faguet: « Un lion est une mâchoire et non pas une crinière. »*

11.XI AWNED *(dt.: begrannt).*

10.XII FRIEZE *(dt.: Fries).*

1.XIII DI – *Kurzform für Diana (lat. Göttin der Jagd)*

4.XIII VERSICLES – *Versikel (hier als Lösungswort für Vers in der Bibel).*

14.XIII OR – *frz. Gold*

1.XV SAINT *(dt.: Heiliger).*

11.XV ASTRA – *per aspera ad astra: durch Widernisse zu den Sternen.*

Dorothy L. Sayers

Dorothy Leigh Sayers stammte aus altem englischen Landadel. Ihr Vater war Pfarrer und Schuldirektor. Sie selbst studierte als eine der ersten Frauen überhaupt an der Universität Oxford, wurde zunächst Lehrerin, wechselte dann für zehn Jahre in eine Werbeagentur. Weltberühmt aber wurde sie mit ihren Kriminalromanen und ihrem Helden Lord Peter Wimsey, der elegant und scharfsinnig Verbrechen aufklärt, vor denen die Polizei ratlos kapituliert.
Dorothy L. Sayers starb 1957 in Whitham / Essex.

3273/4 Der Mann mit den Kupferfingern *und andere Lord Peter-Geschichten*
(15647)
Lord Peter Wimsey ist längst als «scharfsinnigster Amateurdetektiv» der zeitgenössischen Literatur berühmt geworden. Krimi-Leser schätzen seine ebenso smarten wie geistreichen Methoden, längst sind ihnen auch seine Hobbies vertraut und sie wissen, in welchen Clubs Wimsey und seine Freunde verkehren, wo sie speisen und welche Jahrgänge legendärer Weine sie trinken.

rororo Unterhaltung

Ärger im Bellona-Club
Kriminalroman
(15179)

Die Akte Harrison
Kriminalroman
(15418)

Aufruhr in Oxford
Kriminalroman
(23082)

Diskrete Zeugen
Kriminalroman
(23083)

Ein Toter zu wenig
Kriminalroman
(26310)

Ein Gesamtverzeichnis aller lieferbaren Titel von **Dorothy L. Sayers** finden Sie in der **Rowohlt Revue**. Vierteljährlich neu. Kostenlos in Ihrer Buchhandlung.
Rowohlt im **Internet:**
www.rororo.de